石来运转

张彩凤○著

远方出版社

图书在版编目（CIP）数据

石来运转 / 张彩凤著．-- 呼和浩特 ：远方出版社，2019.10

ISBN 978-7-5555-1283-7

Ⅰ．①石… Ⅱ．①张… Ⅲ．①长篇小说－中国－当代 Ⅳ．①I247.5

中国版本图书馆 CIP 数据核字（2019）第 226487 号

石来运转

SHILAI YUNZHUAN

著　　者 张彩凤
责任编辑 云高娃　武舒波
责任校对 云高娃　武舒波
封面设计 李苏红
出版发行 远方出版社
社　　址 呼和浩特市乌兰察布东路666号　邮编 010010
电　　话 （0471）2236473 总编室　2236460 发行部
经　　销 新华书店
印　　刷 廊坊市海涛印刷有限公司
开　　本 170mm×240mm　1/16
字　　数 300千
印　　张 20.5
版　　次 2019年10月第1版
印　　次 2019年11月第2次印刷
印　　数 3001—5300册
标准书号 ISBN 978-7-5555-1283-7
定　　价 40.00元

玉石沁润人生

（代序）

◎顾建平

《石来运转》作者的写作意图是显而易见的，他要用一个虚构的故事，来推介巴林石，传播石文化。作者不吝词语多次赞美巴林石的魅力，“天天和巴林石打交道的人，不但能修心养性，运气也会厚重”；第九章末尾，表哥白涛竟然用一块鸡血石换回来一个大型的投资项目，喜出望外，让一向自负的他不禁感叹：“这是我的个人魅力，还是巴林石的魅力呢？”

在《石来运转》中，我们有机会了解与巴林石市场相关的行业内幕，学到了很多与巴林石相关的名词：冻石、鸡血石、福黄石等等。鸡血石中还有各式各样：瓜瓤冻带鸡血的、牛角冻带鸡血的、白玉底子带鸡血的、玻璃冻带鸡血的、三面全是鸡血的……

这一类作品，一方面讲故事，一方面着力传播某种文化，也属于类型小说的一种。阿瑟 · 黑利是美国当代著名的畅销书作家，被称为行业小说之王，他的名作《最后诊断》（1959 年）《大饭店》、（1965 年）、《航空港》（1968 年）、《汽车城》（1971）都是风靡一时的畅销书，对社会公众了解医疗业、酒店业、航空业、汽车业大有裨益。

我们在文艺作品中常常能看到类型小说、行业小说的身影。十五年前好莱坞拍了一部广受欢迎的电影《杯酒人生》，中年教师迈尔斯无聊寂寞的日常生活中，葡萄酒是他最大的安慰，相貌平庸且秃顶的迈尔斯谈起葡萄酒来头头是道、神采飞扬。《杯酒人生》一方面讲述了美国人中年危机的故事，另一方面又传播了葡萄酒文化。

《石来运转》关于行业内幕、专业知识的篇幅还不够大，整体而言还达不到全面普及玉石行业知识的程度，但是对于像我这样对玉石行业近乎无知的外行读者，读完这本小说，对巴林石的特性及价值，也已经有了相当的了解。

美石即为玉。中国文化传统中，美玉与人的性格、人的命运有着密切的关联。古人自励，性子缓的人，佩弦以自急；性子急的人，佩韦以自缓。而君子佩玉，因为玉乃是吉祥之饰物，是有灵气的宝物，美玉能给人带来好运，趋吉避凶，佩玉石可养生，可防疾病，百邪不侵。所以有句话广泛流传："谦谦君子，温润如玉。"

表哥白涛虽然相貌堂堂，女人缘极好，但他显然算不上谦谦君子。白涛这辈子几番折腾，屡战屡败，屡败屡战，最后还是在他当年辜负的女人的暗中倾力相助之下，才摆脱了人生的巨大危机。白涛相信玉石带来了运气，殊不知玉石真正的价值还在于沁润人心、改换性情。

回溯白涛的情路历程，概括说来，就是一连串的错过或者辜负：热情而善良的公司售货员张文静，单相思地爱上了表哥白涛，但因为她的身材长相不符合白涛的审美，被拒绝了。在市商干校学习，白涛又遇见了喜欢自己，或许能改变自己命运的赵娜，但赵娜也不是他自己喜欢的类型。好不容易遇到文静漂亮的白冉冉，这算是白涛喜欢的类型了，两人情投意合，却因为白冉冉嫌弃他患病的母亲而分手。娶了在基层当售货员的许红梅，却并不能善待她，与美容师张晶莹发生了婚外恋，但当白涛发现张晶莹的过往历史之后，两人又关系疏离分道扬镳……

而与此相反，当年受他嫌弃的张文静与刘金结婚以后，夫妇俩依然在事业上帮衬白涛。妻子许红梅受尽冷落，但不离不弃，用自己的力量和刘金夫妇一起帮白涛和弟弟白明度过危机。张晶莹更是一个传奇，她远走他乡，生下她和白涛的孩子，还在商业上打开了一片天地，并在白涛最危急的关头，出手相助。

作为小说的主人公，白涛是一个自私的人，虽然后期有所后悔，有所反省，并决心改过自新，但他终究还是没有让温润如玉的君子精神照亮自己的人生，玉石对他来说，只是财富的载体，以及带来运气的宝物。

小说一般有三种叙事视角：无所不知的第三人称叙事；受限制的第一人称叙事；极少使用，但长于倾诉抒情的第二人称叙事。值得注意的是，《石来运转》虽然是以第一人称叙事，但表哥的故事基本上是用富于现场感的全知视角叙述的。随手摘一段：

表哥住院这些天，她（常小英）没敢去医院，她的心情一直处在矛盾之中，从门卫老秦时刻警惕和敌视她的目光中，她知道放火的事一定是被人发现了，她真担心表哥会把她交给法院处理，要是真进了法院，自己可真没脸见人了。

从科学的角度或者传统小说美学的角度来说，这里存在着矛盾：叙事者“我”不在场的情况下，他人发生的事情——常小英的心情，我是无法知情的，只能通过别人的讲述才能得知。在这里，作者采用了第三人称的全知视角，俗称无所不知的“上帝视角”。

现在很多小说的作者感觉遵循这种严格的视角规则，在表达上大受限制，也是有一定道理的。凤凰（张彩凤）的这部小说，故事的核心在于写表哥白涛的爱情。“我”作为见证者，有存在的价值，而写爱情只写传闻不写人物内心，又缺乏深度。作者就在这种矛盾的叙事困境中，采取了折中的办法。

所有文体形式的写作目的都是表达，小说是通过故事表达作者的思想理念。《石来运转》的作者有两方面的丰厚积累希望通过小说的形式传达给读者：一是他关于男女之情，关于婚姻家庭的观察思考；一是他对玉石尤其巴林石的珍重喜爱。这两方面表达到位了，小说主干就立起来了，也就接近成功了。

（本文作者系中国作家协会《小说选刊》编辑部主任、编审）

目录

第一章

表哥白涛是我表姑家的长子，和我一样是60后。在我们偏僻的内蒙古小镇，表哥算是个不安于现状的人，每天都卯足了劲，迈着细碎的脚步，走在实现他远大理想的道路上。

客观地讲，有着一副白净面孔的表哥长得很标致，和他父亲白沈阳一样，浓眉下面长着一双桃花眼（没多少文化，却懂点面相的我母亲说，有这样眼睛的人，作风一般不会太好）。美中不足的是：他的牙虽然很白，两颗前门牙淘气地偏离了队伍，个别地支出了一部分，显得非常地无组织无纪律，让本来有点薄的嘴唇，出现了覆盖不住整体牙组织的危机。危机的结果是，表哥的嘴始终处于微笑的状态，这状态让表哥刚走上商业工作岗位，就赢得了贴贴（沾沾）自喜的绰号。

表哥单位——联营公司的经理许发，是一个刚从乡下调上来的基层干部，文化水平极其有限。他第一眼看见闭不上嘴的表哥，就很喜欢，很领导地拍了拍表哥的肩膀："小伙子很不错，天天贴贴（沾沾）自喜的，适合干咱们这个服务行业。"于是许经理的这一巴掌，就把这错误的成语像标签一样终身贴在他身上了。

其实表哥特别有才气，小时候跟着他父亲我表姑父去了几次巴林石厂的雕刻车间，就无师自通地喜欢上了雕刻，刻出来的花草鱼虫像模像样的，得到了福州雕刻林大师的赞赏。

本来表哥有两个志向，第一是因为从小喜欢文学，想当一名作家；第二是想当一名雕刻大师。这两个志向都被他父亲，大名白卫国、外号白沈阳给扼杀在摇篮里了。白沈阳顾名思义就是沈阳人，人长得精神洋气，是下乡到我们镇的知识青年。因为当时小孩子还不能理解的原因，他和我当小学代课老师的表姑结了婚。表姑父先是巴林石厂的司机，后来因为嫌弃开车挣钱少，就托人调到商业局，当了一名采购员，常驻在市里联系业务。以他的人生经验，他为表哥设计了一条曲径通幽的仕途路线，那就是先去商业局开车。拗不过白沈阳侉声野调的威胁加命令，高中一毕业，表哥便不情愿地收藏好心中的两个梦，到商业局下属的联营公司上了班。因为当时新车没有接来，他暂时当了一名仓库保管员。

表哥的腿很长，走起路来呈外八字，步子小，频率快，给人以明显尿急的感觉。针对这一问题，我和表嫂许红梅费尽心机地为他分析和查找了原因：从遗传的角度，从营养的角度，但分析的结果都不成立，最后，还是我表姑——表哥的母亲说出了原由。从刚懂事起，表哥就喜欢开汽车，但在六几年那个艰苦的年代，一般人家是买不起玩具的，表哥那个时候就显示出了惊人的聪明，不知道在哪捡了个旧方向盘，放在个破筐上面，自己坐着一个小板凳，小大人似的嘴里学着汽车喇叭声，每天乐此不疲地模拟开车，反复转悠破方向盘，结果把腿转悠成外八字了。因为有这个基础，表哥15岁的时候就和白沈阳学会了开车，暑假的时候，还帮着白沈阳开长途车，去福州送过石头。

年轻的表哥，因为相貌出众、衣着干净，再加上风趣、礼貌的谈吐，使得他一上班，不仅获得了“贴贴自喜”的殊荣，还获得了很多姑娘的青睐。

我曾问过表哥，他父亲为什么非让他当一名驾驶员？表哥先是不肯告诉我，后来顶不住我穷追不舍地问，只好告诉我他父亲让他开车的真正目的。大城市沈阳来的白沈阳说：要想改变命运，必须当人上人，想当人上人就得有领导提拔。

只有开车能够天天接近领导，能得到领导赏识，就会被提拔和重用。他自己就是个成功的范例。这条曲线奔官的最佳途径，让我很佩服。我感觉我那重男轻女的父亲，肯定想不出来。

我们家共有五个孩子，大姐、大哥、二哥、我、弟弟小宝。因为我从小就喜欢看小说，后来发展到写小说，结果荒废了主业，大学没考上。本应该可以顶替父亲上班的我，因为重男轻女，因为说我写小说不务正业，父母背着我把顶替指标给了初中没毕业的弟弟张小宝，我成了名副其实的待业青年。家庭没温暖，社会没地位，这样的境况让我的性格一直很叛逆，很不得人心，在家里总是找茬怄气与全家人为敌，甚至还策划好了离家出走的计划。表哥了解到我的“苦大仇深”后，建议我先去他们单位干点属于他管辖的不太累的零活。

不太累的零活，就是在很大很长的果窖里挑烂水果。果窖只有几个圆圆的透气口，白天也亮着几支黄黄的灯泡。水果山一样地堆积着，一般人见不到的，就更别说吃了。活儿不累，却很幸福，但是很撑人。我们几个干零活的，每天一上班就被表哥锁在果窖里，第一项：吃喜欢吃的水果！上班过秤 90 斤，下班过秤 92 斤。就从那些天开始，我的脸变白了，水灵了。

那个时候的表哥，每天意气风发，腰里别着一串稀里哗啦的钥匙，手里拿着一个蓝皮的账本，干什么都带着“贴贴”自喜的笑容，迈着尿急的小碎步，满院子忙个不停，那忙碌的表现好像他很重要、总有干不完的工作，好像他真走在仕途溜光的大道上了。

经理许发的眼神，透过窗户，时刻关注着表哥的表现。姑娘们爱慕的眼神，带着少女的羞涩，也大胆地注视着他。表哥假装浑然不觉，依旧一个表情、一个姿势地忙碌在众人的视线里。

很快，表哥就填了入党志愿书，并被列为后备干部。很快，他们单位被公认的公主，部队干部子女——韩红，一个高傲美丽的南方女孩，主动用南方比较时尚的方式，向这个纯北方的不太壮实的汉子，投掷了一块块大白兔奶糖。大白兔奶糖在当时是稀罕物，又香又甜，当然更蕴含着浓浓的爱意。

韩红长得太脱俗了，身材高挑，皮肤白嫩；鹅蛋脸上，有一双水汪汪、毛嘟嘟的的大眼睛；鼻子挺拔精致；嘴唇红润丰满，像不食人间烟火的仙女。

韩红不属于联营公司的职工。她那参加过抗美援朝的父亲，某部队2号首长，看她在老家高中毕业后，不但不是当兵的料，而且很小资，根本不像军人的后代，就决定在部队驻地找个单位，让她在自然条件和办公条件都比较艰苦的地方改造一下。由于联营公司和2号首长的部队是军民共建单位，于是韩红就理所当然地来到表哥的单位改造了。

但事实上，这个举措没什么太大的实际意义。韩红没有什么具体工作，每天把自己包裹得严严实实，背着一挎包东西来到单位，坐在文秘股的办公桌前，喝自己带的水，吃自己带的压缩饼干，含自己带的大白兔奶糖。

她用的东西很时尚，黑色的高级保温杯上印着某某军区的字样。压缩饼干是市面上没有的，只有部队服务社有，不托人走后门绝对买不到。大白兔奶糖更稀罕了，那个时候联营公司最好的糖是高粱饴软糖。浓酽的茶水，也是家里带来的。单位的水，韩红是绝对不喝的。因为她第一天去门卫打开水的时候，见门卫的老王正往茶炉子里添牛粪。这个在南方长大的姑娘，惊讶地张大了嘴巴：“这个炉子就烧这个吗？”

“是啊，火旺了，再烧煤。”老王热心地介绍着，手却没耽误添牛粪。

“这不是牛大便吗？”韩红继续保持着吃惊的表情。

“呵呵”憨厚的老王乐了，“倒是大城市的孩子，说话就是好听，你叫牛大便，我们这都叫牛粪。”

“怎么能用这么脏的东西烧水呢？这水不是被弄臭了吗？” 高干子女的语气很急促，好像发现了严重的敌情。

“我们草原的人啊世代都烧这个，没有一个被臭死的。我们这儿的牛啊都吃草，所以它的粪也就是你说的‘便’基本也是草。我们这的人做饭都用这个，不臭的，不信你闻一下，还有草的清香呢。”老王举起了一块牛粪，问：“那你们部队烧什么啊？”

“我们烧木头和煤！”没等老王的手举到韩红的跟前，她剧烈地干呕着跑走了。

跑到家，韩红向父亲申请要回老家， 2 号首长威严地问她要回去的原因。韩红如实汇报了关于牛大便的问题。首长听完，做了个挥手向前方的动作：“老百姓是人，你也是人，他们没被牛大便熏死，是不是？你也不会的，继续上班！”

父命难违的韩红没办法，只好拧着头皮继续上班，但她的背包越来越沉了。吃的喝的不说，就连洗手的水，她都用军用水壶带着。对于这位不能和群众打成一片的首长千金，许发经理也采取了顺其自然的方针，用他的话说：“高干子女傲气点正常，人家爹拿枪杆子打天下的时候，咱们干啥呢？拿着粪叉子捡牛大便呢。人家有资格牛！”

就这样一个傲气冲天的姑娘，偏偏喜欢上天天面带笑容，对待顾客和同志都像春天般温暖的表哥了。傻子都看出来了，韩红在单位和表哥说话最多，她最喜欢去的地方是表哥的保管室和果窖。当她知道我是表哥的表妹时，对我的态度发生了天大的转变，由不理睬发展到了每天给我一两颗大白兔奶糖，偶尔还会给我一包我垂涎已久的压缩饼干。

韩红对表哥有意思的事，是表哥的哥们刘金透露给我的。刘金也是联营公司的职工，他的绰号是鬼鬼“宗宗”（祟祟）。这是许经理继表哥之后，又给属下的一个命名。起因是刘金没事就在门口或者窗户偷看韩红。这一举动不幸多次被许经理发现，许经理用咳嗽、白眼多次警告过他。但他依旧没有终止偷看的迹象，后来居然胆儿还大了，发展到了坐到韩红对面搭讪的地步。

对于虾米一样精瘦的身材，有着一对金鱼眼，说话很地方的刘金，韩红采取了不予理睬的战略。刘金呢？也没含糊，相应地采取了厚脸皮不撤退的对策。

梗直的老领导生气了。

“你怎么不撒泡尿照照？看你瞪着大贼眼，鬼鬼宗宗（祟祟）的样子，人家那是天鹅，你是什么？癞蛤蟆！人家首长千金也是你追的！你不要破坏军民关系。”许经理训斥刘金的时候是在经理室，那时房子不隔音，再加上老领导很气愤，声音高亢，就等于在走廊公开宣布一样。

刘金表面不敢“鬼鬼宗宗”地看韩红了，但是通过他暗地的侦察，却发现韩红总是主动接近“贴贴”自喜了。并且有一天，他还发现，韩红趁表哥不在，

往他的抽屉塞了一包东西。没人的时候，刘金偷偷的拉开抽屉，打开那个神秘的纸包。他发现纸包里有三块大白兔奶糖，每块糖纸上面都写有一个字，分别是我、喜、欢。

下班的时候，刘金把这个情况神秘兮兮地汇报给了我："老妹子，我寻思了半天这三个字，是我喜欢你，还是你喜欢我？"

"什么？谁喜欢谁？"我发现刘金看我的眼神，也有点鬼鬼"宗宗"呢。

"不是，你误会了老妹子，我是说奶糖上那三个字的意思！"看他耷拉着金鱼眼的表情，很失落，很可怜。我倒挺开心，觉得挺好玩，完全没理会他的感受，直率地说："当然是韩红喜欢我表哥了。刘哥，妹子喜欢说实话，你啊没戏！"

说实话，表哥真的很优秀，天天穿着雪白的衬衣，米色的茄克衫，在一帮灰头土脸的人群当中，的确很显眼！

表哥还有素质，当大家见面问"你吃了吗"的时候，他已经很沈阳范儿地说"您好"了，这当然是白沈阳言传身教的结果。所以在韩红冷着眼睛看别人都有牛大便味的时候，就感觉表哥很干净、很不俗。

自从表哥收到韩红的第一块大白兔奶糖，他就开始主动回报韩红，除了每天在偌大的果窖里，精挑细选漂亮的水果外，还偷偷去买韩红喜欢吃的猪脚（蹄子）和鸡手（爪子）。但天地良心，最初阶段表哥从没对韩红有过非分之想，就是在梦里也没把她列入选媳妇的行列。第一，表哥是个很实际的人，他选媳妇的标准，得会过日子！第二，表哥是个很孝顺的人，他未来的媳妇得不嫌弃和照顾身体不好的母亲。假如要把韩红这样的娇小姐娶到家，那就是给全家人接了个祖宗。

许经理训斥鬼鬼"宗宗"的话，表哥也听到了，他认为许经理形容得很对。在表哥的眼里，韩红就是一只货真价实的白天鹅，别说刘金是癞蛤蟆，就连自己虽然不癞，但也属于蛤蟆系列的，根本配不上韩红，也养不起韩红。

而高傲的白天鹅韩红对表哥的感觉则是：一个鹤立鸡群的不俗男人，生长在牛大便的环境里，犹如污浊的空气中一缕清新的风。别看韩红表面很天鹅、很娇弱，但在对待感情上，遗传了2号首长的军人性格，那就是果断、大胆、进攻！

对于这份在别人看来很幸运的感情的降临，理智的表哥丝毫没感到意外，更没有像老领导所说的“贴贴”自喜。他认为，这不过是天鹅无聊的一种游戏，自己如果采取不配合、不接招、不说破的“三不”原则，天鹅觉着没劲了，就该不玩了。所以，他没在意糖纸上的“我喜欢”是什么意思，或者是他根本不想在意。表哥和平时一样，把奶糖扔进信封里，等再去许经理家的时候，送给许经理的女儿——一个已经16岁，智商永远停留在4、5岁，见到表哥就要糖的傻姑娘。

眼瞅着投石问路的大白兔，像肉包子打狗，一去没什么反应，韩红军人血统的脾气终于爆发了。有一天，她侦察到果窖剩下表哥一个人的时候，也不怕什么黑暗了，把表哥堵在升降机口，并用自己婀娜的身体，挡住了升降机的开关。

面对突然面临的情况，没受过一点军事熏陶的表哥，有点惊慌：“小韩，你有什么事吗？”表哥的表情很不勇敢地逃避着韩红美丽的大眼睛。

“我喜欢你，你知道吗？”军人的后代就是军人的后代，韩红说话一点也没采取迂回的战术，单刀直入。

见女方这么直率大胆，表哥的男人底气也慢慢地回升了。他炯炯有神的桃花眼终于敢和女方多情的大眼睛对接了，只不过里面的内容很纯净，很同志。

“小韩，我知道你把我当做了哥哥，也知道你不久的将来会离开这里，能为你做点事，是我的荣幸！”表哥很绅士地措词。

“不是哥哥，是男朋友！我走也会把你带走的！”军人的后代发表了很干脆很直接的郑重声明。

面对咄咄逼人的形势，表哥相当现实的大脑飞快地运转了好几圈，终于在大脑回归原位的同时，看清了面前的形势其实对自己应该是有利的。

一对正值青春的男女，在一个只有几个昏暗灯泡的地窖里，面对面近距离地接触着，有危险的不应该是生理发育正常的男方，而是弱不禁风、毫无防备的女方。在特定的情况下，女方光有军人的气势是不够的。

想到这，表哥紧绷的神经松弛了，极力抿紧的嘴唇，也不困难地对缝了，眼睛一眯恢复了“贴贴”自喜的表情。

“小韩你看得起我，我很感动，但我有自知之明。我是个没出息的人，第一离不开我的父母，第二我离不开散发着牛大便味儿的草原。我们有太多的生活差距和文明差距，这些差距注定我们不是一个战壕的人。”表哥的措词理由充分，而且表达得义正辞严。

韩红对表哥拳拳的赤子之情、孝子之心没有丝毫的感动，她用特别标准的普通话一字一句地宣布：“离开这里，你会有好的发展，会有好的未来。有了这些，你才有能力报答你的家乡和父母。你这么儿女情长，很不男人的。”韩红的口气像连队的指导员，精致的面孔极力地绷着，教导的口气也极为严肃，“牛大便把你的大脑熏坏了！”

说实在的，年轻的表哥颇有定力。他固执地认定他未来的媳妇，最基本的一条：不但不嫌弃牛大便，而且还得和他一起储备冬天烧柴用的牛大便。他认为韩红说得没错，自己确实是被牛大便味儿熏大的，但是没把大脑熏坏。他明白自己适合在哪里生存，在哪里发展。

见表哥的表情有了化冻的变化，韩红以为自己的指导有了成效：“如果你不愿意工作，我还可以找我爸让你入伍当兵……”

没等韩红说完，表哥就笑了，他瞅着自己的外八字：“就我这立正和稍息似的，怎么能当兵呢？”

“为什么不能？我们部队大院的小童有个眼睛不好，现在还在师部医院化验室呢！”

“那人家正好用一个眼睛看显微镜，就我这姿势适合当什么兵啊？”表哥笑嘻嘻地稍息着说。

韩红很严肃地说：“你老稍息怕什么？可以当汽车兵。”韩红又轻悠悠地替表哥把兵种定了。

表哥又一次笑了，他故意呲着两颗外翘的板牙，很炫耀很气人地说：“看，还有这牙呢？”

对这个难题，韩红没有足够的把握解决了：“我回去问一下我爸……”

“小韩你真是个善良优秀的女孩，这点事就别请示首长了。我真的是个没有太大理想和抱负的人，更不是能和你比翼双飞的未来伴侣……”表哥说到这儿，声音有点梗塞。

其实只要是个正常的男人，谁不喜欢美若天仙的女子呢！可是表哥清楚地知道，漂亮不能当饭吃啊。

“如果不嫌弃，请你做我的妹妹吧！”表哥湿润的眼睛真诚地看着韩红说。

“你怎么这么窝囊？”韩红高干子女的脾气上来了，“我要找哥哪轮得上你？找我爸走后门的帅哥有的是，但我讨厌他们目的不纯。我就喜欢你淳朴、真诚、上进心强，没想到你是块儿拎不起来的豆腐！”在升降机有限的空间里，韩红气得又跺脚，又捶表哥。她感觉自己的自尊心受到了严重的伤害，自己屈尊放下大小姐的架子主动追求别人，对别人来说是天上掉馅饼的事。而面前的这个长着凸出的大板牙，立正还和稍息一样的小工人，却毫不领情地“贴贴”自喜地拒绝她。

眼前的韩红淑女形象一点也没有了，刁蛮公主的真面孔完全暴露出来。表哥在挨了几记粉拳后，暗暗庆幸自己立场坚定，否则后果自负不了啊。

见韩红的打骂一时没有休战的意思，表哥草原男子汉的大男人脾气爆发了。虽然表情没有太大的变化，但表哥的动作很是迅猛，两只胳膊毫不费力气地把韩红抱在不太宽阔的怀里，并随手按了一下被韩红挡着的升降机开关。

升降机徐徐地上升着，被表哥抱在怀里的韩红突然安静下来，并把头温顺地贴在表哥的肩膀上。其实表哥的初衷是把韩红抱离升降机的开关，没想到当韩红软玉温香的肉体被他抱在怀里的时候，他的大脑被女性特有的气息熏得一片空白，本来想立刻松开的两只胳膊，现在根本松不开了。要知道：韩红的身体那么柔软，那么有弹性，有定力的表哥毕竟也是血气方刚的男人啊！

升降机到达地面的时间不是太长，两个人就这样抱着瞬间出现在视线良好的门口。许经理每天下班前，都有在单位各个角落巡视一番的习惯。这个大胆刺激的镜头，恰好被他在第一时间、在最佳角度看到了。

最先从异性肢体接触的陶醉中挣扎出来的自然是表哥。他强迫自己睁开实在不想睁开的眼睛，回到实在不想回到的现实，看到了自己实在不想看到的领导。许经理看到了自己实在不想看到的镜头，心里实在是很高兴。在他的眼里，表哥和鬼鬼“宗宗”刘金他们不是一类的。表哥是草原的鹰，他是配得上韩红的。鹰能把天鹅拐来，那是鹰的本事。所以没等表哥慌乱地解释，他宽厚得像个纵容孩子的家长，背着手，摇摇头，撤了。

看着许经理一言没发，短粗的背影缓步离去，表哥大脑飞速地转了几圈，想想会引起什么后果。

其实韩红也看见许经理了，可她任表哥怎么使劲地推她，她就是紧紧搂住表哥的脖子不松手。她特别希望让他们非同志似的亲密，或者说是隐私，暴露在光天化日之下。因为许经理是父亲的老酒友，韩红反倒希望许经理会把这消息透漏给父亲。

“你怎么了？”她坏笑着用柔弱的小手拍了拍表哥发呆的脸。这一拍，表哥男人的刻骨柔情全部复苏了。

自古英雄难过美人关，很民族很性情的表哥，自然也改写不了这个历史。在经历了短暂的肌肤之亲之后，面对韩红美丽的脸、吐着幽香的唇，表哥在地窖里的意志，就在上升到地面这段距离和时间里全部崩溃。什么热爱家乡之情，眷恋母亲之心，什么蛤蟆，什么天鹅，什么领导，什么后果，在这个幸福的时刻，在美女面前，都让它们统统见鬼去吧。

目前表哥的大脑只剩下一个概念：未来的媳妇就是她了，别说是接个奶奶，就是太奶奶回家也认了，何况还不是一般的奶奶，是仙女一样的奶奶呢！

“白涛，你也喜欢我是吗？”韩红问。

“这个……”诚实的表哥没立刻回答，说实话以前还真没从喜欢的角度去想，也没敢想，说现在才有感觉的吧，有点欺骗性质。

“看着我说！”韩红军人的气势又上来了，一副命令的口吻。

面对那双水汪汪的充满期盼的眼睛，表哥不能不撒谎了：“说实话，从见到你的那一刻起，你就在我心里落户了。”表哥用很真诚、很实在的语气编着瞎话，

“所以不敢表白和接受，是因为我感觉我没有可以拥有你的勇气和资本，我甚至怀疑自己是否能给你幸福。”这句半真半假的话把韩红感动了，把表哥自己都感动了，自己还真有即兴发挥的特长。表哥为自己感动的同时，心里暗自庆幸：天天看书学习还真是有用，关键时刻还真自救啊。

“幸福是我们俩共同创造的，这你不用担心！走吧！”韩红拉着表哥的手要走。“去哪儿？”“我们家，告诉我父母去！”韩红轻描淡写地说。“啊？这就去你家？”表哥赶紧挣脱开韩红的手，打死也不敢去啊，这是多么大的严肃的事儿，怎么可以这样轻而易举的就去见韩红父母呢？心里甭说底气，就是一点谱儿也没有呀。“我们还不到见家人的程度，等时机成熟了再去好不好？还是以后再见吧！”表哥特别心虚地说。

“也好。”幸好韩红没勉强，“我们都分头回家去汇报吧，我先走了！再见！”韩红的动作没有一点拖泥带水，还没等表哥有所反应，她已经迈着轻盈而幸福的猫步走了！

回过神来的表哥没敢先回家汇报，组织观念又适时地回到了有点清醒的大脑。他认为现在必须去找许经理汇报，看许经理的态度如何。平时许经理对待自己像亲生儿子，以他的领导经历和人生阅历，他会给自己一个明智的选择的。

推开屋门，许经理盘腿坐在炕桌前，喝着烧酒，吃着臭味很大的咸鸭蛋，满足地吧嗒着嘴。老伴坐在他对面不时地为他倒着酒。面对着很农村很淳朴的老伴；面对着老是自己憨笑着，不知愁滋味，智商永远停留在儿童时代的老姑娘，许经理有点醉意的脸很是知足。

大姑娘、大儿子都结婚走了，家里就剩他和老伴还有老姑娘三口人。老姑娘傻是傻点，但不讨人嫌。老伴呢？土是很土，长得也很对不起观众，但人好，知道体贴人，像自己脚上常年喜欢穿的家做鞋，自己感觉舒适可心。

看见表哥推门进来，许经理算计好了他要来似的，一点都没意外。倒是傻姑娘见到他和每次一样特别高兴，“哥，坐！”含着老缩不回去的舌头，亲热地往炕桌跟前拉表哥坐。表哥也和每次一样，把自己舍不得吃的几块大白兔奶糖，掏给傻姑娘。“又有糖吃了，谢谢哥哥！”傻姑娘拿着糖去外屋了。

许经理老伴孙大娘，身材瘦小、干净利落，布满褶皱的脸上总是带着慈祥的笑意。她也很喜欢表哥，热情地给表哥拿上碗筷、酒杯，“你也喝点吧！”许经理亲自为表哥倒了一盅酒。“许经理，我……”一盅酒下肚，表哥的脸红了。“小子什么都别说了。”许经理把自己心爱的臭鸭蛋递给表哥，“有出息的孩子，谁都相中了，好好干吧，别辜负人家姑娘。不过，傻小子，你得做好思想准备，韩二号的关可不好过！有机会，我给你探探口风。”

表哥见许经理不但明确表态支持他和韩红，还表示要为自己探路，激动地慌忙跳下炕，毕恭毕敬地为许经理和他老伴各斟了一杯酒：“许经理，您和大娘就像我的再生父母，我一定努力工作，不会给你们丢脸的。”

话音刚落，就听“嗵”的一声响，接着从炕头冒出一股浓烟，坐在炕头的许经理立刻矮了半截。“怎么了？怎么了？”脸挂了一层灰的表哥慌忙去拽许经理。“炕面子塌了，快拿炕被，别燎着火了！”许大娘以和年龄不相称的敏捷，迅速地收拾炕上的东西。“快去水缸弄水，炕席和炕被子都着火了。”许经理从炕洞跳出来和表哥一起弄水灭火。

突如其来的情况把表哥弄蒙了。扑灭火后，表哥问许大娘：“大娘，炕面子怎么会塌呢？”灰头土脸的老太太无奈地笑了：“老丫头弄的呗！”

“妈，也不知道怎么了，我想给哥哥煮挂面，刚点着火就这样了！”脸黑得像小鬼一样的老丫头走进屋，吐着舌头很无辜地说。“用什么点的火，煮挂面干啥啊？”表哥用和小孩说话的口气问。“牛粪上面倒的汽油啊，看我妈就那样点的。挂面好吃，给我哥吃。”傻丫头天真地嘿嘿笑着。

“我说呢！牛粪上面倒汽油，那点着还不和原子弹似的。我老丫头没把咱们送上天不错了！”满脸都是灰的许经理，自我解嘲地乐了，“我说小子，你就是有女人缘！”

表哥的眼睛湿润了，傻丫头虽然是个不太明白的女人，就因为自己平时很可怜她，给她点好吃的，她就知道回报自己。表哥什么也没再说，抹了把脸，拿起铁锹开始端土和泥，他要连夜为许经理把炕面搭起来。在房后院仓房选砖的时候，表哥发现砖跺旁边堆着一堆大小不一的石头。表哥用手电筒照了照，发现是巴林石。

“你大爷花钱买了一车石头，也不知道干啥用？”许大娘跟在表哥后头说。“巴林石是好石头，留着没错。”进来找泥抹子的许经理接茬说。

表哥这个时候大脑空白了有半秒钟，头几年他父亲天天从矿上往回拉巴林石，中间经常回家办事，拉石头的车就在门口停着。他们一家人从没想到过留下几块。不对，好像母亲要了两块，一块光溜溜的压酸菜缸 ，一块四四方方的在门口倚大门。再就是父亲给表哥半纤维袋子的边角料，让他刻字练手用。

“孩子，以后有条件攒点巴林石吧，将来会是宝贝。”许经理边抹炕面泥，边语重心长地对表哥说。“别听你大爷胡说，攒石头蛋子有什么用？不顶吃喝的，听大娘的先攒钱说媳妇。”许大娘挥舞着手里的笤帚说。“妇人之见！”许经理摇着头说。表哥没有说话，心却动了一下。

帮许经理搭完炕已经是夜间一点多了。表哥回到家，他母亲我表姑还没睡，戴着老花镜，在不太亮的灯泡下，编织着一条毛裤。

灯光下，不到五十岁的表姑头发全白了，因为肝一直不好，黑瘦的脸上布满了皱纹。看见母亲又在等自己，表哥的眼睛有点湿润。从他懂事起，母亲就像个忠实的哨兵，坚守着这个家，为每个晚归的家人守着一盏灯。表哥的心有点内疚，为自己下午因为爱而要舍弃母亲的想法。

表姑年轻的时候在学校当过代课老师，后来因为身体的缘故，没等到转正就辞职了。有文化的表姑，不像同院的大多数妇女，串门、说粗话、嚼舌头、骂大街。她总是很轻声地和孩子们说话，这让我们这些在母亲的喝斥和笤帚疙瘩下长大的孩子很是羡慕。

表姑见半夜回来的儿子衣服、脸上都带着泥土，慌忙下地给他打来洗脸水，心疼地问：“怎么了儿子？”表哥疲惫的表情下带着掩饰不住的喜悦说：“给许大爷搭炕了！”

换了两盆水，表哥才还原了真面目，饿狼似地吃着母亲端上来的还热乎的饭菜。他把塌炕的原因告诉了母亲。说完了，表哥见母亲还在期待地审视着自己，“怎么了妈？”“你还有别的事要告诉妈吧？”表姑含笑带着期待的表情问。“妈您怎么知道？”表哥惊讶于母亲的观察力。

“自己的儿子怎么会看不出来，你那么发自内心地乐，一定是有特别高兴的事情。”母亲慈祥的脸也充满了笑意。“呵呵，本来想明天和您说，您看出来了，就告诉您吧！”其实表哥也不想憋到明天，他迫切地想与母亲分享。

听完儿子的汇报，母亲不但没有欣喜，真真地犯愁了：“那么高身份的姑娘，能看上咱们平民百姓吗？”以前就听儿子说，那姑娘讨厌牛大便，还不吃别人家的饭菜，要真成了自己的儿媳妇，那来家里吃喝怎么办呢？家里的烧柴主要是牛大便啊。

表哥知道母亲就会是这态度，他很男人地说：“妈您放心，如果她真心爱我，她会为我改变的！”看着儿子因为幸福而放着光彩的脸，母亲把涌在嗓子眼的叹息，无声地咽了回去。“儿子只要你同意，你找什么样的媳妇妈都同意！你从小就是个懂事的孩子，不像你弟弟白明那样爱胡来。你只要可心就行，不用考虑你爸我们。”表哥被慈母的胸怀感动地想哭，当然想哭的原因很综合，主要是自己幸福的比例占大半。

几乎一夜无眠，表哥沉醉在对美好未来的憧憬和规划中。迫切地盼到早晨五点，表哥轻手轻脚地起来了，他有早晨习武的习惯。小时候他的身体不好，他们家属院有个练武的，叫张二子，称自己会二指禅，虽然到现在大家没见到真功夫，不过他的身体确实棒。表姑就想不论几指禅，只要儿子身体棒就行，所以她就让表哥很正式地拜张二子为师，起早贪黑地学了几年功夫。

风雨无阻地学了几年，表哥没学会二指禅，师傅也不教，说那是自己的绝活，不能外传。手指上的功夫没学到，但腿脚上的技艺倒学了不少。师傅自成体系的功夫，不知道是哪个门派、哪路宗师传授的，反正天天练腿脚。几天一个姿势，上下翻飞，腿脚能做的动作基本都做了。后来表哥身体虽然没师傅那么强壮，但不轻易地生病了。

至于表哥的功夫什么样，我们都没验证过。他年轻时是个很本分不爱显示自己的人，我们能看到的显示他们功夫的是：一段段被他和他师傅踢倒的没用的土墙。

伸腿拉胯地习完武，表哥赶紧吃饭，吃完饭比平时更早、更精神、更“贴贴”自喜地来到单位。

可渐渐地表哥没那么自喜了，望眼欲穿地迈着尿急的步子，像找不到厕所似的来回地在单位有限的距离徘徊，快到中午了，他的天鹅还没见影儿。

那时候单位就一部电话，还在许经理办公室。表哥也知道韩红家的小号，但摸不清形势，鼓了半上午勇气，也没敢打。但根据自己的预感推断，天鹅与蛤蟆的爱情要被扼杀在摇篮里了。想到这，表哥更没心思工作了，索性也不徘徊了，坐在果窖门口，表情很可怜地摆弄一个红红的苹果。他的一系列表现，自然也没逃过许经理的眼睛。许经理根据自己的人生经验分析：二号首长对韩红可能采取了必要的军事行动。

上午联系业务的人很多，许经理没有过多的时间为表哥分析。快到中午下班的时候，二号首长居然派来一辆吉普车，说请许经理去师部有事商谈。二号首长有好酒，也喜欢喝酒，为人也豪爽，和梗直的许经理很投缘。

上了车，老领导开始琢磨怎么面对二号首长。他清楚地知道，这次可不是请自己去畅谈军民鱼水情了，也不是品好酒了，而是有点山雨欲来风满楼的感觉。

果然，身材高大的二号首长没有像往日一样爽朗地笑着和他握手，而是紧锁剑眉，一手叉腰，一手很军人地和许经理握了一下手。“老许啊……”他用很有穿透力和震慑力的声音说：“咱们可是好朋友啊！对不对？”二号首长的口头禅是“对不对”。“对啊！”许经理见他一副谈判的面孔，自己的表情也没敢亲切。

“把孩子放到你那是因为我很放心，对不对？”二号首长的口气有点激动。“一百个放心！”许经理很镇定地端起茶杯，吹了吹茶叶，很响地喝了一口。“可你没给我看好，对不对？”二号首长轻轻地拍了拍桌子。“怎么没看好？姑娘出什么事了？”许经理故意惊讶地问。“你不知道吗？她和你们地方的小子要搞对象，对不对？”“对啊，怎么了？”“不可以！那是绝对不可以的，对不对？”“不对！”许经理生气地站了起来。面对比他高出一大截的二号首长，典型的农民装束的许经理毫无惧色：“地方的怎么了？没有地方的哪来你们当兵的？你天生就戴三块红啊？”许经理用典型的地方方言生气地问。

“老许啊，你别激动，我没有看不起地方的意思，对不对？我的意思是：我是一名军人，韩红不是当兵的材料，但我希望她找个军人，对不对？”二号首长极力控制着自己的情绪，尽量心平气和地说。“不对，你是找女婿，也不是征兵，孩子有自己的选择，你不能耍军阀作风，干涉孩子婚事！”许经理义正词严地上了纲。

“谁耍军阀了？孩子的事情，父母不应该把关吗？你的孩子你不管吗？你也是父亲，对不对？”二号首长的脸变色了。“这对，但我不会干涉孩子找的是地方的还是当兵的，只要小伙子人好，农民都中！”许经理很崇高地拍了拍桌子说。

鱼水情暂时不见了，首长和许经理之间出现了唇枪舌剑的局面。两个都是做父亲的人，此刻忘记了自己的身份，忘记了军民团结如一人，为了子女，现在他们成了对手，都想用自己的观念战胜对方。

“再说，白涛那孩子多仁义，打灯笼都难找，我看他比当兵的素质都高！”许经理重重地坐下说，“平时，你总是说军队和老百姓咱们是一家人，真要成一家人了，你倒不干了，就会唱高调！”许经理很直言地说。“老许同志，我提醒你：这样的一家人和那样的一家人不是一个概念，那是指团结，对不对？”二号首长也坐下来说，表情不那么激动了。

“好！你既然说那个白涛优秀，对不对？那就叫来看看。王参谋，你去老许他们单位接一个叫白涛的。”　“是！”高大英俊的王参谋，带着阳刚之气，迈着矫健的步伐走了。

不到十分钟，状态十分不好的表哥，带着摸不清头脑的懵懂表情，走下吉普车。敏捷的王参谋一个箭步抢在表哥前面，刚走几步，他突然回身给表哥下了一个绊子。及时反应过来的表哥不但没摔倒，拧身、离地、纵起、一个飞脚，一连串干净利落的不知名动作，把王参谋踢倒在地。

聪明的表哥知道遇到的对手是谁了，从一开始见面到现在，他就感觉到这个王参谋看自己的眼光始终是藐视的，很不友好的，再加上现在对自己的暗算，他猜测这个高大的王参谋，准是暗恋韩红那伙的，是自己情敌中的一个。

根据小道消息透露，追求和暗恋韩红的官兵保守估计也有一个加强排。表哥这时候感到了自己竞争对手阵容很强大。

二号首长的办公室窗户敞开着，正对着刚才发生小插曲的现场，双手叉腰面对窗户站着的二号恰好看见了这一幕。

走进师部，表哥带着“贴贴”自喜，在二号首长看来极不严肃的表情，很没站姿地稍息在许经理旁边。

二号首长炯炯有神的目光，像X光似的把表哥上下体检了一番，心想：小白脸长得倒还干净，脚是外八字，还有点功夫，虽不是当兵的料，但也算个人才。

见到一个威严的首长用威严的眼光打量自己，聪明的表哥明白自己面对的是谁了。刚才很能动作的腿突然没了筋骨，不太严肃的面孔也变得紧张了，来时候的勇气，在韩红父亲面前悄悄逃跑了。

见他的表情实在很差，许经理只好站起来，假装拉住表哥，其实是在扶持，给双方做了介绍：“这是韩红的父亲韩副师长，这是我们单位的白涛。”

“您好，首长！”大概许经理的扶持给了表哥力量，在短暂的时间里，表哥适时地找回了勇气，心想：为了韩红，死又怎么样？何况还死不了！他又尽量站直了，虽然看上去还是稍息。

“小伙子你好！和谁学的功夫啊？”二号首长尽量弯下身和蔼地问。“和我们院的张二哥，不算什么功夫的，就是锻炼身体。”表哥抬着头，手自然下垂，很标准地汇报。“这孩子别看瘦，可有劲！你们那几个恐怕都不是个儿。”许经理没在意体格彪悍、相貌英俊的“那几个”敌视的眼光，夸张地抬高语气说。

“有机会可以搞个联谊会嘛，军民可以切磋一下，对不对？老朋友。”二号首长又恢复了军民团结如一人的表情。“可以啊！”许经理不太自信地说。他真怕二号首长现在就让切磋，白涛到底有多大能耐，他心里还真是没底。

二号首长的办公室很大，一面墙是装满书的书柜；一面墙是摆满石头的博古架，上面摆满了各种颜色、各种形状的石头。这两样都是表哥非常喜欢的，他忘记了身处的环境和气氛，走到博古架前观看石头。大多数都是巴林石，有的是没有处理过的跑窝原石，有的是抛光出一面的彩冻料、红花料、牛角料和羊脂冻料等。

“小伙子，你懂石头吗？这是我通过各种渠道收购的，还有的是我们的战士在修打靶场的时候给我捡来的，你看怎么样？”二号首长叉腰站在表哥后面说。“这是非常好的巴林石料，石质都不错！有的可以做章料、有的可以根据色彩雕琢。”表哥很内行地说。“这小子还会雕刻呢，给我还弄了一方印章呢，但印章料子不太好。”许经理先还担心表哥突然行动会跑题，怕二号首长不高兴，现在发现形势有了良好的转变，脸上也和二号首长一样恢复了军民一家亲的笑容。

“靠山吃山、靠水吃水，充分利用自身资源发展地方经济建设，这是我和巴林石厂刘厂长共同的心愿。我想把这石头拿给我在北京的老领导和战友，让他们帮着宣传和打造巴林石市场，我认为这个市场有前景。”二号首长用洪钟一样的声音对表哥说，“首长，您真了不起，您不但有战略眼光，还有经济发展眼光。”表哥由衷地说。“老首长，您不愧是人民的英雄啊，处处为群众谋幸福、谋发展啊。”许经理忽略了刚才的不愉快，也发自肺腑地说。

“到吃饭时间了，对不对？中午我们喝两盅怎么样啊？老许。”二号首长热情的挽留中透着明显的客气。“不了，我下午还有会。”像离开雷区似的，许经理拉着表哥赶紧告辞。

“小子，你做好准备吧，看首长的态度，估计你和韩红是没戏了。以后啊你们见面恐怕都难了！好在刚有个苗头，感情还没陷得太深，你做好分手的准备吧！”许经理背着手，在前面快速地走着，没耽误语重心长地开导表哥。

表哥尽管加快了尿急的脚步（现在确实是真有尿的人），也追不上许经理在农村蹚过地的步子。他索性不追了，看看手腕上的手表，快中午一点了，便转身往家走。

到家已经一点半了，弟弟白明吃完饭，已经上学了，表姑没吃还在等他。见早晨兴奋地出去，现在耷拉着脑袋回来的儿子，表姑就知道儿子的感情出了问题，那时候还不知道危机这个词，但知道是危险了。“怎么了儿子？不舒服？”

表姑摸了摸表哥的额头，冰凉的，不烧。

“没什么的！韩红今天没上班，她爸叫我去师部了。”表哥坐在椅子上，表情很痛苦地说。“她爸说什么了？”表姑急切地问。“和我什么也没说，不知道和许经理说什么了，看情况不好！”表哥依然保持着痛苦状。

“儿子你可别这样，不是妈说你，她不适合你，更不适合我们家！两家差距太大了，幸好刚开始，都没受什么伤害。来，先吃饭，再去睡一觉，炕头热乎。”表姑很庆幸有这样的结局，她希望表哥找一个本乡本土、知根知底的，朴实善良的姑娘给她当儿媳妇。饭菜很可口，可表哥根本没咀嚼出滋味，一股脑将饭菜倒进喉咙，快速吃完，一头就扎到了枕头上。不是他听话，是他真的很累了，昨天兴奋得几乎一夜没睡，上午又高度紧张，现在他自我感觉心有点哇凉，需要找个地方温暖一下。

炕头像一只滚烫的热手，不一会儿表哥就像被人轻轻拍打一样，舒服地睡着了。不知道睡了多久，睡梦中的表哥，听见韩红在喊自己，他赶紧答应，赶紧睁眼。他完全醒了的时候，发现外面天黑了，全副武装的韩红真的站在自己面前，真的来他们家了。见表哥愣愣地看着韩红，表姑知道表哥还没完全清醒过来，以为是在梦里，“儿子快醒醒，你都睡一下午了，你看小韩来找你来了。”用表姑递过来的毛巾擦了擦脸，像经过生离死别似的，表哥抓着韩红的手哭了。“妈，你怎么不喊我上班呢？”表哥哽咽着说。“我看你睡的挺沉，就帮你向许经理请了假。”表姑笑着说。

背着板正的背包，左右斜挎着挎包、水壶，全副武装的韩红扑进表哥的怀里，也哭了。“你这是干什么？”表哥发现了韩红的装束。“我爸不同意我和你处朋友，我就离家出走了。”韩红很轻巧地说。

但表哥看她穿的带的，不像是仓皇离家的，像很正规的拉练或有准备的演习。

“你父母他们知道吗？”表姑担心地问。“知道！他们说随便我，只要我习惯就行。”韩红让表哥把她身上的披挂一一取下来，然后她依偎着表哥坐下，旋开自己的军用背壶，喝了一大口水。见她精致的小鼻子冒出了细密的汗水，表哥用自己的手绢轻轻地帮她擦了一下。

“那你想怎么办？”终于能接受现实的表哥，温柔地问韩红。“我还没想好，先在你家呆几天再说！”韩红很高兴地说，“我们可以天天在一起了！你高兴吗？白涛。”

用高兴形容表哥当时的心情，那是远远不够的，那得用天上掉馅饼的极度惊喜来形容了。

还没进行卓绝的斗争呢，心上人就背着背包自动送上门来了。但兴奋的情绪刚刚持续到晚上，现实问题出现了。南方出身的韩红，首先是对饮食不习惯，后来是对睡炕不习惯，再后来是上厕所也成了问题。

表姑父长期不在家，平时家里只有表姑，还有上初中的白明。看见韩红来了，表姑怕有点二流子作风的白明让人讨厌，就打发到我们家，让我和他交换几天住宿。那天晚上我正好有事，表哥和韩红都睡了，我才到了表姑家。表姑说，本来让我陪韩红一个屋睡，可韩红坚决不同意。表姑只好把最好的正房收拾出来，让她一个人住。表哥在厨房后面接出来的偏房住。

我和表姑在西屋刚睡着，就听见韩红用好听的声音说：“白涛，我要去厕所。”上完厕所不一会儿，又用好听的哭声说：“白涛，房里有耗子，我害怕，我要你陪我来睡。”

知道我和表姑被韩红吵得都不能安稳地睡觉了，表哥就穿好衣服，去了韩红房间，挨着韩红躺下。好在是阳历 5 月份了，屋里炉子撤了，夜里也不太冷。韩红穿着一套浅粉的睡衣睡裤，仙女一样让表哥身心一刻也不能淡定：“本来你就应该保护我，你看你们家门都没锁，多不安全。不过，我们在一起可说好了，你可得当君子。”让表哥当君子，韩红可没约束自己的举止，浑身焕发着青春气息的身体贴向表哥，两只手搂着表哥的脖子。当时表哥 23 岁，正是热血沸腾的年龄，别说这么美的姑娘在自己怀里，就是一个普通的姑娘，也让人把持不住啊。表哥当时生理特征就明显了，但他极力压制着，一来家里隔音效果不好，二来韩红这么信任地和自己躺在一起，他不能伤害她。

接吻，抚摸，两个躺在一起的年轻人，虽然隔着衣服，但都感觉彼此的情绪到了高潮，都有了想融化在一起的冲动。当表哥实在控制不住自己了，下决心要激情燃烧的时候，一直在门口听声，担心儿子惹出天大麻烦的表姑，关键时刻敲了敲门："儿子，你还是回你屋睡吧，你明天还上班呢！让妈陪小韩睡。"

表姑的话像一盆凉水，把两个人就要熊熊燃烧的欲火浇灭了。表哥恋恋不舍地把韩红放回她自己的被窝里："你好好休息吧，我去那屋了，让我妈陪你吧。""讨厌！你们家人太讨厌了！先让我和张四毛睡，现在又让我和你妈睡，我怎么能和一个老太太在一起睡觉呢？我就和你在一起！"韩红霸道地说着，索性像藤条一样，全身缠在了表哥身上了。表姑自尊心有点受伤害，但还是站在门口啰嗦了两句："孩子们，千万不要冲动做傻事！""阿姨我们都是成年人了，会对自己的行为负责任的。"韩红说完把表哥刚打开的灯"啪"的一声，又拉灭了。

第二天天还没亮，韩红的喊声又把没睡好的表姑和我吵醒了，"白涛，不好了，我鼻子流血了！"睡惯了床的韩红，根本睡不了热炕，鼻子不但流血了，嘴也起了泡。我偷偷掀开门帘往屋里看了看。表哥正心疼地把自己的女人抱在怀里，不知道怎么安慰她才好。

千呼万唤来到饭桌，韩红用好看的鼻子闻了闻炒鸡蛋和炒豆角，又看了看烟熏火燎的厨房，皱紧了光洁的额头。"小韩，你放心吃吧，我没用牛大便做饭，是用木头绊子烧的火。"表姑看着韩红的脸色说。"那我也不吃，您是用猪油炒的菜，我只吃植物油。"韩红说完，进屋打开自己的背包吃带来的零食。

我忙着上班，没管是什么柴禾烧的饭，没管是什么油炒的的菜，狼吞虎咽地吃完就走了。

"红，你将就着吃点小米粥和鸡蛋吧？"表哥把扒好的鸡蛋放在小米粥碗里，端到韩红面前。看着表哥充满柔情蜜意的脸，再看看金灿灿的小米粥，韩红笑了，撒娇地一张嘴说："那你喂我吧。"

到了中午避开韩红，好脾气的表姑小声地问表哥："中午仙女吃什么呢？""她要吃面包和午餐肉罐头。"表哥为难地挠了挠头发说。"那你去买吧。"表姑塞给表哥五十块钱说。

中午我来表姑家吃饭，表姑悄悄地和我说："四毛，这姑奶奶简直不食人间烟火啊，你表哥真要和她结婚了，以后咋生活啊？”“长得好看就这么娇气、不食人间烟火？她不也上厕所？放屁不也那么臭吗？”带着昨天晚上不让我陪睡的怨气，我故意大声地对表姑说。“哎呀？四毛你怎么比白明还不懂事呢？今晚你可别来了。”表姑吓得赶紧用手捂住我的嘴。我说的是真话，有一天我去公司的厕所，听见隔墙蹲坑的人“雷鸣电闪”地放臭屁，熏得我差点晕过去。等那个人风平浪静地站起来，才发现是被誉为仙女的韩红，这么接地气的大动静怎么能是韩红呢？我原以为长这么好看的人，放屁也应该是清香的、与众不同的，没想到她的屁比牛大便臭多了。从此，她在我心里女神的形象不复存在了。

军用壶里的水要用完了，压缩饼干也要没了。表哥只好跑到商店，给韩红买了午餐肉罐头和鱼罐头。

中午总算吃了点东西，鼻子也不流血了，韩红躺在自己的行李上不让表哥上班。“我不上班怎么办啊？”“你上班了我怎么办？”韩红的一个鼻子眼里堵着手纸，很可怜地说。“让我妈陪你，好吗？”表哥用哄小孩的口气说。“不！我和她没什么说的，我为你连家都不要，你连一天的班都不肯耽误啊？”韩红昨天离家出走的兴奋劲儿消逝了，神情有点黯然。

“单位的事多，昨天出货都是许经理替的，今天我得去了。”表哥还是好脾气地商量，“我一会儿就回来。”“不！一会儿也不行，工作你也别要了，和我回南方吧！我姑开公司呢，我们去她那儿。”“这……”说实话，表哥可没这准备和想法。“这什么？你去不去？”韩红使劲地摇晃表哥的胳膊，一活动，韩红的鼻子又流出了血。

看着韩红娇气、霸道和挑剔的行为，表哥火热的心“刷”地凉了。老妈说得对，韩红是温室的花朵，不是自己这个普通和寒酸的家所能养活的。自己和这个家太贫瘠了，完全不适合娇嫩的韩红啊。

“韩红，我暂时不能去，要不你先回去吧！等我把一切事都安排好了，条件成熟了，我去找你。”表哥终于认识到两个人不适合的时候，心不那么难受了。

“为什么？你不爱我了？”韩红睁大好看的眼睛问。

“不是不爱，正因为我爱你，我得为你着想，我们家的一切你都不适应，时间长了你会生病的。我先把你送回去吧，等我们都想好了，将来谁适应谁，俩人能在哪里生活，再在一起好吗？”

“好吧！我也不想呆了，说实话白涛，你们家有点寒酸。你看这黑乎乎的顶棚和墙壁，还有你们家的被子。你穿的秋裤怎么都打着补丁呢？你们家很困难吗？要不要我给你弄几条军用被子和秋裤？”带着可怜、同情的口气，韩红用清澈如水的大眼睛看着表哥说。表哥的脸红了，自尊心有点受伤了，他说：“我们这都烧炉子，房屋很容易被熏黑，不像你们集体供暖。还有，我们家有好的被子、床单、被罩和秋裤，我妈说都留着等我结婚用。”“这还留着，到时候再买不就行了，你妈真是小市民。” 一听韩红这么说自己的母亲，表哥心里不乐意了，但他没有表现出来。他此刻觉得韩红和自己心的距离，有长征那么远。

吃完晚饭，两个人在房间里恩爱到 8 点多。表哥狠下心推开怀里的韩红，默默地替她一样一样地收拾东西，然后又要帮她打背包。“行李不用打了，我不要了送给你用了，还有这水盆、水壶和保温杯统统都送你了！记住，以后洗脸和洗脚不能和大家共用一个盆，要分开以免传染。宝贝儿，生活在这样一个脏、乱、差的家庭环境里，真是难为你了，快点和我走吧！”像离开监狱一样，韩红冲站在门口的表姑扬了扬手，就急急地走出了门。她实在不喜欢被烟熏得黑乎乎的房子，实在不喜欢烧着牛大便往外倒风的灶火，实在不喜欢气色不好的表姑。除了表哥，她实在不喜欢这里的一切。

那天晚上不长的路程，成为表哥一生中最漫长最难走的路，每走一步，都真真切切地感觉心被一双无名的脚，踩得生疼。在二号首长的家门口，两个人眼泪汪汪地对望着，有点生死离别的感觉。韩红从挎包里掏出一块用手绢包着的东西说：“这是从我爸书房里找出来的一块巴林石，我知道你会喜欢的，石头颜色是红的，像我的心一样。如果你想我了，你就看看石头。我在家等你和我一起走的好消息。”“嗯！”接过石头，表哥把柔若无骨的韩红紧紧地搂在怀里，似乎要把她镶嵌在自己的身体里。紧贴着韩红婴儿一样粉嫩的脸，表哥无声地哭了。

根据许经理侧面打听来的可靠消息：韩红回家后的第二天，就被二号首长派人遣送回他们的南方老家。在山清水秀没有牛大便味道的老家，韩红发现自己几天前的感情，确实有点不计后果的冲动，其实适合她的还是美丽的南方啊！到老家睡了一觉之后，和表哥的约定啊，连同难闻的牛大便一起被她当做梦一样，留在了内蒙古！

而深知自己女儿脾气和生活习惯的二号首长，在女儿离家那天就预测到了，从小被娇惯坏的女儿是不会适应这个地方生活的。如果男方不为她改变，她是不会为男方改变的，所以对她的离家和约定都采取了置之不理的宽容战术，结果他真成了赢家。

那时候表哥的家确实很困难。因为有很重的肝病，表姑不能出去工作，每年都会花很多的钱治病。表哥没参加工作的时候，只有表姑父一个人挣钱养家。因为在巴林石厂开车挣钱少，表姑父调到商业局当了采购员。表姑父头脑活络，利用职务之便倒买倒卖点紧俏商品，有了额外收入，家里宽裕了很多。

表姑过日子很节俭，能将就用的东西，她就将就着用。床单、被面很干净，就是补丁带着补丁。表哥和白明外衣都很整洁、干净，可里面的内衣几乎都有补丁。

每天盘摸着那块巴掌大的红色的巴林石，表哥心里很是酸楚。因为贫穷让韩红瞧不起自己的家和家人；因为贫穷，他没有能力留住心爱的人。现在他终于明白了父亲为什么要鼓励自己走仕途的良苦用心，只有出人头地，有了钱和权，才能改变贫穷，改变家族命运啊！

后来那块巴林石，在失眠的几个夜晚，表哥用砂纸硬生生地把它搓成了一个大大的心形。

第二章

那次恋爱失败，表哥更确信了一个道理：现实生活中光有爱情是不够的！

像一阵没有征兆的云，带来了一阵没有准备的小雨，还没等酣畅淋漓地品味爱的甘霖，云散了，雨停了，表哥梦一样的爱情，梦一样地消失了。

当时流行一首歌，歌名叫《我被青春撞了一下腰》，别人的腰撞没撞我不知道 ，但我知道表哥的腰被青春和爱情给撞了，撞得还挺重，重得让表哥走路直不起腰来了，更别说挺胸了。客观地说表哥确实很惨的，初恋刚有点萌芽，就被扼杀在摇篮里了。失恋的表哥，走路涣散、精神颓废，特别是面部表情很复杂，眼神茫然，嘴没心没肺地“贴贴”自喜着。

这不加掩饰的没出息样儿，让许经理很失望：“白涛你还有点出息没？刚处了几天的对象，散就散了，干吗像带走魂似的。你这窝囊样也忒不爷们儿了！”

这天下午大家都下班了，见表哥拿着一个苹果还坐在保管室里发呆，许经理的火气终于爆发了，“大丈夫何‘串’无妻！”许经理一生气又产错字了：大丈夫何患无妻说成何“串”无妻了，这一“串”让压抑了两天的表哥，情绪失控了，顾不上礼貌不礼貌了，哈哈地笑上了。在一串笑声过后，一串眼泪也跟着流了下来。

见自己的“何串”有了发泄一样的反应，许经理认为达到了自己的预期效果，根据他的人生经验，只要找到发泄感情的突破口，窝在心里的苦闷就会逐渐散去的。所以他见表哥哭了，没有进一步安慰，摇着不理解的头，背着手回家了。

像要冲破堤坝，表哥本想借着许经理“何串”的引子，让积蓄在心里的痛苦波浪汹涌一下，但还没等感情泛滥呢，让感情波浪汹涌一下的计划，就被来人终止了。

表哥被韩红甩了的消息，让单位大多数年轻人幸灾乐祸。小伙子们是吃不到葡萄就说葡萄酸。姑娘们认为表哥是攀高枝，地方有那么多好姑娘不找，偏找不喜欢“牛大便”的高干子女，结果门不当户不对，被人甩了。其中有个叫张文静的姑娘，不但幸灾乐祸，还高兴万分。她一直在暗恋表哥，只因为没韩红勇敢，结果被抢了先。头几天她的情绪也始终是在低谷，万幸的是，她在低谷没呆几天，机会又来了。

单位的前门脸是一排门市，有生产资料门市，有副食百货门市。张文静是副食门市的店长。这几天就始终注意着表哥的表情和行踪，下班的时候见大家都走了，唯独没见表哥出来。她知道表哥一个人在办公室，于是她也决定自己上晚班，给自己一个和表哥沟通的机会。当她来到办公室的时候，发现表哥张大了嘴，力度像打喷嚏的前兆。因为是对着门口，表哥及时地发现了来人，及时地终止了要奔流而出的情感。

张文静是个聪明的姑娘，虽然长得很地方。

对她的名字表哥早就提出过不同的意见，说她不应该叫张文静，应该叫张奔放。这个建议是有根据的，也是很形象的。首先张文静的五官长得就奔放。眼睛很大很清澈，似乎一眼就能让人读懂内容；鼻梁挺拔得有点刚毅；嘴很丰满，天天带着热情的没忧愁的笑容；高个子，身材超丰满，爱穿各色的运动服；走路非常有弹性，正常走路时也有跳跃的嫌疑。最惹眼的是她的乳房特别突出，丰满的程度让初次见面的人一定会吃惊。为了掩饰太明显和太惹眼的女性特征，张文静只好选择了中性服饰——运动装。

张文静和表哥是同一年参加的工作。对有文化有教养的表哥，张文静自然是一见钟情。不知道表哥从她那不加掩饰的大眼睛里读没读懂内容，或者根本没有刻意地读过，反正表哥对张文静的态度非常大众。不过从内心讲，表哥不反感张文静，认为她性格朴实，对人真诚热情，是个正直可交的能做哥们一样的好姑娘。

“小白，我就知道你还没下班。”带着热情奔放的笑容，张文静假装没看见表哥还带着泪水的痛苦状。“昨天出水果的数量好像不对，你帮我核对一下吧。”受到张文静春天般温暖的感染，表哥也迅速地变换了一下表情，适时地找回了男子汉的尊严：“好啊，你拿货单了吗？”“没有，在商店里呢，那儿没有人看着，你和我去那儿对一下吧。”别说是有爱心和责任感的表哥了，任何人对着那张笑得十分灿烂的脸都不会拒绝的。

来到商店，张文静拿出几张提货凭据，然后给表哥倒了一杯水。看着表哥低头打算盘的脸显得有些憔悴，张文静的少女之心隐约有点痛。心一痛，眼神就配合着流露出痛的内容了。核对完单子，果然总数差了20斤。“对不起啊，真错了。”表哥抬起头，正好捕捉到了张文静眼里的内容，一下也读懂了：那是一双纯粹的女人的眼神，里面放射着只有姊妹、母亲眼里才有的关爱情愫。

处在非常时期的表哥被这亲人般的眼神感动了，“文静，不好意思，我有点没出息了吧？”“没有，白涛！你这样留恋韩红的感情，说明你是个有情义的男人，挺让人敬重的！”带着真诚的笑容，张文静真诚地说。“文静你真好，真理解人！”表哥像找到组织似地握住了张文静带有茧子的大手。温暖的握手，让张文静的脸上出现了幸福的红晕：“白涛你也不错。”她羞答答地说。虽然表哥心里非常现实、清楚地知道：张文静是能够与母亲和平相处，能和自己一起在秋天，为储备冬天烧柴而去拾牛大便的人，而且她的内在条件符合自家现状，但外在标准与自己理想中的目标相差实在甚远。

表哥的梦中情人应该是和韩红一个模板的：外形娇媚，性格如水，让男人见了不由自主地就会产生一股要去呵护的冲动。在张文静身上找不到娇媚，也找不到水灵气，只能找到阳刚。她像只时刻要护雏的老母鸡，或者换句话说，像一个时刻要照顾男人的大姐姐。

让表哥压抑的是在张文静面前，表哥找不到男子汉的自信。准确地说，表哥没有恋母情结，所以面对张文静包容般的柔情，他又用力紧握了一下张文静的手，真诚地表明了自己的心迹，说："文静，你和我妈一样善良！"

如果是韩红，面对表哥的比喻她肯定会生气的，因为她是个浪漫的姑娘，希望自己的爱人永远像对待小姑娘一样呵护她。而张文静是个传统、务实的姑娘，见表哥把对她的感情上升到了亲妈那一格了，感动得眼泪都要流下来了。那一般人是不能和妈妈比的，像歌里唱的：党啊，亲爱的妈妈。那么自己也是亲爱的了……

沿着自己的思路分析完，张文静抽出表哥握得不太紧的手，眼睛带着母性的光辉说："白涛，你终于明白谁对你真心了吧？"还没等表哥回答呢，没做任何铺垫，张文静已经张开母亲一样博大的胸怀，把还不明白事态向什么方向发展的表哥勇敢的搂在怀里了。张文静站着，表哥坐着，这样的尺度，使表哥的头正抵在张文静丰满的双乳中间。

"白涛，你相信我以后会好好待你，一定不会再让你受伤……"抚摸着表哥的头，张文静温柔地说。脸贴在柔软的有点汗味的胸怀里，表哥的大脑有大约一分钟的空白。他没想到自己表明心态的一句话，让张文静的误解加深了，并且还大胆了，大胆的后果就是：不由分说地让自己又重温到了久违的母爱。这个时候的表哥敢对苍天发誓，虽然是在女人的怀抱里，但心里没有产生一丝杂念和异样，因为在他的心目中，无论是以前还是现在，文静都是像哥们一样的好姑娘。

为了不伤害张文静的自尊心，表哥轻轻地从温暖的怀抱里挣脱出来，轻轻地笑着说："文静你真把我当小孩了啊，不过在你友谊的港湾休息了一会，我又有精神了，谢谢你博大的胸怀！""什么，友谊的港湾？"张文静有点明白表哥的意思了，"你以为我是谁都可以休息的码头啊？""那样理解我可不同意，我们一直是最好的哥们啊！"

"什么？始终把我当哥们啊？"张文静收起幸福的表情默默地站了一会说。"那啥，白涛我要下班了，你也走吧"。张文静说完径直走到栏柜后面去换衣服了。表哥没想到张文静的反应前后落差会这样大，特别尴尬的站在那，走也不是不走还不是。

就在这个时候，刘金瞪着一双鬼鬼“宗宗”的金鱼眼美滋滋的进来了。

从韩红那儿撤退以后，刘金把鬼鬼“宗宗”的目光又转移到张文静身上了。张文静以姑娘家的直觉也感觉到了，但因为心思都在表哥身上，没有时间对接他多情的眼神，开始让刘金很受伤害：为什么自己喜欢的女孩子都喜欢呲着板牙的白涛呢？但后来知道是张文静一厢情愿的时候，他又振奋了，感觉自己只要文火慢攻，争取张文静还是有戏的。

“文静你要下班啊？白涛也在啊？”“刘金你来得正好，帮我锁一下门，然后我们一起去吃饭吧！”张文静换好衣服特别热情地对刘金说。“好啊好啊！”像突然中了彩票一样，刘金高兴得差点跳起来。要知道以前张文静对自己的态度可是冷如冰霜的。虽然他不明白张文静今天的态度为什么这样亲昵，他也不想知道了，这毕竟是个良好的开端。

“今天我请客，白涛你也一起去吧。”刘金欢快地、麻利地上着窗户板和门板说。“人家有事吧？”张文静话里有话地说。“我没事没事，今天我请你们俩！”表哥像找到立功机会似地急急地说。“不能让你请，给兄弟我一个机会吧！让我表现一次！”刘金态度诚恳地说。

“还是白涛请吧，不过今天晚上我突然想起来家里有点事，我们就定在明天晚上吧。”快要走的时候，张文静突然改变了主意。

“行行行，听你的指示，你说什么时候方便就什么时候请。”表哥好脾气地说。

第二天下午六点，按照约定，表哥准时地来到当时在镇里非常有名的烤鸭店。

刘金和张文静早就先到了。满面春风的刘金穿着一套合体的灰色西装，雪白的衬衣打着紫红色的领带。而在着装上最有突破的是休了一下午班的张文静，一改运动员的风格，特别淑女地穿了一套灰色的薄呢套裙，样子还很新颖，小上衣，喇叭裙。平时老扎在脑后的长头发散开了，蓬蓬松松地披在后背上。脸还明显地扑了一层粉，不算光彩吧，也算照人。只有表哥还是平时的装束，牛仔裤，茄克衫里面是干净的白衬衣。这场面让表哥感觉自己像个介绍人，安排他们俩在相亲。

很女性的服饰，让张文静真的很淑女，说话声音比平时降低了至少两分贝，特别是表哥看到她的装束和打扮眼前一亮的表情，还有刘金由鬼鬼“宗宗”变成脉脉含情的眼神，都让张文静小小的虚荣心得到了满足，感觉自己的赌气和包装，还真达到了一点预期效果。

四个菜上齐后，表哥简单地做了开场白。本来呢表哥也反复地推敲和准备了多遍的致酒词，自我感觉还很煽情，主要是想表达张文静几年以来亲姊妹一样对自己的关心和爱护，但一看俩人的衣着，明显带有预谋做情侣的嫌疑，这样的场面，他认为无需太多的致辞了，端起一盅酒：“感谢二位给我面子，亲自隆重到场。我们还是按照许经理平时教导我们的八字方针喝酒吧，不等、不靠、自愿、自觉。”表哥说完，把一杯酒先喝了。许经理的八字方针，单位职工都领会了其中的精神，落实在工作中实用，提倡在酒桌上也实用，所以刘金和张文静也没含糊，都喝了。按照草原的习惯，百灵鸟双双飞，表哥提议完两杯酒后，大家就可以自由发挥了。但因为人少，循环的力度不大，总好像共同找酒似的。

不一会儿，张文静的脸就泛起了红晕，喝酒前刻意做的性格转型，在52度套马杆酒的作用下，又转回到了朝气蓬勃的那一波段上。外套脱掉了，露出里面不太白的线衣，她取代了表哥东道主的位置，频频地找两位男士碰酒。表哥酒量还可以，不过在喝酒的时候多少表现得有点不实在，酒盅里总剩一部分；有时候再借由子出去要点咸菜、餐巾纸什么的，一是少喝点酒，二是给他们俩一个单独说话的机会。

张文静究竟找了几轮酒，表哥也不知道了，反正刘金喝得厚道了，厚道的眼睛就盯着张文静看了，身子也逐步地向她身边靠拢。张文静也喝得豪爽了，豪爽的张文静老骂表哥不实在，是滑头；表扬刘金够哥们儿，中交、靠谱。说着就亲切地搂住了比她矮半头、特别中交的刘金的肩膀。虽然刘金喝得有点含糊，但动作很靠谱，眯着一双朦胧的眼睛，把自己的小脑袋瓜儿，幸福地靠在张文静肉乎乎有担当的肩膀上了。

场面有点暧昧，表哥感觉任局面发展下去，后果不是自己想要的。他私下认为：张文静配不上自己，刘金配不上张文静。但毕竟是自己请客，给刘金创造了投机的机会，为了适时地扭转局面，他把刘金的小脑袋瓜从张文静肩膀上扒拉过来，然后提议说："酒不喝了，我们进行下一个节目，到舞场潇洒一下吧。"那个时候的年轻人，最喜欢的就是跳舞。果然舞姿不错的张文静非常响应，饭也不吃了，拉起还在闭目品味幸福的刘金就走。

舞厅就在饭店顶楼，因为是针对吃饭人开放的，时间又不算太晚，所以跳舞的人不是太多。他们三个进去的时候，舞曲已经响起来了。表哥找了一张空桌，安排他们俩先坐下，然后自己去买饮料。

听着熟悉的舞曲，张文静的情绪调动起来了，但她还是坚持坐着，左右搜寻着，希望有人来邀请她。暂时她不想和刘金跳舞，因为两个人的比例有点失调。但等到一支舞曲结束了，让她伤自尊的是，竟然没有人来邀请她。这个时候的刘金又适时地体现出理解人的"中交"了，很绅士地站起来，正了正领带，弯下腰优雅地对张文静做了个邀请的动作。

没有挑选的余地了，张文静只好克服困难走男步带刘金了。为了表现自己娴熟的舞步，张文静带着刘金常常做出一些高难度动作，一会儿转圈，一会儿绕臂，一会儿前进，一会儿后退。这下苦了刘金了，本来酒喝得不少，头就晕，现在又要配合这样一系列的高难度动作。结果几个回合下来，他就跟头趔趄地招架不住了，舞曲的节奏掌握不了了，舞伴的步子跟不上了。最后大家发现张文静不是在带舞伴，是在拽舞伴。

他们滑稽的、别开生面的舞姿，十分招笑，不少人不跳舞了，停下来看他们。投入在舞世界里的张文静根本没发现这严重的不协调，借着酒劲近似疯狂地拽着刘金旋转着，有点像发泄心里苦闷的成分。因为动作幅度比较大，喇叭裙真的像喇叭一样展开了。拼命追随张文静脚步的刘金，一只鞋被踩掉了，这下步子更跟不上了，他小声地扬起头说："文静停一下，我提一下鞋。"音乐声太大了，张文静根本没听见。刘金只好自己退了一步，松开张文静的手蹲下提鞋。

表哥是这个时候进来的，刚进来的表哥一眼就发现，大家都停下来在看张文静。张文静在舞池中间半闭着眼睛，宣泄般地在旋转，裙摆大幅度地飘逸着。

表哥正要找刘金呢，舞曲停了。刘金红着脸带着醉意摇晃着身子，从张文静的裙摆下面钻了出来。大家看到这一变戏法似的场面，笑得都直不起腰来了。

主角张文静对自己无意识导演的节目，毫不知情，起伏着让人惊心动魄的胸脯，无辜地问："都傻笑什么啊？笑你呢吧刘金，你跳舞的基本功需要加强了啊！"

关于舞厅裙子底下大变出活人这件事，第二天在市面上就传出了两个不同的版本。版本一：有个身材高大的胖美女把一个瘦小的舞伴旋转得脱离了地面，最后人和鞋都被甩了出去。版本二：有一个穿着大裙子身材超丰满的女子，用乳房把一个瘦小的舞伴拍晕，舞伴最后被卷入裙子里面了……

表哥听到传言后，首先找到男当事人刘金想安慰一下。让表哥意外的是，男当事人对这些传言没有表现出应有的愤怒，而是带着满足的表情说："张文静真是个典型的女人，要真像谣言里说的那样，天天用乳房甩我拍我，我都愿意！"一副"牡丹花下死，做鬼也风流"的陶醉状。

女主角的反应呢，脸有点变色，但态度很大度："我哪那么有劲啊，不过刘金确实不抗甩！"

当时还是少女的我，对这件事很好奇：文静姐的乳房那么有弹性和力度啊？把刘金哥哥都拍蒙了，有点不可思议。

后来我终于有机会见识到了传说中张文静的大裙子和大乳房。说实话，她的乳房确实很大很丰满，我看了都有点惊讶地心跳。至于能藏人的大裙子，也确实摆度很大，能和蒙古大得勒（蒙古袍）媲美了，特别是走起路来，像旗帜一样招展。我感觉有点不太好看不说，还挺浪费布的。

一不留神，张文静在我们板街成名人了。

现在的人靠炒作出名，过去没"炒作"这个词，倒是早就有造谣这个词。张文静就是靠别人造谣给造出名的。人一火，商店也火了，不少人慕名而来，假装买点东西，其实是一饱眼福。开始大家还不明白商店销售额突然上涨的原因，等后来才发现大家的焦点都在张文静身上突出的部位上了，才发现是名人带来的效应。尽管张文静包装上了白大褂，但薄薄的大褂怎能掩盖住"庐山真面目"

呢？不久张文静就有了个让她上火的绰号——张大奶妈。有个无聊的人还在挂在商店墙上的意见本上写了两句有点黄的诗：张大奶妈关不住，白兔一般出墙来……再有承受力的姑娘，再丰满的姑娘也不喜欢人叫她奶妈啊。可自古到今，又有谁能控制住谣言的传播呢，何况这谣言不是空穴来风，是有根据的。这事还没办法依靠组织的力量出面制止。张文静开始闹心了，她一闹心，就休班了，在家开始怄气。

商店两天没有张文静的身影，有人失落，有人心疼了。失落的是来饱眼福的人，心疼的人自然是命运和张文静联系在一起的刘金。尽管刘金被谣言传播得像只没有缚鸡之力的瘦猴，但他没有一丝一毫的不愿意，相反他也“贴贴”自喜上了，因为他十分愿意把自己的命运和张文静绑在一起。

张大奶妈也不算是丢人的事，有多少女人想拥有还没有呢！(那个时候还不时兴丰乳呢！)刘金私下窃喜地想。现在见张文静苦恼了，刘金感觉表现自己的机会来了，下班买上礼物骑着自行车，就往张文静家去。

表哥的心情和刘金相反，他特别自责，因为自己的缘故让心情不好的张文静赌气喝多了酒，闹出了众人皆知的笑话。他把这件事的原委和表姑说了，表姑说：“儿子我认识文静，是一个非常朴实、善良的好姑娘，那么丰满健康的女孩子多难得。不像我黑瘦的一点抵抗力都没有，老得病。要是能把她娶进咱们家，那可真是一家人的福分。”表姑不紧不慢的口气中带着渴望。母亲的话让表哥重新用爱人的角度对张文静进行了一遍梳理，通过认识到现在，一系列接触的记忆表明：排除她与韩红相貌、风情的对比程度，现实中的她还真适合自己的家庭，特别适合和母亲相处，还有重要的一点是：他不讨厌她。

带着权衡利弊后的答案，表哥决定去张文静家找她，向她表明自己的心态，去追求张文静。

刚走到张文静家门口，就看见刘金拎着一大包东西在敲大门。“刘金，你也来了？”自信的表哥当时还没意识到，刘金在他和张文静之间构成的威胁。“我来看看文静，白涛你怎么也来了？”刘金依然是西装革履的，大背头铮亮，脚上的皮鞋铮亮，一副新女婿上门的样子。“刘金我感觉有点对不起张文静，

请一次客吧，还请出外号来了，咱们哥们没什么，一个女孩子怎么能承受啊？”表哥上下打量着刘金说。“嗨，有你什么事啊？你自责什么，那别人要说瞎话你能制止得了？不是有一句话吗：走自己的路让别人说去吧！再说文静没那么小气！”表哥不由得用发现的眼光看刘金了，别看他被人说得那么不男人，其实遇到事，他还真挺伟大的。刘金又从口袋里掏出一个红金丝绒面的小盒说：“哥们我一辈子都感谢你给我们俩创造的爱情机会，我们家房子被占了，国家给了一笔补偿款，我可以给文静买个大楼房。还有她不愿意上班被怕别人当明星看，就辞职。我给她开个石头店，现在这个生意挺好。总之，我一定能给她幸福。还有这个是我给她买的金戒指，今天当着她家人的面，我要正式向她求婚。”一句一句含金量特别高的句子，从瘦小的刘金嘴里轻松地溜达出来，像一发发重型炮弹在表哥耳边炸开。表哥的自信、想法、给母亲一个孝顺的交代，都被这一发发炮弹炸碎了。他再次意识到：人的能量与风度、相貌毫无关系，自己除了一副好皮囊，还能给张文静什么呢？

张文静出来了，看见表哥，她带着“哥们”一样礼貌的表情，和他打了个招呼，感谢他来看她。转身对着刘金，她的热情有点夸张，高大的身躯想挽住刘金的胳膊，感觉有点费劲，所以像搂小孩一样。她舒服地搂住了刘金的脖子，向院里走。“哥们你也进来吧？我希望你见证我们幸福的时刻。”刘金在张文静白胖胳膊的重压下，极力回过头来问表哥。表哥又一次被青春撞腰了，他没想到张文静一次被他拒绝，就再也没有给他反悔、重来的机会。

不知道那天晚上，刘金都表现了些什么，反正第二天张文静就恢复了朝气蓬勃的老样子，挺着高耸的乳房骄傲地昂着头，迈着天鹅一样的步子又出现在三尺柜台里面了。刘金也不甘心在幕后了，瘦小的身躯时刻出现在距离张文静不远的范围之内，典型的英雄护美举动，虽然看上去自身没有什么安全感。

裙子变人的故事，传到许经理这儿，不知道是第几个版本了，但许经理知道身体突出这部分，根本不属于自己管辖范围之内。但为了减少不断增加的轰动效应，他对三个当事人在工作上做了必要的调整。表哥如愿以偿地开上了单位刚接回来的新车，张文静接替了表哥的保管员职务，刘金接替了张文静副食店组长职务。

如愿以偿地当上了汽车驾驶员，表哥没有想象中那么高兴，他觉得得失之间有点失衡，失去张文静的痛苦远大于开车的快乐。倒是张文静很高兴，仓库保管员属于办公室的人了，也很实惠。出货的人想出点好水果，都得和她套近乎。只有刘金由办公室下放到了店组，外人看着有点不公平。

刘金看问题和分析问题的角度和别人不一样，在他看来自己是个非常幸运的人。首先他刚露出点要追韩红的举动，就被明察秋毫的老领导制止了，其实是挽救了自己，没有和白涛一样受伤害。其次和张文静跳舞，谣言把自己说得手无缚鸡之力，但因为自己中交、靠谱的表现，最终赢得了美人归。尤其现在让他特别满足的是，因为工作需要，每天出货都能看到张文静。张文静呢，通过这段时间的观察，也发现了一个问题：白涛不实在、心眼太多，且好高骛远，是个无法掌控的男人。而刘金呢，厚道、实在、善解人意，还死心塌地崇拜自己、爱自己，舍得给自己投资。唯一的缺点呢？就是身材袖珍点。很现实的张文静不在乎这点了，深入地接触了一段时间之后，她发现其实刘金属于浓缩型的精品系列的。

表哥开了一年车之后，新鲜劲儿过去了。虽说跟着许经理公费去了很多的大城市，但旅途的劳累和单调，让表哥有一种虽然握着方向盘但却找不到正确方向的感觉。他最近内心产生了两个怀疑，第一个：他对父亲给自己设计的曲线奔官的路线，产生了怀疑；第二个：看到张文静和刘金如火如荼的恋爱，对自己拟定的媳妇标准也产生了怀疑。这期间，有人给他介绍过很多的对象，他一个都没看上，大家都说，他是被韩红刺激得有点找不到北了。

“白涛，不是哥们说你，那韩红不是该咱们惦记的，现实点，找个适合自己的吧！”沉浸在幸福中的刘金，有一天坐在表哥的车上，以成功的过来人口气说表哥。这次表哥去赤峰市里拉货，刘金正好休班，就跟着去了。他到市里两次了，目的都很单纯，专程给张文静买特号乳罩。原来我们板街里没有特号的乳罩，张文静就穿自己做的，因为没质量，把乳房形状衬托得很不好看。自从和刘金好上以后，刘金就把呵护的重点放在张文静突出部位上了，自己亲自到赤峰，自豪地为张文静买乳罩。

“你小子尝到爱情的滋味了？”回来的路上，刘金手里老摆弄着装乳罩的袋子，脸上的表情呈深刻回忆状，表哥有点妒忌地问。“呵呵，说实话，张文静和我有今天，有你的功劳啊！”“我有什么功劳啊？是你们俩有缘分！”表哥言不由衷地说。“缘分是有，可机会都是你给创造的。”刘金实实在在地说：“要是你小子先下手了，还有我什么事啊？”“这我承认。”表哥带着打掉牙往肚子里咽的表情说。“白涛你不知道文静有多好有多温柔、多善良，我们全家说让她选个大楼房，她坚决不干，非得先让我爸妈买大的，我们买小的。说句不孝顺的话，如果在我妈和她之间让我选择，我还真的选择她，没她我可能活不了！”刘金情真意切地说。“不至于吧？我鸡皮疙瘩可起了！”没有感受的表哥认为刘金是在做戏。“我们哥三个，原来我妈最不喜欢我，也从来没重视过我。自从和文静好上以后，我才知道什么是温暖什么是爱了。头几天我发高烧，在家躺了半天，文静知道了什么都没说，背着我就去医院输液。输液的时候，还把我的头抱在她的怀里，多好多善良的女人啊……”刘金的眼圈又红了。“没人的时候我自己发誓了，无论我将来发多大的财，当多大的官，文静变成什么样，我都不会抛弃她，除非她变心了。我现在天天都在自学文化课，准备报个电大！下决心要混出个人样来，一定给文静一个好的生活！”表哥被刘金的表白感动了，发现爱情的力量把刘金变得高大了。

爱情让人的思想境界高远了，但让人的心胸狭窄了。

有一天，表哥拉回来一车水果，搬运工半天才卸完。表哥和张文静核对完进货单以后，果窖里就剩他们俩了，一看表，也到下午下班时间了。刚才表哥帮着卸水果了，后背出了点汗，现在汗落了，后背有点痒。他左右寻摸了半天，也没个可以解痒的东西，手还够不着，越够不着越痒痒，实在坚持不住了，他索性靠着摞在一起的筐上蹭蹭。刚压完卡片的张文静发现他的动作了，“你干吗呢和猪似的？”“后背刺痒得难受，你这有痒痒挠吗？”表哥侥幸地问。“我这哪有那个玩意啊！你别蹭了，把衣服都蹭坏了，来，我帮你挠挠！”没等表哥表态，张文静已经把蒲扇一样的大手，深入到表哥的后背上开始工作了。手到痒除，表哥刚才还刺痒的感觉马上就变得舒服了。不一会儿，张文静的大手，就把表哥不太宽阔的后背全面透彻地扫荡了一遍。表哥特舒坦地说："谢谢你，文静，手到病除，哥们你真够意思！"

要说总结表哥一生中很多的故事，往往就发生在寸劲上。这一不正常的挠痒痒镜头，被来接张文静下班的刘金真切地发现了。虽然他不怀疑张文静的爱情，但在他心里，表哥一直是他爱情路上的隐患，况且张文静还喜欢过他。现在看两个人亲亲密密的动作，他以为他们现在是背着他和好了。狭窄的思维定格到这儿，这个瘦小的男子汉感觉天塌了，他什么话也没说，扭头就跑了。

表情很惬意的表哥真切地看到刘金了，真切地看到刘金发现他们的动作后，表情由痛苦转变成绝望，然后奔跑的闪电镜头了。敏感的表哥心里不舒服了一下，感觉张文静优质的服务态度，可能让刘金产生了深刻的误会。他赶紧挣脱了还在热情投入灭痒工作的张文静，紧张地说："文静不好了，刚才刘金来了，看我们这样呢，估计是误会了，什么都没说就跑了，我们赶紧去看看他吧！""哈哈，白涛你别自作多情了，我们金子傻啊，我们咋样了啊？你在前面我在你身后，能做什么啊？我再能耐还能强暴你啊？"张文静没心没肺地乐上了。"你别乐了，文静，刘金的性格我知道，对事他想得偏激，我们还是看看他吧！"表哥说完就上了升降机。张文静见表哥的表情挺严肃，也不乐了，跟着上来了，嘴里还念叨着："你放心，金子没那么小心眼！"

等他们终于在副食店的仓库里找到趴在桌子上的刘金，两个人的心真放不下了，高高地悬上了。就十分钟左右的工夫，刘金的嘴唇青了，满脸是泪水，眼睛紧闭着，手里还攥着一张纸。面前还有一个开了盖的农药瓶子，整个一个专业自杀状。张文静发现事态真不好了，连声推着刘金喊："金子你怎么了？金子！"

表哥赶紧拿过那张纸，上面很潦草的几个字："文静我不恨你，只要你幸福，白涛……"估计是药劲儿发作了，没写完。"文静别喊了，我去开车，赶紧去医院！"表哥撒腿就去开车，迎面差点撞上许经理。"慌慌张张的干啥呢，白涛？""许经理，刘金出事了，送他去医院。"表哥带着哭腔说着，没耽误跑步。"去部队医院，那儿人少，还近！”许经理果断地说。

开车没用几分钟，紧闭双眼、始终不说话的刘金，被满脸不知是汗还是眼泪的张文静抱进部队医院的抢救室。许经理亲自找的院长。矮胖的院长检查了一番以后，用很细的嗓音，听起来像咬牙生气的语调说：“没什么大事，看样子药性不大，年轻人干什么不好，玩自己的生命！洗胃吧。”一听洗胃，刘金一直紧闭的双眼，立刻睁开了，“我不洗，那太痛苦，还不如死呢！”“你不是勇敢吗？连死都不怕，洗胃算什么啊！”许经理虽然不知道刘金自杀的原因，但十分气愤他的自杀行为，“白涛，张文静，你们俩抓着他，洗胃！别耽误了！”

刘金拼命地挣扎，但在张文静和表哥的镇压下，完全徒劳，还没等再说什么，管子插到嘴里了，水一壶一壶地倒上了。刘金的鞋和袜子都踢打掉了，浓重的脚臭味立刻弥漫在抢救室里。医生和护士都戴着口罩，还没什么反应，张文静、表哥、许经理都被熏得差点要晕过去。特别是负责压着刘金的腿，离灾区一样的脚最近的表哥，受灾更严重。他尽量出气，半天才敢进一口气，此时也有生不如死的感觉。

“你说你死得这么匆忙干什么？你想死也没关系，把个人卫生都处理好了，干净地去阎王爷那儿报到，省得你没死再熏死两个。我还就纳闷了，居然还会有这么臭的脚？赶上农药库的味儿了！”许经理撤离到门口，深深地呼吸了一口新鲜空气后，背着手徘徊着，开会一样分析着说。

“许经理你就别说了，你看金子多难受啊！再说他也没准备死啊！”张文静摸着呕吐的刘金的头，哭着说。“没准备死？又为什么要迅速地死呢？”许经理停下脚步，生气地问。“这不是闹误会了吗？”张文静哭唧唧地说。

见刘金只有吐没有挣扎的力气了，表哥也跑出了房间，贪婪地深呼吸了几下。他把许经理拉到一边，有点结巴地说：“许经理，你听我说，他吧，是因为误会，临时想自杀的！”“这当中又和你有关系吧？”许经理背着的手改成了叉腰：“你要我说你什么呢？白涛，我是很看好你的，你自己清楚吧？可你……”许经理沧桑的脸上，露出种大米长出谷子来的失望和痛心。

面对这样一张不再信任、不再亲切的脸，表哥感觉自己的神经比刚才的脚气味刺激得还重了。他理解刘金为什么产生迅速要死的念头了，因为他现在也有了要尽快让自己消失的念头了，还有什么比让许经理对自己失望更严重的后果呢？

洗完了胃，刘金被张文静舒服地抱着上了车。事情被张文静解释开了，再加上刘金也没有真想英勇就义的决心，就喝了少少的一点农药，和品尝性质差不多少，倒是洗胃的滋味有点生不如死。不过看到张文静对自己喝药后着急的表现，他感觉很值，同时也觉得自己误解了白涛他们两个了。舒服地躺在张文静温暖、柔软的怀抱里，刘金有一种塞翁失马的幸运感觉。

他没事了，表哥蔫了，大脑有缺氧的感觉。等把人和车分别送回去，晚上九点了，他的精神彻底垮了，也和刘金一样，见到给自己开门的母亲，一头扑进母亲的怀里，孩子似地张开大嘴，哇哇地哭上了。

表姑摸着儿子的头，任他在怀里哭了个痛快。在哭的间歇，表姑给儿子打了一盆洗脸水。像下了一场淋漓的雨后乌云散去，表哥心里亮堂了许多，很多梗塞的事，在母亲温暖的怀抱里溶解了很多。洗了把脸，看着镜子里那个眼睛哭得通红、女人一样脆弱很不爷们儿的面孔，表哥为刚才没出息的表现，不好意思地"贴贴"自喜了一下。

"儿子，发生了什么事？"表姑为儿子沏了碗热热的油炒面。表哥真的饿透了，一口气吃了两大碗，稳住心跳了。表哥这才把最近发生的和他相关的事情，全部向表姑做了汇报。表姑知道自己儿子的性情，一般情况下是很躲事的，可现在碰上的事是显然没有预兆的，是紧赶慢赶赶出来的。"人活着什么不经意的事儿都能碰上，只要良心端正就好，这都是教训：女人面前是非多，以后再碰到这样的事应该把握好尺度。许经理也知道你的本质，不会误会多深的。今天晚了，明天你去他们家解释解释，没有什么大不了的事！"

母亲轻柔的一番话，像滚热的油炒面一样，暖得表哥身心特别舒服，一舒服睡意和疲劳就及时地来了。表姑赶紧为儿子铺好被褥。表哥硬撑着脱了衣服，就打起了轻微的鼾声。

第二天早晨醒来的时候，表哥看着发黄的屋顶，发了半天呆。他奇怪自己

夜里做的梦。梦境里张文静居然和自己结婚了，还进了洞房，自己还真切地抚摸了她的乳房……尽管是在梦里，但表哥为自己梦里的行为，感觉到又一次有点对不起刘金。

幸好是梦，幸好是张文静给自己挠后背。要是换个角度，自己给张文静挠后背，那动机再纯洁也说不清了，后果就和梦一样了，表哥还真为自己庆幸。

“喝药”事件过去没几天，刘金怕和张文静节外生枝，就果断劝说张文静和他双双办了停薪留职手续，用他们家的一部分占地款，两个人开起了巴林石店。

对张文静和刘金的举动，表哥非常羡慕，他们居然有勇气停薪留职，出去做买卖，而自己没有这样的选择机会。他原来想干雕刻，父亲说靠手艺吃饭的人，辛苦不说，没有多远的前景，如果表哥执意要做自己喜欢做的事，也可以，以后无论成家还是立业他都不会给他一分钱。面对母亲乞求的目光，表哥只好屈从了父亲的威胁。

表姑父是个基本不理家事的人，原来他是巴林石厂的司机，天南地北地跑车送货，基本不在家。现在他是商业局的采购员，常驻在市里的采购组，据说非常忙，在家的时间是非常有限的。

我一般在过年过节的时候才能见到表姑父。他长相特别特别年轻，面孔白净，有一口整齐、洁白的牙齿，鼻子高挺，有一双和表哥一样一样的桃花眼，衣着洋气、干净，和表哥站在一起，像兄弟。长相大众、未老先衰的表姑和表姑父在一起，毫不夸张地说就是娘俩儿。不知道相貌代沟，是不是导致表姑父不愿意回家的原因之一。

但他的工资总是按时交家的，稀罕的东西有时候也会捎回来，特别是表哥开车的那段时间，捎的东西也明显增多。那个时候还不时兴“二奶”这个名词，有了外遇的人就被称为作风不好。大家暗地里都说表姑父作风不好，在外面有女人。

有一次，喜欢打听事的二表姑，侧面地问经常和表姑父见面的表哥，问他父亲身边有没有看着和他作风不好的女人。表哥对这个问题很反感，很冲动地顶撞了二表姑几句，说她有无事生非的嫌疑。

对这样的结果，二表姑非常生气，说这孩子还是包庇自己的父亲，不体谅他妈差不多是守活寡的感受。这话传到表姑的耳朵里，表姑反倒很气愤妹妹的多事，说二表姑的丈夫倒是天天在家守着，可天天喝酒闹事，不往家拿钱，弄得二表姑天天出去干重活。她自己还不知道，其实她自己才可怜呢。

表姑父虽然不常回来，但只要回来就不让表姑干一点儿活，挽着雪白的衬衣袖子，为家里人做带有外地风味的饭菜。一家人团聚的幸福时光虽然短暂，但却有很高的质量，让经常遭受丈夫欺压的邻居妇女们很是羡慕。这有质量的几天，连同好吃的菜肴，让表姑总是满足地回味几个月，直到表姑父再回来。

表哥和他的弟弟白明对父亲的感情，没有母亲回味得那么深厚长远，他们甚至习惯了父亲不在家的日子。在他们的生活中只要有母亲，有零钱用，一切就正常。在父亲回来的那几天，他们倒会感到陌生和拘束。

家里如果没有特殊情况，属于表姑能力之内能处理的事，表姑是不会打扰表姑父的。但现在儿子的情况，涉及前途和命运，表姑感觉有点棘手，有必要向表姑父汇报，所以她连夜写了封信。为了表示情况十分火急，表姑奢侈地用挂号的形式，寄给了属于“高级领导”的表姑父。

信寄出了很多天,没有接到表姑父的回音,但就在表姑要升级发电报的时候，好几天没给表哥好脸色的许经理，突然向表哥宣布了一个让他做梦都没有想到的好事：他可以带薪去市里的商干校学习两年，毕业后颁发中专学历证书。

这个中专学历证书意味着，表哥一只脚在向仕途方向迈进。

“不知道你老子费了多大劲，给你弄到了这个上学的名额。你是个聪明的孩子，珍惜和把握机会吧，不要老在女人问题上磕跟头，小心磕到作风那边去。”许经理递给他商干校的录取通知书，语重心长地说。说实话，听到这个消息之后，表哥太惊喜、太意外了，他高兴地想找个地方大哭一场。表面上他“贴贴”自喜地在听许经理教诲，但他的思绪和想像早就飞到市里，飞到了商干校。

为了感谢许经理宽厚的支持，表姑在表哥要走的头天晚上，做了一桌当时算是丰盛的饭菜，特意请许经理一家来他们家吃饭。

其实如果没有出现一系列的事，表哥应该请张文静和刘金一起来吃饭的，但和张文静一近距离接触，就会产生意想不到的后果。表哥决定听许经理的教诲，不能在女人问题上磕跟头了，就请刘金一个人帮着陪许经理吃饭，也是借此机会证明一下，自己和刘金之间的隔阂和误会都解开了。

两杯好酒一下肚，许经理很领导的表情，被酒精融化了，有个性的基层脸露出了慈祥的笑意。手不见外地给自己傻老丫头不停地夹菜，眼里的目光也不敏锐了。

“为了感谢大哥和嫂子对白涛的照顾，我敬你们两杯酒！说实话，没有大哥的严格教育，就没有白涛的今天。”端起酒杯，表姑消瘦的脸上挂着真诚、讨好的笑容，眼里却闪着晶莹的泪花。

许经理能分析出这多重表情后面隐藏着多么难言和无奈的内容，所以他没说什么，和老伴爽快地把两杯酒都干了。“弟妹，说实话还是你把孩子教育得好啊。其实什么样的孩子在我眼前一过，我就能看出三分来。”许经理冲着表姑亮了一下空酒杯，然后很响亮地打了个饱嗝说。

又喝了表哥和刘金分别敬的四杯酒，许经理多皱的眼皮有点沉重。“别看我平时骂刘金多点，但这孩子还是不错的，大大咧咧，实在。能娶张文静做媳妇，是你小子的福分。文静是我看着长大的，朴实、本质好，是个旺夫相，将来无论是在家庭还是事业上，你们俩能互补。改革开放了，孩子们，你们赶上了好时代。”许经理说话的时候，目光集中在酒杯上，低沉的口气带着算命一样的玄机。

一直习惯被许经理训斥的刘金，突然遭到这么高的评价和表扬，一时有点不太适应，脸上的表情变得很是复杂，眼睛想哭，嘴咧着还想笑，最后自己端起酒杯，没表达内容就一口喝了一杯。其实虽然他什么都不说，表哥和许经理也都清楚，他心里想的是：自己一直不太对路的努力，终于有了对路的肯定和回报，他是为自己庆贺呢！

自己喝完，刘金分别为许经理和他老伴斟了两杯酒，然后深深地鞠了一躬说：“在刘金的心里，许经理和许大娘就是我的再生父母，平时训我是让我好好做人，好好成长，刘金一直铭记在心。”刘金的眼睛大，眼泪也不小，冰雹似地把许经理砸得有点晕。

“孩子你快坐下，大娘先喝了。这孩子就是仁义！”刘金的举动很有效果，把善良的许大娘和表姑都感染得眼圈红了。

表哥坐在一边，感到有点受冷落，今天的主题和主角好像有点错位，风头停在刘金那儿了。“仕途有发展的是白涛，但我喜欢说实话，如果以后你磕了跟头，那没别的事——女人。自古英雄难过美人关，你不算英雄，但你面相犯桃花。小子，要江山还是要美人自己权衡啊！” 说这话的时候，许经理依旧没有抬头，说话的底稿似乎在酒桌上。

表哥站起来刚要表态，让许经理一个手势制止了：“小子什么都别说，我也是从年轻时候过来的。想当年你叔我也潇洒过，在乡供销社也算个人物，有好几个长相不错的姑娘追求我。”许经理红红的脸上露出难得的甜蜜。“后来都嫌他们家穷，吓跑了。他们家哥七个，一拉溜秃小子，晚上一睡觉，满地都是臭鞋头子。”许大娘冷静地补充说。

“这的确是事实，看过我们家吃饭的人都说，我们家那不叫吃饭，那叫抢饭。不过是我的人格魅力，征服了你们的大娘，别看你大娘现在一脸抽抽褶儿，年轻的时候那也非常的漂亮和水灵。”

我们把目光都投向了脸色灰暗的许大娘，睁大眼睛想寻找她脸上曾经的漂亮和水灵，但不能欺骗的事实是：无情的岁月把许大娘曾经的美好荡涤得非常干净，只剩下符合大娘或者大婶所具有的慈祥和沧桑。

“10多年前的时候，供销社有一个女的对我挺好，不瞒你们说我有点动心。”许经理脸上露出不好意思的一抹羞涩。“不是有点动心，是确实动心，魂都丢了！”许大娘不温不火地补充着，一边给傻姑娘夹菜，一边用手绢给傻姑娘擦嘴。

“是真的，连你大娘都察觉到了。那个女的真是特别，一个人带着个孩子，干净、温柔，身上老是带着一股香气。”许经理不自觉地吸吸鼻子，似乎还在回味那股迷人的香气。

“她是卖雪花膏的，天天擦公家的，还挑贵的擦能不香啊？要我，我比她还香！”许大娘捧哏似地又补充说。我们实在都忍不住了，哈哈笑了。

“那确实！”许经理很无奈地说，“那时候的人多保守啊，你要犯了男女作风问题，轻则挨批，重则开除。再加上我被提拔成镇供销社的主任了，为了家庭和事业，我没再理她多情的眼神。”许经理很伤感地说。

“那是因为你被调走了，看不着她多情的眼神了！”听着两个很农村很土气的中年人，说着与他们年龄和相貌都不符合的时尚词汇，大家乐得眼泪都出来了。

“大娘，现在那多情的眼神在哪里？”好不容易停住笑，刘金问许大娘。“红颜薄命，早得病去世了。可瞎那人了，把你大叔坑够呛！”像说别人的事情，许大娘平静地说。“不过你大爷没有白相中那女的一回，她临死之前还留给你大爷一个宝贝疙瘩。”“什么宝贝疙瘩？”表哥好奇地问。“就是红宝啊！”许大娘指了指傻丫头说。

在场的人都不说话了。他们都没有想到：许经理老两口百般宠爱的傻丫头红宝竟然是别人的孩子。

表哥送走许经理一家的时候，发现倚门的石头不见了，后来在许经理的家里，表哥看到了那块四四方方的巴林石。表姑知道许经理喜欢巴林石，为了感谢许经理爽快地答应表哥带薪上商干校，她背着表哥把石头送给了许经理。

在表哥走的时候，许经理送给表哥一个捆扎特别严实的纸盒。没人的时候，表哥打开一看，是十方冻底非常漂亮、尺寸标准的巴林石印章。

第三章

重新走进校园的表哥，像鱼儿回到了水里，终于有了放飞自己心情和施展组织才能的空间。上学之前，表姑父用自己退役的依旧很新、很时尚的衣服，为表哥做了一番简单的包装。包装后的表哥再加上春风得意的神情，用风度翩翩形容真不为过。

去学校的路上，表哥在商店的橱窗里，看到了自己的形象。他发现自己此时的形象不像是读书的，像去应聘的，如果再背上一包东西，像搞推销的。琢磨了半天，他终于找到了自己不完善的地方：缺一副象征着知识的眼镜。毫不犹豫地找到眼镜店，他决定奢侈一回，为自己配一副近视镜。配合店里的工作人员反复地折腾了半天，结果他的眼神不是一般的好，是非常的好。那也没改变主意，他买了一副和近视镜样子雷同的平光眼镜。眼镜一戴在表哥白皙的脸上，预想的效果出现了，一个典型的、儒雅的知识分子形象终于出现在镜子里。

在这个中等专科学校里，表哥的形象有点显眼，表现也显眼。因为他是提前一天到商干校的，就主动协助老师做起了接待新生的工作。登记名字，领取行李，分配宿舍，表哥发挥了尿急般快碎步的优势，来回穿梭在校园里。新生有的尊敬地称呼他学长，有的管他叫老师，压根就没有想到他也是新生。

知道了真相之后，同学们自然很服气地推举他为班干部。一来就当上了学生干部，表哥表现得很谦卑和低调。学校里的活动，班级的生活，他都协调安排得有声有色。在学习上也特别刻苦，大家都睡了，熄灯了，他在被窝里打着手电筒看书学习。

没多久，表哥在学校就成为知名人士了，再加上出色的形象，像许经理说的老碰上姑娘多情的眼神。但表哥表现得非常正经，或者说是正统，根本不正眼看女生一眼。他牢记许经理的话，绝不能在女人身上磕跟头。特别是刚进学校，有的时候实在有联系女生的工作，他也是把这机会让给别的男生。他对女生包括女老师的态度，总是不卑不亢。

这样看上去，有点不近女色的古怪性格，更让女生觉得神秘和喜欢。她们暗地认为表哥才是真正的男子汉呢，人也优秀，样子也酷。没多长时间，表哥就成了大多数女生心目中的白马王子了。

表哥的宿舍成宝地了，每天晚上吃过晚饭，班里的女同学就三两个结伴，找理由来表哥宿舍。表哥宿舍有四个人，室内卫生比女生宿舍还干净。早起搞卫生是表哥的习惯，在他的带动下，其他三个人的个人卫生也都弄得很彻底。有女生来，表哥总是礼貌地一点头，拿着一本书就出去找地方学习了，有时候是门卫室，有时候是路灯下面。

他越躲，女生越觉得他个别，胆大的索性跟踪，弄得表哥有了像张文静出名时的烦恼。宿舍的那几个男的挺高兴，他们知道女生来他们宿舍的目的，但也不点破，殷勤地招待她们，好像表哥出走的行为他们也有责任似的。特别是和表哥邻床的小胖子宋小刚，一热情小圆眼睛就成一条缝儿了，露出两个可爱的酒窝，老替表哥解释："白涛这个人哪都好，就是有点不大气，害怕见姑娘，特别是漂亮的姑娘，他眼晕。不像我们哥几个，喜欢饱餐秀色，对吧哥几个？"

忙乎着为女生倒水沏茶的瘦子刘军和大个子韩兵一致点头。"要不说人家个别呢！你们那么俗，眼睛都色迷迷的。"性情活泼、漂亮开朗的小女生——杨雪声音很嗲地说。"是啊，人家和你们就不一样！"喝着男生沏的平时自己都不舍得喝的茶水，女生们的嘴还不留情面。"你们这些女孩子，真是琢磨不透，越不理你们，越感觉人好。我们盛情款待你们，还说俗，要不我们也出去看书？"

瘦子刘军伸着可怜的细脖子，瞪着困难的小眼睛，面积有点短缺的脸带着坏坏的笑容威胁女生。“逗你们玩呢！其实我们就是喜欢和你们几个聊天，你们几个多幽默啊！”说话轻声细语、长得文文静静的白冉冉慢声慢语地说。

白冉冉的语调和表情，像一只温柔的小手，把几个男生假意流露出来的不满情绪，轻轻地就抹没了。没别的说，继续周到地服务。

一见女生都往表哥的宿舍跑，班里有个男生心里不平衡了。他叫路星星，家是市里的，他爸是一个局的局长。他身材匀称，喜欢穿笔挺的西装，头发总是梳得一丝不苟，黝黑的脸棱角分明，就是有一点缺陷：一个眼睛斜视，看谁都不正眼。有几个女生看在他的出身上，有意和他凑近乎。路星星一看都是女生姿色中属于第三世界的，第一世界的都往表哥身边跑，所以他的眼睛更不正眼看这部分女生了。

于是，他也没事来表哥的宿舍凑热闹，让他生气和尴尬的是：他一来，女生就像听到宣布散会似地撤了，根本不给他表现的机会。后来他想了个办法，请喜欢喝酒的大个子韩兵豪华地撮了一顿。醉了酒表现得很仗义的韩兵，爽快地答应了路星星的请求，回到宿舍的时候尽管很晚了，但还是立刻就和他换了宿舍。

第二天醒来，韩兵首先闻到了浓重的臭脚味，这是他们宿舍所没有的，仔细地回忆起了昨天的喝酒过程，他后悔了，但晚了。

路星星的入住，大家感觉有点不速之客的味道，但这感觉还没有落实，就被路星星的热情冲击没了。首先路星星主动地请了入户酒，其次对表哥更是尊敬有加。虽说他的那只不团结的眼睛，高傲地不把任何人放在眼里，但另一只眼睛却像为那一只赔罪似的，真诚、热情地注视着你，让你无论如何都不会感到自己被轻视。

表哥自然知道路星星的背景，也清楚他来宿舍的目的。因为没有威胁到他的任何利益，所以他热烈欢迎的态度是真诚的。何况路星星花钱也大方，丰盛地又请了大家一顿。酒喝到憨厚的程度，哥几个就纷纷自动地表态，说以后要为路星星两肋插刀，赴汤蹈火。路星星也喝高了，两只不能凝聚成一点的眼睛，此时分裂得更加厉害，但眼里的神情还是统一的，都是满意和自豪。

从这以后，表哥和路星星成为好哥们了。要说路星星也是性情中人，虽然有时候流露出高干子弟的优越感，但优越的程度还能让人们接受。比如说他手里的相机啊，可以调个车出去啊，大家都感觉，领导的孩子有这个特权是应该的，何况他们有时候也都跟着沾光。

有一天，路星星拿来一个照相机，但他不会拍照。他以为表哥那么聪明，肯定会用。但他过高地估计了表哥的水平，在摆弄和研究了一大番之后，哥几个激动地站在学校门口，表情都弄得僵硬了，表哥才不自信地按了快门。

果然没出表哥的预料，等他自己悄悄地拿出洗出来的照片，看了半天，才在一个角落找到大家不太清楚的影子。但表哥高就高在他是个肯学的人，休息的时候就在一家照相馆边帮忙边学起了照相。没过多久，聪明的表哥就熟练地掌握了照相技术。

只要学校有什么重大活动，同学之间有什么派对，照相的任务都落实到了表哥头上。表哥还非常乐于助人，总是面带微笑地忙前忙后地帮着照相。这样优秀的人才，自然引起了学校领导和学生会的注意。特别是学生会女干部赵娜，认为表哥很有可塑性，学生会应该给这样的人提供发挥才智的机会和空间，于是她主动把表哥吸收进了学生会。

我第一次见赵娜，是去表哥学校找表哥。在学校门口接待我的就是从收发室出来的赵娜，得知我找表哥，她特别热情的把我带到表哥宿舍。用现在时尚的语言形容赵娜，她整体属于骨感型的，让人一看有点营养不良，但棱角分明的五官却没有丝毫的营养不良后遗症。细长的眼睛闪着饱满的睿智的光，透着果敢和正义。 我感觉在她身上有点女英雄或者领导者的风范，说话的时候手老是有力地攥着，拳头上下挥舞着；乌黑发亮的短发配合着手势左右摆动着；从薄薄的嘴唇里流淌出的语言，总是像格言和语录。

我感觉她的形象可以转换成好几个版本。在她的胳膊上套一个红卫兵的袖标，她就是典型的造反派形象；给她的头上戴一顶八路军的帽子，她就是个典型的女将军的形象；给她的脖子上围一条白毛巾，她就是走与工农相结合道路的先进代表形象。总之她的身上具备很多优秀形象的特质。

立领的白色衬衣，黑色的直筒裤，鞋是当时很时兴的黑面镶白边的青年鞋，一清二白的打扮让赵娜显得正统、持重。再加上她走路的时候，双手总是喜欢背在后面，很领导的样子。如果没有急事，她总是迈着很稳重的步子，腰间的那一串钥匙也配合着步履，一板一眼地响几下。她的腰带是我最喜欢的，那种类似铅丝编织成花纹的腰带，上面总挂着一串不知道开哪些锁的钥匙，一走路就很气势地稀里哗啦地响。我也梦想着有那样一个腰带，也想挂上一串走路就响的钥匙，感觉那样很时髦很重要。只是那种腰带当时我们街里还没有卖的，于是我就写信给表哥，希望他帮我在市里买一条。表哥很快地回了封让我很生气的信。他说文静的女孩子是不应该扎那种腰带的，特别是还挂一串钥匙，那是生产队会计的扮相。我说我要扎了像生产队会计，赵娜像什么啊？表哥后来回信说，赵娜变态，还不如生产队会计呢！

表哥这样评价学生会干部兼老乡以及学姐的赵娜，我认为他有点不磊落。自从和表哥熟悉以后，赵娜便放弃了学生会干部的架子和女生的矜持，老是以工作为理由到班级或者宿舍找他，业余时间就以小妹妹的身份和他套近乎，找表哥商量可有可无的事情。她还以年龄为准绳，称表哥为涛哥，这自然是受当时很火的电影《上海滩》的影响。对这样一个天天稀里哗啦喜欢跟在自己身后面的学姐，一向低调的表哥有点无奈。

大多数同学不喜欢装模作样的赵娜，说她说话总是带着哲学家、教育家的口吻，一副高深莫测的样子，相貌也阴阳失调。只要赵娜一去表哥的宿舍，其他同学就会像小偷见了警察似地纷纷选择撤退，就连路星星同学也选择了善后掩护工作。

表哥是不能撤退的，他只能选择留守。

有一天晚上，据眼尖的线人报信说：赵娜又奔表哥他们宿舍方向来了，大家自然又纷纷选择了撤退。走在最后面的路星星，就在后脚迈出门口的最后一瞬间，平时难得凝聚的眼神，由于激动还真团结集中在表哥脸上了，他用很深沉的悲哀的语调提醒表哥说：“白涛，你真喜欢这个变态的娘们吗？”说完不

管走到近前的赵娜听没听见，一低头跑了。

装作没看见大家对她望风而逃的举动，赵娜背着手走进表哥宿舍。表哥礼貌地给她拉出一把椅子，倒上一杯水。赵娜端着水杯，环顾了一下整洁的宿舍，依然用领导口气重复着每次的话："涛哥，你们屋的同学素质就是高，宿舍整理得像部队，这是受你的影响吧？"表哥还担心同学们的集体晒场会让她尴尬，现在一看赵娜的反应是无所谓，所以他想替大家道歉的谦虚表情也悄悄地收了回去。"哪啊，我们都是按照你们学生会要求做的，特别是你这个部长领导有方。看，同学们都很尊敬你，知道你要来给我传达指示，主动都选择敬而远之回避了。"表哥的语调带点调侃的味道。

"怕领导干什么啊？说白了大家都是同学，都是自己人。你看我就不害怕校长。给你透露个不应该透露的秘密，李校长是我亲姨父。"赵娜背着手在表哥面前来回徘徊着，腰上的钥匙也有节奏地配合着响。提起也经常背手的李校长，表哥感觉他的举止和说话，要从遗传基因的角度分析，他不应该是赵娜的姨父，应该有血缘才对。表哥用很大的努力才把因为惊讶而不知不觉张大的嘴恢复原状，没话找话地说："我倒是感觉出点你们关系肯定不远。赵娜，你那些钥匙都有用吗？""自然有用，看，这个是校长室的钥匙，以后你可以隔三差五给家打个电话。这是图书馆的钥匙，对了，你不是喜欢看书吗？看在老乡的面子上，图书馆的大门可以随时为你打开，你可以尽情地在知识的海洋里遨游！"说到"遨游"两个字的时候，赵娜干瘦的手没有握成拳头状，而是伸开手掌上下做了个起伏的飞行状。

这动作和表情让表哥起了鸡皮疙瘩，但听到图书馆的大门随时为自己开放，心里竟有了一丝惊喜和感激，看赵娜的眼神也不那么另类了，又给她续了杯水，顺便在路星星的罐头瓶子里舀了一勺白糖加了进去。

"赵娜你平时都看些哪方面的书啊？"表哥的脸带着春天般的温暖，有点讨好地问。赵娜停止了徘徊，喝了一口白糖水。"甜吗？不甜再加点！"表哥听到自己的声音有点起腻。"可以了，我从小喜欢看马、恩、列、斯、毛的书，我就喜欢研究政治！"赵娜自信地挥了一下手说。起步真早！表哥心里服气地说。“不信的话，我可以给你背一段资本论！”喝了口水，赵娜站起来背好手，甩了一下头，刚要张嘴进入背诵状态，表哥及时地递过水杯：“这么高深的文章有空再讨论吧，难得有女孩子喜欢和研究政治！”

“政治对别人来说高深和枯燥，但对我来说别有一番情趣。我父亲说我天生有搞政治的头脑和天赋，所以我的衣着打扮所体现的是泾渭分明的政治色彩！”赵娜自豪地在表哥面前转了一圈，似乎让表哥全方位地领略一下她全身的政治色彩。

“如果这些让你感到惊讶的话，还有一件关于我前途的事，说出来你会更惊讶，因为你嘴严实，我才告诉你。毕业后我可能留校当政治老师！涛哥，别人不理解我，我感觉你能理解我，因为你比他们都有文化见地。”“我也不十分理解你，但我感觉你好像在为政治而生存。”表哥斟言酌句的力图用准确的词语表达自己的感受。“师姐，我认为生活不要刻意和政治挂钩，更不要用外表体现政治色彩，博大精深的政治和哲学，怎么能只用两种色彩就会泾渭分明的体现呢？同样一个人的内涵和素养，不应该用表情和手势来表现。所谓藏而不露才是真正的高人。无论你有多少文化，举止言谈都要正常。”藏在表哥心中已久的看法和想法，今天他终于不计后果地说了出来。他觉得赵娜确实有学识，在学校她讲哲学的口才超过了授课教授。但无论有多高水平的人，举止言谈不应该造作，换句话说不能让人反感甚至引起众怒。

表哥的一番话，让赵娜惊讶了。“涛哥首先感谢你的直言不讳，我真的没有意识到我的举止有什么不妥，我真的那么让人讨厌吗？许多人对我敬而远之，我以为是别人在我面前自卑呢！”“讨不讨厌我倒没普查过，但你说话的表情和语言让正常人很有压力，其中包括我！”好像在挽救一个患了心理疾病的亲人，表哥苦口婆心地说。

赵娜沉默了，她站在一面小镜子前，照了照自己黑白分明的着装，摸了摸苍白的脸，甩了甩黑黑的短发，然后自我解嘲地说：“不得不承认，你的话让我对自己产生怀疑了。我是不是把自己唯物过分了？谢谢你涛哥，只有亲人才这样坦诚对话，我回去反思一下。”握了一下表哥的手，赵娜依然迈着哲学家

有条不紊的脚步走了。

表哥坐在赵娜刚坐过的椅子上，一口把赵娜剩下的白糖水喝干。他用辩证的方法论证了一下刚才经历过的形势，主要内容包括：赵娜刚才所透露出的不该透露的秘密，他自己那番该不该提醒的谈话内容。论证结果：赵娜所有的不合常规的迹象表明，所透露的消息属实，她所表现的一切，都带有外人所不能理解的铺垫性。而自己那番至诚至理的善意提醒，应该算得上逆耳忠言，让赵娜对自己应该有个上升的认识。

还有一点表哥没辩证出来，赵娜对自己的态度属于什么性质呢？表哥自己决定先做一下自己对赵娜的属性判断。在今天晚上之前，表哥从没用对女人，确切地说找对象这个角度联系赵娜的，他仅仅是把她当作一个搭档，一个引导自己进入学校中心组织的向导。坦白地说，他和同学们一样，内心也觉得赵娜举止有点变态，有点可笑。但现在终于看到庐山真面目了，再用发光的角度看，其实赵娜是个露相的高人呢！

从这以后，表哥对赵娜的态度明显有了转变，不再和以前一样，和大家掺和发表打击赵娜的言论了，反而甚至冒着不惜以绝大多数人为敌的危险，吃饭的时候帮赵娜打饭。据说有一次还领着赵娜去见了表姑父。赵娜也没含糊，校长室的电话只要没人表哥就可以打；图书室的大门随时为他敞开；就连校长家的大门，表哥也在赵娜的引导下成功地进去了。

在知识的海洋里，赵娜总是一起陪着遨游。但经过几次遨游之后，表哥发现其实只有两个人的时候，赵娜就不为将来做铺垫了，放下了未来政治家的身价，很实际地有目的地围着表哥转。对卸下面具后的赵娜，表哥还有点不适应。他宁可愿意接近带点神秘色彩的赵娜，也不愿意接近真实面目的赵娜。

真实面孔的赵娜喜欢撒娇，声音发嗲，但表情不配合温柔，凛冽的五官很紧张，娇撒得很矛盾，没勇气的不太敢接受。没近距离地接触前，表哥认为赵娜应该不像一般的女孩子那么爱吃零食，因为她那么瘦那么清高。后来才发现，她不但能吃零食，还特别爱吃零食，让表哥更没想到的是，她居然很自然很大方地指挥表哥为她买零食。

为赵娜花光了半个月的生活费之后，表哥这才发现，电话不是白打的，知识的海洋也不是白遨游的，有些好事是要付出代价的。有了这个论证结果之后，表哥什么海洋也不想遨游了，他有了想上岸的打算。

政治家就是政治家，还没等表哥转身，赵娜就洞察到表哥要回头的蛛丝马迹了。

于是，在有一天表哥拒绝去知识的海洋遨游之后，赵娜带着让表哥非常难受的矛盾表情，声音嗲嗲地问："涛哥，说实话，你愿意留校在市里吗？"

赵娜高就高在总是在你猝不及防的情况下，给你抛出一个超出你想象的命题。

果然，面对这带有非常诱惑性的选择题，表哥的五官又惊讶地错位了。五官虽然不理智，但表哥的大脑非常理智，因为根据最近一段时间和赵娜的近距离接触，他知道尽管前途光明，但道路却一定很曲折，像当时很流行的一首歌唱的："我拿青春赌明天"，他感觉有点划不来。

见表哥的表情惊讶之后没有欣喜若狂的预期表现，赵娜感觉表哥还是有一定的思想和定力的，不是糖衣炮弹就可以轻易拿下的。说这个话题的时候，自然是在表哥的宿舍。表哥坐着，赵娜很亲切地站在表哥身后。她说她平时洗衣服喜欢用肥皂，所以表哥感觉她的身上总带着一股不清爽的肥皂味。说实话，表哥是不喜欢这味道的，感觉这味道有点男性化。他喜欢的是淡淡的带有清香味的，很女人很浪漫的那种味道，那种味道在韩红的身上体现得特别明显。

"这个问题我还真没想过，因为这是个奢望性的问题。"为了避开肥皂味的熏陶，表哥站起来，思考状地开始徘徊，他的内心也确实在徘徊。"有时候机会也会幸运降临的，因为你的身边有你的幸运使者！"赵娜故作调皮地甩了一下头，腰间的钥匙也跟着响了一下。对于赵娜的调皮相，表哥也是不敢恭维的，因为无论什么时候，她的眼睛都像大号手电筒一样，敏锐地、灼灼地盯着你，好像要洞察你的全身。有时候在赵娜的注视下，表哥感觉自己是全裸的。

"认识你是很幸运的，你给我的帮助确实很大！"表哥很苍白地说。不知道为什么，表哥在赵娜面前总也男人不起来，看赵娜没有一丝邪念不说，非分之想更没有。“就局限于帮助吗？”随着肥皂味，赵娜的身体又凑了过来。“我可是用少女的心在感动你啊，涛哥！”赵娜的口气带着摊牌的决心，步步紧逼表哥。宿舍的空间很窄，表哥被赵娜进攻得后退到了床边。表哥没想到，赵娜执着起来会这样英勇和大胆，“赵娜别开玩笑，我们可是纯洁的好朋友！”

“什么事情都不可能一成不变的，随着时间的推移，都会由量变到质变的，尤其是美好的感情，都会升华的！只要两情相悦！”赵娜的声音很轻柔，为了证明能发生的质变，她勇敢地坐到了表哥的大腿上。面对怀里的赵娜，表哥无论在心理上还是身体上，什么“变”也没产生。

赵娜的身体很瘦，硌得表哥大腿有点难受，尤其是浓郁的肥皂味，刺激得表哥什么激情和欲望都没了。他感觉自己在赵娜面前好像永远是西风，而赵娜是东风，在气势上赵娜永远压抑着他。见自己主动把自己的少女身躯送到表哥怀里，表哥都没有配合进一步的亲密行动，赵娜有点伤自尊了：“你是不是男人啊？”

赵娜的嘴离表哥的嘴很近，表哥感觉她嘴里吐出的气息都带着让他头疼的肥皂味。“我是男人更是你的涛哥！”表哥口气轻轻的，动作却坚决地把赵娜推下了自己的大腿。“事业没什么成就，我不想谈恋爱！”表哥很正经地走到门口，拉开门说。没想到门一开，叽里咕噜地跌进两个人来。原来是路星星和小胖子宋小刚在门外偷听，没提防表哥开门，结果跌进来了。

赵娜一见这情景，更恼怒了，背起手神情凛然地说：“什么素质？最起码的礼貌都没有，偷听别人谈话，卑鄙之极！太没教养了！”她把对表哥的怨气，都发到他们两个人身上了。

路星星和宋小刚很卑鄙地站起来，狼狈地拍了拍衣服。“不是我们有意要偷听，是恰好要开门，不过我们什么都没听到！”路星星目光散漫，没有目标，带着有点幸灾乐祸的神情笑着说。“赵部长，您老人家千万别生气，我们是偶然相撞，偶然相撞！”宋小刚眯着细长的小眼睛，又作揖又打拱地冲着赵娜赔礼。“什么偶然，我看是有组织的预谋，没劲！无聊！”赵娜说完潇洒地甩了一下头，迈着相当大义凛然的步子，伴随着钥匙声、关门声，昂首阔步地走了。

“完了，破坏你们的好事了，把赵哗啦得罪了！”最近路星星给赵娜正式命名为赵哗啦。“虽说你们的行为确实有点卑鄙，但出发点是好的，谢谢你们替哥们解了围！”像刚经受完严峻的考验一样，表哥有点疲惫地坐到椅子上。“没看出来，你小子还有点个性，能坐怀不乱。那要换作我，赵哗啦主动坐到我怀里，我不但得投降，还得彻底缴械，因为我可是真男人！”路星星游移着目光，表情带着不健康的想象说。

“路星星，我郑重警告你，第一不许给别人起外号；第二地球上的男人都死光了，我也不会投入一个斜眼的怀抱！”赵娜的突然闯进，突然宣布，弄得表哥他们都傻了，原来赵娜也没走远。

“赵部长，您的行为？”好半天，宋小刚才小声地说。“我这叫以其人之道，还治其人之身！”赵娜很蔑视地环顾了大家一眼，头夸张地一甩，再次走了。

钥匙声消失半天了，路星星才轻轻地推开门，向外张望了一下，关上门，他压低声音说：“说他妈的我没教养，她比我还没教养呢！还说我斜眼，我他妈这叫两条路上跑马，看哪都不耽误，这叫特异功能！懂不？”路星星一只眼看着表哥，一只眼看着宋小刚，果然两不耽误地说。“懂，我们都懂，可赵部长不懂！”宋小刚也压低声音说。“不需要她懂！”路星星也带着恼怒的神情走了。

这一夜表哥失眠了，他预想了很多得罪了赵娜的后果。但让表哥终身感激赵娜的是，她没有因为感情的因素而做一点伤害表哥的事情，甚至在表哥遇到困难的时候，还伸出了无私的援助之手。这种大度的情操和她的政治觉悟很成正比，也让表哥对她终生心存愧疚。

但在当时，表哥把赵娜想得很卑鄙，以为自己在学校的政治地位和政治前途，会受到严重影响。经过一夜无眠的权衡利弊，他还是认为自己不能拿青春赌明天。因为赵娜在自己的怀里，不但感情没有升华的迹象，身体也没有发生任何要冲动的可能。他真正担心的是：未来的日子真要和赵娜生活在一起，自己是否能振男人的雄风？

早晨天一亮，他感觉这件事，有必要第一时间汇报给父亲，以后如果因此出现什么后果，也让父亲有个心理准备。在大家都还酣睡的时候，表哥迅速地穿好衣服，做着锻炼的姿势，直奔表姑父的单位。因为表姑父是和各旗县的采购员合租一个大院子，里面停着不少的货车，住着不少的司机，什么时候来的车也有，什么时候走的车也有，所以那儿的大门不到天亮就敞开了。

表姑父的办公室兼宿舍表哥来过几次，所以他很熟悉地去敲门。敲了半天，屋里传来一个不耐烦的让表哥很陌生的声音："找谁？干嘛啊？"表哥重新数了数门，没错，就是这个屋。于是他轻轻地贴着门说："我找白卫国。""他不在这儿住，在院子后面第一个平房住！"屋里的声音带着明显的不耐烦。表哥听了有点纳闷，随即心里产生了一种不祥的感觉：父亲有平房住，为什么没告诉过自己呢？

他感觉去平房的路上，脚步有些沉重，他想起了他二姨和邻居们曾经议论过父亲有外遇的话。尽管根据父亲常年不回家的迹象，他感觉有这种可能，但如果事实真的摆在他面前，他不知道自己的反应会是什么样。

在第一个平房门口，表哥停住了脚步。院墙不太高，表哥踮起脚就能看到里面的情况。有两个窗户上挂着一样粉色的很温馨的窗帘，这窗帘给人的第一感觉就是：在窗户里面住着的，一定不是一个单身的男人。表哥的思想又开始展开斗争了，他如果直接敲门，敲出父亲和一个女人来，家的后果会是什么样？母亲的后果又会什么样？自己的将来又是什么样？父亲的将来又会什么样？答案只有一个：所有人的生活轨迹都将会重新改写，至于改写的内容对谁都不会有利。

表哥的眼泪刷地下来了，他想到了在寂寞和等待中白了头发的母亲，他替母亲难过，也替自己羞愧，为自己没有接受和揭露事情真相的勇气而羞愧。墙外面是土地，表哥在上面留了无数个徘徊的脚印和泪水。最后表哥还是回到了采购组大门口，倚着门口旁边的一个电线杆子，心情矛盾地等待表姑父来上班。

路上的行人变多了，天空被早晨的炊烟笼罩的有些不明朗，空气中弥漫着从药厂传出来的麻黄的味道。不知道为什么，倚着电线杆的表哥，对自己以前特别向往的城市，忽然产生了一种深深的厌恶，尽管他自己也没弄清楚，他到底讨厌什么？是人，地方，还是空气？

直到一男一女走到自己跟前了，表哥才发现，那个衣冠永远干净利落的中年男人是自己的父亲，他的胳膊上挎着一个很端庄很年轻的中年女人。答案不经意地被自己看到了，表哥的心反而镇定了，他心里瞬间产生了一个对不起母亲的想法：这个女的和父亲很般配。

带着甜蜜和幸福的表姑父，一抬头也看见表哥了。但老采购员的反应像经历过这种突发事件，脸上没有流露出一丝的慌张和意外，表情依旧很亲切，胳膊上依旧挎着那女人的胳膊。“儿子这么早找我有事吧？这是我的老乡也是我的同学，你叫秦姨就行，儿子有事吧？和我们一起吃早饭吧？边吃边说。”倒是秦姨不好意思了，白皙的脸红得很透彻，手也自动地抽了出来。

看着父亲没有一丝一毫愧疚的俊朗面孔，他在表哥心里树立了二十几年的脱俗、正直的形象，都在这个时间倒塌了。父亲真的作风不好，真的有外遇了，表哥湿润的眼睛里，流露出了深深地失望。

老采购员的目光是明察秋毫的，他读懂了表哥眼睛里流露出的内容。他突然低下头看了看表哥的鞋，上面挂满了土。“我没什么事，早晨锻炼，顺便来看看。秦姨，爸，我走了！”没有回头看父亲的反应，表哥像被父亲发现什么隐私似地跑开了，走了很远，他才由跑变为走。

想起刚才的一幕幕，他竟然有了一种像梦一样不真实的感觉。再想自己刚才说过的违心的话，感觉遗传基因确实存在，自己说谎话的时候竟然也和父亲一样平静，只是没有他那样儒雅。

因为是礼拜天，一帮男女聚集在表哥的宿舍。表哥没进来之前，他们情绪高涨地在说什么，等表哥进来之后呢？也像接到什么暗号似的鸦雀无声了。装满心事的表哥没注意他们的举动，径直奔向自己的床铺，虚脱似地倒在上面。

“难道你也经受着感情的折磨？难道你也遭受了失恋的打击？”小胖子宋小刚用当时很流行的一句台词，双手捂着胸口，眯着细小的眼睛做着痛苦状说。“还不如我失恋呢！”表哥用呻吟的语调说。直到现在，表哥才有一种被亲情蒙骗和抛弃的切肤之痛。

“那你是为了谁？”路星星也凑过来亲切地问，大家从来没看过表哥这么失态和颓丧过，都用纳闷的眼神看着他。“我能说吗？那是我亲爹！再说了你们能解决吗？”表哥心里呐喊着说。“人家不愿意说的事，就别问了，尊重点别人的隐私好不好？”白冉冉善解人意的温柔语气，在状态极其糟糕的表哥听来，无疑像天籁之音，抚慰着他坚强地坐了起来。

“其实也没什么事！我们家一个亲戚出了点事，我挺替他难过的！”表哥延续着他父亲的遗传，有点儒雅地说。“那就让他自己独自地难过一会儿吧！我们都先回避一下！”路星星带着坏笑，递给大家一个不团结的信号。

经过一段时间的接触，路星星的仗义和大度在同学们当中树立了很高的威信。这个阶段表哥因为和赵娜合作得有点密切，有点犯众怒，同学领袖的位置有点被路星星取代了。特别是对他的眼神，时间长了大家自然都领会了精神。所以他说让回避，大家都跟着回避了。白冉冉内心有点不情愿，但也没表现，用不想回避的眼神等到最后，同情地看了表哥一眼，立场不太坚定地走了。

表哥在当时实在没心思剖析白冉冉眼里的内容，见大家都走了，他竟然感觉有了困意，一头扎在枕头上，他睡着了。

表哥不一会儿就进入了梦境。

梦里表哥又回到了他的单位，回到了他当保管的水果窖，只是偌大的果窖里堆满了水果。他被包围在水果筐中间，感觉找不到出口，灯光昏暗。他着急和害怕地大声呼唤，嗓子都喊哑了，也没人出现。他努力了好几次，终于顺着筐缝爬了上来，爬出来却又找不到有升降机的门口。他感觉果窖像坟墓一样要把自己吞没了，于是开始绝望地大声哭了，正哭得悲痛的时候，随着一束光线，一个人从升降机门口出现了。停住哭声，表哥兴奋地睁大眼睛看来救自己的人，这个人虽然没说话，但表哥却听到了随着走路传来的稀里哗啦的钥匙声。“你，赵娜？”表哥不相信地大声说。

“白涛你醒醒，是我！你怎么了？做噩梦了吧？”表哥使劲睁开眼睛，发现自己躺在宿舍的床上，床边还真站着赵娜。他的一只手被赵娜握着，赵娜俯着身子近距离地关切地看着他。

表哥不好意思地抽回自己的手，坐了起来，想起刚才的梦境，还是心有余悸，幸好关键时刻赵娜把自己解救了。再一看赵娜的表情，似乎没有记恨昨天自己对她的态度。

“赵娜你坐吧！你没出去玩吗？”表哥用手理了理头发说。“没有！没什么意思！”赵娜没精神地说。表哥这才发现，今天的赵娜神情没有了往日政治家自信的锋芒，嘴唇有点干裂，眼眶有点发青，女孩子楚楚可怜的样子，今天体现得很明显。

善良的表哥，良心有点发现，为昨天自己不艺术的拒绝态度内疚。一内疚，男人的柔情在赵娜面前有点要复苏，没等有所表现呢，内急先复苏了。表哥慌忙站起来说：“不好意思，赵娜，我先去趟厕所！”

表哥刚从厕所出来，就被两个人给挽住了，左边是宋小刚，右边是瘦子刘军。没等表哥说话，劫持似地就被拽出了校门口。

校门外停着一辆212，驾驶员是路星星，副驾驶座位上挤坐着杨雪和白冉冉。表哥被推坐在后排上，屁股还没坐稳，刘军和小胖子宋小刚，实心秤砣似地分别压在了他的双腿上。

“诸位同学，请问这是什么代号的行动？”由于不堪重负，表哥的表情呈痛苦状。“紧急挽救行动！”宋小刚眯着眼睛神秘地说。“挽救谁啊？谁需要挽救？”表哥用足劲终于成功地完成了把宋小刚推下大腿的动作。

“谁啊？当事人就是你呗！” 杨雪慢声细气地说。“搞错对象了吧同学们，我这样优秀的人还需要挽救？还是抽出点精力挽救别人吧！”“现在就你水深火热，执迷不悟，看在平日的情意上，我们还是决定拉你一把！”开着车的路星星分散的眼神吝啬得都没光顾表哥一眼。

“我不悟什么了？”表哥很无辜地问。“你怎么还找机会和赵哗啦联系啊？你是不是被她抓住小辫子了？”白冉冉说这话的时候，表情和口气依然很温柔，看不出气愤的样子来。“就我这觉悟，能有什么辫子啊！”表哥苦笑着说。我倒是抓到我亲爹的辫子了，可我能怎么样？表哥心里嘀咕。

好在去的地方不远，在一个叫吉祥饺子馆的地方下了车。

不一会儿，七嘴八舌点的菜上来了，白酒也上来了。表哥没问是谁请客，路星星先提议的两杯酒，他没犹豫就干了。这举动有点惊人，平时表哥的酒风很拿捏的。见大家都用吃惊的眼光看自己，表哥没理会，自顾自地倒上酒，“同学们，再干一杯，我们来个不醉不归！”他一仰脖又干了。

表哥那天喝得相当多，多得让一个女同学搀回去的。

这次醉酒事件，可列入表哥人生大事表。事后，表哥说他主动想喝多的中心思想有三条：第一是确认了他父亲真有婚外情的原因。第二是知道同学们要对他进行批判和挽救，至于挽救中各种抹杀自尊的不顾颜面的措词，他都预想到了。表哥是一个视自尊和颜面为生命的人，他不想让任何人，在任何场面让他失去自尊和颜面，尽管其中的原因是善意的。所以他抢先喝多了，就什么话也听不到了。第三是表哥知道这样形式的挽救费用，一定是被挽救的对象出。他的口袋里不足五块钱，所以只有选择宁伤身体，不伤感情了。

表哥选择了主动进攻的策略，无论大家说什么他都没听见，一个劲地找酒，碰完了不管对方干不干，自己自觉地全部干掉。不一会儿，桌上就没发言的了，所有的男生都趴在桌子上了，只剩下白冉冉和杨雪是清醒的了。

“饭费的问题怎么解决啊？”见服务员带着警惕的眼光老来巡视，白冉冉温柔地说。“没关系，能解决！”老有主意的杨雪，按惯例开始先掏表哥的口袋，结果很失望地掏出皱巴巴的五块钱，后来她干脆绕过刘军和宋小刚，直奔路星星，边掏兜嘴里还嘟囔：“这才是条大鱼呢！看，果然有二百！我就知道该同学不会让人失望！白冉冉你可作证，咱们不是偷钱啊，是解决燃眉之急！服务员结账！”高举着一百块钱，杨雪示威似地喊。

驾驶员醉了，车是无法开回去了。杨雪和白冉冉只好一人打一个车，分别负责着把几个醉鬼送回了学校。在出租车上表哥把自己没筋骨的身体，彻底地交给了白冉冉，头枕在她散发着淡淡香味的怀抱里，表哥像找到久别的亲人似地哭上了。

在学校门口，白冉冉老远就看见赵娜板着脸在门口徘徊。白冉冉也没吭声，下了车半搀半扶着还依旧抽泣的表哥，在赵娜吃惊的目光中，把他扶进了宿舍。

这期间，表哥始终紧紧握着白冉冉的手。

醉酒后的表哥，将男人脆弱的一面，在白冉冉身上散发着似曾相识的淡淡的香气中，完全暴露了。

遥远的初恋，工作中的坎坷，父亲的外遇…… 一切一切的不如意链接在一起，就像一道道被洪水袭击的堤坝，表哥的精神和理智全都溃堤了，一路上倾泻般的眼泪把白冉冉的衣服都湿透了。

白冉冉自然不知道表哥的苦衷，以为他酒喝多了就这毛病，忍着笑哄小孩一样，把表哥往宿舍送。结果一看表哥宿舍的床，横七竖八地躺满了人，她犹豫了一下，只好把表哥搀回了自己的宿舍。

推开宿舍的门，一个意外的场面把白冉冉弄得很没准备，先回来的路星星和杨雪，衣冠整齐地搂抱着睡在一个床上了。表哥光顾抱着白冉冉的一条胳膊闭着眼睛流泪，根本没发现床上发生的突发事件。

“白涛你哭得可有一段时间了，先休息一下吧！”白冉冉把表哥扶放在自己床上，心里这个乐啊：这酒咋这样神奇，把人喝得咋这样失态啊！什么想不到的事情都发生了！白冉冉自己心里说着，有一种众人皆醉我独醒的可笑心情。

表哥大概哭累了，躺在床上，脸上挂着眼泪睡着了。看着表哥苍白的脸，白冉冉不再笑了。她这个时候有点感觉，表哥哭不是喝多的表现，恐怕心里是真的有事。她给他轻轻地盖上自己雪白的被子，又给他沏了碗糖水。

路星星和杨雪的行为让白冉冉有点吃惊。她和杨雪天天在一起，没看出他们俩有什么特殊的意思来啊，甚至有时候俩人在一起，一个像火柴盒，一个像火柴棍儿，一擦就起火。一个话题，较起真来就没完。现在这个样子，速度快得也像火柴碰到火柴盒，感情擦出火花了，有些变化真让人没办法接受。白冉冉自己想着，费力地把搂抱得很紧的杨雪，使劲地拉出来，放到另外一张空床上。“不是我不成人之美，这是学校，不是过分亲热的地方，对不起了。”不管杨雪听没听到，白冉冉不紧不慢地说着，然后敞开了门。

门外真的站着脸色用糟糕才可以形容的赵娜。“你们今天谁请客啊？”赵娜站在门口，声音很轻倒不是很糟糕，看得出来她在努力控制着自己的情绪。

“赵部长，真的对不起，这个问题我也没弄明白，最后都喝多了，没人算账呢！去的时候也是自发的形式去的，结果都这样了！”白冉冉走出门口，温柔地对赵娜说。

“平时学习也挺紧张的，偶尔放松一下也正常，是吧？赵部长，再说也没造成什么不良的后果！”白冉冉特别诚恳地说。平时赵娜就不喜欢这个笑里藏刀的漂亮女生，光天化日之下男女都搂抱着回来的，她居然表情还特别无辜和纯洁地说，没发生什么不良的后果？赵娜真想抽那张白皙的面孔一个大嘴巴。

但她毕竟是有理智的赵部长，她是万万不能为了一个男生，让自己露骨地失态的，何况这男生还没明确地、自愿地只属于自己。

“自己把握分寸吧！”赵娜看了一眼熟睡中的表哥，表情由糟糕变成失落，低着头，平日端得很平的肩膀，此时显得有些无力地耷拉着，然后轻轻地走了。

白冉冉当了一会儿哨兵，困意和酒意也袭击上她了。她是个爱干净的女孩子，不想去杨雪卫生很马虎的床上和她挤，见表哥睡觉也很规矩，就坐在凳子上，头趴在表哥旁边，也睡着了。

大家陆续起来的时候，差不多是晚上 8 点左右了，平时这个时候，食堂早关门了，但今天门卫的王师傅，通知他们两个宿舍的人快去吃饭，食堂给他们留着饭呢。听到这个消息，大家都有点意外：喝醉酒还有理了？

“今天意外的事真多！”吃饭的时候，宋小刚眯着细小的眼睛，响亮地吧嗒一下嘴，然后摇头晃脑地说。“都什么意外啊？”路星星的眼睛有点水肿，视线很不良好地看着两边说。“最意外的自然是路兄你啊！中美建交了。其次是小葱拌豆腐——一清二白了！”

“本故事是在虚构吧？我能那样？我会那样吗？我的酒风是相当正的。要说不喝酒之前，我有可能这个那个的，那要是喝了酒，我的生活作风特别严谨！”路星星这些话是低着头说的，所以他的表情大家不能确定严不严谨。

“你的意思是我酒后这个那个的了？是我主动的？”沉不住气的杨雪不乐意了，明明是他酒后先表白喜欢自己性格的。“你看吧，就你嘴快，真是此地无银三百两。我说白涛他们呢！傻姑娘！”路星星很无奈地和大家一起笑了。

杨雪这才反应过来，害羞地打了身边白冉冉一下。“没惹你，你打我干嘛啊？”脸色粉红的白冉冉不紧不慢地说。

“我喝完酒，各方面也很严谨！”表哥的眼睛红肿得更厉害，但也装作什么都没发生一样，很自然地说，“就是哭得像女人，赖得像女人！”杨雪嘴快地揭发说。“都是人嘛，都有脆弱的时候，都需要爱人的安慰！能理解！能理解！想起来我也想哭，我怎么就没人安慰呢？”宋小刚咧着嘴，做大哭状，大家都被逗乐了。

“臭小子快吃吧！我还忙着下班呢！看看我安慰你中不？”矮胖的食堂赵大姐，麻利地边收拾碗筷边开玩笑。“我看咱们娘俩模样还般配！”“阿姨，谢谢您！您还是安慰我姨父去吧！不过，真还得再谢谢您，您今天咋这么好，等我们吃饭啊？”宋小刚说出了大家的心声。“臭小子，还嫌弃我。今天不是我好，是赵娜这丫头好，这丫头说你们都喝酒了，让给做点粥，拌点咸菜等你们！”

一听是赵娜安排的，大家都不乐了，想想喝酒的初衷，都感觉有点儿对不住赵娜。

第二天早晨，大家又都感觉到了一个意外：上早操的时候，操场上没有稀里哗啦的钥匙声，包括钥匙主人的身影，这可是从来没有的事情。

下操以后，大家一致推荐自尊心稍差点的杨雪，去赵娜的单身宿舍查看情况。杨雪没有推辞和辜负大家的信任，迅速地侦查完情况后，自己做主顺道又去了趟门卫，然后回来向翘首期待的大家汇报说：“赵娜昨天晚上就没在学校住！”

一连几天，学校都没有出现过赵娜的身影。

赵娜干什么去了呢？大家和表哥一样产生了多样的猜测和想法。没有了赵娜和她的稀里哗啦的钥匙声，大家都明显感觉到，不太紧张的学习中，少了点什么……

赵娜是在一周后的一个早晨出现在大家面前的。

用闪亮和惊艳还有脱胎换骨这样的词，形容失踪了几天的赵娜真不为过。首先赵娜的头型，由飒爽英姿型换成了波浪妩媚型。平时白得很凛冽的小脸，化上了淡淡的彩妆。改观最大的是老挂着政治术语的犀利小嘴，涂上了浅浅的口红，和性感有点接轨。还有她的衣服，当时是秋天，她穿了一套腰间系了一个带子的、腰身卡得非常合体的浅藕色的套装，做工和质地很讲究。脚上穿着一双刚流行的尖头皮鞋，走起路来整个一个风吹杨柳，婷婷袅袅，用当时的话说：太时髦了。就这样说吧，赵娜整个人的气质和风格在短暂的一个星期里，都完全改版和刷新了。

在大家目瞪口呆的惊讶表情中，赵娜的手习惯性地扬了扬，但动作的力度却没有了以前的果敢，而是很女孩子气的自然中带着不经意。

“这是赵哗啦吗？”路星星的眼睛变成了两个特殊的问号。“去哪回炉了呀？”杨雪的声音带着明显的妒忌。表哥的惊讶程度应该说是最大的，他做梦也没想到：赵娜可以改造的潜力这样大，而且还在这样短的时间里，那就是个丑小鸭蜕变天鹅的神话在赵娜身上发生了。

时间就是神奇啊，表哥内心独自感叹道。不光是赵娜，表哥在这几天，也和白冉冉的感情有了符合现代化速度的升华。路星星和杨雪也有了实质性的进展。

整个一上午，大家的精力都被赵娜分散了。学校的聚焦点都集中在赵娜身上了，不可思议的形象转型，让大家不得不从科幻的角度考虑和分析了，要么赵娜是被外星人换了脑，要么就是有高人对赵娜进行了高端的包装。不过分析归分析，有一个事实不能改变，那就是：赵娜自身的基础设施和零部件属于先天优质的，只不过以前被过于正统的举止和言行给掩盖住了。

赵娜的性格似乎也经过了陶冶，说话有了女性的轻柔，眼神也不那么敏锐了，眉宇之间有了一种大彻大悟后的安然。表哥还有个发现，在几次和赵娜擦肩而过的时候，他真切地感觉到，那刺鼻子的肥皂味没有了，取代的是隐约有点杏味的花露水味。

说实话，赵娜的学识和修养一直是让表哥赞叹的。想想过去，赵娜除了有点爱吃零食，有点让人不习惯的肥皂味，还有点另类外，其余的在女孩子中算得上优秀。

表哥的心中隐约有点痛，好像错过了一件珍宝那样的痛。

赵娜的钥匙声也消失了，肩上多了一个精致的黑色坤包。对这段谜一样的历史，赵娜后来向爱打听事的我吐露了实情。赵娜在北京有个表妹，是电影演员，并且在当时很有名。她那几天回赤峰，见到赵娜的样子，她笑得差点背过去。这个梳着波浪长发，有着一副精致面孔的女明星，用很嗲的声音说：女人怎么会穿成这个样子？这个样子是不会讨男人欢心的。

要在平时，这个话题是赵娜所不屑的，但这个时候，赵娜确实要讨表哥喜欢。于是一切的一切，明星妹妹都为赵娜做了彻底的量身打造工程。再加上明星的言传身教，女人的天性和骨子里的自然气质，在短暂的几天里，全部在赵娜身上复苏了，感觉找到了，再加上明星妹妹又无私地把自己不穿的服装和化妆品也倾情奉献了，赵娜就成现在这个样子了。

看到自己精心包装出来的产品，明星妹妹用很自豪但依然很嗲的声音说：姐姐你现在的样子可以征服整个世界了。

但赵娜不想征服整个世界，她只想征服表哥，可时间没给赵娜征服的机会。白冉冉提前一步，把表哥征服到手了。

看到每天像粘在一起的表哥和白冉冉，赵娜的心里痛楚得要流血。但她的素质和学识，让她成功地控制住了自己的情绪。唯心论战胜了唯物论，她无奈地相信，一切都是命中注定的，是自己的到什么时候都是自己的；不是自己的，即便重新脱了胎换了骨，也和自己有缘无分。

用唯心的观点为自己感情做了论证之后，赵娜的心如水一样的平静了。想着自己还有不长时间就毕业了，对自己的前途，她决定重新做一次选择。

表哥的心不平静了，通过一段时间的密切交往，表哥发现白冉冉其实缺点也是蛮多的。除了女人味儿、小资味儿很浓以外，对学习、事业还有前途都没有一个明确的目标和奋斗精神。白冉冉没来由地喜欢生气，没来由地喜欢猜疑，没来由地喜欢逛街，精神和经济上的压力让表哥有点不堪重负。

表哥对自己的选择也产生了怀疑。就在怀疑的初级阶段，他的母亲我的表姑肝病加重，板街的医院建议转院治疗。根据表姑父的指示，我和表弟白明，坐着医院的救护车，陪着表姑来市医院住院。

救护车到达市医院的时候是下午 4 点多了，干净整洁的表姑父早已等在市医院门口。看到表姑被病痛折磨得憔悴的面孔，大半年没和表姑见面的表姑父，脸上露出了深深的疼爱和内疚。从下车到病房，从病房到饭店，表姑父的手始终挽着表姑的胳膊。可说句不恭的话，他们俩人站在一起，相貌悬殊的太厉害了。表姑父无论从前面还是背影看，都像是表姑的儿子。

表哥和白冉冉是在我们吃饭的时候找到饭店来的。看到表姑突然间苍老的脸，表哥的眼圈一下子就红了，因为和白冉冉谈恋爱，表哥半年也没有回去。

看着表哥领来一个漂亮的洋气的姑娘，表姑父和表姑的脸上都露出了惊喜的神色。

表哥好长时间没见表姑父了，看见父亲挨着母亲，不断地往她碗里夹菜，他对父亲的憎恨淡漠了。他毕竟是个有文化的现代青年，对父母的婚姻他多少有了点理性的理解。

表哥他们坐下后，表姑父又让服务员上了两个菜。开始白冉冉表现得很大气和有礼貌，主动给表姑和表姑父还有我和白明都倒了茶。我感觉她长得真的很白净和漂亮，美中不足的就是眼睛有点小。

她自己吃菜，也给表哥夹菜，回答表姑和表姑父的问话也很得体。当听说表姑得的是肝病的时候，她说了句，“阿姨患的是肝病啊？”然后立场坚定地放下了筷子，什么东西也没再吃，甚至连水都没再喝。她的表现太明显了，刚才桌上热烈的气氛，像突然下了一场霜冻，除了没心没肺就知道吃菜的白明，大家的表情都被冻僵硬了。其实，在整个吃饭的过程中，表姑除了吃大家给她夹的菜以外，自己没动一下筷子。

表情最难堪的是表哥，他没有料到白冉冉听到表姑的病情后，是这样明显的反应。他短暂地沉默了一会儿，又开始为母亲夹她喜欢吃的菜。他没再在意白冉冉的任何表情，主动和父亲提议喝几杯酒。

在我的记忆中，我感觉表哥那次真的很男人，很骨气，为了自己的娘亲，他没有在意自己女朋友的感受。倒是善良的表姑，脸上露出了愧疚的表情，“儿子别喝了，你们先回去吧，学校还挺远的！”“是啊是啊，真该回去了。”白冉冉像得到特赦似地赶紧站起来说。

“冉冉，你先回去吧，顺便帮我请个假。今晚我不回学校了，明天陪我妈检查病！”表哥的口气很平常，但字字带着坚决。

“白涛，后天要考试了。”白冉冉的口气有点不团结。“现在无论是什么，都没有我妈重要！你先走吧。”白冉冉见表哥声音依旧平静，但态度非常决绝，便站起来冲大家说了句：“那我先走了。”就独自气鼓鼓地走了。我和白明都不计后果地为表哥鼓起了掌。刚鼓了两下，就被表姑举在头顶上的筷子镇压了。

“儿子，爸替你妈和你干一杯，你妈有你这样的儿子满足了！”表情一贯沉静的表姑父，也被表哥感动了。他没像表姑一样流泪，但眼睛湿润了。

“儿子，这么多年来，我在外面，你妈一个人操劳这个家，很不容易，我欠你们和你妈的很多很多！来，玉萍，我喝酒你喝水我们俩碰一下。”表姑的名字叫刘玉萍。连喝了两杯以后，表姑父的情绪有点激动，他抚摸着表姑有点肿胀的粗糙的大手，大滴大滴的眼泪落到了表姑的手上。

“老白，你别这样，让孩子们笑话。你在外面也不容易，挣的钱都捎回家里。我们娘几个过得不比别人差，我挺知足的！”说到知足，表姑暗黄的脸上露出了难得的红晕。

后来，表姑和我都喝了一点酒，气氛再次在难得相聚的亲情中得到升温。看着表姑布满幸福的脸，当时还很幼稚的我就想：表姑和表姑父之间，究竟有没有爱情呢？

多年以后，病重的表姑和我说了真心话，从开始表姑就知道，丈夫不爱自己。但她是个性情宽厚的女人，用母亲和姐姐一样的情怀，包容和照顾丈夫。终于，表姑父被表姑执着的柔情感动了，身心能够接纳表姑的时候，他们结婚已经快一年了。

后来他们相继有了白涛和白明，再后来表姑父不在巴林石厂开车，把自己调到商业局长期住在市里当采购员。表姑知道，表姑父对自己从来没有爱情，只有感激和亲情。他自己很节俭，尽量把工资都寄给表姑，每年只回来有数的几次。但表姑特别知足，她爱丈夫，始终感激丈夫给了自己两个可爱的儿子，感谢他给了自己稳定的生活。她尤其知道，一表人才、有内秀的丈夫和自己结婚，太委屈了。她知道丈夫始终忘不了一个叫秦璐的女人，因为有时候他在梦里，总是哭喊着这个名字。但丈夫对孩子和她尽到的责任，让她感到丈夫是个有情意的人。她深深地理解和同情丈夫，感觉丈夫受感情的折磨已经很苦了。表姑希望他幸福，希望他快乐，所以当她隐约感觉丈夫似乎找到了自己的幸福的时候，苦涩中她竟有了一丝欣慰。

很多年过去了，表姑父依旧没有抛弃表姑，依旧在尽着丈夫和父亲的责任，直到表姑带着满足的笑容，病逝在表姑父的怀里。

表姑在市医院住院了，表姑父坚决不让我和表哥晚上陪床，他和白明值夜班。为了节省住宿费，表哥那天晚上把我带到他们学校。开始的想法是想让我和白冉冉住在一起，结果一看白冉冉也用卫生眼球看传染病人似地看我，他只好放下自尊去找赵娜。

赵娜听明白情况以后，伸手就把我拉到了她床前，“就和我住吧！可爱的小姑娘！”说完还搂了搂我的肩头。第一次有人说我可爱，我的可爱就被调动起来了，嘴甜甜地说：“赵娜姐姐，你真漂亮！”“小姑娘还真会说话。涛哥，小妹就交给我吧！你就别管了，吃住我都负责了。另外我的自行车你可以随便用，去医院方便！”赵娜的手一会儿抬起，一会儿落下，一会儿温柔，一会儿果断，让我挺着迷的！

“师姐，给你添麻烦了！”表哥的表情得用感激不尽形容才算恰当。“都是同学，那么客气干嘛？你忙你的去吧！”

那个时候没有偶像这个词，有崇拜的对象这个说法。说真的，以前赵娜什么样我没太深入接触，现在的赵娜特别让我崇拜。赵娜见我不停地赞美她，自然更喜欢我了，带我出去吃饭、领我去洗澡，在理发店找人重新给我设计发型，还送给我一件浅粉色的带蕾丝花边的衬衣。几天时间，我就被赵娜包装得也很市里了，自我感觉旗县带来的土味少了很多。

赵娜还经常抽空去医院看表姑。不是给钱就是买水果和奶粉。每次去，赵娜都和自己人一样，给表姑洗头、洗脚、剪指甲。

表姑以前就听表哥说过赵娜和他的事情，现在看，表哥阴差阳错的又与这么漂亮、这么善良的姑娘擦肩而过了。想想表姑都想替表哥哭。每次看见赵娜，表姑都会拉着赵娜的手说:“孩子你真好！要是我有你这样一个姑娘多好！”“阿姨，我就是你的姑娘涛哥平时也很照顾我的！我们在一起和亲兄妹一样！”赵娜也紧紧握着表姑青肿的手说。每看到这个场面，表哥脸上总是会出现懊悔的神情，然后无言地走出病房。

最后一次，赵娜细致地帮表姑洗头发、洗脚，坐在表姑对面说：“阿姨，你好好养病吧！我以后不能来看您了，我毕业了，要走了！”“孩子你去哪？不是要留校吗？”表姑的情绪有点激动。“我改变主意了，我找了一个南方的男朋友，是我姨夫大学同学的孩子，我们俩挺合得来的，我要和他去南方工作了！”赵娜的声音有些低沉。

“孩子，去那么远的南方，你习惯吗？你不想家啊？”善良的表姑真当自己姑娘一样，拉着赵娜的手哭上了。“阿姨没事，80年代的年轻人了，应该志在四方！再说现在交通发达，想家坐火车就回来了！”赵娜红着眼圈，假装轻松，很无畏地说。这语气和动作，让我看到了以前的赵娜。

“孩子，有句话我想问你，是不是白涛伤了你的心啊？”“没有伤心，感情的事得看缘分，不能强求的。阿姨你别担心，涛哥那么优秀，会给你领回个好儿媳妇的！”“但白冉冉不行，她还嫌弃表姑呢！”忘了表哥的嘱咐，我一生气把那天白冉冉见表姑的事说了。

“白冉冉个性强，但人不错，慢慢会改变的！”赵娜看着表姑的手轻轻地抚摸着说。“孩子，如果白涛改变了主意，你会再考虑一下吗？”我和表姑都用殷切的眼光看着赵娜。“阿姨，谢谢您这样看得起我，一切都过去了，涛哥我们适合做兄妹！”“赵娜姐姐，你就和表哥重新开始吧！我希望你做我的嫂子！”我着急地拽住赵娜的衣角，说心里话我真的喜欢上赵娜了，我感觉表哥放弃赵娜，真是个历史性的错误。“感情上的事，是不能强求的！”赵娜轻轻地但很坚决地说。

晚上回到表哥学校，我急赤白脸地向表哥汇报了赵娜要去南方的决定，并传达了表姑和我的心声，希望表哥能挽留她。表哥听完了，木然地发了半天呆，然后仰天长叹了一声，无奈地说：“覆水难收！是命运在捉弄我啊！”说完蹲在地上，用拳头抵住额头，做了一个当时非常流行的“思想者”般的极度痛苦状。

赵娜真的告别了这座城市，真的告别了我们大家，跟随着那位身材高挑、相貌和表哥有点雷同的转业军人，去了四川。

临走的时候，她拒绝了表哥的邀请，没有和他单独见面，没给表哥表达感谢或者忏悔心声的机会，而是托我送给表哥一对做工非常精美、质地特别考究、水绿色的真丝枕套。心情极度不好的表哥琢磨了半天，在自己的帆布箱里选出一枚特别心爱的，冻底像羊脂一样温润、纯净的巴林石印章，连夜刻上：“海内存知己，天涯若比邻。”落款是白涛两个字，还是由我送给了赵娜。

后来表哥问我，赵娜当着我的面看没看印章，我说看了。他又问她表情什么样？我说没什么样，再正常不过了。表哥听了，脸上露出了失望的表情。我不知道表哥期待赵娜见到印章后，应该会有什么反应？我认为那两句诗挺大众、挺战友的，对每个分别的人都适应，连我都不会被感动，更何况文化水平那么高的赵娜呢？

说实话，我真的喜欢赵娜送给表哥的那对枕套，后来试图用很多条件（我当时根本达不到的条件）想把枕套争取到手。结果，平时根本不喜欢这些东西的表哥，铁了心地不放手，即便我发表了断交声明，他也没给我。后来在经历了感情的风雨之后，我终于明白这对枕套，在表哥心中所占据的重要位置。

但在当时，表哥在和白冉冉的感情上，已经没有主动权了。在一个风花雪月充满激情的夜晚，喝了不是一点酒的表哥面对柔情似水、主动投入怀抱的白冉冉，终于突破了男女之间那道神秘的防线。许经理善意的提醒、平时很理智的自律，统统又见鬼去了。从这以后，两人的感情像电视的遥控器，牢牢地掌握在白冉冉的手上了。表哥想随便跳台，那就得采取遥控外的非遥控手段了。

但非遥控跳台的后果真的很严重。玩弄女性，欺骗感情，随便一个大帽子，都会压得人看不到前程。年轻时候的表哥把前程看得比命重要，他是不能挑战被大帽子压垮前程的风险的。尽管这段感情在时间和实践的检验中，根本没经得起任何考验，至少女方没有。

赵娜对表姑的表现和决然离去，让表哥饱尝到了无言报复的滋味，也感觉到命运和他开了一个很大的玩笑。很长一段时间，他放不下赵娜，但他只能把这段感情连同那对绣着鸳鸯的真丝枕套，锁在帆布箱子里了。

表姑的病情，在市医院治疗一段时间之后，有了明显的稳定和好转，医生建议她回家吃药静养就可以了。

表哥要请假送表姑回家，表姑父没让，率领我和白明把表姑送回了家。在我的印象中，表姑父这次在家呆的时间最长，每天换着花样给表姑做好吃的，亲自熬汤药。这又让平时家属院老说风凉话的家庭妇女们羡慕不已，时不时地找借口，来表姑家串门，看干净利落的表姑父劳模一样的表现。大约过了有一个多月，表姑恢复得差不多了，表姑父才回市里上班。

这个时候表哥也快放寒假了，初来学校的热情和激情，在匆匆流逝的一年多的时间里，被现实的风雨吹打得降温了好几度。特别受打击的是爱情，原以为学历和人生提高了一个档次，一切可以一帆风顺，没想到，憧憬的特别美好的爱情，又面临着触礁的危险。看来衣锦还乡携带美人归的梦想，实现不了了。

自从那次在饭店和白冉冉分手以后，表哥从没主动约过白冉冉。白冉冉主动找他，他表情一如平常，但总是有理由拒绝和她单独在一起。虽然没有说过分手的话，但两个人心里都明白，他们俩的未来变得渺茫了。

一个周六的下午，表哥又要单独出去，被路星星和杨雪拦住了，估计是白冉冉向他们坦白了她和表哥之间面临的现状。两个热恋又热心的人要为他们撮合一下。他们三个人刚在宿舍坐下，白冉冉拎着一袋苹果就进来了。

“最近白涛因为阿姨的病挺忙的，我们四个好久没在一起聚了，一会儿出去潇洒一下吧！”因为爱情的滋润，路星星两只不能聚焦的眼睛都放射着幸福的光彩。杨雪也一改平时无所谓的大大咧咧形象，小鸟依人地依偎在路星星身边。最醒目的是两个人的手，一黑一白特明显地老握在一起，挺扎眼的，刺激得表哥不由自主地老往那黑白目标上看。

“是啊，我妈这一辈子很不容易，我必须把我妈放在第一位。对不起冉冉，冷落你了！你生气了吧？”表哥体贴地为白冉冉倒了一杯水，有点距离地坐在了白冉冉旁边。

表哥的举止往往出乎别人的意料，没等别人说明要表达的意图呢，他已经领会了精神，并且有了相对应的主动化解策略。

果然，路星星和杨雪交换了一个“事情也没白冉冉说得那么严重”的眼色。“我倒也没什么，害怕你生气呢！”白冉冉脸色有点发红地说，“我最近忙，也没去看阿姨。”“没事！”表哥乐呵呵地说。

“那我们出去撮一顿吧！”路星星站起来说。“是啊是啊！”杨雪也积极响应。“我最近吧，特别不喜欢吃油腻的东西，明天还准备去医院抽个血，化验一下肝功能。”表哥表情很诚恳地说。“你也被传染了吧？那就先别去了。”白冉冉迅速地做出决定，并且放下水杯。

“你也太夸张了吧？一个普通的肝病，至于把你吓成那样啊？要是艾滋病，你还得晕了呢！”路星星对白冉冉的“突出”表现，有点看不下去了，“不能怪冉冉，肝病是不太好的病，保持距离是对的！我们改天再聚，我请客！”表哥很大度地说。“我就不怕什么肝病，女人真是小心眼儿。走，白涛我们出去吃。杨雪你去吧？”“我去啊！”杨雪痛快地说。

“还是别去了吧？”表哥故做照顾白冉冉的情绪说。“去去，我请客！我最讨厌装腔作势的人！天天打防疫针，笨寻思一下能传染吗？”路星星的侠肝义胆上来了，拉着表哥就走。

走出了校门，表哥一回头，白冉冉真没跟出来。“白涛我现在挺同情你的，什么海誓山盟，还没等海枯石烂呢，就一肝病，还是你妈妈得的，就把人吓跑了！”路星星义愤填膺地说。“也不怪她，人都得为自己想想！”表哥还为白冉冉开脱。

“白涛，白涛，真碰上你了！”迎面过来两个人，把表哥拦住了，一高一矮，一胖一瘦，一女一男，那女的胸脯还特别高。“刘金，张文静，你们来了！”表哥高兴地抱住了瘦小的刘金。

快一年没见，张文静更丰满了，刘金更精炼了，拥抱过后，表哥才发现站在一边的路星星表情和大多数男人一样，目光意外地、执著地投向张文静，焦点自然是高耸的胸部。

“嗨，我给你介绍一下，曾经是一个单位的好哥们刘金，这个是他的女朋友，张文静！现在他们是开巴林石店的老总。”表哥赶紧介绍说。“真的啊？我们家老爷子最喜欢巴林石了，二位老总幸会啊幸会。”嘴里说着二位，自恃见过大世面的路星星，眼光露骨地定在一位身上的最高处。现实生活中这么丰满的巨乳，他还真第一次面对面的遇到。杨雪也注意到路星星的眼光了，她没顾上在意，因为她对此也很惊讶。

“白涛，不是女朋友了，头几天结婚手续办了，给她转正了！我们旅行结婚刚回来，顺便看看你，给你个随礼的机会。”刘金极力挺直身子，尽量很爷们地相当自豪地说。“刘金哥们，你真有艳福啊，娶了个这么好的媳妇啊！”路星星不加掩饰地羡慕说。“一般吧！傻大黑粗的，凑合吧！你是白涛的同学吧？这位是你的女朋友吧？”刘金故作谦虚地说。

“我的同学路星星，这位是他的女朋友杨雪，我们学校的校花！”表哥挡在张文静前面说。“倒是大营子人，长得就是漂亮！”刘金很不客气地使劲握了一下杨雪的小手。路星星也推开表哥，礼尚往来地、时间稍长一点地握住了张文静海绵一样的大手。

“对了，白涛，你那位不也是校花吗？叫出来让我们乡下人开开眼呗！”刘金挤眉弄眼地说。“她算不上校花，今天不巧……”表哥吭哧着想理由。“没什么不巧的，杨雪你去叫白冉冉，就说我请她呢！”手依然没撒开张文静的手，路星星很领导地说。“白校花要不方便，我们就不看了，是吧文静？”刘金说着见路星星还握着张文静的手呢，赶紧过去把张文静硬拽到自己身边。一直没说话的张文静，沉稳地看着这一切，笑着对刘金点了点头。

“走，我们去饭店！我请客，有朋自远方来不亦乐乎！再说你们又是新婚，我们大家帮你贺贺。”路星星热情地看着张文静，不由分说取代了白涛的主人身份。

表哥心里这个乐啊，张文静的丰满效应到哪儿都有轰动效应，这不请客都有人抢上了。但嘴上还是客气地说：“我的朋友来了，哪能让你破费呢？”“说

什么呢白涛，你的朋友就是我的朋友，别跟我客气！”路星星仗义地说着，一只眼睛仍斜视着张文静。

张文静白嫩的脸，始终带着大气的笑容。今天她穿了一套黑色的毛料套装，里面是红色的翻领衬衣；西装本来是两个扣的，让丰满的乳房撑得只能勉强系上一个。红衬衣，白胸口，在黑衣服的衬托下更加醒目。乌黑的长发披散着，虽说身材高大，但不失女人的妩媚。

不知道杨雪和白冉冉说什么了，白冉冉瞪着一双好奇的眼睛，目标直奔张文静来了。“刘金哥们，这就是白涛的那位校花！”路星星介绍说。“你好，是白校花对吧？不愧是校花，校花就是漂亮。”刘金瞪着那双著名的“鬼鬼宗宗（祟祟）”的大眼睛，流利地转动着眼球，来回看着两个校花，言不由衷地说。

“这位姐姐才优秀呢！我没猜错的话，是张文静吧？”白冉冉听白涛说过刘金和张文静的故事，一见故事中的主人公，她有点想笑。“是我，你好！”张文静很文静地说。

“走吧，我们去饭店吧！好好和刘金哥们喝点儿！”路星星的口气带着明显的嫉妒和不平衡。不团结的眼睛分明在说：这么大的肥肉，让这个黑瘦的小子弄到手了！

为了显示自己的优势和实力，路星星点的菜都很高档；酒也没吝啬，是当时很出名的西凤酒。

酒菜上齐以后，路星星脱掉外套，露出雪白的衬衣，似乎要大喝一场的样子。祝酒词是他提议的，各种倡议也是他发出的，表哥的角色就是倒酒和倒茶。杨雪和白冉冉更没什么事，除了看热闹就是互相夹菜。

今天，路星星身上蕴藏的所有才华，好像都被张文静丰满的胸部激发出来了。席间是出口成章，高谈阔论，谈笑风生，喝酒更是豪爽畅快之极；话题是从赤峰到北京，从北京到美国，从天文到地理，从恐龙到宇宙飞船，说得是滔滔不绝，唾沫星子飞溅，把大家听得是目瞪口呆。

趁他好不容易停下来喝水，刘金瞪着那双更加“鬼鬼宗宗” 的大眼睛问表哥：“白涛，他是教政治的还是教历史的教授啊？”“他不是教授，是我们同学！”表哥挺自豪地说，“怎么样，知识渊博吧？”表哥又看了看张文静说。“表现的症状和我们门口的老郑头一样呢！”张文静小声地说。门口的老郑头是个老知识分子，文革期间受迫害，成了精神病，每天就是像留声机一样，不停地反复地说国家形势和各种不是新闻的新闻。“我看也差不多少！”几杯酒下肚，刘金更加配合自己的媳妇。表哥自然知道老郑头是谁，张文静话里的情绪他也听出来了，他知道张文静最反感夸夸其谈的人，担心她直率的脾气上来，会让路星星下不来台，赶紧说：“路星星哪能和老郑头比呢？他是想调节一下气氛！来，我郑重地提议两杯，第一杯感谢各位同学给我和我的朋友来捧场，第二杯祝旅行结婚回来的一对新人新婚快乐，我们一定要都干了！”表哥说完率先都干了。

路星星端着酒杯，一会看看丰满漂亮的张文静，一会看看身材瘦小的刘金，嘴里愤愤不平地说：“刘金你说你咋这么幸福？你说你咋这么有福呢？”

路星星刚才的一番卖弄，早激起杨雪和白冉冉的愤怒了。特别是杨雪，心里这个气啊，人家不就是胸脯高点吗？就值得你用尽浑身解数，卖弄知识取悦人家啊！现在看他嫉妒、羡慕、恨的样子，杨雪更生气了。她冲白冉冉使了个眼色，两人端起酒杯，找了几条理由，连着和路星星喝了四杯。

好像达成共识似的，大家接连着提议喝酒，没给路星星说话的机会。不一会儿，自尊心很受打击的路星星就出现了醉意。刘金喝得也有点高了，腰里的BB机拿出来了，2020的车钥匙拿出来了，舌头也不够长了：“都说知识能改变命运，要我说机会更能改变命运。你看我们现在卖巴林石，特别挣钱，一年多的时间，车有了，房子也有了，我就说你们都别上什么学了，跟着我们卖石头去得了。”“你这话我不愿意听，人各有志，上学有上学的道理，知识改变命运是硬道理！我们家老爷子可以跟你买卖巴林石，我们不卖！”路星星醉眼朦胧的眼神散着光，冲刘金喷着吐沫星子说。

要说人家的媳妇就是个稳，面对这样各自表现的场面，张文静泰山一样地稳坐着，一杯没落地喝着酒，表情和没喝一样。见女生的眼光，都盯着刘金手里的新鲜事物，她宽容地一笑：“这有什么好显摆的！只不过比别人先用了几天，以后比这先进的多了，收起来吧。”像个听话的孩子，刘金乖乖地放了起来。

BB机在那个时候，算是比较紧俏和奢侈的东西了，再加上2020私家车，刘金和张文静的身价，在表哥的同学面前，显得高大得没边儿了。平时都知道路星星他爸是局长有钱，但他们家他爸的BB机是公家配备的，私家车也没有。最受刺激的要属表哥，总以为智商比别人高，目光比别人远，但实践证明，自己总是聪明反被聪明误！差哪儿了呢？

鬼鬼“宗宗”的刘金都进入先富起来的那部分队伍里了，而大家早就都看好的自己却还在清贫队伍里镀金呢！想到这儿表哥心里立刻有了新的想法。

杨雪和白冉冉这两个女孩子，盲目崇拜的通病又犯了，不管张文静表情什么样，表哥和路星星表现什么样，她们两个开始和款爷刘金碰酒。刘金有点受宠若惊：“两个漂亮的高级知识分子和我碰酒，那我太自豪了！我媳妇说了，我们是先充实钱袋，然后再充实脑袋。你说是吧媳妇？”最让两个高级知识分子受不了的就是这句：是吧媳妇？“刘老板你也不是小孩子，干嘛每说一句话就请示嫂子啊？”面若桃花的白冉冉嗔怒地说。“校花妹子，这你就不知道了，我刘金有今天知道因为什么吗？一是听老婆话，二是跟党走！”说完这句话，刘金的脑袋也放在桌子上了。气得两个校花一起站起来，不负责任地先撤了。

“就这还喝酒呢！”张文静对发呆的表哥说。“文静，真挺羡慕你们的！和你们比，我感觉自己落伍了。”表哥真诚地说。“也不一定，在我心里，你比我们都有出息，你将来肯定比我们都强！”张文静也实在地说。“我真佩服这个张文静，多好的女人啊！白涛你有眼不识金镶玉，这么好的女人都不下手，傻子！”在桌子上趴了半天的路星星突然抬起头来，闭着眼睛说。

“说实话，我还看不上他呢！最可靠的还是我们家刘金。好了，我们都走吧！”“我得去结账！”路星星挣扎着站起来。“这位姐姐把账结了！”吧台的服务员对路星星说。再一看张文静，饭店里面的人都乐了：瘦小的刘金小孩似地被张文静背在背上，轻松地走了。

路上张文静和表哥说了表姑家里的近况。她说表姑的肝病依然不乐观，还有表弟白明在学校隔三差五地逃学，和一帮社会上的孩子打架斗殴。老师多次找到家里，表姑根本管不了。表哥这才知道，表姑每次来信都是报喜不报忧。

把张文静和刘金送到宾馆，表哥独自在大街上走了很久。秋天的风徐徐地吹着表哥的脸颊，这让他的头脑清醒了很多，想提前退学的念头，再一次占了上风。

当然，助长表哥下决心退学的理由还包括：看到张文静和刘金没上商干校，也提前达小康了，表哥心里有些着急。在商干校固然学到许多让自己受益匪浅的知识和理论，但这些知识和理论暂时改变不了他和表姑的命运。他觉得表姑时日不多了，他应该及时先行孝。至于下一年的课程，表哥也想好了，让同学们把书寄给自己，他会努力自学。他还觉得刘金说的这句：有时候抓住机会也会改变命运，很有点拨功效。想到这儿，他赶紧去找表姑父。

这次表姑父在一个装满商品的仓库里，戴着一顶白帽子，穿着蓝大褂和一个小伙子在清点货物。听明白了表哥要退学的意图后，表姑父沉思了一会儿。表哥有一段时间没见父亲了，他发现父亲的脸有些消瘦，两鬓隐约有了白发，他隐约感觉父亲活得也很不轻松。

“你还是继续上学吧，单位如果能找到合适的人替我，我回去吧。”父亲轻轻地说。“您还是在这儿吧，单位也不好找合适的人选，还是我回去吧。我能照顾好我妈和弟弟，您放心地在这儿吧。”表哥很男人地对父亲说。

表姑父用从没有过的眼光，深深地看了一眼比自己高大很多的儿子，赞许的眼里竟有一丝湿润。“你要下决心回去，我就去找你们校长给你办一年休学，明年想上再上，不想上就要毕业证。”“这样更好！”表哥高兴地孩子气地捶了父亲一拳，表姑父也回敬了儿子一拳，父子俩从没有过地默契地笑了。

那天晚上，表姑父执意要给儿子送行，表哥拒绝了。他知道父亲的意图，也知道父亲要和他说什么，他不想听，也不想过多地探寻父母之间的恩怨和秘密，不想让这些历史的往事给自己造成没必要的阴影。他理解父亲，也同情母亲，他只想用一个儿子的孝心，去回报父母的养育之恩。至于谁功谁过，他无权评判，也无力改变，因为他知道父母对他们哥俩的爱是真挚和无私的，就已经很满足了。

回到学校，表哥首先找到了白冉冉。白冉冉和杨雪都眼泪汪汪的，显然共同哭过。表哥不问也知道，路星星露骨的表演，肯定伤害了杨雪的心。至于白冉冉的眼泪，自然是和自己有关。看见表哥进来，两个女孩迅速擦干眼泪，面带斗争的神色，以为表哥是来当和事佬的。

表哥装作没看见她们表情的样子，自己主动坐下来，用和气氛非常一致的低沉口气说："我是来向你们告别的，明天我就休学回家了。"果然两个女孩子的表情因为吃惊变得平和下来了。"为什么休学啊？"杨雪着急地说。"因为我的母亲需要我，家里需要我。"表哥用坚定的口气说。"这不是牺牲了你的前途了吗？你们家人想什么呢？"白冉冉愤愤不平地说。"不是牺牲是回报，是做一个儿子应该做的回报！"表哥的声音依旧很低沉，依旧很平静，但却有一股无法改变的决绝。

"非常感谢一年来，同学们对我的帮助和厚爱。特别是冉冉为我做了很多，让我终生难忘。如果你肯去我们那儿，我荣幸地在那儿等你……""打死我也不会到旗县去的！我要在市里发展我的事业！"白冉冉没等表哥说完，就抢答似的表明了自己的立场。

"那我就祝你幸福吧！"表哥站起来，和她们逐一握了一下手："我明天走得很早，就不打扰你们了。再见了！"说完表哥快步走出了房间。在关门的时候，屋里传出来一声炸雷似的哭声。表哥没有回头，他知道那是白冉冉，他的眼泪也无声地流了下来，但心里却有一种卸掉了包袱的轻松感觉。

走之前，表哥拜托路星星送给白冉冉一枚荔枝冻上面带有天然水草的巴林石印章，上面什么字也没刻。但我知道这枚印章的寓意，那就是：天涯何处无芳草。

第四章

回到家的第一件事，表哥首先摘掉了道具一样的眼镜。因为他知道基层出身的老领导，最不喜欢戴眼镜的小资派。

见儿子突然退学回家，表姑无声地哭了，她认为是自己拖累了儿子。但她没说什么，因为她了解自己的儿子，知道他决定了的事情，是不会轻易改变的。

回到家的那天晚上，表哥拿着四瓶当时特别紧俏的西凤酒、四袋奶粉，先到老领导家报到。果然，知道表哥为了母亲毅然退学回家，中山装也改成西装的老领导，赞叹地直竖大拇指："我就没看错你这个孩子，自古忠孝不能两全，你这孩子忠孝基本都做到了，到底是根红苗正！正好团支部书记没人呢，你担任。还有你先去财会室，赵会计要调走，你熟悉熟悉替她。还有副经理老张退休了，局里让选个年富力强，有知识有能力的担任，这标准像给你小子量身定做的。"

这个时候麻利的许大娘把四个菜都炒好了，小桌子也让体态丰满的傻丫头红宝搬上来了。在市里，表哥曾多次到市医院给红宝寻医问药，经过吃药红宝的状态似乎好了点。最明显的是伸在外面的舌头，用药以后基本回到原位了，不说话还真让人感觉很正常。见到表哥她高兴的不得了，把自己留长毛的月饼，拿出来给表哥吃，嘴里含着表哥给买的奶糖，眼睛老盯着表哥看，脸上始终带着憨憨的笑意。

陪着许经理喝着酒，听着他说对企业要进行改制的计划，表哥更相信自己回来得很及时，因为从许经理的暗示中，他感觉许经理有意栽培自己接他的班。要知道当一个企业的领导，一直是表哥的梦想啊。

表哥忙碌的身影，又出现在单位众人惊讶的目光里了，只是他的脚步不再有尿急的感觉，而是有了胸有成竹后的持重。

表哥上班以后，发现和他同期上班的同龄人，出去单干的人很多。有开商店的，有倒羊绒的，还有开出租的，效益都比工资高好几倍，有钱是有钱，但表哥觉得个体户在精神和素养层面还缺少点什么，社会地位也不是很高。所以经过前思后想的考虑，他决定还是先从政，后从商。

还有一个急迫的问题摆在表哥面前，那就是家里急需要一个能伺候表姑、能料理家务的女人。保姆他们这样的人家是雇不起的，只有表哥找个能干的媳妇，来分担表哥现在天天需要从事的家务。表姑几乎天天躺在床上，不能弯腰做饭，更别说帮着储存白菜，储存牛大便了。

在这个时候，一直关心他的许经理又让老伴及时地出面了。确定表哥真没有对象这个事实之后，许大娘说许经理有个侄女人非常好，目前在基层供销社工作。根据介绍人许大娘的描述，女方的形貌特征和张文静有点雷同，脸呀、眼睛、鼻子什么的都比别人大一轮。介绍人许大娘还说：因为生在农村，比张文静稍黑一点，不过那也是黑俊黑俊的。女方没什么过高的要求，不嫌弃公婆，只要有房子，能把工作调到镇里就可以。

一听和张文静雷同，表哥的脑海里先跳出了一个不太健康的联想：那位黑俊的女方如果和张文静雷同，是不是乳房也那样出类拔萃啊！说实话，表哥不喜欢那样粗线条的女孩子，不管她是不是黑俊。他还是喜欢娇小的、温柔的、浪漫一点的女孩，韩红自然还是标准。但是他又清楚地知道，这样的女孩他们家不适合。

虽然不是自己追求的标准，但因为是领导家属出面做媒，面子还是要给的，所以就答应了和女方见一面。

见面的地点，因为表姑行动不便的缘故，就定在表哥家了。表哥从来没想到，自己的婚事会让人介绍，所以他感觉无论是能不能成为自己媳妇的女方，还是这样形式的见面方式都有点离谱。抱着应付的态度，表哥没刻意地换衣服和做任何准备。

女方来的时候，是晚上八点多钟，表哥给表姑熬着汤药，顺便洗表姑和白明换下来的衣服。一见穿着黑色套装，五官都比正常人大一号，胸部被撑得扣子要挣脱的女方，表哥忍不住笑了。要不是肤色和发型，真的和张文静差不多少。很个别的是：黑俊的女方有一根乌黑发亮的长辫子，长得过了臀部，这样的长辫子在镇里算得上是凤毛麟角了。

应该说介绍人的话很属实，女方别看生在农村，但不土气，举止落落大方。见穿着白衫，衣袖子挽得高高的，两只手沾满了洗衣泡沫的表哥看着自己笑，女方也甜甜地笑了，一笑红红的腮边还有个深深的酒窝。表哥先前无所谓的心，被这干净的笑容感染得竟有了点无端的喜欢。

“这是白涛，这就是红梅。”经验丰富的介绍人许大娘，敏感地发现了男女双方有好感的迹象，赶紧互相介绍。女方出乎意料地没有去握表哥湿漉漉的手，而是端过洗衣盆，自然地挽起袖子，洗上了衣服。这一没拿自己当外人的举动，让心地善良的表姑立刻感动了。“这姑娘真朴实，真好！”母亲的主动表态，让孝顺的表哥感觉母亲对女方是满意了。

表哥这一历史性的见面，我有幸见证到了。那个时候，因为我在青年门市上班，所以表姑把我当大人看待了，还很重视我的意见。许红梅进他们家门不久，她就让白明去叫我。

“四毛姐，我们家来了个女雷锋。”白明一见我，就大大咧咧地说。“什么女雷锋、男雷锋的？”因为白明老打仗，被学校劝退了，我挺讨厌他现在流里流气的样子。“我妈让你去看看呢，给我哥介绍的对象，那家伙，一进门就撸胳膊挽袖子地积极表现！”“去你的吧，哪有那样进步的女青年啊？”我好笑他的夸张。“信不信由你，去看看就知道了。”说完他顺手拿走我桌上的两元钱，怕我追他，头也没回地飞快地跑了。

推开表姑家的大门，真的看见一个健美的姑娘，迈着运动员的步伐，穿梭在院子里。感觉平时很沉闷的院子，像进来一股春风，一切都复苏了，一切都有了生气。不同颜色的衣服，挂满了晾衣绳。平时墙角散乱的砖垛，被码得整整齐齐。就连装牛大便的麻袋，在她手里也轻松地有组织地被摞在了一起。

平时看着都麻烦和眼晕的活儿，经过她的手都变得没有分量了。我、表姑、表哥还有许大娘，我们都像观众一样看呆了，这哪是黑俊黑俊的姑娘啊，简直就是个铁姑娘队长。看见我进来，姑娘热情地张开一口洁白的牙齿笑了："快进屋，外边有灰尘！"一副这家人的样子，这一质朴的第一感觉把我也征服了，真像地里的一株红高粱那么可爱。我感觉在课文里学过的《谁是最可爱的人》里面的这句话特别适合她。

"这是白涛的表妹张四毛！"喜形于色的表姑坐在院子里的椅子上介绍说。"四毛你长得挺好看，你坐吧。"她顺手给我拿来一把椅子。"你也休息一下吧！"我也由衷地说。"我不累，这点活算什么啊！"她顺手解下盘在头上的长辫子，"白婶，以后家里的活儿我就替您包了！"她的胸部真丰满，真的和张文静不相上下。还有她说话温柔细气的，和她的体重很不相符。

"好啊，好啊！"表姑乐得合不拢嘴了。"这孩子针线活还好呢！哪样都拿得起放得下。"介绍人许大娘带着王婆卖瓜的表情说。

"你会织毛衣吗？"我端给许红梅一杯水问。"会，不过织得不太好，我还织了一件毛外衣呢，明天给你看看。你会吗？"她笑起来真挺好看的，酒窝深深的让人看了很舒服。"我不太会，想学呢！""有时间我教你吧，不过我织得也一般。"我们俩老朋友似地说上了。

许红梅走后，表哥我们俩在一起的时候，我问表哥对女方的印象。"你看呢？"表哥面部表情平静地问我。"我感觉不错，挺大方挺可爱的！"我不隐瞒地说出了自己的看法。"我理想的爱人本不是这个样子的，但家里需要这样的人。"表哥的情绪有点郁闷。我知道表哥骨子里很风花雪月，喜欢浪漫的女孩，但目前他们家的情况，似乎没有浪漫的舞台。

"有的时候自以为适合自己的标准，其实未必适合自己。就说我吧，原来理想中的白马王子呢，高大英俊潇洒。可现在呢，遇上了一个黑瘦浓缩的，但彼此很投缘很适合，所以我感觉一个人的外在条件，不是决定幸福的唯一标准，也不是选择的唯一标准。”我用我当时盲目的幸福观开导表哥。“你和我不一样，你这个岁数谈对象，纯属瞎闹！再说如果当时我想找这样形象的媳妇，张文静就不会嫁给刘金了。”表哥说我搞对象是瞎胡闹，我有点生气，但看到他闷闷不乐的样子，我原谅了他，没和他计较。“可我感觉你们家需要这样类型的媳妇，再说你也没确定就是她呢，总得接触一段时间吧？”我努力开导表哥说。

“看我妈的态度，如果女方人品上没有太大的问题，也就基本这样了，我感觉我再次又要成为家庭的牺牲品。”“再次？上次是哪次？”我看着表哥有些颓丧的脸说。“出生，我是我妈和我爸不幸婚姻的牺牲品。”表哥终于说出了隐藏在心底二十多年的心里话。“也许我出生的使命，就是为了拯救我们这个从开始就带有悲剧色彩的家的。”我从来没有发现表哥的语气这样悲凉过，这个让大家一直都羡慕的好孩子，心底竟是如此沧桑。

“如果你是带着拯救的使命来的，那你就是天使啊！说不定许红梅是来协助你的副天使呢！”我试图用玩笑的口气化解表哥的心结。“无论是天使还是魔鬼，我想认命了。四毛，你不知道，我有时候很累，是那种心累。家里的实际情况像一副沉甸甸的担子，压在我的肩上，还有白明，还有我的未来，我需要有个人帮我分担。我也知道我理想中的爱人是不能帮我分忧的，所以老话‘心强命不随’是为我量身定做的。”表哥皱着眉，像做出老大牺牲的样子。

“人家许红梅没你看得那么悲观吧？人家除了形象不中你的意愿以外，别的未必不如你，或许在别人眼里人家还是美女呢。比如张文静，到哪儿都很受异性欢迎。”那个时候我也有点胖，有点黑，也有点不温柔，替许红梅抱打不平的成分里也有我的感觉在里面。“谁是天使和魔鬼还不一定呢！”我认为有必要打击一下自以为是的男方。

“四毛，我认为你今天的立场有点问题！”表哥头脑果然有点清醒了，并及时发觉了我倾向于女方的观点。

不光是我的立场有问题了，表哥身边所有的人，包括突然回来一天的表姑父，立场和我们一样，都倾向于许红梅了。

表姑他们家因为有了许红梅，一切的家务活儿都轻松加愉快了。因为心情好，表姑的身体神奇地好了许多，能挽着许红梅的胳膊上街了。见表哥对许红梅没有明确的态度，表姑擅自决定以干丫头的标准对待女方。有了这样正大光明的头衔，干丫头许红梅还在表哥家驻扎上了。

我还有我们院的几个小姑娘，没事就去表姑家，都跟着许红梅学习织毛衣。许红梅蒲团一样的大手特别灵巧，在她手里显得非常纤细的织针，像变魔术一样上下翻飞着，毛线就构成了各种好看的图案。不几天，表姑的毛衣织出来了，又过了不几天，表哥的毛衣也成形了。

要说许红梅也是个有心机的人，表哥的态度很正经，她也不轻浮，表现得很有女人气节，这一点我很钦佩。说话很得体，衣着也不俗，等把表哥他们一家四口的毛衣都织完了，人家还客气地撤退了。

没了许红梅的日子，表哥他们家又回到了从前，好像前些天的精气神都被许红梅带走了。今昔对比，再次操持家务活儿的表哥，终于感觉到了许红梅的好处和重要性。但当表哥找到介绍人，委婉地邀请许红梅再次来家的时候，介绍人许大娘干脆地替许红梅拒绝了，说一个女孩子老住在有两个大小伙子的家，影响不是太好，直接关系着姑娘以后的婚事。后来表哥不得不降低姿态，求刘金和张文静帮忙，亲自开车到许红梅家，轰轰烈烈地把女方接了回来。

接回来的那天晚上，和许红梅一见如故的张文静，在表哥答谢她和刘金的酒席上，借着点酒劲，没顾表哥和刘金的暗示，坦率地公正地点评了表哥的人品。张文静的总结大致分为三点：一是白涛同志人很聪明有才气，工作努力，孝敬父母；二是好要点聪明，但有时候吧，聪明反被聪明误；三是有点女人缘，但有贼心没贼胆。对于多年老朋友的评价，表哥心里很是服气，也借着点酒劲大胆地说："如果具备了贼胆，就没有今天的故事了，你我的孩子该打酱油了。""所以说有福之人不用忙啊，你看你就等小许呢！"喝得小脸通红的刘金，瞪着一双充满幸福的大眼睛很知足地说。

"缘分这个事就是这样，在我们那一带，追求我的人那也是蜂拥而至呢！"几杯酒下肚，许红梅把大辫子一甩，声音不高不低、不紧不慢地坦白了。"有上大学的，有在城里工作的，也有一个系统的，我都没有感觉。介绍人几乎天天有，因为这个也得罪不少人呢。有一次看电影，我的辫子还被铰掉半截儿呢。”因为喝了酒，许红梅的大眼睛显得水汪汪的，赤红脸也白了很多，灯光下还真挺受看的。

“你是挺扎眼的，这大辫子就稀奇。”表哥又和刘金干了一杯酒，不知道是褒还是贬地说。“要不我铰了吧！”许红梅为表哥倒满了酒说。“别铰，现在我想留还留不长呢！”张文静着急地制止说。“媳妇你什么样发型，在我心里都是仙女！”刘金不停地为媳妇夹着菜说，“想当年，那追你姐的人也不少于一个排呢，是我用人格魅力把她征服了！”说到“征服”两个字的时候，刘金夸张地咧了咧嘴。“别看你姐夫外表袖珍，老有内秀了！”张文静也知足地说。“这我相信，张姐多漂亮啊！”许红梅真诚地说。“漂亮倒不那么漂亮，就是和你一样超丰满！”连着喝了几杯，表哥有点高。

“丰满怎么了？有的女人想丰满还丰满不了呢！是吧红梅？”张文静挺着胸脯说。许红梅没敢说是，也没敢和张文静一样挺着胸脯，毕竟未婚的和已婚的有差别，她羞答答地低下了头。“是！是！媳妇你别激动，放松放松。”刘金趁机摸了摸媳妇的高胸。这一刺激的镜头，让表哥心里和手都有点发痒。“未来的媳妇，来，咱们哥俩也喝一杯！以后到了我们家，我会尽最大努力让你幸福的！”这特别另类的求婚形式，让许红梅感动得差点流下了眼泪。和张文静比，她感觉自己赚了，因为刘金和表哥表面比，差距太大了。

后来我问许红梅征服表哥的绝招，她很实在地说，自己知道自己的条件，虽算不上傻大黑粗，但也接近膀大腰圆。虽然有很多人追求她，但那些人根本没有表哥这样的品位和气质，见了表哥她才知道什么才是真正的白马王子。所以她自己就想了，凭自己的大辫子、大胸脯、大个子是征服不了外表潇洒的表哥的，只能找他们家的薄弱环节进攻，那就是好好地做家务，解除表哥的后顾之忧，结果她成功了。

看着许红梅小盆一样率真的大脸，我不由得用不简单的眼光看她了。都说四肢发达头脑简单，许红梅是身体和器官各方面都发达，头脑也发达呀。

表哥结婚用的大件，都是表姑父在赤峰置办的，都非常紧俏和时尚。有一台凤凰 26 自行车，一块海鸥牌手表，还有一件让我现在都羡慕的特号的式样非常新颖的红风衣，那是表姑父托人在赤峰二毛找人做的。因为许红梅的胸围差不多是正常女人的两倍，所以她的风衣价钱也比别人贵了不少。

表哥的蓝色西服，是我陪他在我们同学开的服装店进价买的，不是什么名牌，但表哥穿上很精神。不过表哥的脸部表情始终精神不起来，表现的内容还很复杂，有点像待宰的羊，无奈和悲哀；还有点像要认命了似的，有点无所谓，就是没有要做新郎的喜悦和激动。

很看不惯他那样要为谁牺牲的痛苦样儿，在买衣服回来的路上我说："表哥你现在想好了，这可是关系着你一辈子的大事，现在改变主意还来得及，千万不要让表姑和表姑父的故事在你身上重演，不要抱着结婚就是去牺牲的态度，我感觉许红梅完全配得上你！""我知道许红梅很优秀，但说心里话，我的心就是有点接受不了她呢！"表哥神情恍惚地说。"因为她不会撒娇和做作是吧？你想想你喜欢的那类型女孩，谁会帮你扛家庭的担子？我感觉许红梅才是来牺牲的呢！"我实事求是地说。"从某个角度上说，有点这个成分。"表哥还算有良心地点点头。"再说是你求人家结婚的，你还做出一副苦大仇深的样子干嘛啊？"我的立场完全站在妇联的角度上了。

"四毛，你今天说话有点过于尖锐和直率，我一直把你当作自己的妹妹和知心朋友，才和你说说我的苦衷和内心矛盾的，你有点偏袒女方！"表哥很不满意地说。"呵呵，我也是和你说肺腑之言的。我从小就很崇拜你的，表哥，总感觉你洒脱和脱俗，但你现在的表现有点让我失望。"我笑着说。"为了你表姑我会做好自己角色的，你放心吧四毛，知道什么是有档次的男人吗？表哥就是，以后找男朋友我就是标准！"表哥拍了拍我的头，带着一切都豁出去了和"贴贴"自喜的表情，迈着有档次的、看着有点尿急的步子先走了。

认识不到一年，表哥和许红梅举行了婚礼。他们结婚的时候，是八十年代末期。婚礼的形式和规模，在我们那个小镇，算得上火爆和新潮了。

那个时候一般人家结婚，都在自己家里安排。院子里用苫布搭成帐篷，露天流水席就形成了。表姑他们家院子比较大，再加上行业优势，单位苫布多，水果多，餐具多，整个排场很豪华。服务员的阵容以我为首，来自不同地方的十个小姐妹，像是一道亮丽的风景线，带着香气，蝴蝶般地穿梭在厨房和餐桌之间。

但最吸引众人眼球的自然还是新娘子许红梅。她长长的辫子高高地盘在脑后，上面别着一朵鲜红的绒花，里面穿着一件白色的带花边的衬衣，自然也是赤峰做的，外面穿着那件让我非常羡慕的红透了半边天的风衣。有点煞风景的是新娘子的皮鞋和风衣有点不协调。因为她穿41号的鞋，寻遍赤峰所有的鞋店都没有买到适合她的高跟鞋，所以她只好穿了一双新潮的男士欧版鞋，幸好她的裤脚肥，对这一缺憾有所掩饰。

婚纱影楼的化妆师为许红梅淡淡地化了妆。妆后的新娘子，眼睛更加有神，嘴唇更加性感，神采更加飞扬，特别是因为激动，呼吸很不平稳，起伏的胸部用波澜壮阔形容比较贴切。和新娘子形成反差的是，西装革履的表哥表情很沉稳，应该用波澜不惊形容才恰当；头发的造型也出自化妆师之手，蓬松地喷了点啫喱；不团结的牙极力退回原位；凝重的表情中，有一丝曾经沧海的落寞。都是平跟鞋，但两位新人站在一个临时用木板搭建的，上面铺着一层红地毯的主席台上。略胜一头的新娘子像一个随时引吭高歌的雄鸡，骄傲地满足地站在新郎旁边，明显的阴盛阳衰。新郎很理性地站在那儿，更显得阳气不足。

还有一个人的形象在婚礼中很突出，那就是穿着宝石蓝色天鹅绒连衣裙充当伴娘的张文静。虽然，她在台上陪许红梅只站了几分钟，但轰动效果绝对超出了我和表哥的想象。本来按照表哥的意思，伴娘的角色应该是我。我坚决地拒绝了，因为我已经预测出了我和许红梅站在一起的后果了，超丰满的许红梅会把我衬托得像个发育不全的未成年。那个时候正是我的恋爱季节，我可不能在众目睽睽下曝光出那样的效果。筛选了半天，结果最合适的人选是张文静。

两个女性特征发育超好的美女，让婚礼的气氛变得很兴奋，异性的眼球不停地在她们的脸和胸之间游移着。我甚至听见了我们院刘二子和三胖子他们几个从喉咙里不断发出的咽唾沫声。当时我心里很大胆地想，如果有比乳活动，张文静和许红梅肯定会创自然生长巨乳市级记录的。

主持婚礼的司仪是镇二校的教导处李主任，他曾是表哥的班主任。李主任身材消瘦，清秀的脸上留着一撇小胡子，如果穿上一件灰色长袍，形象和文学大师鲁迅有点近似。据说李主任主持过很多次婚礼了，对婚礼的程序和套路策划得都很专业，眼镜后面一双细长的眼睛不停地巡视着整个场面。他滴水不漏、妙语连珠地临场发挥，时常逗得大家开怀大笑。

我是第一次参与李主任主持的婚礼，感觉他主持的形式很新颖很特别，基本不用稿，开口就是用合辙押韵的七律诗。比如开场白是：

秋高气爽喜洋洋
一对新人拜花堂
水到渠成天仙配
亲朋好友来捧场
新娘好比杨贵妃
新郎赛过唐国强
互敬互爱甜蜜蜜
爱情天空同翱翔

虽然新郎新娘转眼变成跨越时空的结合了，但比喻得还算恰当，大家乐得都鼓起了掌。司仪表情没变，带着少许微笑转身面向主席台。在主席台就座的有表姑和表姑父，许经理和介绍人许大娘，还有许红梅的哥哥姐姐，那时候还不流行父母亲送亲。

千里姻缘有人帮
跑前跑后许大娘
慧眼独具配佳偶
才子得到美娇娘

吃水不忘挖井人
大娘情意记心上
夫妻行礼谢大媒
好人好报永健康

“这孩子真有才！”大媒许大娘激动得眼泪都出来了。“有才的孩子”又转向表哥和徐红梅，声音高亢地说：

二位新人拜高堂
养育之恩永不忘
孝敬父母是美德
和睦家庭都赞扬
人逢喜事精神爽
家添人丁新气象
祝愿早日生贵子
天伦之乐早日享

“这孩子确实有才！说到心里去了！”表姑也激动得幸福地抹起了眼泪。

新娘丰满的脸上始终带着幸福的笑意，配合着司仪的指挥。而新郎的表情和动作有点僵硬和机械，即便有点笑容也很牵强。我知道表哥此时的心情，他真的对自己未来的生活感到很迷茫。

“婚礼最后一项——”司仪声音又提高了八度：

天时地利呈吉祥
新人对拜入洞房
你尊我让到白头
互敬互爱奔小康

夫是大树妻是藤

藤树缠绵百年长

漫长人生须齐眉

荣华富贵夫妻创

“夫妻对拜完毕，新郎抱新娘——入——洞——房——”最后司仪拉长调子说。

一听让新郎抱新娘入洞房，表哥为难地皱起了眉头，这一细节也被司仪发现了：“男方做了一个为难的动作，看样子这个动作不常演练，有点业余，各位来宾用掌声鼓励一下！”司仪话音刚落，掌声和口哨声就响成一片了。表哥只有豁出去了，倚仗自己有点武术功底，弯下腰就要抱许红梅。结果许红梅像石柱子一样摇晃了几下，又落到地下了。看着表哥满脸憋得通红的样子，大家哄堂大笑起来，有的甚至笑出了眼泪。

都这样了，司仪还不放过：“刚才算是演习，是不是再来一次啊？”“是，再来一次！”大家又开始鼓掌。见表哥急得出汗了，新娘也着急了，做了一个出乎大家意料的动作，轻松地把新郎抱了起来。就在这个时候，路星星和杨雪一行四人拎着两只当时特别时尚的皮箱，走进了婚礼现场。

历史性的会面就定格在新郎被新娘抱着的瞬间了，被抱起的表哥比众人高一头，并且是面对门口，第一时间看见了路星星以及他身后的杨雪。白冉冉和一个男的走在后面，这个男的身材颀长，身穿米色风衣，戴着茶色墨镜，整体造型酷似《上海滩》里面的许文强。表哥第一时间就断定这个男的是白冉冉的男朋友。这一行与众不同的人的突然光临，让悬在半空中的表哥惊讶地张大了嘴。

欢笑中的众人顺着新郎失态的眼神也发现了来人，没等众人反应，司仪开口就致上了欢迎词：

锦上添花贵宾到

蓬荜生辉地增光

男士英俊又潇洒
女士美丽又大方
百里迢迢来祝福
礼厚物重情谊长
各位掌声迎来客
新郎下来接皮箱

李主任手拿话筒一边说着，一边迎上前去和路星星他们一一握手。新郎终于也缓过神来了，从新娘怀里挣脱下来，奔向来宾，确切地说是皮箱。

地不是很平坦，加之表哥的挣脱动作有点高难，落地没走两步，表哥就单腿跪到了地上。路星星一个箭步窜上前去，递过皮箱说："兄弟不必行这么大的礼，哥有点受宠若惊。"

"这儿的礼节还真大。"白冉冉的男朋友和路星星一边一个把表哥拽了起来。"真没想到各位给我这么大面子，我磕一个也是应该的！"结婚的准确时间，表哥只通知了路星星，没想到他带来了三位。"这位是白冉冉的男朋友，市保险公司的严旭。"路星星介绍说。"人长得帅，名字起得也好！"表哥表情艰难地握着严旭的手，上下打量着他，特别言不由衷地说。严旭的脸很清秀很白净，就是因为戴着墨镜，眼睛看不清楚。

"来，各位贵宾，主席台就座吧。"李主任热情洋溢地看着白冉冉和杨雪说。两位女士可顾不上对接他的热情，她们的目光都投向了新娘子。新娘子很大方地迎上来，腮边露出深深的酒窝，清澈的大眼睛带着笑意，表情不卑不亢地和她们分别握手。从表哥慌乱的神情中，她能猜测出来，她们其中的一个人，肯定和表哥有故事。看着和张文静形体特征基本雷同的新娘子，白冉冉和杨雪都笑了。

路星星和严旭的目光也都聚焦在新娘子身上了，因为有上次看张文静的眼神风波，路星星看许红梅的眼神很含蓄，倒是严旭因为有戴墨镜的优势，整个脸的投向始终在新娘子身上。"我们就不去主席台了，就坐下面吧！"见李主

任坚持让他们上主席台，路星星赶紧推辞。“那就上雅座吧，马上就要开席了。”所谓的雅座就是设在屋里面的一个大圆桌。

“主持人，我们既然来了，能请新郎新娘出个节目吗？”杨雪调皮地说，“自然可以，你说出个什么节目呢？”带着引导学生的师长神情，李主任热切地很不主任地说。“请他们合作一首黄梅戏《天仙配》吧！”白冉冉歪着头提示说，“好！好！”没等李主任说话，来宾们都鼓起了掌。

表哥的嗓子没说的，唱什么歌都很专业，但许红梅会不会唱歌，不仅是表哥就连我也没底，没听她表现过。我感觉白冉冉有点看笑话的成分。“那几位就先找个地方坐吧，我和白涛献丑了！”许红梅很痛快地就拿起了话筒。

结果她一张嘴，就把在场所有的人给震了。她的吐字不仅字正腔圆，嗓音那就一个清澈、嘹亮。我个人认为，差不多能和严凤英媲美了。一看许红梅歌唱得这么好没掉链子，表哥董永的情绪也来了。两个人声情并茂地唱了个圆满，引得掌声经久不息。

唱完后，许红梅自豪地、脸色绯红地看了张文静一眼，站在台下面的张文静立刻从兜里掏出一条哈达和一个银碗。双手托着哈达和银碗，许红梅没请示主持人和新郎，擅自走到杨雪、白冉冉、路星星和严旭坐的桌前，低头深深地施了一个礼：“感谢各位能来参加我和白涛的婚礼，我母亲是蒙古人，我是蒙古人的孩子，我要用蒙古人最高的礼节来欢迎各位的到来！”紧随其后的张文静立刻在银碗里斟满了白酒。“金杯啊斟满了醇香的奶酒，朋友欢聚一堂共同干一杯……”这首歌许红梅是用蒙汉两种语言唱的，歌声像用马奶酒浸泡过，绵厚悠长。

大家再一次被许红梅的才艺表现震惊了，都不知道在许红梅超丰满的身材里面，藏着多少让人惊讶的才气和睿智。不仅是大家，最吃惊的是表哥，他不得不用全新的眼光去观察和挖掘许红梅了，人真是不可貌相啊。

我有幸被大家信任，委派负责雅桌工作，我很自豪！这不但说明我能上台面，还能证明我的档次和赤峰的客人不相上下。所以我不但尽职周到地做服务性的工作，也很豪气地陪他们喝上了“套马杆”。

不一会儿，路星星的眼神就更加不团结了。严旭好像租来的大墨镜也摘下来了。庐山真面目一暴露，我这个乐呀。严旭的眼睛长得太大、太精神了，有点像新疆人，但是有一只眼睛也有点斜视。

我现在也用同情的眼神，看像公主一样骄傲的白冉冉和杨雪了，她们俩一直用不般配的眼神看表哥和许红梅。可我感觉，大乳房可比眼神不团结优越多了。

“你们有亲戚？”司仪李主任酒量不大，主动找了两个轮回，镜片后的眼神就很色彩了。他也看见严旭的眼睛了，于是就看着严旭和路星星提出了这个问题。“许红梅和张文静有亲戚吗？”严旭一喝酒脸红红的。我发现，此刻他的注意力，一部分停留在我的脸上了。“没有！”我只好迎合着他的一部分眼神替李主任回答。“我和他也没有！”严旭舌头都短了。

“那只有一个解释，上帝在造人的时候，为了给优秀的人一个特殊的记号，就在身体的某个部位，做了个特殊的记号！”李主任用讲课的语气，摇头晃脑地说。“比如我和路星星，许红梅和张文静，解释得好！李主任太杰出了，太有才了！为了这个解释，我们再喝一杯！”严旭的一部分眼神，始终光顾着我，举起酒杯说。

在座的都站了起来，只有我坐着没动。“你什么意思？”严旭延续着他的眼神问。“自然有不同的意见！”因为喝了不是一点的酒，我自以为是文人的脾气上来了，“我认为，许红梅和张文静是上帝用心创造的精品，严哥和路哥则可能是上帝酒后漫不经心的杰作！直白地说是上帝拿笔的手颤抖了，把眼珠点偏了！”没等我一本正经地说完，杨雪和白冉冉都乐出了眼泪，而严旭始终注视我的那部分目光，让我感觉有点灼热。

“啊啊，四毛就是个率真的女孩子，大家都是高级知识分子，别介意！来，接着喝！”李主任挺替我尴尬，干“啊”了两声，接着提议。“幽默的四毛，我不介意，路星星也不会介意的！”严旭一部分目光光顾着我说。“是啊是啊，确实比喻得挺形象！”路星星此时喝得不仅目光散了，头发也分帮似地散下了几缕。

表哥和许红梅来敬酒了，这时候的表哥表情如沐春风，生动而活泼。“各位同学，你们的到来，让我和红梅倍感荣幸！为此我和红梅敬各位两杯酒！”如山峰一样矗立在表哥身后的许红梅，及时地递给了表哥酒瓶。

许红梅换上了一件玫瑰红的金丝绒上衣，盘在头上的大辫子落了下来，乌黑油亮地垂在身后。她的造型有点像样板戏《红灯记》里面的女主角李铁梅，虽然她的体型足可以分成两个李铁梅。

“板街真是个好地方，养人啊！”路星星眼光看着表哥举起酒杯说。“特别是女人！”严旭也跟着说。“上帝更偏爱你们大营子人，男士更潇洒女士更漂亮！”李主任有点执着地看着杨雪和白冉冉说。“不一样！她们是上帝酒前偏爱的。”严旭用手指了一下我和许红梅，“我们是上帝酒后偏爱的。”他用手指了指路星星。“哈哈”我们知情的都被逗乐了，只有表哥和许红梅满头雾水地问：“怎么来了上帝和偏爱了啊？”

敬完酒，许红梅走到白冉冉面前。“这位漂亮的妹妹，我对你有个请求！”披着一头瀑布似的长发，有着一张精致面孔的白冉冉脸红了，她不知道许红梅要请求什么，不自然地站起来，用手捋了一下头发，“你，你说吧！”她的表情有点不自信。“想请你唱首歌！”“这么简单的要求还用这样郑重地说啊！”严旭大咧咧地说，“来，未来的媳妇，你给他们也露一小手！”“我？”白冉冉面露难色地逐个看着大家。“还等什么啊？掌声！”李主任情绪特别高涨地说。

大家重复了两次热烈的掌声，白冉冉带着豁出去的表情唱了“悠悠岁月……”是当时很流行的电视剧《渴望》里的插曲《好人一生平安》。她刚唱了一句，我就又想起了上帝，有人说上帝对任何人都是公平的，为你打开一扇门，就要为你关上一扇门。面孔漂亮的白冉冉，从她那轮廓性感的嘴唇里，流淌出来的音符，就像一个个无组织无纪律的气泡，争先恐后地跑出来，然后就自由地顺着自己的小道溜走了，都没有一个走正道的。不管大家乐得什么样，她坚持唱到了“好人一生平安”！

“行了媳妇，你就唱到这儿吧！就这样费劲地大跑调，再好的人也平安不了！”严旭做了个暂停的动作。大家又乐得前仰后合了，再一看表哥乐得倚在了许红梅身上。

吃完中午饭，安排路星星他们几位休息的任务自然还是落实给了我。表哥单位有招待所，很干净，距离表哥家还近，我就把他们送到了招待所。

开了两间房，打好水，我也想回去休息。严旭叫住了我，问我板街有没有可参观的历史古迹？有没有别的地方没有的土特产？“有啊，有啊。首先是我们这产的巴林鸡血石，全世界只有我们这才有。”我连声说。我自然是热爱自己家乡的，好不容易有了一个宣传家乡的机会，自然不能放过，于是无视杨雪不耐烦的哈欠，白冉冉睡意朦胧的眼神，首先给他们介绍了让板街人最骄傲的，正在被国家列入四大国石之一的巴林石。

巴林石，内蒙古自治区赤峰市巴林右旗特产，中国国家地理标志产品。

巴林石与福建省的寿山石、浙江省的青田石和昌化石齐名，统称为中国“四大名石”。巴林石属于叶腊石的一种，成份与青田石和广东丰顺石几近一致。巴林石的硬度为摩氏 2 ～ 4 度，不仅透明度较高，而且质地细腻，软硬适中。

与其它印石相比，巴林石最特别的地方就是色泽斑斓，纹理奇特。由于含有丰富的矿物元素，市场上流通的巴林石，既有赤、橙、黄、绿、蓝、靛、紫等七种基本色素，又有深、浅、浓、淡、清、浊、明、暗等多变的色调，成色天然，色彩缤纷，让人目不暇接。

巴林矿主要位于中国内蒙古自治区赤峰市的巴林右旗大板镇西北，雅玛吐山北面的大小化石山一带，其学名叫叶腊石。石质细润，通灵清亮，质地细洁，光彩灿烂，颜色妩媚温柔，似婴儿之肌肤，娇嫩无比。距今已有一亿多年，主要化学成分为二氧化硅、三氧化二铝。

根据地质学研究，巴林石是富含硅、铝元素的流纹岩，受到火山热液蚀变作用而发生高岭石化形成的。巴林石在成矿晚期，一些硫化物和其他矿物质沿高岭石的裂隙贯穿，或斑布、浸染，因而扩大了高岭石的品种数量。另外，除了硅和铝，钙、镁、硫、钾、钠、锰、铁、钛等元素的存在和比例上的变化，也造就了巴林石丰富的色彩。如铁元素较多的会使石头呈黄、红色；锰元素的侵入，就出现了石中有水草花的现象；铝元素多了，石材就会呈现灰色和白色。

种类划分

巴林石按质地、颜色的不同可分为巴林鸡血石、巴林福黄石、巴林冻石、巴林彩石、巴林图案石五大类，百余个品种。

鸡血石

巴林鸡血石指含有红色辰砂的巴林石，质地多为透明、半透明；血色有鲜红、朱红、暗红、橘红等。血形呈片状、块状、条带状、星点状等。各品种均以各种“红”命名，如夕阳红、彩霞红、牡丹红、金橘红。

福黄石

凡主体呈黄色且透明半透明者均属此类，还可按色调及纹理细分若干品种，如鸡油黄、密蜡黄、流沙黄等。其中金橘黄可与田黄媲美。

冻石

凡透明半透明、无血又以黄色为地的巴林石均为冻石，是巴林石品种最多的一类。按其主体特征因素命名，有水晶、芙蓉冻、羊脂冻等。

彩石

凡无血非黄非冻的巴林石均为此类，最明显的特征是质地不透明而色彩丰富，因而品种命名也就丰富多彩，如红花石、黄花石、咖啡石、木纹石等。

图案石

指巴林石中带有各种天然景物图案并有一定观赏价值的一类，可凭借主题而命名。

巴林石的开采历史可以追溯到距今六千年前的“红山文化”时期。历经了辽代及明清，曾经辉煌一时。

当我流利地像导游一样，介绍完有关巴林石的基本概况，严旭和路星星的眼神，同时聚焦到我身上了。“四毛，你咋懂这么多知识啊？那我们明天就去产巴林石的矿山去看看，备不住我还能捡点宝贝呢！”严旭高兴地拍了拍我的肩膀说。“是啊，四毛你可真有文化！真有才！”路星星也看着我说。听到他们俩给我这么高的评价，我心里特别自豪。当时我正在如火如荼地写关于巴林石的小说，所以对这方面刻意、深入地了解了一下，没想到用上了。

度过新婚之夜表情不是太佳的表哥，听我汇报说严旭他们四个要去距离板街 180 多公里的雅玛吐山看看巴林石矿，便急头白脸地把我拽到一边，问我和他们说了什么。我很无辜地但很自豪地说：“巴林石，完整地介绍了巴林石。”表哥说:“为什么没说赛罕乌拉自然保护区呢? ”我说:“想说了,时间来不及了。”，他说：“你要说了，他们干脆住半个月算了。”我说：“你结婚了也不能这样重色轻友，人家来一回，也得了解点当地的特色和文化吧？”他说：“了解可以，但不能这个时候住下来深入地了解啊！这个时候不方便啊！”我很气愤地说：“这个时候除了你不方便大家都方便。再说人家说了，费用和车都是自己出，这样不会影响你蜜月质量的。”他说：“已经影响了，因为女同学的到来，让许红梅有了误会，所以，所以……”表哥使劲挠了挠头，终于没有所以出什么来。我说：“因为他们的到来，让许红梅有了动力和压力，还超常配合你，超长发挥了呢！”表哥脸很灰地说：“那是面上配合了。”我很年轻地说：“那你还要求配合什么？”表哥竟然被我气乐了，说：“和你说不清楚！”

我也没要求他说清楚，就感觉表哥有点不仗义，所以我很仗义地说：“人家这样热爱咱们巴林石文化，咱们应该自豪才对，何况还是自费。咱们就陪同而已，也不用消费，那我就出力当导游呗。”可气的是表哥没争议地默认了。说心里话，我是愿意当这个导游的，一来雅玛吐山我真没去过，二来我想也看看被世人誉为天赐之石的产地。现在不但有专车还有好的伙食，我外表表现得很奉献，内心却是心花怒放。赶紧向领导请了两天假，问好路线，吃完早饭我就带领他们向巴林石矿山方向走。

越野吉普车是严旭单位的，来的时候就是他开的。本来也想让刘金和张文静开着他们的车一起去，但我和表哥考虑为了安定团结，没有邀请他们。他们也没有主动要去的意思，我想刘金愿意，张文静也不会愿意参加这个旅游组织的。她曾跟我不止一次说过：杨雪和白冉冉太矫情，不实在，她不喜欢这类型的。

严旭的车技在颠簸不平的乡村公路上表现得很娴熟，视线的差异在行车中

表现得很优势。本来白冉冉想坐在副驾驶位子上，但严旭和路星星执意认为那是导游该坐的位置，所以我理所当然地坐在了副驾驶的位置上了。我也没有辜负自己的使命，又介绍了巴林石的历史。

根据历史考证：一亿多年前，赤峰发生过火山喷发。由于火山热液的作用，各种矿物质之间发生了剧烈的变化，在一定温度和压力的作用下形成了巴林石矿脉。

早在一万多年前，赤峰就有了人类繁衍。在新石器时代、青铜器时代以及各个历史时期的文化遗存都十分丰富，至今在巴林石矿山上还有远古时代的开采痕迹。

有文字记载：一千多年前，成吉思汗在统一蒙古各部落的庆功宴上，属下奉献一只巴林石碗。大汗用它盛满美酒，频频举杯，不住口地称赞："腾格里朝鲁！" 意思是"天赐之石"。

世界鸡血看中国，中国鸡血看内蒙，内蒙鸡血看板街。奇缺的品质、不同凡响的身世、漫长的形成历程，让巴林石从 1973 年自开采到上市几年，就在世界的宝石行业中脱颖而出，并跻身于"中国四大名石"之列。

当我不太磕巴地背完这些历史资料以后，没想到的效果发生了。严旭不但停下车，还摘下了眼镜，目光不但充满惊奇地看着我，还公开地抓住了我的手："四毛，你为什么这样有才啊？你生在这个地方太屈才了你！"

车里面此刻静得只听见大家的喘气声，最明显的是我身后的白冉冉，气儿出得特别急促，我心里一沉：我现在不是有才了，是有事儿了！

"严哥你真幽默，我感觉你们才有才呢！特别是杨姐和白姐，我都把她们当偶像了！"避开严旭刺眼的眼神，拽出自己的手，我试图想扭转局面。"严旭说得对，四毛你真是个优秀的女孩！我认为你应该继续深造，这对你的未来有好处！"路星星也没管不正常的喘气声慢悠悠地说。"不过，表扬人不能耽误走路，对吧？严大师傅！"杨雪很严肃地说。

"还有必要去吗？我认为你们俩应该回去当伯乐！"白冉冉一字一句地像从嘴里呼呼往外冒火一样地说。"是啊！回去找个合适的地方，二位哥哥好好地给四毛妹妹设计个美好的未来！”杨雪也带着浓浓的醋意说。

“你们说的话和你们的身份学历很不相符！四毛是个高中毕业生，能掌握这么多的知识，还坚持不懈地写作，让我们这些所谓的中专生汗颜吧！再说我们和白涛一样，都是她的兄长姊妹，勉励一下四毛，你们的态度为什么那么狭隘呢？”严旭头也没回地看着路面说。“鼓励就得抓手吗？”我感觉白冉冉的怒火要把我的头发燃烧了。“有时候握手是最直率的鼓励方式！”严旭的口气有点挑火。“真会给自己不文明的行为圆场啊！道貌岸然的！”白冉冉的还击也很有力。

“因为我引起这样的误会很没必要！严哥我们接着赶路吧！”我心里很不好受地说。“还赶什么路啊！前面是芝麻开门我都不去了！没兴趣看什么吐山了！赶紧往回返，我要回赤峰！”白冉冉坚决地说。“我也回去！”杨雪也跟着说。“想回去自己开吧，我是累了！”严旭索性跳下车，到路边抽烟去了，路星星也随后跟了下去。

“真无赖！杨雪我们下去等班车！”那个时候，班车就是早晨一趟，中间根本没有，严旭他们一根烟抽完了，什么样的车影都没有。白冉冉气得蹲在地上哭上了。都是女孩子，一见白冉冉哭了，杨雪眼圈也红了，“你们两个臭无赖，到底走不走？”她大声地骂两个男生。“不走了，今晚就住在附近，有本事你们把车开回去！”严旭虽然鼓励我了，但他现在欺负女生的态度很让我反感。“那好，你们就死在这儿吧，杨雪我们俩走着回去！”白冉冉站起来眼泪也没擦，咬牙切齿地拉着杨雪就往来时候的方向走。因为是砂石路，地上都是小碎石头，她们俩又穿着高跟鞋，走路的姿势一拐一拐的有点滑稽。

同情心促使我跳下车，“严哥我们回去吧！一会她们俩把鞋跟崴掉了。”“崴掉才好看呢，打击一下她们俩的傲气！”严旭坏笑着说。我用一种陌生的眼光打量着严旭。严旭被我看得有点莫名其妙，赶紧戴上眼镜，隐蔽起来一部分表情，“严哥你不但不怜香惜玉，你也很狭隘！”我也一字一句地说完，转身上车，坐到司机座位上发动了吉普车，挂上档就走。跟着表哥和刘金，我早就学会了开车。

一见车走了，严旭和路星星慌忙跑过来追。“停下，快停下四毛，这车可不是好玩的！”看他们俩像比赛一样追车的样子，我很开心。车开到了白冉冉和杨雪跟前，我停下来：“赶紧上来！”她们俩回头一看是我开的车，愣了一下，再一看后面两个人追车的样子，又解气地乐了，很没心地迅速上了车，又是拍手又是跺脚说：“四毛快开，让他们追一会儿，累一下他们，看他们还牛不！”

“四毛说实话，你真了不起，竟然还会开车！”看着越来越远的两个身影，杨雪由衷地说，“你真挺有才的妹妹！”白冉冉也真挚地说。“什么也别说了，只要二位姐姐别生气就行了！”我放慢车速说。“呵呵，生气也和你没关系。”白冉冉小声地说。“是啊是啊！”杨雪也赶紧证明。

在一个岔路口我停下车，等了半天，像蒸汽机一样喷着粗气的严旭和路星星，甩着外套，满脑门子是汗地追上来。由于生气，他们的眼神更明显地不团结了。一看他们俩的狼狈样，我们三个忍不住都哈哈大笑起来。他们两个什么都顾不上了，费力地爬上车，瘫软在座子上面了。

回到街里他们执意不吃饭，把我送到一个路口就开车回赤峰了。对他们的突然离去，稍有喜色的表哥很纳闷，问我离去的理由。我吸取了上次的经验，没有如实汇报，含糊地说：“好像严旭单位有急事！”“不是因为我的原因吧？”表哥心虚地说。“也有你不热情的因素！”我很有情绪地说。“也不是不热情，实在是没有时间热情。”表哥很委屈地说。“可不嘛？你现在是一刻值千金的时候！”我忘了姑娘家的羞涩，调侃了表哥一句！

没人的时候，我感觉路星星他们走也有我的原因，自我反省的原因是有点卖弄自己的知识了。

我是个藏不住事的人，自己寻思了一圈，决定去找表哥坦白事情的经过。我是吃完晚饭去的，大概 7 点多钟，表姑他们家两个屋的灯都亮着。不同的是，表哥的新房拉上了粉红色窗帘，透出来的灯光有点朦胧和暧昧。

我先去了表姑的房间，表姑和表姑父都坐在沙发上，中间隔着茶几。表姑用水盆烫着脚，表姑父喝着茶在看电视，场面是很温馨的，但里面的人物很不协调。干净利落的表姑父，把乌黑的头发梳理得总是一丝不苟，特别是他还总爱穿白衬衣，显得很年轻，很干净；身体消瘦、气色青黄的表姑，再加上灰白的短发，像表姑父的长辈。

见我进来，表姑父站起来："四毛来了，这几天把你忙得够呛。你表姑刚才还说要好好谢谢你！"表姑父的声音永远是那样的低沉和儒雅。

"都是自家人，应该做的。表哥他们休息了吧？"我很谦虚地说。"没有，刚回那屋，四毛你坐吧。"因为家有喜事，表姑眼角都带着笑意。我们都知道表姑的生命是过一天赚一天，但我们都希望奇迹能在这个善良的人身上出现。洗脚的水大概有点凉，表姑父用暖水瓶往盆里试探着续了些，随后又用手试了试温度，这一切动作都做得很自然，但在他们两个平静的表情中，我发现了一种属于不温不火的亲情。

"我不坐了，我想找表哥说点事。"我拉了拉表姑的手说。"去吧，得先敲敲门了。"表姑慈爱地说。"我知道！""呵呵，四毛可不是个冒失的姑娘，我感觉这孩子有前途。"表姑父的话让我很沾沾自喜。

轻轻地敲了两下门，里面没反应，又重重地敲了两下，屋里传来表哥透着喜悦的声音："进来吧！"进来的场面让我有点替他们不好意思。两个人都在床上，许红梅倚着床头穿着一套红内衣坐着，而平时特别一本正经的表哥放松地躺在许红梅的怀里，确切地说是头枕在许红梅枕头一样的乳房上。这样让人心跳的真实场面我第一次见到，少女的心开始剧烈地跳动起来。一看是我，表哥的反应一点也不难为情，很坦然地有点不情愿地被许红梅推起来，倒是我像被看到了隐私，脸呼呼地开始出火。"四毛来了，快坐吧！"许红梅月亮一样的银盘大脸带着幸福的红晕，要下床穿鞋。"四毛又不是外人，红梅你不用下地了！"表哥的声音甜腻得让我的后背"嗖嗖"地直起鸡皮疙瘩。

我很纳闷，短暂的几天工夫，表哥的"一身正气"消失得无影无踪。他也根本没用重视的眼球看我，相反在有点不耐烦地打着哈欠的表情中，我感觉我有点多余和来得不是时候。我的自尊心有点受打击，更确定表哥真是个过河拆桥的人，所以没顾许红梅不太坚定的挽留，坚决地撤退了。在撤退的过程中，我在心里狠狠地骂了表哥一句脏话。

带着满脸的情绪，我来到了张文静家。张文静穿着一套男士的条纹睡衣正坐在沙发上织毛衣。刘金红着脸，一看就喝酒了，手拿着钉锤在地上的一块木板上面砸着什么。看见我进来，两个人扔掉手里的活计，热情地让我坐。这样的欢迎场面，多少弥补了点我刚才受到的小冷落。

“四毛你喝点饮料吧？”张文静给我倒了杯当时不常喝到的桔子汁，刘金从木板上给我捡了一把他正在砸的核桃仁。说实话，刘金他们家先富起来的优越条件真让人羡慕。“四毛你沾你文静姐的光，吃点核桃仁，这玩意补脑。你经常写作，应该多吃点！”我确实应该吃点补脑的东西，但我确实没这条件，我心里说。“文静姐应该多吃，对下一代有好处！”我把核桃仁递给张文静说。“你看人家四毛就是懂科学，我就这样想的，你文静姐还不信呢。”刘金因为身体有点发胖，眼睛被脸上的肉包围着，显得不那么孤单和发贼了，整个人也像是翻身农奴得解放，看着不那么苦大仇深了，还有点阳刚之气了。根据长期的相处，我感觉刘金比表哥仗义，倒不是因为此时我喝着他们家的桔子汁，吃着他们家核桃仁的缘故。

看见他们都用渴望的眼神看着我，我知道他们一定发现了我脸上表现出来的情绪和内容了，于是我把那天发生的一切和自己的检讨都说了。听完我的汇报，张文静把我搂进她那温暖而又温柔的怀抱里，拍着我的后背，安慰我说：“四毛你别多想，你做得没有错。你就应该那样做，因为你就是比大城市人优秀，他们要生气那也是嫉妒！”“就是。人家男生对你的评价是正确的！”刘金又给我倒了一杯桔子汁说，“怪不得人家严旭说一定要找机会来这儿发展呢，四毛不会是冲你来的吧？”刘金开玩笑地说。“人家和白冉冉是一对，可不能乱开玩笑。”我吃了一个核桃仁说。

“白涛那两天情绪不好，是因为没攻破许红梅设置的三道堡垒！”刘金坐在我们对面酒气很浓地坏笑着说。“什么堡垒？”我疑惑地问。“你别和人家姑娘家说这些，她哪懂啊？”张文静嗔怒地瞪了刘金一眼。一听这话我知道我不方便问了，赶紧喝桔子汁。

“要说媳妇还是你善解人意，让我当天就拜倒在你的石榴裙下。那许红梅太烈女了，还用了三层武装带，那又不是考验忠贞，后来还不是乖乖缴械了，那要把老白憋坏了咋办？”“越说越没正经了！”张文静轻轻地打了刘金一下。

这个时候，我又有了呆着多余的感觉了，一口喝完桔子汁，赶紧告辞了，这次我是被刘金似懂非懂的黄话弄得撤退了。

其实我不太喜欢回家，平时就愿意呆在表哥家。我在自己的家，总找不到亲生的感觉。父母总偏心大姐、大哥和弟弟。所以我常常率领地位仅次于我的二哥揭竿而起，把受宠的大姐和弟弟偷袭一顿。但起义的结果，常常是我们俩被父母镇压得鼻青脸肿。

说来也奇怪，我在家脾气倔强，性格逆反，在表姑家却很乖巧、听话，表哥常说人的多重性在我身上体现得很明显。其实只有我知道是表姑他们家宽松和民主的轻松氛围吸引了我，还有就是在有两个男孩子的地方，我才找到了被呵护和被宠爱的独生女感觉。在家里被娇惯的姐姐在这里是不能和我平分秋色的，尽管她长得很好看，也很会说话。但是表姑和表哥包括不太务正业的白明，就是不太情愿亲近她。我想这就是人与人之间的一种莫名的情缘吧。

但现在表哥结婚了，我在他们家的位置感觉被许红梅替代了，心里总有点失落。

随着失落，我又失恋了。我处了快一年的男朋友，和我的一个闺蜜在一个旅馆开房，被我发现了。双重背叛，让我开始怀疑人生。

那些日子，我感觉天总是灰的，饭菜都变成了无味的咀嚼，就连空气都感觉有一股心酸的味道。这样无精打采的日子持续了一个月，导致的结果是我神奇地瘦了五公斤，曾经圆圆的娃娃脸，变成了精瘦的瓜子脸；原来无所谓的不知道天高地厚的眼神，也变得黯然地褪去了天真。

家里人对我的一切消极态度，认为是少女时期的无病呻吟，只有同盟者二哥理解我的心情。知道原委以后，这个一米八几的帅哥，也同情地为我流下了眼泪，并且非常无奈但却理智地说：“老妹子这个事哥也救不了你，我很想打那个瘦猴一顿，但恐怕也解决不了问题，或许后果还很严重。没别的办法，你自救吧，妹子！”

我内心深处真渴望二哥能像大侠一样，把瘦猴痛打落水狗般地打趴在我的脚下，但平时能听从我一切指挥的二哥，现在也对我采取了迂回战术。我知道二哥变化的内因，他最近有了女朋友，是爱情的力量化解了他以前的冲动。

只有表姑、许红梅见我痛不欲生的样子，由衷地心疼。许红梅用蒲团一样绵厚的大手不时地抚摸我的锛儿头，柔声细气地说："四毛，他自己离开是有自知之明，他按我大爷和你表哥的话说，也是癞蛤蟆系列的，根本配不上你这个天鹅。虽然离开的方式有点卑鄙，但这正暴露了他们的本性。"我没想到在许红梅眼里我也是天鹅。慈祥的表姑亲自给我炖了一只老母鸡，这多少缓解了我心中的痛楚。

自从我在心里骂了表哥之后，见到表哥我总感觉到有点对不起他，所以我总趁他不在家的时候去他们家。新婚的激情过去以后，表哥有点怀念我们的兄妹情了，于是不止一次邀请我去他们家吃饭，都被我客气地、赌气地拒绝了。表哥没因此而在意，因为这个时候他被提拔成了副主任。春风得意的他，每天腋下夹个包，即使很冷的天，也披着灰色的雪花呢子大衣，表情深沉，脚步稳妥地行走在上班路上。

平生最感谢的还应该是表姑，她把我的事也当作他们家最严重的事汇报给了表姑父。表姑父这次回来，给家里装上了一部电话，这是家属院第一部私家电话，又让广大妇女很羡慕。当表姑父从电话中知道我的工作单位是大集体的时候，声音不高但却坚决地说："停薪留职吧！换个环境，你来赤峰学美容吧，这个比较适合你。"

上个世纪九十年代初，人们对工作，即使是大集体性质的工作，也很看重的，有些人对个体还是抱有成见。在我很彷徨地徘徊在人生的十字路口上的时候，张文静和许红梅这两个超女用她们超常的力量，鼓励我去学习，并拍着让人心动的高胸表示：她们把一辈子的脸的版权交给我！

其实我是非常羡慕许红梅的，因为她在乡下的工作不容易调到镇里面，为了和表哥不两地分居，为了照顾表姑，她也选择了停薪留职。在许经理和张文静的鼓励下，没在意表哥不明显的反对态度，许红梅在张文静店里租了一个柜台，也做起了巴林石生意。

表哥也支持我去市里发展，他也和他的同学一样，说我在镇里有点“屈才”，我知道这是在变相地鼓励我。早就有离开家的想法，虽然学习美容不是我的初衷，但为了换一个生存环境，我说服了家人，决定去市里闯一闯。

走的那天，表哥帮我找了一个去市里的顺风车。在车子发动前，表哥无声地、很领导地、无言地递给了我一个信封，我以为里面装着鼓励我的豪言壮语。等我打开的时候，少女的直觉失灵了，里面有 200 元钱，这在当时非常厚重，我母亲才给我带了 50 元钱；还有一枚顶部带有粉红色彩、其余都是荔枝一样冻感的印章，后来我经营石头以后，知道这个颜色的印章叫白玉红。表哥在上面刻了五个字：良玉假雕琢！

第五章

几个月没见，表姑父衣着转型很大，牛仔裤旅游鞋，乌黑的头发蓬松得很有个性，人显得精神而又年轻，我发现这种精神劲儿是从心里渗透出来的。我还有一个发现：表姑父回家从来不穿牛仔裤的，而是把自己打扮得很老气，目的是为了和表姑拉近距离吧？

我去学习的地方叫焕颜美容院，距离表姑父的单位不远。表姑父说那是让男人止步的地方，把我送到马路对面他就回去了。焕颜美容院的牌子底色是浅粉色的，里面装修的主打色也是浅粉色。几个很漂亮的小姑娘也穿着浅粉色的工作服，面带甜甜的微笑，步履轻盈地来回穿梭着。从踏入美容院的那一刻开始，我就感觉自己进入了一个亦真亦幻的、温馨而浪漫的童话世界。

焕颜美容院的院长是个让人无法看出年龄的女人，中等的身材很匀称很丰满，看见她我首先就想起了饱满的诱人的石榴；椭圆形的脸白皙晶莹；一双细长的丹凤眼，里面的内容温柔而又平静。“是白哥介绍来的四毛吧？”她说话的声音非常轻柔、干净，带着明显的东北口音，让人感觉她洁白的牙缝里面都透着清爽。她乌黑的长发别致地盘在脑后，修长的脖子上围着一条浅藕色的围巾，整体显得高贵典雅。我看过很多漂亮时髦的女人，但从没有发现女人可以这样干净脱俗的。她的举止言谈也优雅，一言一行都透着美感。

面对着亲切的美容院院长，一向不拘小节的我竟然没有了平时的随意，嘴失去了平时很伶俐的功能，干张着发不出声来。最尴尬的是我竟然忘记了院长的姓名，这可是表姑父告诉过两遍的。

“我叫秦璐，叫我秦院长或者秦老师吧！”善解人意的院长见我干张嘴说不出话来，先自我介绍说。“秦院长好！”我终于找到感觉，对着她深深地鞠了一躬说。“气质很不错的孩子！让我们院最优秀的美容师张晶莹做你的师傅吧！我去喊她！”

进来一个和我年龄相仿的美女，身材适中、皮肤白嫩；鹅蛋脸上，有一双水汪汪、毛嘟嘟的的大眼睛；鼻子挺拔精致、嘴唇红润丰满，像不食人间烟火的仙女。怎么这么熟悉呢？我有点吃惊，如果不是身材小一码，这个叫张晶莹的美容师，和韩红长得太像了。见我睁大双眼一副吃惊的样子，秦院长好奇地问：“四毛，你认识张晶莹吗？”“不，不认识，不过她长的太像我认识的一个人了，也这么漂亮。”我不好意思地收回惊讶的表情。“真有和我长得那么像那么像的人，是不是我同父异母的姐妹？”和韩红不同的是，张晶莹一笑，两腮露出两个深深的酒窝。“别胡说！”秦院长嗔怒地拍了拍张晶莹的头说，“这是四毛，我的亲戚。你是咱美容院资深美容师，带过好几个徒弟了，把她交给你，希望你好好教她。”秦院长说我是她的亲戚，我有点不解，这么好的亲戚以前怎么不知道呢？因为刚认识，我把留在溜到嘴边的问题硬生生咽了回去。“把四毛亲戚交给我，院长您就放心吧，保证把我的看家本领全都交给她！”师傅挥了挥白藕一样的小手说。

在她帮我换工作服的时候，我试探着问：“师傅能不能告诉我您的年龄？”“不可以问女人的年龄，那是不礼貌的！”我的小师傅脸上带着笑意，态度很师傅地说。“不但是我的年龄不可以问，顾客的年龄更不可以问。即使想问年龄，也要用套话的方式套出来。”“师傅什么叫套呢？”我特别谦虚地问。“就是实际年龄四十岁的，你就说她不到三十岁。”“我知道了师傅，五十岁的说四十岁，或者三十岁。”我急急地抢答说。“很聪明，美容不光是让她脸上年轻，要让她心态也年轻，这里面有很深的心理学呢！”我的小师傅很有文化地说。

穿上浅粉色的工作服，白色的护士鞋，头发盘在脑后，戴上蝴蝶结和浅粉色的包头巾，镜子里面的我也成了粉色王国里面的精灵了，只是脸色灰黄有点沧桑，和环境有点不配。

“你的脸色不好，皮肤也不好，师傅先给你去去角质。你以前做过美容吗？”师傅像买肉一样，用手指左右扒拉着我的脸问。我很惭愧但很诚实地小声说：“没有！”“别不好意思，我没来之前也没有！”小师傅一笑，小姑娘的调皮样就出来了。“师傅您来美容院几年了？这个保密吗？”“这个不属于隐私范畴，来两年多了。”“那您的皮肤就改善得这样好了？”我由衷地惊叹说。“呵呵，实话和你说，我的皮肤啊是先天的，不是做出来的。另外来这儿以后，我除了做点补水膜以外，别的没做！徒弟这话属于内部机密，对客户得说是用咱们产品的结果啊，而且用的还是最贵的产品。”师傅的率真性格在轻声燕语中，若隐若现地暴露出来了。“徒弟明白！”我忍住笑说完，师傅却忍不住了，我们俩一对视，都哈哈地乐了，不过只乐了一声，师傅就捂住了嘴。“有修养的女人是不可以这样笑的，要笑不露齿！”我的师傅极力严肃地对我说。“还有再透露给你两个隐私，师傅我今年二十有五了，至今未婚！”“徒弟也透露给师傅两个隐私，我也二十三了，至今也未婚！”我也很严肃地说。

焕颜美容院一共有三个美容师，除我以外还有四名学员。没顾上熟悉其他的人，师傅就把我领到一个单间，说要进行一对一的辅导，用现在的话说就是洗脑教育。“看墙上的标语了吗？”师傅一边教我叠毛巾，一边问我。“看了，女人的世界，在这里找回你的青春和美丽。”“对了，这里就是女人能找回美丽的地方！”师傅笑眯眯地说。“是指有钱的女人！”我小声地补充了一句。“理解得很对！有付出才有回报啊。客户，特别是有钱的客户，就是我们的上帝！”“我们是引导他们消费的使者，对吧师傅？”上学时让老师讨厌的插话毛病又犯了，我抢答说。“对，说得非常对！四毛你的悟性真好！不过你的名字太随便了，是不是让院长给你考虑个代号？说实话，我带过好几个徒弟，她们都没你聪明！”终于遇到欣赏我的人了，我也知恩图报地说：“师傅你是我遇到过的最睿智最可爱的师傅！”“呵呵，根据你会忽悠人的程度，有些知识就不用浪费时间教你了，以后你把忽悠我的词，更深层次地用到客户身上，你就具备美容师的基本素质了！”师傅的深沉表情与她细嫩的皮肤很不相称。见我露出疑惑的神情，她索性坐下来，伸着白藕一样的小手挥舞着说：“人要年轻首先要从心态上年轻，我们要让每个来到我们美容院的顾客树立，我是最美的，这样的自信心。”师傅说到这，美丽的脸上也露出了自信的表情，然后还骄傲地挺了挺丰满的胸部。“师傅，你就是最美的！”我由衷地赞叹说，此刻我也想和师傅一样顺便挺一下我的胸部，但自己一目测和师傅的高度，便惭愧地放弃了这个辅助显示自信的动作。

“有顾客来我们美容院，我们开始对她说什么啊？”师傅背着手问我。“是指出她脸上的毛病和缺憾吧？”我思考着说。“错！是挖掘她自身的美，让她感觉只有在我们这里才可以找到自己的闪光点，只有在我们这里她才能受到美女的待遇！让她有种几天不来我们美容院，感觉青春和美丽就会流失一样！”

师傅讲到精彩处，忘我地神采飞扬起来。见我直直地看着她没什么反应，她停下来，收回精彩的表情问：“你想说什么？”真佩服师傅黑葡萄一样的眼睛的观察力，竟然看透了我的内心世界。“我想问一下，师傅以前是干嘛的？你的口才和年龄说明，你不是一般战士！”我鼓足勇气说。“你写推理小说挺合适，再透露给你一个隐私，师傅以前搞过传销，确切地说还当过讲师！”师傅的笑容有点耐人寻味。“后来呢？”我让人讨厌的爱挖掘的脾气又上来了。“悬崖勒马，回头到美容院了！还接着听吗？”我给师傅倒了一杯水，重新站在她对面说：“我接着听您的美容知识吧！我听说传销的诱惑力是很大的，尤其是师傅您这样的人才讲课，我怕我要积极投身于这个天上掉馅饼的行列！”“你不会的！据我观察你还是有一定的定力和分辨是非的能力的。”师傅喝着我倒的水，很欣赏地看着我说。

“在挖掘客户自身魅力的过程中，我们还要顺便地挖掘客户的钱包，即她的经济承受能力。”“这个很重要！”我附和着说。“这个最重要！因为这决定着我们还给她的美丽程度。”师傅此时可爱的精致的脸，带着猎手要捕捉猎物的机警神情。“同时还决定着我们美容院的生存。”我顺着师傅引导的路说。

“对，顾客就是我们的衣食父母啊！四毛你太聪明了，你代号就叫聪聪好了，一会替你去找院长申请。”师傅胖胖的小手奖励似地拍了拍我的脸。

“作为一个美容师，说话和举止很重要，不说我们是美的化身吧，也是美容院产品的形象大使，如果不是院长和你们家亲戚有特殊关系，你这样的皮肤院长是不会收作学徒的！”师傅很坦率地说。“我们家没亲戚和院长关系特殊啊？”我不解地说。“你是不知道罢了，这个不是我们该争论的话题！四毛，不对聪聪，你最大的缺点就是缺少小女孩的那种乖巧和温柔，这可是女人征服男人或者说是征服世界的法宝！” “这个我承认。师傅能问你一句，你这么女人，有被征服的目标了吗？”“这个……”师傅稍稍地停顿了一下说：“目前还没有值得我征服的人！”这话我有点怀疑，在师傅短暂的犹豫中，我猜师傅这法宝有过失败。还有师傅自作主张地叫我聪聪，我有点不喜欢这个名字，我们家属院刘阿姨家的小狗就叫聪聪。但转念一想，反正是个代号，也无所谓。

“聪聪，美容要靠产品也要靠手法的，自然还有机器，需要刻苦地练习。你要多看多记。来，师傅先从你的脸上让你体会一下，女人在美容院的享受。”

躺在美容床上，师傅给我洗脸去角质。活了二十多岁，才知道洗脸也有这么大的技术含量，以前的洗脸方法整个是在毁容。“你这脸啊，不是师傅说你，皮太厚了，把你青春的光彩都覆盖住了；手也像锉刀，根本不像一个姑娘的手，来这儿你是来对了，有了洗心革面重新做人的机会！”眼睛睁不开，无法想象师傅的表情，我说：“师傅您的话不像美容师说的，像管教说的呢！”“管教是挽救心灵，我是挽救皮肤，都是治病救人，一个道理！”师傅慢悠悠的口气真让我信服，我是很少崇拜人的，这次我感觉我是遇到高人了。“师傅你真有才。”我由衷地说。“你也看出来了，很多人早就说了，说我不是一个简单的人，是个笑里藏刀的人！”师傅的话再次让我们俩都乐了，洗面奶流进了我的眼里，眼睛被杀得流出了眼泪。

实践证明，别人对师傅的评价真的很正确，我终于也见识到了师傅的笑里藏刀。

第二天早晨开门不一会儿，就来了一个趾高气扬、珠光宝气、短发烫得很爆炸、身材丰满的中年妇女，是一个黑色的轿车送来的。师傅一见来人，马上率领我和另外一个小姑娘，满面笑容地迎了上去："姐姐好几天没来了，又出去潇洒了吧？今天这套衣服穿着真年轻真好看！"师傅居然管来人叫姐姐，一看那眼袋，我感觉叫大娘都不过分。"好看吗？朋友在香港买的，要一千多块呢！""哇呀，这么贵啊，可不敢摸了！姐姐真有福气，这衣服您穿真值，换个人没这气质，穿不出效果来！"真服了师傅了，口气温柔地奉承着人家，手脚麻利地替人家把包拿到了单间。

"晶莹就是会说话，这个小妹我没见过，新来的吧？"师傅赶紧说："姐姐眼光就是好，今天早晨才来的，是老板的亲戚，叫聪聪。聪聪，这可是咱们美容院的贵宾，做珠宝生意的李姐姐！""李姐姐好！"我甜甜地叫了一句。

"来什么新产品了吗？连着打了几宿麻将，就感觉浑身发疼，皮肤也干了。"李姐姐肥胖的身躯一躺到美容床上，床就抗议似地忽悠了一下。"手气一定很好吧，姐姐，一会儿我好好地给你按摩一下，让你轻松轻松。新来了几套水疗组合，效果很好的，就是一套一千多，姐姐你试试吗？""晶莹就是会说话，这几天我手气好极了！一会儿也把我那几个麻友叫过来，也让她们试试新产品。"接过我递来的水盆，师傅开始给她洗脸。"哎呀，这水太烫了吧？"她一把打掉师傅的手，"呼"地坐了起来。"谋杀啊？"她的声音很大，奇怪的是没有人过来看。洗脸的水我是用手试过的，属于中温，"我……"我刚要解释，师傅瞪了我一眼，没让我说话。"真对不起姐姐，聪聪是新来的，不知道你皮肤嫩得像婴儿！好姐姐，我马上给你换水。别生气啊姐姐！聪聪快说对不起！""怎么能让新来的给我倒水呢？不知道我怕热吗？要把我这精心护理的皮肤烫坏了，负得起责任吗？"她一生气，肿眼泡使劲鼓着，满脸横丝的肉也立睖起来了。"聪聪你快去打点温水，灵子帮着调一下温度！美女姐姐你千万别生气，生气会出皱纹的。来，小妹先帮你按摩一下后背！"师傅嘴巴甜甜地说。

刚出门口，我就差点和挤在门口听声的灵子和另外一个美容师撞上。"母夜叉又发威了吧？"长得小巧玲珑的灵子小声地说。"你别生气，她每次来都要找点事，一会儿就好了。"另一个长得像洋娃娃一样的美容师也小声地说。"那么丑，惯的！”我生气地重新接水说。“不是惯的，是有钱烧的！”灵子笑眯眯地接过我的水盆，替我进去了。

人刚进去，我就听见里面传出甜甜的声音：“李姐姐来了，又年轻了！头型真时尚！”灵子夸张的奉承声，让我有点反感，怎么能这样虚伪呢？

“四毛，你来一下。”秦院长在院长室的门口轻轻地向我招了招手。

“四毛，来这儿习惯吗？”秦院长示意我坐在她对面的沙发上，又从冰箱里拿了一瓶饮料递给我。“有点不习惯！”我坦白地说。“习惯了就不是你的性格了，听你姑父介绍过你，挺有个性和才气的孩子！”秦院长优雅的面孔里，闪现出一丝长辈才有的关爱。“服务行业，特别是美容行业是个让人放低姿态的行业，放低姿态不是放低人格，是用另类的态度挣钱，从事这个行业的人需要转换角度，这也是我们的一种服务方式。其目的是在客户满意和心情愉悦的情况下，乐于消费和敢于消费，优美的语言也是最好的护肤佳品。”“我知道了秦老师，我也从事过服务行业，相比较态度没有放到这种谦卑的程度上，我在努力适应和习惯！”我发自内心地说。“你理解就好，女人最大的通病是虚荣心，满足了虚荣心，她才肯心甘情愿地为自己投资。我们的经营理念是，弘扬我们品牌的同时，为自己创造利润。因此我们不但需要跟进好的护肤产品，更需要好的营销人。因为任何美好的产品都需要我们去宣传！”秦院长在说话的时候，挺直着腰板，脸上始终带着优美的表情。她的声音始终是平稳的，但在她说话的内容里面，我能感觉出来她执着的敬业精神和商人的精明。

“院长，李姐姐买了四套新来的水疗组合，打几折啊？”我师傅笑眯眯地进来问。“亲情价 8 折吧！”院长平静如水地说。“买这么多啊！”要知道那个时候的四千多元对我来说是个天文数字。“好的！这还算多啊？徒弟你有点儿少见多怪了！”师傅冲我眨了眨好看的眼睛说。

晚上就剩下师傅和我，我很随意地说：“师傅，化妆品一般几折进货啊？”“干什么啊？想刺探商业机密啊？”师傅和我的脸上都涂着保湿面膜，样子都有点恐怖。“只是好奇而已！”“看在你孝敬师傅奶豆腐的面子上，师傅告诉你个底儿，一般都是三折左右！”“啊？”镜子里面我的脸因为吃惊张大了嘴，变得更加瘆人。“啊什么？”“师傅我感觉我们像宰人的屠夫呢！”“别说得那么难听！我们的投资也很高呢！租房子、添设备、雇美容师，一个环节不精打细算，就会赔钱。”师傅精明地说。“我感觉我们这像陷阱呢！”我很正义地说。“聪聪你就爱夸张，充其量我们就是个粉红色的圈套，还是愿者上钩的。徒弟你这样富有同情心是不行的，商场就是战场！”师傅的口气还是那样甜蜜。“知道了师傅！”我没底气地说。“你知道了什么？”“我知道什么是笑里藏刀了！”“不夸张吧？”师傅恐怖的脸靠近我说。“不夸张，一点都不夸张！”

一致对外，这句话很适合我们美容院，对内人情味还是很浓的。在美容院，我的皮肤属于劣质，就成了挽救的对象。首先秦院长进价卖给我一套护肤品，又亲自免费给我做了双眼皮，纹了眼线和唇线。镜子里面的我除了皮肤有待改善以外，算得上是个明眸皓齿的丽人了。

没顾客的时候，师傅就和我互相在彼此的脸上练手法，师傅总是笑里藏刀地数落我，说我基础设施还可以，但是表层实数干旱贫瘠系列。我说我也不想干旱，但是无奈口袋属于贫下中农，所以皮肤始终没有得到解放。

经过快三个月的改造工程，奇迹真的出现了，我的皮肤变得白皙靓丽了。“现在你真的脱胎换骨重新做人了，终于和粉色陷阱里面的精灵一样了。”师傅像面对自己的杰作一样看着我，满意地说。出乎意料的形象，让我感觉有点梦幻。“聪聪，你师傅给你起的名字很符合你的气质。头型再做一下，说话的语气再改变一下，你可以当我们美容院的形象大使了！”秦院长也用赞许的眼光看着我说。

头发已经长过肩膀了，师傅把我带到她开理发店的朋友那，用亲情价，帮我做了拉直。当我甩着飘逸的长发和师傅走在大街上的时候，很高的回头率，让我自信地和师傅一样挺直了腰板。不过还有点让我寒酸的是：我的衣服和师傅比，显得非常劣质。表哥给的钱，又及时地发挥了作用。师傅又带着我到她朋友开的服装店那儿，按对折的进价，买了两套应季的时髦衣服。

我真的有广告效应了，见过我初来美容院模样的人，今昔对比，认为本院的产品效果就是好。有一款滞销的价格不菲的化妆品，我成了它的代言人，结果几天就卖没了，然后我又成了另一个牌子的代言人。看到有的客户热切地买我推荐的产品，我心里很矛盾，一是为自己做的虚假广告内疚，二是为盲目追求美的客户悲哀。其实那个时候除了用点低档护肤品，每天只用蛋清和蜂蜜掺着师傅给我的软膜做脸，我擦得也和师傅一样，是很便宜的宝宝霜。所以在很短的时间里，皮肤能变成这样，我私下认为是青春年华和快乐心情起了美容的作用。五十岁左右的人用再贵的化妆品，也换不回青春的光彩的，尽管我们都知道这个道理，但还是用自己编织的神话去蛊惑那些爱美心切的人，用师傅的话说：这就是我们“崇高”的职业。说良心话，我对这个“崇高的”职业，有了深深的不安。

六月份的一天下午，快下班的时候，门口的灵子喊我，并且挤眉弄眼地说：“聪聪姐姐，门口有三个帅哥找你。”平时玩笑开惯了，我故作惊讶地说：“真的吗？其实有一个帅哥找我就足够了，有三个就奉献给师傅和你一个！”结果走到门口一看，还真来了三个帅哥。一个是穿着雪白衬衣的表哥，一个是穿着黑色套装的严旭，还有一个是穿着黄格半袖的路星星。

看见一袭粉色、面白如玉的我，他们三个端详了半天，才看出了我。这样的效果，让我很得意。我想那个负心的瘦猴看见我的样子，肯定会大跌眼镜。“四毛，真的是你啊，真的是乌鸡变成了彩凤凰！”表哥惊讶得嘴都不能合拢了，用一句歌词感叹说。“美容院的改版力度竟然可以这样大！四毛你太光彩照人了！”严旭也由衷地说。我发现他没戴色深的眼镜，闪着热情的眼睛竟然能聚焦成一点了，他不斜视了。“是啊，四毛真变样了！”路星星看着我的眼睛居然也正常了，他们三个让我意外的地方也真多。

按照我原来的性格，我会高兴得不顾一切地去拉他们的手，但近几个月，在师傅言传身教的影响下，我性格中的冲动也被包装了。我沉静地莞尔一笑，轻柔地说：“表哥、严哥、路哥你们来了，真没想到！”显然对我这样淑女的举止，表哥他们有点不习惯，甚至不理解。“你在这儿还好吗？”表哥有点试探性地问。他或许认为我受到了某种虐待。“很好！你看我现在不好吗？”我调皮地拽着粉色的衣襟在表哥面前转了一个圈。确认我精神没任何异样，表哥才说：“是什么样的美容功效把你的棱角磨没了呢？”看着表哥深思的样子，我忍不住“哈哈”乐了，原形终于露出来了。“我们还是习惯你这个样子！”严旭也松了口气说。“就是呢！太淑女了还真有点接受不了！”路星星也补充说。

“几个帅哥啊？能奉献给我一个吗？”美丽的师傅婷婷袅袅地出来了。“能啊！您看您相中哪个了？”师傅出来一看真的是三个男生，白嫩的脸“刷”地一下变得绯红。

一见美女，几个男生眼睛都直了，最让人痛心的是表哥，作为一个有妇之夫，一个箭步冲到前面，失态地、紧紧地抓住师傅的双手，连声说：“像韩红，太像了韩红了！”猝不及防的师傅，被一个帅哥紧紧的抓住了双手，她有点蒙圈，我赶紧上前去解围：“这是我的师傅张晶莹！这位帅哥是我表哥，这两位是我表哥的同学严哥和路哥。我表哥所以这么失态，是因为师傅您长得像他前女友。”“这你说过，我说见我这么激动呢，在我这怀旧呢！”从没见师傅这样羞涩过，极力挣开表哥手铐一样的双手，有点扭捏地说。平时还说自己有征服男人的法宝，现在一见众多帅哥，法宝有点失灵。

“呵呵，找到点感觉。晶莹师傅，谢谢你照顾四毛！一起出来吃个便饭吧！”表哥这么开门见山、没有过渡的邀请，让我替他有点不好意思。“是啊是啊！和四毛一起出来吃个晚饭吧！”路星星和严旭也热情地邀请。“这——”一向老有主意的师傅第一次向我投来求救的目光。“恭敬不如从命，师傅您给徒弟一个面子吧！去吧！”我故意诚恳地求师傅，其实我知道师傅很愿意凑热闹的，尤其和帅哥们在一起凑热闹。“那就去吧！”师傅一高兴就有点忘形，轻盈地一转身，手呈兰花指状，迈着模特步就往屋里走。“稍等，我去换衣服，聪聪你不换了啊？”很不矜持的样子，把几个帅哥全都逗乐了。“聪聪，四毛他们为什么都叫你聪聪啊？”表哥不解地问我。“师傅给我起的代号，他们认为四毛这个名字太土。”转身刚要进屋，我突然又产生一个想法：“要不要请我们院长一起吃？”我把表哥拉到一边小声地说。“不用，不是一个年龄段的人，以后再说吧！”表哥态度坚决地说。我很费解他的态度，不请就不请吧，表情还很严肃。“不能因为不是一个年龄段的，表情就反差这样大吧？”我小声地说完，也迈着模特步进屋去换衣服。

等我们换完衣服一起出来的时候，我感觉三位哥哥，眼球都要看爆了，师傅打扮一番之后更惊艳了；而我用靓丽形容，表哥说都不为过。

饭店距离美容院不远，装饰得很豪华。东道主是严旭，他把菜谱递给我和师傅，让我们俩负责点菜，他说今天主要是招待我和师傅，所以必须由我们两个点菜。我问："为什么白姐姐和杨姐姐没来啊？"路星星含糊地说："来了不方便。"我这个人脾气就让人讨厌，非得让人家说清楚谁不方便。严旭笑着说："都不方便。"我仔细一想：两个人那么事多，有我就让人不愉快了，现在又加一个师傅，更会添乱，不来也对。

表哥坐在我和师傅中间，本想问问我们家和表姑家里的情况，出来这么多天，我就给每家通过短暂的两次电话，许红梅还都没接到。可表哥没有给我任何发问的机会，始终面向师傅不停地说话。师傅也很配合，甜甜地和表哥聊得火热。坐在我旁边的严旭小声地和我说："请勿打扰他们，白涛遇到知音了！"一听这话，我故意拍了表哥肩膀一下："表哥，表嫂好吗？"想借此提醒一下表哥有妇之夫的身份。这招根本没奏效，表哥姿势没变地回答："好，好得不得了！"然后还接着和师傅聊美容发展的趋势。

"四毛，我还觉得叫四毛比聪聪亲切。这美容的功效还真大，哪天你也帮我们修改一下脸上不合适的地方吧！"路星星给我续上水说。我说："你们俩的眼睛修改得很完美了，不过就是不知道是谁的杰作。"他们俩对视一下都笑了，严旭说："自然是上帝的杰作，我们打听好了，有一天上帝没喝酒，就去找他了。他挺办事的，又用笔把我们的眼珠重新点了点，我们就这样了！""你们在哪儿找到的上帝啊？"我顺着他们的话茬问。"北京啊！上帝就在北京，小地方他不来。"严旭一本正经的表情，把我和路星星都逗乐了。"你要找他办事，就先找我，我和他挺熟的！"给我们都倒上白酒，严旭一本正经地说。"好的，有事一定找你！"我也认真地说。

"喝白酒啊！"师傅表情很夸张很可爱地说。"有难度吗？"表哥关切的表情溢于言表，我实在看不下去了，虽然表哥献殷勤的对象是我尊敬的师傅，但在我心里，许红梅的伟大分量超重于师傅。不由分说，我把表哥拉到了门外。"表哥，我认为你现在的做法是对许红梅最大的不尊重，那么卖力气地讨好人家小姑娘，这可不是你平时的作风和气节！”我带着整顿作风的妇联表情很正义地说。带着激情的眼神，表哥好脾气地笑了：“老妹儿，这话有点严重了！不过和你说句实话，张晶莹某些地方和韩红太相似了，我就是想在她身上找点韩红的影子。结婚以后我才知道，感觉对人有多么重要，在许红梅身上我的感觉有点迷茫！”就凭你头枕在许红梅身上一副心满意足的样子，还迷茫？我感觉表哥有点陌生。“找感觉和勾引人不是一个概念，你是有文化的人，知道知己的含义吧？”才多大一会，就成知己了，话说到这份儿上了，我也不能再说不利于知己的话了。“老妹，就哥这觉悟有分寸！无需提示，回屋吧！”有分寸的表哥没事人似地回到屋里，坐在师傅旁边，继续畅谈。

酒菜上齐以后，兴致特别好的表哥抢先做了致酒辞，内容就是：原名张四毛，现代号聪聪旧貌换新颜了，感谢张晶莹师傅的照顾和帮助，以后大家多联络！严旭的脾气还真好，对喧宾夺主的表哥一点成见也没有，还主动配合干了一杯白酒。看不出来，师傅喝酒也真豪爽，微微地张开樱桃小口，端着酒杯的小手翘着可爱的兰花指，不动声色地把一杯酒干了。

“喝吧！”严旭和我碰了一下，也干了。“我也独立地喝了吧！”路星星见没人关照自己，带点情绪地说。“来，路哥，我们互助地碰一下吧！”和路星星碰了一下，我也把酒干了。

“路哥和严哥你们二位什么时候结婚啊？”我挑选着话题说。“我和白冉冉是没戏了，路兄和杨雪大概快了！”严旭旋转着空酒杯说。“为什么没戏？我看你们挺合适的。”我为他倒上酒说。“我感觉你们散了很可惜。”表哥好不容易插了一句话。“可惜你为什么还先散了呢？”严旭问表哥。“你条件比我优越，你们彼此适合！”表哥主动和严旭碰了一杯酒说。“是不是从上帝那儿回来，你就感觉不合适了啊？”我调侃严旭。“确切地说是从你们那儿回来感觉不合适的。我忽然感觉我真正喜欢的女孩子，应该是聪明睿智型的！”严旭直白的眼神有目的性地看着我说。

我没敢或者说是没勇气对接严旭的眼神，那个时候特别自卑，尽管相貌稍

有了自信，但各方面的差别，让我从来没有把严旭列入爱人的行列，虽然有时候可以把他当自己作品中男主人公的原型。我很现实地认为，在市里找到一位和严旭一样优秀的男朋友，是一件可望而不可及的事情。带着自我保护的心理，我表现得很矜持很木讷，假装没有听懂严旭话里面的意思，和他碰了一杯酒，然后真诚地说："祝福你早日找到！""我也祝福你！"师傅伸过来粉嫩的小手说。"先谢谢，谢谢二位漂亮妹妹！"严旭豪爽地把酒喝了。

"四毛，哥找你碰一杯酒！分别4个多月了吧，哥感觉你不但相貌有了改观，性格也女孩了很多，成熟了很多！"表哥用做总结似的领导口气说，"这其中和晶莹师傅的帮助分不开的，每次和四毛通电话，四毛就老提她的师傅多么优秀，百闻不如一见，晶莹真的是与众不同啊！我在市里面有业务需要两个女帮手，以后希望你们两个助我一臂之力！"表哥嘴里说我们两个，但眼神始终光顾着师傅。"我也老听四毛说她表哥多么潇洒和多么出色，你的光辉形象在我心里早就储存上了。能为表哥做点事，小妹非常荣幸！"师傅扬着可爱的小脸，声音甜甜的像吐蜜似地说。

听了两个人的对白我才发现，我是让他们两个人戏的总导演。平时不知不觉把自己对他们两个人的好感，分别潜移默化地灌输给了双方，对双方有点艺术化的夸张，让他们都有了渴望互相认识的想法。今天一见，恰好实现了两个人心存已久的愿望。后来我才明白，表哥由于在赤峰有业务，需要师傅这样的人才；而师傅呢，一半是受我的影响，一半是表哥的个人魅力吸引了她。

酒喝到一半的时候，表哥对我和师傅挑明了需要我们帮忙的事情。他说他和许经理想暗地里用公款倒点羊绒，挣点钱给职工年节搞点福利。还说和严旭、路星星也集资了几万块，哥几个顺便挣点小钱。还说市里面收羊绒的价格比板街的羊绒价高，他想让我和师傅帮他卖羊绒。他还说据小道消息透露，收羊绒的老客对女士，特别是漂亮的能说会道的女士，验收的既不严格，给的价又高。表哥还承诺，如果卖得好，我们的回报也很可观。

"我知道了，表哥你是让我们去公关啊！"师傅白嫩的手托着粉嫩的脸，崇拜地看着表哥说。"师傅就是比徒弟聪明，一点就透，四毛还在那儿傻听呢！"

表哥棱角分明的脸带着得意的春风，对接着师傅的神情说。“其实我最终目的要做巴林石生意，毕竟那是我们板街的名片，但需要很多的原始资金，所以我们哥几个联手先倒几把羊绒，等赚了大钱，再去巴林石矿炒巴林石。”“表哥你太伟大了，我愿意和你合作！”师傅那对水汪汪的眼睛，含着能淹死人的内容，看着表哥说。

表哥踌躇满志说这些的时候，我的思绪有点溜号，既没算羊绒的利润，也没想公关的好处。我在想：如果师傅和表哥相处时间长了，许红梅的阵地会不会失守？因为表哥的那道“关”师傅根本不用攻，自己就要破了。

可说实话，做公关小姐，师傅太能胜任了。事情到这个地步，我也没能力破坏合作和公关的事了，只希望他们只是互相利用，等买卖羊绒的季节一过，没有了业务来往，关系自然就会疏远了。再说我也能帮表哥点忙，有机会锻炼一下自己，还能有点意外收入，应该不是什么坏事。

“来，我们大家共同举杯，祝合作愉快！”共同喝完酒，张晶莹小声的对表哥说：“表哥，对羊绒我可是外行啊！”“不需要你内行，你攻关内行就可以！”表哥单独和师傅碰了一杯酒说。“公关说实话我倒是不需要谦虚！”师傅很实在地说。“四毛会看羊绒，从小去父母单位跟着挑羊毛，都有基础。技术不用你们把关，我负责收羊绒，你们负责销售就可以了！严旭和路星星负责一部分资金，提供交通工具。”听了表哥这样明确的分工，我们几个人不知不觉地已经成为购销一条龙的团伙了。“话都挑明了，我们是一个战壕的战友了，为了合作我们必须共同喝一杯！”表哥提议说。

都是自己人了，自然不是喝一杯的事了，场面到后来有点失控。路星星不知道是真有事还是假有事，中途先走了，表哥和师傅开始策划公关的策略。严旭从挎包里掏出了一个厚厚的本子，说受我的影响，他复苏了中学时候就有了的诗性，现在老有创作激情。于是我们两个所谓的“文人”，又有了高山流水遇知音的共鸣。共鸣的过程中自然有赏析，诗人就满腔热诚、饱蘸激情地开始朗诵。说实话，那天被我称为绝句的诗篇，醒酒之后一句都没记住。因为，每听完诗人一首诗，在拍案叫一声“好”之后，便鼓励一杯酒，幸好诗人也没例外，同喜同贺，共同举杯，只朗诵了五首，诗人就因为酒劲发作伏案酣睡了。我虽然没有酣睡，但神志也有点恍惚，表情就定格在傻笑上了。师傅就是师傅，表哥就是表哥，人家两个人才是真正的酒逢知己呢！喝了一晚上，除了说话都有点重复以外，没有失态的地方，最后师傅和表哥一个人负责一个，分别搀扶着我和严旭，各自回了住所。

腿不走直线，但大脑还算清醒。在师傅和表哥恋恋不舍的告别声中，我还偷着乐呢！喝醉了也是好事，终于成功地破坏了一次他们两个要接着去歌厅的计划。

“没酒量就少喝，没有这样实在的！”师傅把我放到床上擦着自己头上的汗说。“还朗诵一首喝一杯，那有两百首诗呢！也够能写的，那要是都朗诵了，你得为此喝牺牲了！”“哈哈哈……”一听师傅这话，我忍不住乐了。没等乐完，就感觉要吐，鞋也顾不上穿，我就赶紧去厕所。终于吐完了，心里好受了许多，又洗漱了一下，感觉头脑也清醒了很多。

路过秦院长宿舍的时候，我感觉里面有个男人压低声音在和秦院长说话，这个声音感觉有点熟悉。回到宿舍，我问师傅：“咱们美容院不是男人止步的地方吗？我听见院长办公室有个男人在说话。”“白天男士止步，黑天就可以进入。院长也是女人啊，还是独身女人，应该有自己的私生活。”估计师傅的酒劲也上来了，衣服没脱，脸也没洗就上了床，和我说话都闭着眼睛。

“也是，院长是离婚的吧？”对院长这样优秀女人的身世，我始终有好奇和想探秘的心理。“你真不知道还是假不知道啊？”师傅有点不耐烦地说。“怎么了？我什么都不知道啊？”“那个男生啊就是你带我见过的你表姑父，院长的初恋情人，这是上一个店长告诉我的，你保密啊。”师傅说完，扯起了轻微的鼾声。

我的酒意全都没了，啊？温婉、优雅的秦院长是表姑父的情人？这么高雅的女人怎么会做别人的情人呢？而且还是表姑父的情人？

如果平心而论，院长和表姑父真的很般配。可问题是我表姑怎么办？她还有那么厉害的肝病。早就同情表姑，确实也同情表姑父，两个什么什么都不般配的人，勉强在一起生活，其实是件对谁都不公平的事情。我隐约听说过，表姑父和表姑“凑合”在一起，有点无奈。但因为有了两个孩子，两个人不得不维持婚姻。

可我是表姑的亲人，让我在表姑父的情人店里学习，将来有一天表姑知道了，我怎么向她交代呢？可表哥为什么不阻止我来这里学习呢？他知道不知道秦院长是他父亲的情人呢？我想这个问题，我有必要明天和表哥沟通一下，尽管我很喜欢这里的环境，也喜欢对我亲如长辈的秦院长，但如果她真的伤害了表姑，那我也不会在这里安心学习的。

睡梦中的师傅又开始了含糊不清的哭诉。在一起住这么久了，师傅一进入梦境，就卸下了甜美的面具，说些莫名其妙的梦话，表情还很痛苦。我总感觉白天和夜间的师傅，是双重性格的人，在她的过去肯定有非常痛苦的经历。像一本书的第一部分，师傅始终用一个夹子把它夹住，让人看到的永远是她充满阳光和美好的第二部分。多次我试图翻看师傅第一部分的内容，她都没给我机会。

“每个人都有过去，如果你想开始或者已经开始新的生活，首先就要封存和告别过去。当事人都不愿意说的故事，一定是不堪回首或者说是不利于现在的往事，不要替别人揭开自己不愿意透露的谜底吧！”有一次一个客户很执着地问院长的过去，师傅唯一的一次收敛起职业的笑容，正色回答她说。这句话，我感觉影射了我，也间接地影射了想探秘师傅过去的人。是啊，我们接触的师傅就是现在的生命部分，过去那部分历史又没有影响到我们，我们有什么权利曝光和剖析人家的过去呢？从那以后，我打消了想刺探师傅过去的念头，尽管知道她肯定有着不寻常的经历。

几乎一夜无眠，好不容易熬到天亮，我头没梳脸没洗就跑到表哥住的宾馆，把表哥从睡梦中叫起来，和他严肃地汇报了秦院长是表姑父情人的事情。

听完我高度紧张的汇报，表哥一点都没惊讶。他慢条斯理地点着一颗烟，放到嘴上深深地吸了一口，然后又缓缓地吐出来，似乎在调整心情：“你倒是说话呀？老吐烟干嘛？”

“其实四毛，本来有些事你不应该知道的，毕竟你是我妈的亲人。但是你既然知道了，我就把事情的原委和你说了吧！这也是我爸不久前和我说的。”

表姑父和秦璐是一对青梅竹马的恋人，两个人从小学到高中始终在一个班级，后来又在一个知青点。有一次，秦璐一个人在知青点的食堂做饭，被村子里一个垂涎她美貌已久的二流子压在灶坑里，要强暴她。那天在村口修渠的表姑父似乎有预感，半路跑回知青点，正好碰上秦璐脚踢手挠的在和高大的二流子搏斗。一股热血冲上表姑父的头，他顺手拿起一根木棒，一下子打在了二流子的头上，二流子应声倒地。

二流子没有死成了植物人。本来在当地很有势力的二流子一家，要求公安部门严惩表姑父，但秦璐用超出他们要求补偿范围的金钱，达到了庭外和解。表姑父从轻发落，被判了五年徒刑。而秦璐为了给表姑父凑钱，嫁给了一个煤矿老板。

五年后表姑父刑满释放，在沈阳的父母相继去世了，财产被两个弟弟分没了，他成了一个纯粹的无产阶级。间接的得知秦璐生活的还算幸福，他决定不再打扰她。他由监狱领导推荐到板街美术公司开车，因为能干表现好，被转为正式工人。后来由人介绍，和当教师有房子的表姑结了婚。表姑当时 32 岁了，已进入剩女行列，表姑父比她小两岁，正好 30 岁。

当时为了救表姑父，秦院长在一个煤矿老板那借了 80 万的高利贷，借的时候秦院长就知道自己根本没有偿还能力，但只要表姑父能从轻判决，她就达到目的了。还不上钱，她就做好了以死相抵的打算。

煤矿老板了解到事情的真相以后，被秦院长的人品所感动，托人说和让秦院长做自己的儿媳妇。在生与死之间，一个孤立无援的弱女子选择了生，她嫁给了小煤老板。婚后，秦院长赎罪一样包揽了全部家务，和小煤老板的感情也算和谐。但结婚多年，他们没有孩子，经过医院的检查，秦院长患有先天不孕症。虽然煤老板一家特别认可秦院长的贤惠、善良、能干，但不能传宗接代，他们不能接受。

还有小煤老板知道，秦院长的心里始终装着表姑父，对自己和自己家人，是怀着感恩的心里。给了秦院长一笔钱，小煤老板和秦院长心平气和地、悄悄地办了离婚手续。间接地打听到表姑父长期在赤峰工作，秦院长在美容学校学习两年，拿到美容师资格证书之后，就来到赤峰，在离表姑父单位不远的地方，开了焕颜美容院。她知道他结婚了，还有了两个儿子。她不想打扰他，只想远远地看着他。直到有一天早晨，他们在一个早餐馆相遇。

在电影里才能看到的，传奇而又有悲剧色彩的故事竟然发生在我的身边，竟然发生在表姑父和秦院长身上。我被感动了，从昨天晚上产生的对表姑父的憎恶，对秦院长的鄙视统统都消失了。我开始同情表姑父和秦院长了："他们活得太不容易了！"我指的是表姑父、秦院长还有表姑。

"是啊，每个人都不容易，关于让你来赤峰学习的事情，我和你表姑父也商量了好几次。一个女孩子人生地不熟的到一个陌生的地方，我们都不放心。秦院长毕竟我们了解，她人很善良。行了，你回去吧，这件事你自己知道就行了。我还忙着回去收羊绒呢。"表哥对我下了逐客令

表哥带着严旭、路星星回板街收羊绒了。第三天夜里，他们开着一辆皮卡车，拉着四大纤维袋子羊绒回到市里。那个时候人们卖羊绒之前都掺点假，实打实地卖是挣不了多少钱的。所以羊绒拉来之后，就卸到了表姑父住的平房里，那儿就成了我们购销羊绒"团伙"的临时根据地。

中午阳光足是羊绒掺假的最佳时间，把羊绒摊在地上洒上水，拿起一团，就往里面使劲揉黑土和羊粪末儿，然后开始晒。晒到晚上，热气把羊绒都晒得打绺儿了，依附上去的东西不好抖落。这样去卖，即使收羊绒的好好抖落，上面的东西也会残留。这样就涨秤了，涨秤就挣钱了。那几年是羊绒大战最高峰的时候，一斤羊绒高达二百多元！我的母亲就在绒毛公司打工，有时候我也去帮忙，所以略知道点儿羊绒掺假的过程。

羊绒很脏，膻味也很大，里面有细菌、灰尘，还有一种叫"草箍子"的虫子，咬人很厉害。所以弄羊绒的时候，工人都穿着厚实的蓝色帆布衣裤，用细绳系住裤腿和袖口，戴好白帽子和厚厚的口罩。这些行头，表哥都准备好了。我和师傅在美容院吃完午饭一到平房，等着我们的表哥就帮我们武装好行头，不由分说开始实施"造假"工程。

外表娇气好像不食人间烟火一样的师傅，干起造假工程这样脏的活儿来手脚特别麻利，丝毫不逊色于我这个“老手”。揉土，喷水，焖水分，三道工序下来，我们互相一看，都乐了，脏土把白口罩和白帽子都变成了黑的。三个不明工种的人灰头土脸的，像小鬼一样。“你们几位的模样，有点瘆人啊！”从外面开车回来的严旭和路星星打量着我们三个人说。

这个鬼模样是不能去美容院吓唬人了，师傅用表哥的手机跟院长请了假。院长没问我们俩在干什么，痛快地给了假。估计从表姑父那儿，她已经知道了我们的行动。

晚上羊绒上面的水分晒得差不多了，就重新装进大纤维袋子里面，等着明天去卖。

“明天中午快下班的时候，卖羊绒的人少了，收羊绒的忙着要去吃饭，我们就选这个时间去。在家卖羊绒的时候，我和刘金就挑这个时候去。”干完活，简单地洗了洗，表哥请我和师傅在附近的一个抻面馆，边吃抻面边布署行动时间。“好的！听领导的！”师傅没洗太透彻的小脸带着迷死人不偿命的招牌微笑甜甜地说。“晶莹就是态度好！”表哥表情不算暧昧吧，但也不算纯洁地把自己碗里的一个鸡蛋，表扬似地夹给了师傅。

“表哥为什么不和刘金合作了？听张文静说。你们前一段时间在一起合伙倒羊绒了。”我的眼光尽量避开那个能联络感情的鸡蛋，问鼻孔儿、眼窝都是黑的表哥。“有时候他和张文静有点假正统，不让掺假，那挣不了多少钱，太保守！”“其实他们俩一直这样，不过信誉挺好的，来收羊绒的大贩子挺信任他们的！”我替刘金他们分辩说。“小鸡不尿尿，各有一道。自己干自己的吧！”师傅吃着表哥倾情奉献的鸡蛋，态度明显地偏袒表哥说。最近我发现一个问题：表哥、师傅和我，我们三个每说一个话题，局面都是二比一，自然我是一，他们俩占二。幸好都不是原则问题，二比一就二比一吧，孤立的我有时候孤单地自我安慰。

按照分工，俊朗的严旭只负责开车，我和师傅负责交绒。穿得很脏的表哥和路星星负责抬绒。

为了今天的交羊绒行动，师傅在衣着上下了很大的功夫，由甜蜜浪漫型改为天真可怜型。洋娃娃一样的大波浪长发分别扎在耳后，脸清清爽爽的，不施粉黛，转眼就成了柴禾妞。也不知道从哪儿弄来的旧衣服，皱皱巴巴的黑裤子，红格半袖，穿在她身上，居然还有点领先潮流的味道。“师傅姐姐你穿得这样楚楚可怜，要去见青天大老爷吗？”因为我是配角，所以我的装束还是牛仔裤、白T恤。“去见财神爷也得低调，弱者总是被人同情的。”师傅对着镜子不断地变换着表情说。“其实我本真如此，今天就是稍微地还原了一下！”师傅的脸上虽然还带着微笑，语气却露出曾经沧海的忧伤。我没有接着师傅的伤感往下探询，我想师傅有如此深沉的内敛，一定有过不寻常的磨砺和坎坷。

瑕不掩瑜，这句话很适合师傅。师傅和我一出现在收羊绒的现场，就像两道强光，吸引住了大家的视线。整个大厅瞬间一片寂静，抬羊绒的、挑羊绒的都定格在各自的姿势上。师傅似乎对这样的场面很不陌生，迈着明星走上红地毯的坦然脚步，径直走向收羊绒的老板们。

一排有两张棕红色桌子组成的老板台，后面坐着四五个人，据业内可靠人士介绍，其中一个黑黑的大胖子是最大的老板。据说他收羊绒很严格，只对卖羊绒的女人还算不太刻薄。他穿着一套印着大海和椰子树的天蓝套装，目光炯炯地“堆”在五六个人中间 。所以用“堆”没用坐，是因为他真的很胖也很黑。相比较他身边的几个人，显得很瘦小很苗条。他不光肥硕的身体像用肥肉堆积而成，五官也很超标，像童话故事里面描写的巨人形象。尽管身边吹着电扇，巨人巨型的板寸头上却还冒着热气。我感觉他的外形不像个商人，挺像电视剧里面的草莽将军。

“妹妹来干什么啊？”漂亮的人就是通行证，没等师傅走到跟前，胖子就带着亲昵的笑容，张开小盆一样的大嘴，堂音非常好地问师傅。如此高的待遇让师傅后面的我有点受宠若惊，要知道我在家的时候看过很多收羊绒的老板，他们的表情对待交羊绒的人和包公断案差不多少的。

“大哥，我来看看你！”真服了师傅，像见到亲戚一样，自来熟地说着，毫不见外地站到了胖子的身边。胖子身边的人也很知趣地站起来让出一个位子。

“谢谢妹子，坐这儿喝瓶水凉快凉快！”师傅不客气地坐下后，回头介绍我。“这是小妹！”师傅真够意思，受到这样高的待遇，还没忘了介绍我。“你好小妹，你也坐吧！”我不光坐了，也有了一瓶水，自然也凉快了许多。

“妹子不光来看我吧？是不是有事啊？”能倒卖羊绒的人，特别是到这个地方交羊绒的人，是要有一定的经济实力的。明眼人一看我和师傅就不是交羊绒的主儿，而是交羊绒的“托儿”，还是涉世不深的“托儿”。

好像我和师傅是粉墨登场的演员，交羊绒的、收羊绒的、看行情的都停止自己的动作了，静悄悄地看我们接下来要演什么戏。

“没事来学习学习，大哥你们忙着，我随便看看。”师傅特端庄地说。“那你就随便学习着！我们接着看下一份羊绒！”胖子老板爽快地说。要说师傅高明就高明在会用无声的沟通手段，在胖子老板收羊绒的时候，师傅也不闲着，自然地给胖子老板水杯里面续满水。桌子上面落满了灰尘，地上也有羊粪土，师傅不知道在哪发现的抹布和笤帚，手脚麻利地就开始抹桌子扫地。收拾完这些，师傅一看在墙角还有一堆脏土，人家二话没说，拿条破纤维袋子，冲我一努嘴，我立刻帮她拿着，她随手用一块纸片，三下五除二就收拾干净了。在场的人都被师傅突然表现的雷锋精神弄傻了，不知道这个漂亮女孩子演的什么戏。但有一点大家和收羊绒的老板都明白：她绝对不是单纯来搞卫生的。

卫生搞完了，师傅由青春靓丽型变成了花容失色型，头发、脸上、衣服上都沾上了灰尘。对着墙上一块残缺的破镜子，师傅很惊讶地说：我这个样子太对不起大家了，我先回去了。没等观众有所反应，女主角一样的师傅毫无征兆地退场了。

“妹子，吃了饭再走吧！”跟在师傅身后我听见胖老板用有点扩音效果的堂音喊。

回到车上，我这个乐啊，“师傅，你们好像原来认识吧？”“没有啊，第一次见面！”“那你就这样套近乎啊？”“有时候献殷勤和套近乎是最好的沟通方式，你想啊，你想办成一件事，光凭印象和巧嘴是不行的，你得付出代价，你不想牺牲色相就得牺牲力气。世界上绝没有无缘无故的爱和恨，对吧？得建立一个联络感情的最佳方式。”师傅目光看着前排的表哥得意地说。

听我的叙述，张晶莹说的话，表哥的反应太露骨，太不像有妇之夫了，他从驾驶座位极力回过身来，眼睛看着张晶莹，带着欣赏当然还有别的内容的表情说：“晶莹你真棒！天生就是公关的料。”“表哥小心你的脖子，别扭坏了，说话目视前方，也可以达到预期效果。”实在看不下去表哥露骨的表现，我使劲把表哥的脸推回前面说。“老板鼓励员工最有效的方式是面对面地交心。”表哥厚颜无耻地、坦然地、执拗地回过头来说。

连着三天，我和师傅都在羊毛场子做义工，掸水、扫地、抹桌子外带自己掏钱买西瓜、香瓜。宾主角色颠倒了，戏剧效果出现了，我们俩忙忙乎乎自然得像是羊毛厂的主人。胖老板姓路，路老板他们一行倒像是来给我们帮忙的亲戚。

这样不拿自己当外人的举动终于让路老板感动了，感动以后就感觉过意不去了。在我们结束第四天义务劳动的下午，路老板把我们请到他的办公室，亲自给我们倒了一盆洗脸水，亲自给我们打开两瓶矿泉水，然后才坐下来说：妹子，有事赶快说吧，你们这样表现让哥哥受用不起啊！刚帮着装完羊毛袋子，师傅和我都弄得灰头土脸的。“没事，都是劳动人民出身，这点活儿算什么？再说了能为您这样的大老板尽点义务是妹子的福分。”师傅用黑乎乎的毛巾擦着脸，一副单纯的样子。“不管目的是啥，哥哥我是服了，最起码你们能踏实地吃点苦，这属于正常手段。说吧要替谁卖羊绒啊？”路老板这样开门见山的提问，弄得师傅和我挺不好意思，有一种伎俩被识破的羞愧。好在师傅应变能力比较强，她红着脸喃喃地说：不是替别人，是我们和别人合伙。“这有什么不好意思的，明天来交绒吧，不过家有家法，行有行规，凡事有度，不管是谁超过了我这个度，用什么办法也是不好使的。”路老板两只眼睛像探照灯一样来回巡视着师傅我们俩说。我们俩的脸又红了，我感觉自己像孙悟空金箍棒下的白骨精，丑陋的原形赤裸裸地暴露在光天化日之下了。真佩服师傅是见过大世面的人，脸皮就是比常人有厚度，路老板把话都说到这份儿上了，她仍然充愣装傻带着无辜的笑容说：“亲是亲，财是财，路老板，妹子是不会让你破坏行规的，妹子也是有原则的人。”

回到车上，师傅拿着路老板的名片反复看了看说：“看外表路老板像酒囊饭袋，但一接触，还真是有大企业家的不俗风范，思想睿智，为人仗义。”师傅又看了一下手中的名片：“名字也不俗，路一鸣！”“你忘了你的任务了吧？你不是去相亲的！”早已坐在车后座上等着的表哥乐着说。“知其人，谋其略。哎，我感觉这车里面有点醋味呢！”“有吗？我可闻着羊毛味了！”我傻傻地说。“聪聪你有时候也不聪明，我都闻着醋味了！”严旭发动了车说。

还是快下班的晚上，路老板通知我们去交绒。绒是路老板亲自验的，说实话给羊绒里揉点土，是当时行里面最低劣的手段。羊绒干了，依附在里面的土，经过人工抖落，剩下一部分。幸好没有过筛，大致地抖落一遍以后，路老板站起来冲着大秤挥了挥手。当四百多斤羊绒掺在偌大的羊绒堆里面，我感觉站在我身边的表哥喉结很响地咽了口唾沫。

价格给得很高，钱——很多的钱，被师傅坦然地装进有所准备的类似面袋子一样的斜背包里。“大哥，我们出去吃饭吧！”路老板送我们出办公室的时候，师傅亲妹妹一样说。

“今晚有安排，改天吧！改天大哥请你！妹子，羊绒质量不错，以后少掺点儿土。”办公室门口的洗脸架上有盆清水，路老板停下脚步洗手。“呵呵，老板就是老板，真能明察秋毫。那大哥我们先走了，等你有空的时候，我们再联系！”师傅傻笑着顺手把毛巾递给路老板说。“好的！你们先走吧！”没有一点暗示任何交易的表现，路老板擦完手转身进了办公室。

对这样的结局我们有点意外，“真有这样雁过不拔毛的好人？”民工模样的表哥脏兮兮地说。“还真有不图三分利就早起的人，幸运的是我碰上了！”师傅抱着钱口袋有点没将精彩发挥到极致的遗憾表情。“是要放长线钓大鱼吧？”严旭带着异性相排斥的表情分析说。“我感觉这就是一个成功男人的人性化的一面！”带着要把路老板写进小说的灵感，我很有激情地说。“四毛我认为你的结论下得有点早！无知小丫头为什么会上当？就是被有些人的假相蒙骗住了！”严旭用很严肃的眼光看着我说。

“不要把人都想得那样坏，再说咱们羊绒掺假的范围属于正常，要不人家会赔钱收，人也不傻！”我感觉大家的观点很好笑。“四毛说得也贴谱儿，家里真是掺什么的都有，这样下去，自己就把自己的销路和市场弄没了！”赚了便宜的表哥又有了忧患意识。我有点儿知道表哥为什么不在本单位交羊绒的目的了。身为单位副主任，带头掺假毕竟是以身做贼的事情。

没问分钱标准，作为配角，我分到了两千块钱。这对当时的我来说可是个天文数字，因为在我的存折上存款从来没有超过二百。我没问表哥挣多少钱，也没问师傅分了多少钱，我想不论他们分多少都是应该的。

卖了羊绒的表哥，第二天一大早就返回了板街，按他的话说要趁热打铁，回去赶紧收羊绒，因为倒卖羊绒的季节很短。

表哥走的这天晚上，路老板来电话请师傅吃饭。“蛇，终于出洞了！”师傅接完电话，悄悄地阴森森地伏在我耳朵边说。我正在给一个顾客按摩，手机械地按着穴位，脑子里面正策划着二千块钱的用途。师傅突然说的话，我一时没理解，挺大声地问：“哪儿的蛇出动了？”这话起的效果我和师傅都没有料到，并肩躺在两张床上的两位女顾客惊慌失措地坐起来，“妈呀！哪有蛇？”“蛇在哪？”说完两人还要往外跑。我和师傅赶紧按住她们。“不是咱们这有蛇，是电影名《引蛇出洞》，看把你们吓的！”师傅急急忙忙解释。

“哎呀！死丫头吓死我了！”一位顾客拍着胸，急速地喘着气说。“还真以为有蛇呢！”另外一位女顾客的脸由于惊吓变得更白了。幸好都是隔开的房间，没有引起太大的骚动。安抚着两位顾客重新躺下，师傅对着我悄悄地吐了吐舌头。

和表哥通话以后，师傅决定带着我前去赴约，条件是严旭依旧做司机和保镖。师傅没再穿柴禾妞的衣服，依然不施粉黛，头发高高地吊在脑后，白T恤、牛仔裙、白色旅游鞋，一副清纯的大学生模样。“师傅你真是百变女郎，无论什么样的装扮都很进入角色。不做演员，你真屈才了！”看着师傅一变就是一个名优形象，我由衷地羡慕。“聪聪不要羡慕别人，就做你自己，你的气质多好，大大气气的不是一般人能学得来的，一看就有品位。我这样变也是工作需要，要是按平时的美容代言人形象出现，怕人家误会是不良青年！”师傅特有自知之明地说。

严旭把我们送到楼下，因为没让他上酒桌，他脸上始终带着对自己所扮角色的不满，并说我们俩是用孩子套狼，代价太大。师傅说：“天上不掉馅饼，没有风险，哪来的可观利润，何况是不是风险还未知呢！”严旭从鼻子里面发出声音说：“世界上没有无缘无故的爱……”“自然没有，不过不排除我长得像他老妹……”“天方夜谭！四毛你拿着我的手机，有情况就呼我！”严旭递给我手机的时候，表情有点无奈。

吃饭的地方叫鸿宾楼，里面的服务员小姐都穿着漂亮的旗袍，这样高档的饭店我还真是第一次来，一进屋就有刘姥姥进大观园的感觉。师傅就是师傅，尽管来之前还不知道鸿宾楼在哪条街，现在脸上却带着有钱人的自信，迈着老顾客的步伐，骄傲地走在我的前面。

走进一号包房，里面已经坐着包括路老板在内的三男两女。最惹眼的是那两个特别开放的女孩，一看就知道了职业。看见我们进来，坐在中间的路老板站起来，举起绵厚的大手声音浑厚地和我们打招呼：“两位妹妹驾到，欢迎！欢迎！”随后他又替我们拉开他身边的椅子。

皮肤白净、眼睛细长、身材精炼的王老板我们认识；黄黄的国字脸，有着黄疸型肝炎症状的李老板我们也认识，他们都是路老板的手下。和他们一一打过招呼以后，我们都把探询的目光投向两位涂着眼圈、戴着蓝色假睫毛、头发胡乱吊在脑后、像蓝色妖姬一样不时地“哧哧”发笑的两个女孩。

“她们两个是王老板和李老板的朋友！”路老板介绍的语气有点不恭。“民女阿英！”身材瘦瘦的穿着露脐装嘴唇猩红的阿英，站起来摇晃着没有弹性的瘦长身体，很没型地做了一个万福的动作。“民女爱玲。”没等白胖的很性感的爱玲要道万福，路老板不耐烦地说：“什么词啊，还民女？从清朝穿越过来的？”“哧哧”爱玲非但没生气，还把丰满的身体贴在不太健壮的王老板身上，用贱得让人起鸡皮疙瘩的声音说：“干嘛生那么大气啊路哥，那我们民女要能穿越，世界上就没有摆不平的事了，包括哥哥您。”“去你的，快闭上你的臭嘴吧！”王老板表情暧昧地说。

“这两位漂亮的妹妹是谁啊？”叫阿英的斜睨着勾魂的眼睛，声音也相当肉麻地问。“我叫张晶莹，她叫张四毛！”师傅脸上也带着甜蜜的笑容，竹笋一样的小嫩手指了一下自己，又指了一下我，表情很单纯地说。

“哈哈……”阿英和爱玲相视一下，随后爆发出一阵肆无忌惮的笑声，“还真有叫张四毛的？太老土了！”爱玲笑得乳房乱颤，像小兔一样要窜出衣服。

“有那么好笑吗？”我很气恼地说。“人长得牛气，名字起得也牛气，四毛妹妹你别生气啊，你看你比三毛多一毛，你看肯定不是凡人。看你们几个干嘛那么严肃啊？大家是来吃饭高兴的，又不是来搞斗批改的。菜也上好几个了，路哥提议干一个吧！”阿英的眼睛像冒着蓝火一样，烧向路老板。

“这句话说得还算正点。”路老板的眼睛没有一点被点燃的迹象，目光投向师傅：“妹子，我们可以开始了吗？”师傅奉献出一个甜甜的笑脸：“当然可以了！”

“那我们还等什么啊？这么好的酒和这么好的菜，还有这么好的美女，集体喝一个吧！”没等路老板致辞呢，爱玲抢答似地说完，一仰脖一杯酒喝了，有点恼怒的路老板一看爱玲豪爽地对着他亮着酒杯，无奈地摇了摇头，不好再说什么了，对着大家扬了扬酒杯也一口干了。

我是不喜欢这样喝酒的，也最怕喝酒，但一看师傅翘着兰花指，姿态优雅地没讲任何条件地喝了，我也只能沿着师傅的车辙走了，大幅度地一仰脖，喝十滴水一样把一杯酒喝了。

四杯酒喝完，桌子上的七个人明显地呈现出以两个人为单位的小团体，拉单帮的自然是我。路老板侧着山一样的身躯，低着硕大的头颅，对着面如桃花的师傅显出虔诚的聆听状。另外那两个小团伙说话和动作表现得就原始了，爱玲和阿英的手上都夹了香烟，猩红的嘴各自对着李老板和王老板吐着烟圈，嘴里不知道小声地说着什么，肯定都是很好听的话。李老板和王老板都一副沉醉样，有点流口水地看着她们脖子以下的地方。

保镖和陪同这个时候就显得多余了，我干脆光明正大地走了出来。严旭抽着烟正在车附近徘徊，一见我出来，迅速扔掉烟头，地下党似地问：“里面形势怎么样？”“形势一片大好！不过形势虽然喜人自然也逼人。”我也套用了文革时候的流行语。“喜人什么意思？逼人什么意思啊？”严旭不解地问。“喜人就是看着他们喝酒挺有意思的，逼人就是他们老盯着我喝酒。”“哈哈哈，原来是这样啊！吓我一跳。”严旭哈哈笑了。

“你出来了，张晶莹呢？”严旭拉我在饭店前面的花坛边坐下问。“在里面和路老板聊天呢，她酒量没事，能抵挡一阵子。师傅在哪都是中心人物，有人气！”我使劲嗅了嗅花香，陶醉地耸了耸鼻子。“那叫个性张扬，像你这样的傻丫头什么也看不透。不过头脑单纯点、呆点也不错。四毛想问你个问题……”严旭凑近我，声音有点异样。有酒精在起作用，我鼓励他说：“问吧，民女如实回答！”“民女什么意思？”严旭乐着问。我把刚才的情况简单地给严旭做了描述，这个一米八几的大个子听完，乐得差点趴在地上。“还真有这样的民女啊！”“自然有！要不你进去见识一下？”“不去了，哥哥我可胆小怕吓着！”严旭边擦眼泪边说。“那你问我什么问题啊？”“四毛，你看我也老大不小了，我的同学和同事基本都结婚了……”严旭说话有点吞吐。“严哥你是不是也想结婚啊？”他的铺垫很好笑。“自然，到了该结婚的年龄了。”“那就结吧！我支持你。不过你有目标了吗？”“这就是我想问你的问题，四毛你愿意留在市里吗？”

“你结婚和我留不留在赤峰，有关系吗？”我试探着寻找答案。“自然有关系，干脆点说吧，我喜欢你，希望你能做我的爱人！”“啊？”我头当时就大了，真大了。说实话我挺崇拜风度翩翩的严旭，但从没敢把他列入选择爱人的行列。我感觉我们之间存在的距离也和赤峰到板街那么远。

“严哥，希望你不要和我开不现实的玩笑，我一没工作，二没市里的户口，我一民女不会找差距悬殊的对象！”我当时的头脑像浇了一壶冷水一样清醒。“民女，你认为我会拿感情的事开玩笑？”严旭逼近我一步，他的身上隐约有一股很好闻的淡淡的烟草味道。“你知道我不是一个随便的人，我是很认真、很郑重地和你说话的！”鼻子和鼻子差不多挨到一起了，严旭的表情真的很认真、很郑重。

我向后退了一下，离开那个咄咄逼人的挺拔大鼻子，很心虚但却真实地说：“严哥，我感觉今天的事有点像电影里面的情节，来得有点突然，突然得像开玩笑！”“不是玩笑，是千真万确！”严旭双手抓住我的双肩轻轻晃了晃，以证明这不是梦。“是真的，你也得给我点时间，让我找个没人的地方，好好地、清醒地想一下我的未来是不是梦？”我刚才还清醒的头脑，面对这个突然来临的情节，真有点发懵。“那你一点没发现我平时对你的暗示吗？”严旭不甘心地又凑过来问。“没发现啊！”我表面很无辜地说，心里却说：暗示没感觉到，暧昧确实有点儿。“四毛你自己还不知道吧，你这丫头天天写书，人都变傻了！”严旭很痛心地拍了拍我的头说。

“那个几毛，路哥喊你进去呢！呀，这还有个帅哥呢？为什么不进去大家认识一下啊！”阿英夸张地扭着臀部，径直奔严旭走过来。“这就是那民女甲吧？我可惹不起。四毛，我先撤了，一会儿来接你，你少喝！”严旭假装没有听清阿英的话，低声和我说完这些，赶紧站起来走到车前，迅速地打开车门，发动着车就走了。“跑什么啊？我又不是小鬼儿！可惜一个大老爷们，真狗熊！”阿英很快感地又是拍手又是弯腰地乐起来。

“有那么好笑吗？叫什么鹰的！”我报复了阿英一句，转身回到包房。王老板正好脚步不稳地走出来，差点和我撞上 。

也不知道他们又喝了多少，师傅和路老板的眼睛都有点发直，眼神表现得明显定格在彼此的脸上，虽说不暧昧吧，但也没有同志般的纯洁。李老板和爱玲喝得亲密无间了，脸贴着脸，手拉着手，翻卷着舌音，呵呵咧咧地唱着：你究竟有几个好妹妹。一见我进来，路老板尽力把目光从师傅脸上挪下来，一字一句地说：“四毛妹妹，哥和你喝一杯！你们两个女孩子，这么有文化和有素质，真有点相见恨晚！”“我陪一个，能认识大哥，我们也是三生有幸！”没等我说话呢，师傅抢先把酒喝了。

从没见师傅这么豪爽过，连续喝了四杯后，师傅居然唱起了潘美辰的《我想有个家》。师傅的表情呈极度痛苦渴望状，歌声声嘶力竭呈倾诉状，那种迫切想要有个家的感觉，让在场的听众听了都极度难受。

最感动的是路老板，一杯酒喝了，一行黄豆大的眼泪下来了。“妹子，你迫切想有家的感觉，哥理解！理解！”

对自己歌声出现的效果，师傅自己很不理解。事后她问能把大家感动得痛哭流涕，是她唱得好，还是歌选得好？我说都不是，是她自己心声表现得太露骨。她说自己其实对有没有家真的无所谓，只是用心表现了歌的意义而已。我说：“鬼才相信呢！表情那么痛楚地希望有个不大的地方，如果不想有家，那么真切的感情是装不出来的”。她说：想唱好歌必须用心去唱，她自己就是用心唱的。我说：“不管用什么唱，路老板是感动了，完全是一副不惜牺牲一切要给你一个家的样子，由此带来的后果，我们都无法预测。”我带着忧国忧民的表情说。师傅笑里藏刀地说：“呵呵，自己知道自己的魅力指数，能有勇气给自己一个家的人还在月老那修炼呢！”

又拉了一车羊绒回来的表哥听说了这件事后，也像听了歌似的表情很同情地看了师傅一眼说：“成家可不能草率，要不还不如单身呢！”全副武装正在忙着往羊绒里面掺假的师傅，眨着美丽的眼睛乐着说：“你们对这个话题怎么这样敏感啊，表哥你还一副受害者的样子，你的家不好啊？”

“我的家自然……”背着喷雾器，脸上的水分不清是汗还是眼泪的表哥先看了我一眼，见我坚决地等着听他下句的执着表情，很没底气地接着说：“自然好啊！”“有点勉强呢！”我不客气地说。“人家许红梅本身就是一个很温暖的家！”“四毛你别插话，你去买个西瓜去！”表哥最近真可气，我一多说话，他就分配我出去买东西。

等我买西瓜回来的时候，羊绒被蒙上塑料布进入焖水过程了。师傅和表哥换了衣服喜笑颜开地说笑着，关于“家”的后遗症一点也没有了。

这次交羊绒，路老板交代别人验收的，也很顺利，我又分到了两千元。我仍然没有问师傅分到了多少，但这不久师傅手里有了一款很好看的像玩具一样的青苹果似的新手机。没事的时候，师傅总是拿着它把玩，听着音乐玩上面的游戏。

我也希望表哥能给许红梅买个手机，但表哥说给许红梅买手机是瞎子的眼镜摆设，没有人给她打电话的。就家那小地方如果有人找，面谈比拨电话号码还快呢！我说：“人家许红梅大小也是卖巴林石的老总了，怎么就没人找呢？

找她联系业务的人肯定多了。”“表哥戴着口罩闷声闷气地说：“多什么多，巴林石要像羊绒这么好卖，巴林石矿早空了。”“倒是这么个理儿”，我说：“那就买件衣服吧”？表哥也没同意，说许红梅怀孕了，“要买就得买蒙古袍子才合适。”表哥对许红梅的诋毁言论，很让我生气，要不是许红梅挺着大肚子，领着他们去她的老家收羊绒，我们能有这样可观的利润吗？表哥对师傅和许红梅截然不一样的不公正的态度，挺让我生气的。

表哥不买，我决定给许红梅和张文静她们俩买件衣服。这俩超女的衣服确实不好买，跑了好几条街，最后在新奇特商店，终于买上了两件款式和质地都很好，腰肥是正常人两倍的花裙子。我还给表姑和母亲买了两件一样花色的衬衣。离开家快半年了，哥哥和姐姐都给我写了信，信中流露出了家里因为没有我而缺少的快乐，以及对我的思念，这让我以前感觉生错了人家的念头有所改变。对家和亲人的思念，缓解了我以往对父母的积怨。本来也想给父亲买点什么，但考虑到他有甚于母亲的偏心，最后决定先让他体验一下失落的心情，等我回家的时候，抽空再给他和哥哥姐姐补上一份惊喜大礼包。

表哥和师傅的关系变化让我感觉有点担忧，最明显的是：相互对视的眼神里面有了不加掩饰的脉脉含情。因为眼神无法当做出轨证据，我只好睁一只眼闭一只眼静观事态发展。这次交完羊绒，表哥没有急着回家，说请了两天假，第一要带我们去南山玩玩，第二要亲自请路老板吃饭。

临上山之前，在三道街的食品店，表哥表现得特别慷慨，他掏钱，让我们随便买自己喜欢吃的东西，包括我特别愿意吃的鱼罐头。

那天秋高气爽，南山的树叶有绿色的、红色的、金色的，像五彩斑斓的地毯，披挂在山坡上。天空湛蓝、云朵无邪，秋风有诗意地吹拂着。

因为只有四个人，组合是没有选择的，表哥和师傅不离不弃，我只有和严旭搭档了。

路星星今天没来，他说最近因为倒羊绒老请假，商干校的老师对他提出了警告，快毕业了，他想规矩几天。到是严旭有活动必参加，保险公司的人就需要四处活动拉业务。严旭说：“没事在单位呆着，领导会说不务正业。”

自从那天晚上我说清醒考虑完再给严旭答案之后，严旭对我的态度也有了少许的改变，有了同志般的矜持和自傲。或许他认为以他的优越条件配我，应该是让我受宠若惊的、求之不得的幸运事情。可他不知道正是他的优越条件，让我感觉自己除了有自知之明以外，没有任何硬件可以和他匹配。最近表哥的心思都在羊绒和师傅身上，想和他私下交流的机会根本没有。也许他也在躲避我，故意不给我和他单独说话的机会，因为他知道我想和他谈的不止是我自己的事情。

像一对恋人，师傅和表哥满面春风地在前面走。像一对跟班，我和严旭默默无言地拿着食物跟在他们身后。说心里话，无论从年龄还是相貌或者别的角度上看，表哥和师傅真是天造地设的一对佳人。表哥潇洒、俊朗，师傅娇媚、漂亮，他们俩无论出现在什么场合，都会出现回头率很高的明星效应。有时候表哥会假装不经意地拍拍师傅的肩膀，师傅也扮做无意识地拉拉表哥的手，这些纯恋爱般的肢体动作，很敏感地吸引我多疑的眼球。

“四毛，我们不是来充当‘电灯泡’角色的，你眼睛可别瞪得溜圆直盯着他们俩，一副要把人家捉拿归案的专业相好不好？唉！命运呢就是这样爱捉弄人，想爱的不能爱，想分的也难分！谁都不容易，理解万岁吧。傻妹子，咱们俩慢点儿走，善解点儿人意，给他们俩留点儿心灵溜号的空间吧！”严旭像当中间人似地低声劝阻我，然后拉住我的手，不让我尾随在他们俩身后。

“你知道你这是什么行为吗？”我想挣脱严旭的手，可他抓得死死的就是不放，“你这不是助人为乐，是助纣为虐。表哥一个有妇之夫，这么投入地勾搭人家良家姑娘，合适吗？”拧不过严旭的力量，我只好也放慢了脚步。“有什么不合适的？人家就是距离近点说说话，光天化日的也没干什么啊？”严旭索性停下来，还不走了。“也倒是，不过我感觉内心深处有点对不起许红梅呢！”看着师傅和表哥的背影，我的心真有点不太舒服。“别想那么多了四毛，事情发展得还没到对不起谁的地步。既然出来玩了，就要放松是吧？”他的手依然抓着我的手说。“那你先放松我！”我抬起我们俩连在一起的手说。“心情可以放松，手就不要放了！”他坏笑着，拉着我就走。走着走着，严旭突然停下来说："此时此刻我想做首诗，"我说："好啊，我洗耳恭听。"

目光看着远方，沉吟了一会，严旭用有磁性的声音开始朗诵——我愿意

我愿意

在秋天的斑斓里
诉说我对你的爱恋
不管你喜不喜欢

所有盛开的花
都是我对你的欢颜
所有饱满的果实
都是我对你的还愿

所有的叶子
都纹刻着我对你
爱的誓言
就连那些在你窗下
声声不歇歌唱的秋虫
都被我用执着收编

不要怀疑我的忠诚
我用一生的精力和积蓄
购买了这个秋天

沉甸甸挂满悲喜的谷穗
金灿灿写满心事的玉米
敞开心扉

长满一颗颗诺言的
向日葵
都是我在阳光下
种下的情书

它们都带着使命
成熟或饱满
只为你喜欢

“太棒了！太有才了！严哥我崇拜你！”由衷地赞叹完，在草丛里摘下一朵野花，我恭恭谨谨地献给他。“四毛，你理解这首诗的含义了吗？”严旭接过花，充满激情地问我。“理解了！完全理解了！”我红着脸说。“你理解就对了，因为这是写给张四毛的。”

这一天用甜蜜形容师傅和表哥，用幸福和快乐形容我和严旭真不为过。虽然没有明朗的恋人关系，但不明朗的我们感觉都有了爱情的冲动。男士做得很绅士，女士做得特乖巧，如果，如果没有那么多的如果，我们四个真能算得上最佳优化组合了。

从南山回来，严旭率领我们洗了澡。容光焕发地从浴池出来后，表哥请我们在鹿鸣春饭店吃饭。酒菜上来以后，快乐和幸福化作激情，都融入到了高度的白酒里。我们四个人没有任何推辞的举动，比赛似地开始喝酒，与其说是喝酒，不如说是竞酒。我有个毛病，喝了酒就得老去厕所，一会儿一趟，如此几次，尽管酒喝了很多，却没有一点醉意。他们三个纹丝不动的人，表现出了浓浓的酒意，舌头明显变短，眼睛明显发直，脸色明显涨红。特别是师傅，带着初恋女人的弱智样，一点也不含蓄地直盯着表哥的脸，傻笑着频频提议喝酒：一是感谢四毛让她认识了表哥；二是感谢表哥给了她挣钱和表现才华的机会；三是感谢严旭的车，让她享受到了副科的待遇。师傅真心实意地带着一颗感恩的心，东道主一样冲动着、循环着和我们喝酒，不知道她的酒量多大，但看到她像喝水一样满杯满杯地喝酒，我认为她是喝多了。

表哥的酒量和酒品我是知道的，他从来不强攻而是智取。也许处于保护自己的目的，无论和谁喝酒，他都会要点聪明的。现在已经换了三次茶水了，我知道他的大部分酒已经流失到茶杯里面了。于是我劝师傅别再喝了，我请大家去歌厅唱歌，师傅和表哥异口同声地不同意，说要唱就在这里唱。话音刚落，师傅摇摇晃晃地站起来，拿起一个空酒瓶放在嘴边做话筒状，头一低眼一闭：让我再看你一眼，我会把你记在心间……就唱上了。

因为不是喝了一点的酒，师傅的声音和表情这次呈严重的投入状，长时间闭眼，大力度地耸眉，喉咙极度沙哑，丰富的表情比唱《我想有个家》还痛楚。我是听不下去了，起身向外走，严旭也没含蓄，紧随我身后也撤了出来。

“歌声如泣如诉啊，真是抒情啊！”严旭点着一根烟说：“说真的，四毛我也感觉你师傅确实有故事！”“每个人都有每个人的故事，每个人也是一部精彩的故事！”我晕乎乎地说。“四毛，我就喜欢你这样的女孩子，有文学功底，单纯！城府浅。想好留在我身边了吧，我会好好照顾你的！”坐在饭店门口的花坛上，嗅着有点甜的花香气，严旭眼神暖暖地看着我说。我也看着他，不过眼神不是痴痴的而是傻傻地说：“如果你真的肯照顾我，希望我留在赤峰，那你就给我一年的时间，等我有了自己的事业，我们就在一起好不好？”被酒精燃烧起的激情，让我也有了留在赤峰要和严旭在一起的勇气。

“不就一年吗？行！只要你答应了，三年、四年我也等！”严旭激动地对我伸出了双手。“哇，严哥你真好！”面对着伸过来的双手，我冲动地没考虑任何环境因素，勇敢地投入了他的怀抱。不过还算都有理智，仅限于拥抱，没做进一步的动作。

因为拥抱的地方比较敞亮，好几个人热心地盯着我们观望。理智适时地回到了我们身上，恢复常态，我们俩没事人一样回到酒桌上的时候，发现了一个严重的没有预料到的问题：表哥不见了，师傅也不见了，饭费还没有结。

严旭赶紧拨打表哥的手机，手机关了！我赶紧再拨打师傅的电话，也关机了！我们俩这才明白，他们俩有预谋的、有准备地失踪了。“估计是付之行动

找家去了。”我看着严旭似笑非笑的脸说。“肯定是！四毛，要不我们也循着他们的足迹，去找找家的感觉？”严旭送我回美容院的路上，试探着问我。“不去，坚决不去！”我义正辞严地说。“不去就不去吧，干嘛表现得和江姐似的！”严旭不乐意地说。“都怪你说要给表哥个溜号的空间，这下‘号’溜大了，直奔主题了！”“这是必然结果，你我的力量是阻止不了的，明白不张四毛？”严旭亲昵地拍了拍我的脸颊说。“这个我明白！”我很没底气地说。

那天晚上，师傅真的一夜没有回来。幸好那几天秦院长去外地开美容研讨会，所以师傅夜不归宿的情况只有我掌握。这一夜我几乎没有合眼，一个原因是我和严旭的约定让我亢奋；另一个原因是表哥的婚外情有了突破性的升级，这让我很气愤。表哥竟然无视我的存在，大摇大摆地玩起了婚外恋，这要让许红梅知道，肯定得说我是表哥和师傅的帮凶，但让我悲哀的是我确实没能力破坏表哥和师傅的好事。我只能冲着家乡许红梅所居住的方向深深地说一声：对不起！

表哥和师傅很是过分，关掉了手机，居然明目张胆地失踪了一天两夜。

第三天早晨，师傅回来了。让人诧异的是：师傅的表情绝对没有和心上人共度良宵的喜悦之情，而是像丢了宝贝似的，花容不但失色还失魂落魄的。见到我，更没有一丝的羞愧，表情呆滞地说了句：“聪聪，我完了！”说完像要晕倒似地倚在了我的身上。做梦也没有想到的剧情发展，把我弄懵了，“姐姐你这唱的哪出戏？不好意思见我也不能弄一出这样的剧情吧？”我费力地扶着柔若无骨的师傅，以为她是在为昨天晚上的故事作序。“是不是一夜无眠，体力透支了？”我很不姑娘地说。

“不是。”师傅几乎是呻吟般地说。我把她搀扶回我和她的房间，给她倒了一杯水说：“师傅你得振作，一会儿大家都来上班了！到底发生什么事了？表哥呢？”我用手在她直勾勾的眼前晃了晃，着急地问。她的眼睛直勾勾地看着天花板，喃喃地说：“你表哥走了！四毛我完了，这次我真完了！”“走了？不负责任地逃跑了？”我急赤白脸地问。表哥做人再不仗义，也不能这么快就跑吧？再说也不到跑的时候啊？我心里说。

“不是跑是走了，回板街了！”师傅喝了口水回过点神来说。“回板街了？

那确实不叫跑，是正常回去拉绒，他一两天就回来了。”我松了口气，替表哥解释。“聪聪，你没明白，是我把他吓跑了，我和他说了我的过去。他没等听完就像见了鬼似的，半宿没和我说话，早晨饭也没吃，铁青着脸，开车就走了。四毛你说我这个人是不是有点傻？”师傅懊悔地拍着自己的脑门可怜兮兮地问我。“傻！真傻！世界上没有比你更傻的人了，还执着地恋上有妇之夫！”想起师傅看表哥的眼神，我就替她不好意思。

“具体你都坦白什么了，居然把我表哥吓跑了？”我又给师傅倒上一杯水，声调调低了点问。“四年前我跟过我们传销的总经理，还有了一个孩子，现在在老家我妈那儿！”跟过老总，还有个孩子，这么复杂的历史居然发生在貌似不食人间烟火的师傅身上，我也有点愕然。“是不是还进去过？”我有点顺藤摸瓜似地诱导说。“政府抓人的时候，我先跑了，他进去了！”师傅神经受刺激了一样，无所谓地很麻木地说。

一向要求完美的表哥眼里揉不得沙子，女人长相稍微有点缺憾，比如许红梅身材比常人富裕点，那还能将就；但人品有“前科”，而且“前科”还“罪恶累累”，表哥不吓跑才怪呢！

“你太实在了师傅，你没话说了是咋的？还说你有对付男人的法宝，原来这法宝就是坦白自己的历史啊？看，现在档案都曝光了吧？”开始我的立场也不知道往哪边倾斜，但看师傅那么可怜、无助，我就开始同情她了。

“我感觉如果两个人感情真挚，彼此不应该有所隐瞒，应该毫无保留地坦诚相对！”师傅还是一副执迷不悟、被洗脑了的样子。

“你脑子真进水了。表哥和你交代他的过去了吗？”我站在女方的角度上问。“没有，我认为他过去什么样不重要……”我感觉师傅被表哥用什么办法迷惑了，怎么这么弱智了呢！“你认为他的过去不重要，你的就重要啊？我和我表哥一起长大的，我最了解他了。他是只许自己放火不许别人点灯的主儿。他要知道了你的前科，你啊以后就只有利用价值了，自己想自己的路吧！其余的幻想没戏了！”我真实地、真诚地警告师傅说。

“看他走的时候看我的眼神，我就知道我在你表哥的心目中，一定是最邪

恶、最无耻的女人了！”这点师傅分析得应该对。“应该是这样。不过师傅你在那么美好的时刻，说什么不好干嘛交代历史呢？”我非常不解地问。“你表哥先坦白地说了他的初恋，还说以前都是历史，因为没有彼此的参与。我就觉得他很真实，我也不应该虚伪，鬼使神差的、好像没经过大脑同意就说出去了。唉，说什么现在也晚了，反正是覆水难收了。你出去忙吧四毛，我有点不舒服，想睡一会儿！”师傅神情特别疲惫地说。果然是表哥诱导出来的，我心里想。“师傅你也别多想，如果表哥真的喜欢你，他也许可以不在乎你的过去的！”怕师傅想不开，我很苍白地安慰她说。不过也不是没根据，我认为张晶莹历史有点问题，不影响公关，以表哥平时的为人处世之道，暂时不会和师傅决裂的。

表哥拉着满满一车羊绒，第三天又出现在我和师傅的视线里。表哥说今年的羊绒大战现在就算接近尾声了，这次投入了所有的本钱，就是为了最后一搏。虽然表哥还像以前一样面带“贴贴自喜”的笑容，但在他的眼神中有了淡淡的忧伤。他不再用专注的眼神看师傅，两个人说话的时候，他也尽量不看师傅憔悴的表情。听他们之间的对话，感觉像在演戏一样，没有了以往的激情、真诚和坦然。

“表哥你至于这样小心眼儿吗？”那天中午在一个小饭店吃完中午饭，师傅吃完先走了，我终于找到了我和表哥单独谈话的机会。我小声地问表哥：“你咋那么小心眼呢？”“我什么地方小心眼了？”表哥睁着那双好看的桃花眼装着糊涂问，点上一颗烟说。“为什么对我师傅这个态度，是不是认为没有利用价值了？”我很严肃地问。“四毛，你说话有点严重，我以前利用过她吗？我们是合作，这叫作充分利用自身资源，发挥各自的特长，有钱出钱，有力出力，不存在利用这一说！”表哥回答得也很有哲理。“那感情方面呢？”我感觉我像师傅的律师，但此刻为她辩护的证据有点不充分，可我必须得继续辩护。“怎么说呢四毛？当你发现你心中被奉为神明的东西，突然打碎后，里面的内容特别让你失望，这种细碎细碎的失望还能粘合吗？”表哥线条分明的脸，带着明显的沮丧和懊恼。“因为年轻谁都或许有轻率的过去和不堪的往事，如果都能预测到，有一天会遇见自己的真爱，无论如何，我们都会为遇见保留空白。”

因为昨天在我的散文里，写了这句话，今天我自认为恰如其分地给表哥用上了。“四毛，你现在的文学语言有内涵了，但现实和文学是有差别的。我也知道你说得对，因为我也有过去，但是她的过去太复杂了，本来我想我值得为她牺牲一切的。”他说完，用拳头抵住额头，又做上了惯用的痛苦状。“就因为人家坦诚地说了过去，你就这样失望？看来人还是有所隐瞒、虚伪点才好。”我愤愤不平地说。“现在说了说明有良知，等我知道了朋友都会做不成。四毛，你不要说这件事了。她在我心里留下一道过不去的坎儿了，你不是也多次提醒我不让我和她在一起吗？”表哥有点不耐烦地说。“我提醒你是因为你是有妇之夫，别搞婚外情，可你没听。结果伤害完别人，又找不成立的理由了！白涛，我此刻有点看不起你。”

随后我冲着门口小声地说：“师傅啊师傅你太不幸了，遇到坏人中的高人了啊。”谁知道刚说完，我的话不幸还灵验了，师傅竟然出现在门口了，她返回来找落在座位上的围巾。师傅显然不是刚刚才到的，我们俩的谈话内容估计她都听到了，因为她的脸苍白得像一张纸，绷紧的表情像一尊蜡像。看着我，师傅只轻轻说了一句：“能领教到白涛这样的高手不是不幸，是我张晶莹的荣幸。”

这次拉回来的羊绒，表哥没有让我和师傅参与造假工作，说在家的时候把这些工作一并都做好了。这次绒质依然不错，师傅带着我顺利地把羊绒卖了，但当天没有拿上羊绒款，因为路老板那暂时没钱了，银行也下班了，所以给打了张欠条，说一两天就给。拿着欠条出来，师傅说晚上应该请路老板吃顿饭，表哥看了看欠条上的金额，爽快地答应了。这次他没让师傅拿着欠条，而是认真地放到自己的皮夹子里面，并说这次大家的红利会很丰厚。

表哥提前约的路老板吃饭，路老板答应得很爽快，又说总公司来了四名财务人员，晚上也一起到场。

吃饭的地方自然还是当时比较豪华的鹿鸣春饭店，约好的时间是晚上六点，路星星忙着写毕业论文没有来。我、师傅、表哥、严旭我们四个人 5 点多就分别到了饭店。表哥这次卖完羊绒以后，就一直在市里忙碌，说是给单位联系业务，但我和师傅心里都明白，他是有意地躲避着师傅。

到了约定时间，路老板身后跟着两男两女来到了饭店。其中有一个身材高挑，穿一身黑色衣裙的女人，长得有点像新疆人，鹅蛋脸，长着一双深凹的漆黑眼睛，细长的鼻子笔直地高挺着。路老板介绍说，她是公司的财神爷，职务是财务总监，姓苏名然。她的漂亮和师傅的漂亮属于两种完全不同的风格。师傅是妩媚的小女人范儿，苏然是气质非凡的大腕范儿。像是受过什么专业训练，她的肤色泛着古铜色的光泽。在选座位的时候，表哥没有任何征兆地就坐在了苏然身边，眼神和表情显现出了才从师傅身上消失的、不加掩饰的爱慕。和我对望了一眼的师傅也看到了表哥的举动，但她没做任何反应，坐在路老板为她拉出的座位上，脸上始终带着沉静的笑意。我和严旭、路星星依次挨着其余的三位坐下，互相寒暄一阵，就开始上菜。

豪爽、风趣的路老板取代了表哥东道主的角色，因为表哥除了细致地招待苏然外，对其余的客人一律采取了不闻不问的态度。这样旗帜鲜明的好色立场，让我和严旭非常生气。更让人生气的是，无论我们是用咳嗽提醒还是语言暗示，表哥根本不予理睬。

好在路老板根本没在意或者不想注意这个情节，大声招呼着大家吃菜喝酒，还不时地讲个小笑话调节气氛。师傅的眼神始终没有投向表哥这面，她平静的表现，好像和表哥从来没有深交过，配合着路老板的提议，热情地和客人逐一碰酒。就在这个时候，我对师傅又有了一个全新的认识，我感觉师傅具有一般人所不能及的内敛功夫和忍耐素养。

苏然的酒量显然很大，表哥和大家提议的酒，她都没有推辞，姿势优雅地全喝了。当桌上的人都不同程度地暴露出微微酒意的时候，苏然除了脸上的美丽表情更动人以外，没有任何变化。面对这么实在、豪爽、能喝的美女，表哥有点蒙了，他知道碰上对手了。于是他又换了一个策略，小声给苏然讲关于草原酒令由来的传说。因为没有专业地研究过草原文化，表哥讲的传说漏洞百出，苏然先是礼貌地听着，后来用好听的东北口音不紧不慢地说："白总，屋里好像有点黑啊。"表哥正忙着编典故呢，抬头看了看吸顶灯顺口说："好像有点黑，是不是灯泡瓦数小啊？""不是灯泡瓦数小，是因为屋顶有牛在飞。"苏然美丽的大眼睛看着表哥依旧不紧不慢地说。“牛？没有啊，再说屋顶怎么会有牛呢？”表哥的智力被大眼睛看得急速下降了。“因为被白总您忽悠的啊。”苏然歪着头俏皮地说。大家都听到了他们之间的对话，都被苏然的幽默逗得哈哈大笑。表哥这才发现自己被美人戏谑了，再加上大家的哄笑，“贴贴自喜”的恒久表情变成了班门弄斧的尴尬，这表情僵硬地定格了半天才慢慢恢复原状。

带着解恨的心理，除了师傅没有参与，大家你一言我一语的，不一会儿就把他们俩的对话演绎成了这样：“天为什么那么黑？因为牛在飞！牛为什么在飞？因为你在吹！”听着大家肆无忌惮地打击自己，自尊心非常强的表哥有点恼怒，脸涨红了，脑门上的青筋也鼓起了老高，挖空心思想讨好美女，没想到弄巧成拙成为众人的笑料了。为了调整一下自己的情绪，他站起来去了卫生间。

我不知道一向沉稳的表哥，那天晚上为什么那么露骨地表现？是为了讨好财神爷苏然？还是为了找刺激发泄一下心里的郁闷？抑或是为了证明自己在任何女人面前的魅力？借以气气自认为欺骗了自己的张晶莹？这几个答案，表哥过后都没认可。他半真半假地说：“我那天就是想公开地、自毁形象地不正经一次。”

“美女财神爷，你真有才，我敬你一杯！”表哥出去后，带着崇拜的神情，师傅端起一杯酒和苏然碰了一下说。“谢谢美女鼓励，你很漂亮，不愧是搞美容的，有机会去你们美容院体验一下可以吗？”苏然看着师傅笑吟吟地说。“当然可以，你要去了能当我们美容院的形象大使了。”“两个美女这么互相奉承有点让人起鸡皮疙瘩，不过倒有点英雄所见略同的感觉。来，荣幸地陪二位美女喝一杯！”路老板爽朗地笑着，陪苏然和师傅喝了一杯酒。

表哥煞白着小脸也回来了。我细心地发现，表哥的眉头有点纠结，但鼻子以下的部位很夸张，嘴最大程度地咧着，不团结的牙也尽力地呲着，一副让人看了很难受的表情。“我也赞助二位美女两杯。”装作很开心的样子，表哥分别和苏然和师傅碰了一下酒杯。“白总要碰，我们就碰四个好不好？你不是说草原喝酒的习惯是：百灵鸟双双飞，一个翅膀喝两杯吗？”苏然存心要和表哥斗酒，现买现卖地说完，一下子为表哥斟满四个酒杯。

“好啊，我同意这个提议，既然白总不主动提酒，客人就得主动出击。”路老板轻轻地拍了几下巴掌说。“安总监要是能陪我四个，我就喝八个。”表哥灼热地眼神一直毫不掩饰地看着苏然，一副豁出去的样子。“白总真不愧是草原的儿子，成吉思汗的子孙，为了成全白总的民族气节，我同意陪四杯。”苏然爽快的为自己斟满四杯酒。“呵呵，好戏开始了！”我和严旭拍着手开始起哄。“有那么兴奋吗？”表哥很生气地瞪了我和严旭一眼说。“有点儿。”我冲表哥伸了一下舌头说。我知道表哥现在真的很生气，而让他生气的第一原因是：苏然不但同意和他喝酒还提议让他喝八杯，而自己如果喝了这八杯酒，后果会很严重的。生气的第二原因是：满桌的人都跟着瞎起哄，没有一个人出面制止这很不好玩、完全不利于自己的游戏。

没等表哥生完气呢，苏然眉头都没皱一下，像喝白水一样，连续把四杯酒干了。“白总，我先提议的，我就先干为敬了。”亮着空酒杯，苏然笑嘻嘻地看着表哥说。“在没喝酒之前，我要问苏总一个问题，当然我不会耍赖不喝的，我就想知道面前这位女真人什么出身？为什么能有这么深的酒文化？”带着死也要死个明白的降服表情，表哥冲苏然一抱拳说。“我啊最早是体操运动员出身，不懂什么酒文化，我就知道我喝一公斤没问题。”苏然得意地笑着说。

“真是人外有人，天外有天啊。我们单位有个叫张文静的能喝一市斤酒。”表哥唏嘘着说。“你媳妇许红梅也能喝一斤！”我自知很讨厌，还是忍不住插了一句话。“四毛你这个时候不插话没事吧？”表哥很恼怒地问我。“她没事，憋不坏，老白你接着说吧。”严旭用一只手轻轻地捂住我的嘴说。“我们有时候就叫她张一瓶，你比她厉害，得叫你苏双瓶了。双瓶妹子，能遇见你是哥哥的荣幸，别说八杯酒，就是八杯毒药。哥哥我也喝了！”豪气冲天地说完，表哥把八杯酒倒在一个杯子里，一仰头“咕咚，咕咚”地全干了。

“我说嘛，草原人就应该这样豪爽！白总知道我为什么让你喝八杯吗？”苏然递给表哥一杯水，歪着头问。喝下八杯酒，表哥的脸不是一般的白了，是有点吓人的白。“不知道啊。”表哥有点含糊地说。“你知道的。因为你先前把喝的酒都吐到杯子里面了，被我发现了，这是罚你的酒。”“啊，白总喝酒还出千儿啊？未免有点不仗义了吧？”路老板生气地顿了一下酒杯说。“路大哥，你别当真，苏总他们是开玩笑呢！”半天没说话的师傅笑着打圆场说。“我没开玩笑，他真的把酒吐到茶杯里面了，不信你们闻闻！还说酒是粮食精，喝了不瞎洒了瞎，白总这吐了也算瞎吧？”苏然端着表哥的水杯，认真地问表哥。

面对确凿的证据表哥无可奈何地乐了，“美女啊，你不应该去干财会，你应该去干刑警，眼神太敏锐了，态度太认真了，我也无语了。为了重新树立我在你心目中的完美形象，我再表现一回。来，四毛你负责倒酒，美女你负责监督，这次我给你们展现一下真正草原人的风采。首先，我先和路老板补充四杯！”刚才还乱嚷嚷的场面变肃静了，大家都把注意力集中在表哥身上了，都要看看他如何展现自己的风采。

“好的，我支持你的补救行动！”路老板爽快地把四杯酒喝了。“那我们也都积极配合一下你的展现行动，我们就不补充四杯了，我们每个人就补充两杯吧！”随同苏然来的女客人代表其余两位男同事，站起来有礼貌地提议说。总计六杯酒，表哥什么理由也没申诉，一连气儿都喝了。

喝完了这些酒，表哥的眼睛明显有些发直，舌头明显有些变短，但思路却明显清晰，“今天喝酒喝得非常痛快，痛快的原因有两个。一呢是：酒逢知己千杯少，今天就是遇到知己了。二呢就是牡丹花下死，做鬼也风流，今天遇到牡丹王了。这知己和牡丹王就是苏然女士。”因为喝了不是一点儿的真酒，表哥赤裸的眼神大胆地看着苏然。“世界上的漂亮女人可以分为很多种，体现的自身价值也不一样。有的可利用不可为之牺牲，有的不能利用但可为之牺牲。”

这样不加掩饰、人物明显有所指的道白，让一直忍耐的师傅愤然地站了起来。“表哥你喝多了吗？”我生气地问表哥。在我面前从来没有发过火的严旭，几步窜到表哥面前，一把抓住了他的胳膊，“老白，咱们草原人不带这样自己打自己脸的啊！”严旭的声音低沉但却有力。听见有人为自己抱打不平了，师傅咬着嘴唇眼里含着泪水轻轻地走了出去。“严旭，我……”没等表哥为自己辩解呢，严旭不知道哪来的那么大力气，拉着表哥就向门外走，走到门口的时候，严旭回头对大家笑着说：“我出去给白老板上上课，各位别介意。”“他们不介意，

我介意！就我这样的还用上课？”表哥试图挣脱严旭的手臂，但很徒劳地挣扎了几下，就被严旭带出了门外。

“不好意思，我表哥今天见着美女了，发挥有点失常，大家千万别见笑，我们继续喝吧！”酒桌的气氛有点沉闷，我试图扭转一下局面，皮笑肉不笑地说。“都是我不好，玩笑有点开大了。”苏然用手挠了挠头，表情懊悔地说。“没有关系，谁都有喝酒失态的时候，都别检讨和计较了。我们也喝得差不多了，服务员上饭吧！对了，四毛妹妹你去看一下张晶莹吧。”精明的路老板早听出了表哥的弦外之音，大老板就是大老板，他的表现依旧那么淡然。

“不用看，我回来了！”重新出现在大家面前的师傅面带微笑，一副局外人的样子。“晶莹你是我见过的女孩子当中，特别了不起的一个。”路老板递给师傅一碗米饭由衷地说。师傅没有抬头，接过米饭低头就吃，我清晰地看见一串串珍珠般晶莹的泪水，从师傅的脸上滑落到她面前的碗里，和着碗里的白米饭，一筷子，再一筷子，师傅艰难地把它们咽到了肚子里。

分手告别的时候，苏然拉着师傅的手，看着师傅有些红肿的眼睛，轻轻地说：“张晶莹，我喜欢你的性格，一个人的内涵有多深，她的修养就有多深，和老路一样我也希望能成为你的朋友。”“老路？”师傅和我都感觉苏然管路老板叫老路有点突兀。“没来得及介绍，苏然其实是我老婆。”路老板像揭穿了一个谜底一样，哈哈笑着拉着苏然上了他的车。

车都走出很远了，起初我和师傅还傻愣愣地站着，这样出乎意料的关系把我们弄懵了。后来一想到表哥当着人家老公的面，费尽力气，公然地勾引人家的老婆，我们像约好一样，一股实在忍不住的笑波冲出喉咙。就在有些寂静的夜晚，两个完全失态的女子，没有顾忌任何因素，表情失控，声音失控，大笑开了。

严旭和表哥找到我们的时候，我们的笑声已经变成了腹痛般的呜咽。看着蹲在地上不知是哭还是笑的我和师傅，严旭急急地先把我拽起来，连声地问：“发生了什么事？你们怎么了，怎么了？”没想到大笑也会这么消耗体力，我好不容易用手托住又酸又僵的下巴，又用手抹了抹脸上的泪水说：“你知道苏然是谁吗？”“不是路老板公司的财务总监吗？”严旭转身拽起师傅说。“她不光是财务总监，她还是路老板的夫人，也就是老婆。”我的声音有点刺耳，拉着师傅的手又不可抑止地笑着走开了。

走了很久，我和师傅同时回头看，发现严旭也在大笑，而表哥像一截桩子一样，僵硬地立在那儿。师傅语气幽幽地说：“我猜想你表哥的心情一定像被耍了的猴子。”这是师傅在今天晚上说出的字数最多的一句话。“是他自己想当猴子的。”向人向不了理，我很无奈地说。

回到美容院，酒有点上头了，我和师傅都没有洗漱，换好衣服就熄灯睡觉了。

睡到半夜突然有人叫着我的名字拍美容院的门，屏住呼吸听了一会儿，听出是表哥的声音，我高兴地起来去开门，天真地认为表哥或许是来给师傅道歉的。刚开开门，表哥一把把我拽到门外，急促地问：“张晶莹在吗？”“在啊，你等着，我去喊她！”“不用喊，我就是看她在不在，你把羊绒条子给她，明天你一定要跟着她去提款！听见没有，你一定跟着她去提款。”带着很浓酒气的表哥，把羊绒条子用力塞给我，再次用力重复说。黑夜里表哥压低的声音有点瘆人。

“表哥，你想法有点过了吧？怎么当上小人了呢？”我咬着牙说完这句话，很坚决地上了屋，使劲地锁好门。朦胧的壁灯中，我发现师傅直挺挺地站在地中间，还真把我吓了一跳。我把欠条默默地放在床头柜上，什么都没解释，她也没问。但愿她没听到表哥说的话，我心里暗暗地说。

因为喝了不是一点的酒，我的睡眠质量很高。第二天早晨醒来的时候，我发现师傅没在。她的床铺收拾得干干净净，干净得让我心跳有点儿加速，等我里外找了一圈，又看了看师傅的衣柜，我很不愿意接受的事实是：师傅带着自己的东西和羊绒欠条在我的视线里消失了。

我头没梳、脸没洗的赶紧跑到电话亭，给师傅打电话，结果电话关机。我的大脑空白了几分钟，接着又迅速地运转起来，无数个镜头连环着出现在我的眼前。镜头一：师傅走了，带着羊绒条子，现在可能是现款走了。镜头二：表哥知道后会出现什么状况，这次羊绒是表哥用全部的本钱收购的，如果师傅真的把钱拿走了，表哥就基本破产了。镜头三：表姑如果知道了这件事会是什么

样的态度。镜头四：许红梅如果知道了事情始末，会是什么样的表现……我们家人要知道了会怎么样？秦院长知道了会怎么样？

这些让我受刺激的画面，让我感觉我也应该找个地方立刻消失，因为我实在没有勇气面对他们，是我没有提高警惕看住师傅，无论在哪方面我感觉我都没做好。

别的美容师陆续上班了，见我一个人卫生也没搞，傻傻地坐着发呆，她们很纳闷，都问张晶莹去了哪里？我含糊地说："刚出去！"她们还穷追不舍地问："出去干嘛了？"我干脆躲进厕所拒绝回答了，心想我要知道她去了哪里，我能这样发呆吗？

躲进厕所赶紧思考着我的出路。出了这样的事情，美容院是没办法呆了，无论把我划分到师傅一边还是表哥一边，我都有一部分责任要负，毕竟在很多事情上我起了媒介的作用。要是现在回家呢？我又没什么颜面，功不成名不就不说，还让表哥栽了。但要走呢？又没有足够的勇气去一个陌生的地方……激烈的思想斗争让我腿都蹲麻了，也没想出我的未来在哪里。最后实在蹲不下去了，干脆起来吧！说不定是自己虚惊一场，或许一会儿师傅就带着迷死人不偿命的笑容，还有支票回来了呢！

我决定先不向表哥报案，抱着侥幸的心理决定等师傅。心神不定地老在门口徘徊，我终于等来了一个人，是去外地参加美容研讨会坐早车回来的秦院长。

"四毛，你等谁啊？"秦院长优雅地拎着包，优雅地笑着问我。我赶紧接过院长的包，笑得很不坦然地说："我在等师傅……和您！""别等你师傅了，她早晨给我打电话说她们家有点急事，她先回去了！""啊？真走了？院长，师傅家是哪的？"我非常失态地问院长。"是辽宁的什么地方，具体什么地方我也不知道！""院长你得知道她的家在哪啊？"我跟着院长进了院长室，带着典型的哭腔拽着院长的衣袖说。"你师傅家又没什么大事，几天就回来了。知道你们师徒情深，那也不用反应这样强烈！"院长表情平和地说。

"可我们家有事了。"我持续着哭腔说。"你们家有什么事了？你们家有事你师傅也管不了，你还是去找你姑父吧！"院长的语气有了稍稍的提速。"我们家的事和师傅有关！她可能把我表哥的羊绒款拿走了！”我终于说出了重点。

“啊？不能吧！晶莹不是那样的人，她来美容院好几年了，我把全部家当都交给她打理了，从没有丢过一点东西！”院长的冷静真让我着急。

“为什么她拿着羊绒款呢？四毛你别着急，慢慢说！”院长说着把解下的围巾又系在了脖子上。“走，我们边走边说！”出了门口，我把事情的经过，当然删除了带有感情色彩的那部分，简单地对院长做了介绍。院长说：“给你表哥打个电话，我们都去路老板那儿，看晶莹把钱提走了吗？”“对呀，刚才我就应该去路老板那儿！”经过院长这样一提醒，我才发现自己犯了个致命的错误，发现师傅走以后，第一时间就应该去找路老板，我错过了最佳时机。

刚走到街角，就见表哥开着车速度很快地到了我们跟前，“吱嘎”，表哥很响地刹住车，没等车停稳就跳下来，急切地问我：“四毛，张晶莹呢？”“到路老板那儿取钱去了吧？我和院长正要去看！”我躲躲闪闪地说。“别去了，我刚去过，路老板的人说，她一早晨就把一部分钱和一张支票拿走了。”“啊？把钱还真拿走了？”我傻傻地问。“她走的时候你干嘛了？不是让你跟着她吗？”表哥气急败坏地质问我。“我……我，”我能说我睡觉了吗？既然不能说，我干脆咧开嘴哭吧。“白涛你别着急，谁也没想到会发生这样的事，晶莹是在四毛睡觉的时候走的，别怪她了！”院长大概看我真哭了，轻声细语地劝表哥说。

“说得轻巧，我能不着急吗？所有的本钱和这次挣的钱都被张晶莹拿走了！这个狠毒的女人，要害死我了！”表哥的眼睛更红了，脖筋绷得老高。“我们再去找路老板问一下吧！或许晶莹去银行了呢！”没在意表哥劣质的态度，院长带着良好的愿望分析说。

“我问过了，路老板今天早晨没来，手机也没开，不知道去哪里了！”表哥咳血似地说。

“那我们只有去报案了！”院长倚在我身上说。报案？我一听就哆嗦上了，要真报了案，师傅被抓住可就惨了。不知道为什么，我到现在也不相信师傅会拿钱逃跑，更不相信师傅是个狠毒的女人。

“事已至此，只好这样了！走，你们俩都上车吧！”表哥发动着车说。“我

不想去！”我哆嗦着说。“为什么不去？你得去帮我说明情况！”表哥红着眼睛六亲不认地说。“你自己说吧，我不去！”我赖着说。“不去也得去！”表哥上来要拽我。

他的手机这时候响了，是信息提示的铃声。表哥掏出手机一看，说了句：“是张晶莹，她说把支票让人放在美容院了，我们赶紧去！”

在美容院吧台上真放着一张支票、一张纸，还有一个白色的信封，上面写着：聪聪收。负责吧台的小姑娘说是一个小男孩送来的，没有留言。表哥看了看支票上的钱数，又看了看纸条上的加减数字，仰天长叹道：“我被一个女人给涮了！”然后一张嘴，“哇”地吐出了一口红红的血。

后来我才知道，师傅把几次卖羊绒赚的利润都提走了，只给表哥留下了本钱。

打开师傅留给我的信封，里面只有一张空白的十六开白纸。我不甘心地抖了抖信封，里面除了这张纸真的什么也没有了。院长、表哥我们三个面面相觑了一下，都明白了内容，当时正流行电影《无言的结局》，师傅的意思就是我和她也成了无言的结局。我不知道由她和表哥演绎的故事，为什么最后把无言的结局留给了我，她和表哥才无言了呢！和我应该有言啊！

后来想有言无言都没有什么探寻的意义了，因为师傅张晶莹在我们面前不说是永远吧，也是暂时地消失了。

怀揣了多年的疑问，后来终于在北京机场，我和分别了近十五年的师傅张晶莹邂逅相遇。我拖着皮箱在机场出口，来回张望接我的人的时候，身材有些发福的师傅，突然出现在我面前。她的脸依旧那么光洁、白皙、美丽，带着自信、优雅的笑意；衣着也简洁、高贵，看得出师傅的生活很有品质。师傅的身边站着一个俊秀、帅气的男孩子，他的一双桃花眼让我依稀感觉有点熟悉。

当时突然的相遇，让我没有更多的时间去探寻男孩子长得像谁这个问题。因为握着师傅温柔的小手，相隔了十五年的岁月，在彼此熟悉、潮湿、迷蒙交织的目光中，依旧能感觉到我们都不曾相忘过。极力平复着心里的波澜，我表面特别平静地问了一句：“师傅，这些年你好吗？”“我很好！你……你们都好吗？”师傅的声音有点哽塞，眼睛里的水雾顷刻变成了面颊上的水珠。“都好！”

我很客套地回答。没有一点预感我和师傅会见面，也没有一点心理准备见了师傅应该说些什么，师傅也许也是这种心情，所以局面出现了短暂的沉默和尴尬。

"妈，您怎么还激动了？"一边的男孩子笑着递给师傅一张面巾纸。"没事儿子，你去一边等我吧，我碰见了一个过去的好姐妹。"师傅用面巾纸按了按眼泪说。"那好吧，你们聊吧，阿姨再见。"男孩子帅气地和我挥了挥手。转身走了。

"您的儿子很阳光。"我望着男孩子的背影说。"聪聪，没想到会在这儿碰到你，我以为我们无缘相见了呢！"聪聪这个代号在师傅走后，我就没再用过。没想到过去了 10 多年，师傅还记得。师傅没有对接我的话题，或许她有意没接，独自感叹说。"只要活着，什么奇迹都能出现。"我顺着她的话题感慨说。

在大约二十分钟的相聚中，我没有问师傅当年为什么不辞而别，也没问师傅和谁一起走的，更没问师傅现在和谁生活在一起，我只知道师傅生活得不错就够了。师傅也没有过多地解释，10 多年的岁月，风化了多少青春的记忆，又磨砺了多少轻狂的心态，即便有悔恨和遗憾，谁又能让历史重来呢？过去的只有过去了。

但我提了那张纸，那张没有写字的白纸，师傅对此有一个很好的诠释：纸短情长，一页白纸怎么能写完满腹的情感？

得到答案以后，我感觉师傅的意义还是双重的。没等师傅和我酣畅地叙旧，接我的人举着醒目的纸牌出现在我的面前，我也突然地告辞了。师傅显然对我的突然离去没有思想准备，或许她还要留彼此的联系方式，带着严重的失落表情和我分手告别的时候，我已经挥手走了很远。我是有准备走的，见过师傅已经足够了，如果说 10 多年前的分手让我们师徒关系缘分尽失，那么今天偶然的相遇只能说明我们师徒缘分未了，但看到表哥因为师傅不辞而别留下的后果，我只想和师傅相忘于江湖。

见到表哥的时候，我把遇见师父，以及师傅对白纸的解释对他作了汇报。对此人此事沉默了多年、已成为远近闻名的羊毛羊绒制品有限公司老总的表哥，沉吟半天才说："无言的结局和纸短情长现在说来还有什么意思呢？她能还给我羊绒款吗？”我说：“自然不能！”他说：“既然不能，那一张白纸说出天花来，又有什么用呢？”我明显地站在师傅的立场上分辩说：“自然有用，因为它无言地记录了一段真实的感情。”表哥不屑地撇了一下嘴说：“如果你们硬要说它体现点什么，那我只能说它见证了一场骗局。不过现在不管记录了什么，对人、对纸我都没兴趣了。”

“对了，我还见到了她的儿子！”我突然想起来一个重要的被我一直忽略的细节。“是不是一个小路老板啊？”表哥有点幸灾乐祸地说。“不是！”我极力搜索着记忆中的印象说。“那不会是我的翻版吧？”表哥这次的表情是戏谑了。他的话还真提醒我、点拨我了，站在师傅旁边的男孩子，让我有些熟悉的眉眼还真是像表哥。“表哥你还真猜对了，那个孩子有些地方还真的随你！特别是眼睛桃花型的。”我压抑着激动，特别认真地说。“四毛，这玩笑可不能乱开！”表哥顺手关上门压低声音说。“表哥，我没心情和你开玩笑！”我相当严肃地说。“我们家刚刚呈现点安定团结的大好形势，你不能用凭空想象、无稽之谈给破坏了。再说了，说实话我们在一起就两夜，咋就能怀孕呢？照这样推理，我不止是事故专家，我还是传奇专家呢！”表哥明显阳气不足地用鼻子出了口气说。“这个倒是还不能完全定论，但非常、有可能的几率很大。”我特别自信地说。“要真是我的孩子，她早来讹我了。未来的小说家妹子，你的推理有点荒诞。”“女方也许不想让你知道这个孩子的存在呢，因为她知道你是个不能负责任的男人。”“不管说什么，我这张旧船票是不会再上那艘破船的！拜托你也别再重复昨天的故事了。”表哥用当时最流行的歌曲，对这件事做了总结。

作为那段历史的见证人，我非常理解表哥为什么永远不能释怀这件事。挪用公款倒卖羊绒，不但没挣到钱给大家谋福利，还耽误了本职工作，在民主测评的时候，表哥的副经理被集体测评掉了。从此表哥的事业和人生也好像被刷新了一样，一切都改写了轨迹。

当时吐了一口血的表哥，被我们大家强制性地送到了医院，并火速地通知了表姑父。经过大夫一系列紧张的检查，表哥身体没有什么大碍，只是急火攻心。输了几瓶液体，表哥半夜就固执地出了院。

回到表姑父的家，睹物思人，想到“掺假”时候在这儿和师傅发生的故事，我和表哥都有点黯然神伤。昨天曾经亲密无间的一个战壕的朋友，而今竟然劳燕分飞成了陌路，回想起来，这一切竟像一场梦。

在特殊的形势下，秦院长被破例列席参加了我们亲戚之间的小型会议。首先听完我拈轻避重地汇报完事情的始末后，秦院长又做了明显倾向于我和表哥的补充。我好笑表姑父的态度，既不是法官的庄严状，也不是长辈的威严状，而是一副听天书的好奇状。

“你被一个，不是，确切地说是一个女孩子耍了啊！”一点也没看到问题的严重性，表姑父乐观地说。“不是女孩子，是个女骗子！”表哥严肃地纠正说。“是女骗子你就血本无归了，儿子！”表姑父终于忍不住乐了。

“爸，你的态度很不对！发生了这样大的事情，你居然还能乐得出来啊？”表哥一生气，吐过血的脸有了气愤的红晕。“我乐的是庆幸张晶莹没把本钱给你拿走。你利用人家感情，伤害了人家的自尊心。人家当然用这样的手段，有点非正常的教育了你一下。儿子，你是个聪明的孩子，但不要耍小聪明，记着天外有天，人外有人！”就在这一瞬间，我感觉刚才还有点陈世美的表姑父，形象在我眼前变得高大起来，有这样胸怀的男人才是真男人呢！我悄悄地对表姑父竖了一下大拇指。

“回去好好工作吧！总结一下经验，明年从头再来！”表姑父哥们一样握了握表哥的手说。“就是！”我很高兴表姑父对这件事的善后处理意见。“有你什么事？你就是什么？”把对表姑父的不满表哥算到了我的头上，冲我训斥道。“四毛，我们俩先告辞吧，店里还没人呢！”秦院长看出战火有要延伸到自己的趋势了，适时地领着我撤退了。

回来的路上，我和秦院长没有说话。师傅走了，表哥也走了，我也不想再在美容院干了。我越来越不喜欢这个职业，每天按摩不同的脸，像按摩不同的一个小社会。从每个不同嘴型发出来的不同内容，我都要用心过滤一番，避免

自己内心的观点和理智被诱导。还有一个想离开的原因：我不想过多地涉足表姑父的私生活，因为我毕竟是表姑的侄女，尽管我很同情秦院长和表姑父。

严旭知道了我的想法以后，积极地给我献策，说我的条件适合卖化妆品。自我感觉也不错，于是就让严旭先给我找地方。

没等我辞职呢，美容院发生了一件意想不到的事情。一个顾客在美容床上，被突然掉下来的吸顶灯砸伤了头。这个顾客恰好是我的顾客，是我出去给她换水的时候，灯突然掉下来的，这里面没有我一点责任，但为了给顾客一个心理平衡，我没有负担医疗费，我选择了辞职。

聪慧的秦院长早就明察了我的心思，她没做任何挽留我的举动，而是在大家都下班了的一个晚上，她自己亲自在美容院做了四个小菜，又开启了一瓶红酒倒在两个精致的高脚杯里。录音机里循环播放着《好一朵茉莉花》《一代佳人》等很好听的音乐磁带。我们俩对坐在小圆玻璃茶几旁边，开始了很小资的对饮。

这样不是精心营造却很浪漫的氛围，很适合女人多愁善感的心态，舒缓的音乐让人有一种强烈的倾诉欲。特别是几杯红酒下肚，融化了平时冰封着的矜持。我首先说了自己的童年、初恋以及现在徘徊的感情。秦院长一双美丽的眼睛温柔地看着我，倾听的表情带着长辈特有的抚慰。我的眼圈有点发热，声音有点梗塞，其实我不需要别人用语言来品评我的故事，只需要用专注的倾听给我一份理解和尊重。

又默默地喝了两杯酒，秦院长张开几次的嘴又闭上了，但一串串晶莹的泪珠滚下了白皙的脸颊。我和她是面对面坐着的，虽然眼泪不停地流淌，但她的表情始终那么宁静，只不过嘴唇使劲地抿了抿，似乎把就要奔流而出的满腹情感抿了回去。

我从来没有发现哭泣的女人会这样的美，美丽的眼睛蓄满了雾一样的水，似湖似潭，不知道深邃的水底沉淀着多少世间的酸甜与苦辣。光洁白皙的脸滑落着串串泪滴，似珠似雨。不知道那剪不断理还乱的心雨里，沥沥地洒落着多少幸福与哀愁。

秦院长的手修长但很粗糙，像是受过很多的苦。在泪水无声地滴落在她面前的碗里面的时候，那一双手始终静静地握在一起，似乎在捂着一份希翼，捂着一份等待。

我的眼泪也流了下来，我感觉我们虽不是一个年代的女人，却在有声和无声的画面中，读懂了彼此的情感。尽管我们没有走进过各自的世界，但女人的直觉和天性，默默地生成彼此只可意会不可言传的意境，让表白成了多余。因为眼泪让我们有了共同的宣泄渠道，眼泪让我们的心灵有了默契的交汇……

“明知红粉只能点缀青春，却不能掩饰岁月留下的伤痕，有什么可让我刻骨铭心，唯有你爱人。海誓山盟说是情深意浓，有谁为爱死守一生？你有情你有泪，那份情印烫着我的一颗心……”录音机里传出的歌声，让气氛平添了一些幽怨和凄婉。

“四毛，我祝你未来的日子永远幸福。”我和秦院长不约而同举起了酒杯。“院长，感谢近一年来您给我的全新感受，我很受益。我衷心地祝您永远年轻、健康。”我没有祝福院长幸福、快乐，不管院长给了我多少成长的机会，但是她的幸福是建立在表姑的痛苦之上的。在内心深处，我的感情天平还是倾向于表姑的。

严旭在花园胡同帮我租好了一间房子，位置和租金都很合适。听从秦院长的建议，我代理了几款当时很知名的化妆品牌子，有霞飞、大宝、紫罗兰、郁美净等。我的钱自然不够，没等我开口，秦院长借给了我一万，这在当时是一笔不小的数目了。

没有通知任何人，严旭帮我放了一挂二百响的鞭炮，就算开业了。严旭还帮我雇了一个小姑娘看店，是他们家的一个远房亲戚。小姑娘长得不算好看，但皮肤特别好，具备广告效应；也很会说话，很适合卖化妆品。

表哥在我开业那天，托人送我一个用巴林石山黄雕刻的金蟾。一公斤重的金蟾雕工精美、神态逼真。表哥在电话里说，把它放在收银台上，财和运气都会跟着它“哇哇”而来。

第六章

表哥是在我开业快一个月的时候，坐着刘金的车来看我的。刘金这次没开2020，开的是一辆崭新的黑色桑塔纳。和表哥比，刘金的状态算是春风得意，两只大眼炯炯有神，去掉了“鬼鬼宗宗”，放射着自信和睿智的光芒。表哥的神情则很糟糕，眼神颓丧，走路更加涣散，“贴贴自喜”的模样荡然无存了，两只不团结的牙呲着，明显地呈痛苦状。

“还没化悲痛为力量吗？”我答对完顾客，从柜台后走出来，给他们一人搬了个小凳。“累的！”表哥声音很无力地说。“他当爸爸了，许红梅生了个女儿！我们家有个儿子了，我准备和他成亲家！”带着明显的优势，刘金眉飞色舞地说。“女方不同意！”表哥严肃地说。

“真的啊，你们都当爸爸了！表哥你有女儿了，真好！”我由衷地笑着说。“几天了啊？”“我们家的快六个月了，他们家的才10天！”刘金丝毫没理会女方家长不同意的态度，自我陶醉地说。“那我过几天一定回去看看！”我迫切地说。

“过几天跟我回去吧！我来看车，看好了就买，以后就能常来赤峰了！”表哥低头点着一支烟说。“你要买车啊？”我惊讶地问。“是单位！我调到三产去了！”“为什么啊？不在联营公司当经理了？”“是副经理！”刘金很认真地更正说。“不当了！去三产了！”“去三产干什么啊？”“是副经理，不过得兼司机。”刘金还是秘书一样地补充说。“那就麻烦你给四毛汇报吧！”表哥浓浓地吐了一口烟带着情绪说。

刘金还真没推辞，一本正经地介绍上了：“联营公司民主测评，因为白涛老倒羊绒又没挣着钱给职工搞福利。大多数职工以为他把挣的钱私吞了，说他品质有问题。许经理有病又退二线了，保不了白涛了，结果就被大家给评下来了。我说这是好事，干脆自己出来干得了，在单位不死不活的，挣不了大钱不说，正经理也没戏了，还干靠什么啊？”“那三产有发展啊？”我好不容易插了一句话问。“前途未知。不过汪经理说年末奖金挺可观，再加上能当二把手，老白就投奔到汪经理的山头去了！”刘金全权代表说。

“什么山头啊？那大小也是个公司呢！人少资金独立，有多种经营的优势，发展还是有前景的！”表哥阴沉着脸，不带一点前景地说。“汪经理的能力大家都知道，原来就当秘书没有经过商，没有多种经营的经验！”刘金直白地说。“他没有我有，他有理论我有实践，正副经理取长补短、相辅相成，应该没什么大问题！”表哥被烟熏得眯着眼睛说。

对这个问题，我没有发言权，但对表哥没当上原单位的正经理，我感觉很惋惜，这么多年的曲线奔一把的努力白费了。我不太成熟地认为：表哥从政比经商更适合，他的头脑具备政治家的敏锐。经商，我就不敢断定他敏不敏锐了。

“什么事都是闯出来的，既然选择了就去干吧！”没有劝说的理由，我只能选择鼓励。“我现在还有选择吗？只有闭着眼去拼了！”表哥一副豁出去的样子。“睁着眼还拼不好呢，还闭着眼？”刘金对表哥的选择持有老大的成见，不时地带有批判性地泼冷水。

“不说这个话题了，让未来的事实说话吧。走，我请二位哥哥去吃饭！”才上午十点半，不到吃饭时间，怕他们老这样说话会发生冲突，我赶紧喊他们俩走。

“妹子，你别担心我们俩干起来。多年的哥们了，说话直率惯了，都知道为自己好！再说我们还是亲家呢。”刘金看事挺敏锐，马上知道我的用意了，真亲戚地说。“别不自觉，谁和你是亲家啊？”表哥终于被刘金逗乐了。

来到饭店的时候，我问表哥想见谁？他说他谁也没心思见，现在这个样子不算落魄吧，也算是罐里养王八，有点抽抽的感觉。我说：“行业不是衡量人的标准，或许在三产会有更大的发展呢！”“发展不到哪去！”刘金用很重的鼻音肯定地说。表哥好脾气地瞪了他一眼，没有接火。

就我们三个吃的饭，气氛就像没盐少醋的菜，缺滋少味的。平时油嘴滑舌的刘金嘴像被油糊住似的，没肯多说一句话，估计也和我心情一样，为表哥的前途有点担忧吧。

其实担忧表哥的不止我和刘金，还有在月子里的许红梅。在表哥捣鼓羊绒的那段日子，外表粗犷内心细腻的许红梅已经察觉出了丈夫的变化。结婚两年多了，对丈夫的脾气和品位，她已经有了深刻的了解。她知道自己不是丈夫喜欢的那类温柔如水的女孩，是丈夫的家需要她这样吃苦耐劳的女人。丈夫是为家牺牲了自己的爱情标准，自己也成了丈夫的殉葬品。

但从第一次见到表哥，许红梅就深深地爱上了他。她想用自己全部的爱、全部的奉献去感动丈夫。公公婆婆被感动了，亲戚朋友被感动了，表哥也被感动了，只是感动，她需要的那份情真意切的爱情，表哥还是藏在心里，不肯施舍给她。女人的自尊心，促使她也想采取消极的态度对待表哥，但她看到如同亲娘一样孤独的婆婆，还有肚子里日渐长大的孩子，经过无数个不眠之夜，她决定：还是先忍耐，静观事态的发展，但她是不会走婆婆的老路的。

表哥和师傅的事，她有所察觉，因为在表哥身上出现了只有恋爱时候才有的神采。头几次倒羊绒挣的钱，表哥如数拿回来了，并且汇报了买卖上的伙伴有我和严旭，间接地还有表姑父，自然省略了师傅和秦院长。这些铁杆自己人，让表嫂打消了对表哥的怀疑，并错误地认为表哥是因为买卖看好，才有了恋爱般的感觉。

最后一次卖羊绒回来，表哥的表情很复杂，又像失恋，又像失败，结果钱说明了一切，几次挣的钱最后一次赔进去了。幸好本钱还在，许红梅和表姑都安慰躺在床上绝食了一天的表哥，说第一年做买卖都应该交学费的，咱们没交就很知足了，不是还有本钱在吗？血本无归的也多了，那还不活了啊？留得青山在，不怕没柴烧！表哥捂着头，不说一句话，他感觉面对善良的母亲和快分娩的妻子，内心愧得慌，他在心里说：谁是青山啊？母亲和妻子才是真正的青山呢！

打击好像也成双结伴，没等表哥从倒羊绒的阴影走出来，许经理得了脑血栓，提前退居二线了。在民主测评会上，他的副经理职务居然被大家测评掉了。一向自负的表哥，差点没勇气面对这样的结局，感觉人生的路对他来说简直狭窄得侧着身都过不去了，幸好这个时候新成立的三产公司的汪经理主动请他加盟。这种知遇之恩，表哥是无法拒绝的，尽管他也憧憬不出三产的未来，但为了摆脱困境，他爽快地去了。

许红梅内心希望丈夫和刘金联盟搞个体，或者不和自己在一起，独立开个巴林石店。通过长期和刘金、张文静合作买卖巴林石，效益可观不说，她感觉他们夫妇靠得住。但表哥是不听妇人之见的，特别是自己的妇人，许红梅只能把自己的担心和建议自我保留在心里了。

表哥所在的三产买了一辆蓝色的130客货两用车，里面双排座。我跟着新车回了一趟离别了快一年多的板街。表哥开车，副驾驶座上坐着他的新领导汪经理。他是昨天下午昨天搭别人的车来市里的。汪经理大约四十多岁，西装革履，不长的头发梳理得一丝不苟，白白净净的面孔，戴着一副精致的近视镜。他有个习惯动作，不时地用干净的中指推推并没有掉下的眼镜。他给我的第一印象不像是经商的，倒像一个标准的中学老师。

他的知识面很广，上至天文，下至地理，国内形势，国外动态，古往今来，谈论起来滔滔不绝。我说："汪经理你不从事教育行业，有点屈才。"他推了推眼镜回过头来看着我说："我年轻的时候也想教书育人，做一名光荣的人民教师，可惜时代的大潮把我推到了风口浪尖的商业口上，一切都是从理论到实践，怀揣满腹经纶，当个儒商也不错。没事的时候写写诗，生活也充满乐趣。"

开车的表哥也回过头来说："四毛也算半个文人呢，经常写小说呢！"我赶紧把表哥的头推回原位："表哥你就集中精力开车，目视前方吧！说话不需要回头，效果也是一样的。""真的啊，四毛也是才女啊，有个三毛挺著名的，毛字辈的都厉害！有时间我们切磋一下，你喜欢写什么题材的文章啊？我喜欢写爱情的！”汪经理索性把全身都转了过来，一副高山流水遇知音的样子。“我不局限题材，随意随笔！但都写不好，老是退稿！”我不好意思地说。“和我一样，我都积累快一千首诗了，发表的也就五首！”看着汪经理怀才不遇的样子，我心里有点好笑，每天酝酿着诗歌做买卖，那是怎样的一种境界呢？

路况不是太好，颠簸得有点厉害，汪经理很不情愿地把身子转回原位，用食指推了推眼镜框说：“有机会一定要给你看看我的诗集。” “一定好好拜读您的大作。”我特期待地说。

没回自己的家，我先到了表姑的家。当了奶奶的表姑，气色不错的脸上始终带着慈祥的微笑。月子里的许红梅更是富态，特别是两个乳房，就像两个充足气的足球，随时要弹出衣服外面。皮肤有点发红的小孩儿，睡得很沉稳。表姑让我端详一下，孩子长得随谁？眉眼的轮廓很大很长，随许红梅。微微有点突出的嘴唇，自然随表哥了，但愿别长表哥那样“贴贴自喜”的牙，我心里说。从孩子身上抬起头，见表姑和许红梅都用期待的眼神看着我，我夸张地笑着说：“真漂亮，真可爱，完全集中父母的优点了！”

从表姑家出来，许红梅送我到门口，我知道她有话要和我说。表哥早就料到，许红梅会和我单独谈话的，在汪经理下车后，就提醒我见到许红梅该说什么，不该说什么。我说表哥对我的提醒纯属多余，我说多了对我又什么好处呢？毕竟师傅这个人和师傅的故事像一阵风一样，轻轻地来又轻轻地走了。“是风就好了！”表哥转身上车的时候，深深地叹了口气说。

许红梅用开玩笑的口气问我，“风流的表哥在赤峰是否和初恋情人重温旧梦了？”我说：“我表哥对感情问题一向严谨而忠贞，何况那个时候满身羊绒味，有点品位的女孩子是受不了那个气味的熏陶的。”

说这话的时候，我没内容的眼神始终看着许红梅，没敢躲避她的目光。我怕我的躲避会让她产生不踏实和不信任的感觉。

许红梅被我的话逗乐了，我没乐，帮着表哥欺骗这样一个善良的人，感觉自己挺有罪的。

表哥所在的三产公司开业典礼的规模，当时在当地引起了很大的轰动。旗里主要领导的参加，还有从赤峰请来的专业礼仪公司的全程安排，让三产公司出尽了风头。

三产公司的地理位置不错，位于镇南一个马路旁边。规整的四间大瓦房，外带一个规整的大院落。开业那天，门口搭上了主席台，主席台上面是彩虹门，下面整齐地排着八门系着红绸子的绿色小钢炮。音响的效果特别好，震撼的摇滚音乐呜里哇啦地响着，非常有轰动效应。几个穿着红旗袍，模特一样的礼仪小姐端着糖果盘，婷婷袅袅地穿梭在来宾之间，更增添了喜庆的气氛。

汪经理身穿深灰色西装，雪白的衬衣系着一条红色的领带，胸前别着一朵红花，身后始终跟着一位漂亮的礼仪小姐，再加上他那踌躇满志的表情，让人感觉今天不像三产公司开业，而是他的大喜之日。

表哥和几位下属的穿着也很正式，西装领带，特别是公司唯一的女性——会计常小英，三十多岁，身材瘦高，打扮得很张扬很个性，一套墨绿色金丝绒长裙，夸张的腮红，把自己妆扮得像要去唱戏。她走路也很有特点：挺胸抬头，两条仙鹤一样的长腿迈着标准的丁字步，一看就受过专业训练。她自己说，她年轻的时候在乌兰牧骑当过演员。

一个很油头的专业男司仪堂音洪亮地主持节目，首先是主管商业的副旗长讲话，然后是来宾讲话，开业气氛被司仪调动得热烈而火爆。最后主角汪经理手拿一沓主持人用的小纸片，食指推着眼镜，迈着倜傥的步伐闪亮登场。

汪经理的讲话稿煽情中不乏诗情画意，有对未来的美好憧憬，有对事业的满腹壮志。他的语气也不像法人讲话，而像诗人在朗诵。所有来宾被汪经理的激昂情绪感染了，有了一种莫名的振奋。有点不完美的是：在最后的结束语中，由于语气的提高超出了汪经理的音域极限，说到事业成就辉煌的煌字上，岔了声。这一小小的纰漏，没有影响整体效果，相反带来了更热烈的掌声。

那天，以汪经理为首的三产公司所有的员工都喝醉了。汪经理领带歪了，说话舌头也短了。表哥这次也要滑往外倒酒了，但毕竟来宾多，他又是副经理，寡不敌众，喝得当场就吐了。一见正副领导都倒下了，关键时刻常会计挺身而出开始救场了。她眯着一双微醉的杏核眼，扭着细长的水蛇腰，腰上临时围一着块杏黄色的餐巾布，左手拎一茶壶，右手拎一茶碗，开始唱沙家浜里面阿庆嫂的智斗唱段。主管商业的副旗长也是京剧爱好者，一听京剧也来了情绪。他又高又瘦，面色蜡黄，还戴着眼镜，整个一个刁德一的原版。他左手拿一盒香烟，右手拿一盒火柴，不准的发音成就了小刁的阴阳怪气。胡司令的唱段变成集体的了，一场轰轰烈烈的智斗，就此拉开了序幕。这一斗就斗了半夜，常会计的嗓子被斗哑了，大部分来宾被斗回家了，汪经理和表哥的酒却被斗醒了。

开业的激情过后，三产公司的所有员工，算上门卫的秦师傅共计五人在汪经理的办公室兼会议室召开第一次会议。用汪经理的话说全体职工要为公司的发展集思广益，献计献策。汪经理首先宣读了自拟的马上要实施的五项计划：一是利用地方资源、行业优势，倒买倒卖羊绒、羊毛；二是随着人们生活水平提高，抓住基本交通工具自行车的更新换代，进一批新潮的自行车；三是上巴林石矿买一批巴林石，和南方人做买卖，进而实施南北商品互补；四是抓住季节卖化肥，利润虽不大，但国家可以给补贴，旱涝保收；五是密切关注市场动态和信息，抓住机遇随时灵活地打商机战。这五项计划都被打印成了一号红头文件，逐一发到大家手中，让大家逐条地讨论是否切实可行。

按职务自然是副经理表哥先说，表哥看着面前刚记录了汪经理讲话的小笔记本说："首先感谢领导这样发扬民主、办事透明的工作作风，其次是对市场分析得睿智而透彻。有了这样的引路人，就如茫茫大海有了醒目的航线和航标灯，公司的前景会是一片辉煌，前途不可限量。"

就在表哥说到这儿稍作停顿的时候，嗓子依旧有些沙哑的常会计站起来首先鼓掌赞同，并说："白副经理说出了大家的心声，汪经理的五项指示确实英明而全面，没什么说的，坚决拥护，无条件执行。"在她的带动下，大家都热烈地鼓了掌。

本来，表哥有意思对五项计划有所补充，一听常会计把五项计划一下子就升级到了五项指示，对指示就不应该有什么异议了，只有无条件地服从了。他只好不情愿地坐下，把涌到嘴边的建议咽了回去。

常会计抢着把态表了，到该她说的时候，她却摆摆手不说了，于是大家把目光就集中到新来的秘书朝鲁身上了。朝鲁是蒙古族，刚刚中专毕业，高高大大的。他褐色的长方脸上，高挺的鼻子，一双很大的眼睛，眼珠是浅黄色的，g亚麻色的头发自然地卷曲着，很典型的蒙古族特征。汪经理把他要来，主要的一点是他的叔叔是旗里的一位领导。因为学的是蒙文，朝鲁汉话说得不太流利。之所以要了个蒙族中专生，也是汪经理为以后常去牧区做买卖准备的人才资源。

一见大家的目光都集中在自己身上了，朝鲁有点紧张，小伙子站起来，局促地用手摸了摸卷发，脸上露出了汗珠，好半天带着浓重的蒙古音儿说：“不知道开会让说话，让说话就提前想了，没提前想就不说了，等想好了再说吧！”

他直率的态度，把大家都逗乐了。常会计擦着眼泪说：“不是让你想，是别人想好了，你同不同意？”小伙子依然没乐，一双有点发黄的眼睛看着常会计说：“四个人听一个人的，那就他一个人说吧！我话不说了。”

“你话不说，我说吧！”更夫老秦是老复员兵了，灰白的头发板刷子一样倔强地挺立着，他长期穿一套褪了色的绿军装。五十多岁的人了，这会儿腰身依旧挺拔地站起来宣誓一样地说：“作为一名保安人员，一定做好本职工作和服务工作，为大家站好岗放好哨！”没等老秦保证完，汪经理赶紧打断他说：“行了老秦，没人需要你放哨，你只要站好岗就行了！”

大家又被逗乐了。乐着的表哥心里说：三产的人不多，含金量很高啊，都挺有才的。

第二天，根据时间和形势，大家开始分头先实施第二项计划，表哥和汪经理开车到宁城县去拉当时特别出名的三枪牌变速自行车。常会计率领朝鲁去调查市场，推销自行车。之所以到生产宁城老窖的宁城县购进自行车，一是因为宁城县通火车早，地方经济比较发达；二是因为汪经理的一个同学专门经销新型自行车，提前讲好的条件是，可以赊欠一部分货款。

因为有准备，下午到达宁城县贸易公司后，不到两个小时就顺利地提上货装完了车。忙着占领市场心切，没顾上和老同学叙旧，汪经理和表哥随便吃了点便饭，就连夜往回赶。

早晨，当大家踏着被秋风吹落的树叶来上班时，看见头天出发的130货车满载着自行车停在大门口了。进屋再一看，头一天还风度翩翩的汪经理和表哥，现在却衣服皱巴巴的，头发蓬乱，正蜷曲在沙发上睡觉呢。多愁善感的常会计眼圈红了：“看不出来平时油光水滑的二位领导真是干事业的人呢！”脱下墨绿色长裙，常会计穿上白大褂，戴上白帽子，脱下高跟鞋，率领着朝鲁和老秦开始卸货。

卸了一半的时候，汪经理和表哥也醒了，他们俩拆开包装，在公司院子里开始组装自行车。因为他们在宁城贸易公司学了一会儿，第一台红色的自行车组装得比较顺利。

新颖、轻便、漂亮的自行车，像一位美丽的姑娘亭亭玉立地展现在大家眼前，常会计首先忍不住试骑了一圈。“感觉真好，这是咱们公司的处女车，留个见证，这车我买了！”常会计小姑娘一样兴奋地跳下车子说。

“你又不是处女，车骑你有点浪费呢！”忙得满头是汗的朝鲁一本正经地说。常会计的脸在大家哄笑的声音中变得更红了，她气得使劲拍了朝鲁后背一下：“臭小子，别看汉话反说着，说出来还挺气人的，车骑你就不浪费了啊？”“别拍我，就是我不浪费，我不是臭小子可是处小子呢！”朝鲁闷闷地说。 “哈哈哈！”大家乐得眼泪都流了出来。

新款自行车卖火了，并且供不应求，成了紧俏商品，汪经理适时地体现领导的权力了，想买自行车并且想优惠一点，就得找领导批条。以前看不上三产的，瞧不起汪经理的人，现在态度都变了，拉近乎说奉承话，就为了批一台便宜的自行车。

那两个月三产公司的家属们也都行动起来了，义务地帮着做饭，义务地帮着组装自行车。好像回到了大跃进那个火热的年代，三产公司的灯光彻夜辉煌。汪经理和表哥就负责进货，常会计率领着朝鲁负责送货收款。组装自行车的主要任务就落到了许红梅和另外几个家属的头上了。

本来表姑认为许红梅出月子的时间短，不让来帮忙。可一看表哥忙得焦头烂额的样子，许红梅心疼了，赶紧到公司帮忙。为了节省时间，许红梅每天把表姑和三个月大的孩子一起带到公司，这样就不会来回送奶了。

用人欢马叫形容当时的场面有点夸张，但用全家老少齐上阵这样的词形容还真恰当。

人高马大的许红梅，干什么都是一把好手，蒲团大的双手，灵巧地编织着车辐条，变魔术一样，一会儿一副车轱辘就上好了，看得朝鲁不停地竖大拇指：“奶牛一样真厉害！”

汪经理的媳妇和弟弟也来了，汪夫人长得不算好看，但很白净，一双不大的细长眼睛闪着警惕的光芒。她比汪经理拿身份，温柔细气地说自己身体不好，蹲不下腰，更摆弄不了这么复杂的东西。因为是领导家属，又都是义务劳动，别人都笑笑表示理解。

这些天，因为老在外面跑，常会计保养很好的小脸被晒得脱了皮，嘴被风吹得也起了泡，顾不上造型的大波浪长发，被她用一个发抓随便地抓在了脑后。一上午她和朝鲁已经送了三次货，一见她风风火火的样子，汪夫人就乐了：“哎呀，大美女怎么成了这个样子啊 ？”这会儿常会计是又累又饿，一听汪夫人还在笑话她，再一看她溜溜达达像来搞监督的样子，常会计有点生气：一个农村出来的人，还没完全地脱离农民气呢，就摆上娇小姐的谱儿了。

“劳动人民出身辛苦啊，哪像姐姐您这么白净，这么有福！”不知没听出来还是故意的，汪夫人摸了摸自己的脸说：“其实我这脸什么都不擦，大家都说白，身体不好，白有什么用呢？”说完她还叹了口气。“白就比黑好！”老秦一边拧螺丝一边洪亮地说。

“你看小许的皮肤多好，白里透红的，身体又好，干起活来一个顶俩！胖丫头也好看，白大娘才有福呢！”孩子睡了，表姑出来给大家倒水，听汪夫人这样一说，表姑自豪地说：“有好媳妇真是福！没我儿媳妇，我可活不到今天！”

许红梅笑笑没说话，她怕说多了惹事。“小许真行！到底是劳动人家出身的孩子。”常会计的父亲也来帮忙，老爷子是退休干部，说话的口气还很领导。

没人的时候，朝鲁凑近常会计说：“常姐，你不是要给我介绍对象吗？就要白涛媳妇那样的！”“那多胖，要汪经理媳妇那样的吧，还白。”常会计故意逗他。

“白的不实在，胖的实在！就要胖的！”朝鲁认真地说。

热卖了5个月的自行车，终于有点萧条了，观看别的商业单位也都陆续进了很多新款变速自行车，表哥他们暂时停止了进货。

“第一桶金我们已经成功淘到了！”看着结算完的数字，汪经理推了推眼镜框，这次眼镜是真掉下来了，因为忙碌，汪经理的脸瘦了一圈。“是啊，老大的一桶金呢！”常会计也眉飞色舞地说。

“我们应该有自己的销售点，这样还会多挣点。”表哥很冷静地说。

“不做磨磨唧唧的零售买卖，就这样大批量地批发，干净利落！”汪经理将帅一样叉着腰，坚决地否定了表哥的建议。

“对！做就做大的事情！”常会计用崇拜的眼神看着汪经理，立场坚定地站在了领导一边。

这样的表态比例基本就定局了，表哥没有说话。他隐约感觉以后说话办事还真得站在司机的角度上了。

人怕出名猪怕壮，三产公司一炮打响以后，来三产公司检查的，取经的，各路人马纷至沓来。

三产公司的工作时间大致改成了这样：上午接待来宾，中午请领导去饭店吃饭，下午有时候喝多了也不回家，或陪有兴趣的领导去歌厅唱歌，或者回三产公司打麻将，玩扑克。

表哥现在是身兼数职了，办公室主任一职，负责安排饭店，招待客人；还得兼任司机，送客人回家，送领导回家，送常会计回家。

表姑父帮着表哥找了许多次商机，比如，有一次是赤峰百货站为了资金周转，要低价处理一批积压的毛毯。从小渠道得到消息的表姑父，第一时间通知了表哥。表姑父知道，在农村牧区，结婚随礼、祝寿，大多数都用毛毯，市场需求量特别大。那批货，三产一倒手赚了不少。

因为抓住了几次商机，三产第一年，利润可观。

有一次表哥拉着常会计来市里拉货，他的脸上没有体现出利润可观的喜悦，在他不经意微皱的眉宇间，我感觉表哥内心有点不如意。因为常会计始终在场，我和表哥没有多说话，倒是常会计用欢快、自豪的口气滔滔不绝地叙述了三产的大好形势。

也许是受了表哥的影响，我感觉常会计是个有夸张成分的女人。说话的时候面部表情变化得过于丰富，手势摆动的幅度有些大，语言表现的内容里面，自我显功的口气很明显。在我和表哥面前，她的派头不亚于汪经理。

后来我和许红梅通了一次电话，说到常会计，电话那边的许红梅轻轻地说："她很会演戏，也会唱戏。"我感觉这是一句双关语，但真的很贴切地评价了常会计。

随着企业的蓬勃发展，汪经理察觉到了公司存在的一些需要完善的问题。首先是公司的专业人才有些匮乏，其次是周转资金流动不足。经过领导班子决定，汪经理精心措辞写了一份报告，上报商业局要求调来两个有学历的年轻人，充实三产队伍。报告报上去没几天，商业局领导就给三产调来一男一女两个年轻人。

调来的男青年叫鲁宾是个中专毕业生，学的企业管理，是商业局鲁局长的侄子。鲁宾来三产上了几天班以后，感觉自己的专业知识在这里根本用不上，于是就想接替表哥当司机。结果秘书朝鲁知道后坚决不让了，说自己不是当秘书的人，是天生就当开车的人，并举例说：自己不会话说就会赶牛车了。例子倒没有权威作用，但朝鲁旗里面的硬亲戚有领导效应，结果鲁宾就接替朝鲁当秘书，朝鲁接替表哥当司机了。当然在朝鲁说不上多久才能独自开车的过程中，表哥还得接着兼任司机和师傅。

调来的女青年叫王丽，也是某局长的亲戚，原来的职务是现金，来三产还是担任现金。据说已婚，长着一双妩媚的大眼睛，只是牙长得不太整齐，还有点黄，多少破坏点整体效果；穿戴很洋气，梳着一条马尾辫，走路很有弹性，像小姑娘一样有朝气。

因为有了良好的经济效益，来三产参观学习的、慕名取经的、巧立名目检查的每天络绎不绝。

三产每天中午或者晚上都有酒局。每次酒局上，踌躇满志的汪经理都会诗意大发，每次临场作诗有 2 首之多。常会计也不甘心示弱，又学会了流行歌曲，每次也不重复地唱上两三首。等客人为这几诗几曲喝酒“买票”之后，桌上的人，清醒的几乎就没几个了。

这样的场合，表哥一般不参加，即使参加了，他也不多喝酒，还要主持日常业务。用常会计最喜欢唱的歌词说：留一半清醒，留一半醉。因为新增加了两个人，工作有了明确的分工，表哥的工作量明显地减少了很多，但表哥并没因此而开心。回到家他忧心忡忡地对许红梅说，他后悔自己没听刘金的话，选了一条不但是曲折而且是前途有些暗淡的路。说现在的单位，表面是经商的，实际要成娱乐场所了。许红梅从汪经理的领导做派上，也感觉到三产的事业会葬送在大吃大喝上面，但她没把自己的想法说出来，怕增加表哥的负担，只好安慰说：“一个领导有一个领导的工作方法，现在管、卡、压的部门多，汪经理是在用烟酒公关吧！”

许红梅还想建议表哥出来做巴林石生意，但表哥用一句：我还不想当个石头贩子，结束了他们之间的谈话。石头贩子咋的？石头贩子比你哥破副经理挣钱多多了！事后许红梅在电话里和我愤愤地说。

两位新职工到单位报到有几天了，汪经理终于抽出时间决定举行一个欢迎会，并说要对前一段时间的工作做一个总结。开会这天早晨，为了防止突然来访的客人影响开会效果，汪经理特意嘱咐更夫老秦就在关上的大门前值班，并交代不是重要的客人一律不能通报。“你看我说不光得值班，还得放哨吧！”老秦一本正经地正了正几乎褪成了白色的军帽说。

汪经理最近由于在饭店恶补，明显地挺起了将军肚，西装也系不上扣子了，本来很清秀的脸胖得泛起了红光。带着欢快的情绪，汪经理仍然用诗的语言，开头用：好雨知时节，对两位新来的同志表示了“当春乃发生”的热烈欢迎。并说他们的到来，为企业的发展和壮大注入了新鲜的血液，吹进了一股清新的风。他们的到来一定会使事业开创一个新的局面。“我们有这本事和能耐啊？自己还不知道呢！”大概感觉汪经理把自己说得太悬了，当事人王丽实在承受不住了，捂着嘴乐着，快言快语地打断了汪经理的抒情。“我也感觉这不是我了！”

长得很精神，梳着板寸头的鲁达也搓着手不好意思地说。

“不过，说得一点都不过，年轻本身就是财富！”常会计一本正经地补充说。

对以前的工作，汪经理用抑扬顿挫的声音，自豪地肯定了成绩，谦虚地把成绩归结为集体的结晶，并且自信地说：“公司会乘着首战告捷的幸运春风，必将开创一个辉煌的明天。那个明天就是有自己的办公楼，有自己的家属楼，有每个人的私家车。”

“不来饭馆子还行，要老来饭馆子吃下去，楼、车都给馆子了！”就在大家都沉浸在汪经理明天的憧憬里的时候，朝鲁很清醒地说了一句。

这一句大家都知道却不敢说的实在话，幸好是朝鲁说了，被破坏了兴致的汪经理虽有点恼怒，但没有立即发作，而是宽容地笑了笑说：“吃饭是一种交往和沟通的手段，多少问题，诸如资金、税款等还有很多不能公开的商业机密，就在酒桌谈笑间完成。年轻人知道廉政节约是好事，通过结账，我们高级领导层也发现了这方面的问题，决定以后尽量减少这方面的开支。”

接下来，由常会计脚站丁字步，手捧账本，用嘹亮的声音汇报了开业 2 年多的利润和支出。盈利丰厚，可公开的 390 万。支出很惊人，158 万，其中饭费 26 万。

“好家伙，给饭馆子多少台自行车呢！”朝鲁自言自语地说。“兄弟，有舍才有得呢！现在不出血，什么事都办不成！为了企业，汪经理和我把健康都舍出去了！我们高级领导层的领导容易吗？”常会计委屈得眼泪要掉出来了。

“高级领导层的付出，我们大家都看在眼里记在心上呢！为了企业的明天，我们团结一致，凝聚在汪经理周围，同心协力谋发展，克服困难创佳绩！”自然被淘汰出高级领导层的表哥，认为有必要代表老职工表示一下决心，毕竟是上了三产公司这条船了。

对表哥的决心和认识态度，汪经理表示满意，并说表哥放下了领导的身价身兼数职，在公司的发展中功不可没；朝鲁同志也是后生可畏，克服了语言的障碍，积极坦率地为公司献计献策。有这样一支精诚团结、艰苦创业的企业队伍，事业会无往而不胜。

带有强烈感染力的讲话，让常会计情不自禁地站起丁字步，眼里含着激动的泪花，带头鼓起掌来，表哥和朝鲁也赶紧站起来鼓掌。王丽和鲁达交换了一个很可笑的眼神，随后也站起来鼓了掌。

“今天是个特殊的日子，我们必须破费一次，去饭店庆祝！”掌声平息后，汪经理最后宣布说。

“报告汪经理，门口来了两位不知道算不算重要的客人？”没等大家往外走呢，老秦声音洪亮地站在门口报告。“是王行长和鲁局长吧？是今天的特约嘉宾，自然是重要客人，快里面请！”

大家都出去迎接重要客人了，只有表哥又重新坐下。王行长和鲁局长是王丽和鲁达的嫡亲，现在看，在公司里只有自己没有背景没有靠山，据说老秦还有个硬亲戚呢！看样子以后只能走一步看一步，一切只能靠自己了。表哥站起来的时候自己给自己打气说。

这天心理受打击的不止表哥一个人，还有常会计。

因为酒喝到最后，照例才艺大比拼的时候，一向自信的常会计，不论歌声还是选择的歌曲，明显地输给了新来的王丽。别看王丽的牙齿长得不雅观，但从里面溜达出来的音符，专业而动听，非常地对得起观众。

最挫败常会计自尊心的是：汪经理听完歌那表情和表现，像年轻人一样，带着崇拜的笑意，亲自为王丽倒了一杯酒不说，还赋诗一首：

庆功美酒千杯不醉，
领导同乐三产增辉。
青出于蓝而胜于蓝，
努力进取后生可畏。

常会计内心这个不平衡啊，开业的时候，为了给三产救场，自己把嗓子都唱破了，汪经理也没这样激动过啊，还说什么青出于蓝而胜于蓝，那意思自己就是将要被胜于的老蓝呗，看来自己的舞台要被新来的小王妖精抢占。常会计冷眼看着汪经理的表演心里合计着，对平时该率领大家鼓掌的关键时候，没做一点率先反应，弄得大家和朗诵完诗等着掌声的汪经理还很奇怪。见大家都看自己，常会计面带微笑没事人似地就是不反应，她心说：你不给我赋诗，我还不给你掌声了。

王丽反应就是快，见汪经理朗诵完大家没反应，有点冷场，她赶紧站起来鼓掌喝彩，并带头喝了一杯酒，随后大家也纷纷举杯。王行长和鲁局长都竖着大拇指说：汪总真是个才子啊，把孩子放你这儿有学头。

接下来，开始放舞曲，没想到王丽的舞也跳得特别好，像受过专业训练。王行长有事先走了，汪经理喊来几个服务员，说和常会计一起陪着没走的鲁局长跳舞，自己声明似地宣布要拜王丽为师学点高难动作，结果一下午就独自把王丽给垄断了。平时受汪经理独宠的常会计，明显地受到了冷落。幸好有矮胖的鲁局长主动请她跳舞，让常会计失落的心稍微找到点平衡。矮胖的鲁局长很欣赏她，说她歌唱得甜，舞跳得也轻盈，人还漂亮。常会计好像听着不远处的汪经理也用这样的语言，在奉承王丽。

“男人都一个德行！”常会计对着鲁局长从鼻子里含糊地说。因为音乐声大，常会计又比鲁局长个儿高，鲁局长没听清，以为面带微笑的常会计说什么好话呢，赶紧踮起脚随着舞曲，滑稽地三步一颠地问：“你说什么？”“呵呵，我说你很帅，很有男人味！”常会计甜甜地说。“真的吗？”鲁局长乐了，他努力想搂紧点常会计说点知心话，但因为自己的大肚子支着，胳膊老是不够长，没办法他只好仰着头说：“常会计你是个成熟又有味道的女人。”

这话被离他俩不远，拉着服务员像摔跤一样跳舞的朝鲁听到了，过后他纳闷地问表哥：“老白，鲁局长说常会计是个有味道的女人，我和她在一起那么长时间工作，没闻到什么味呢？”

“呵呵，有的味你闻不到！”表哥乐着说。“为什么？”“因为你是处小子！”“老白你说话不如嫂子好，我感觉嫂子身上有好闻的味！”朝鲁坦率地说。“奶牛的味儿吧？”许红梅是哺乳期，身上老有股奶味儿。“比奶牛味儿好，我喜欢的味儿！”朝鲁实在地看着表哥说，见表哥的脸有点变色，“白哥你别生气我，我对嫂子没意思，我还是处小子呢！”

有处小子喜欢许红梅，表哥心里有点不舒服。自从有了孩子以后，表哥一看见许红梅越来越丰满的身躯，和胸前的两大坨肉，就有了一股深深的压迫感和压抑感，对夫妻之事也兴致全无，一看见许红梅就有吃肥肉的感觉。估计是自己心理有问题了，表哥自我诊断。

活动了半下午，因为汪经理夫人有事找到饭店，晚饭接着吃的计划落空了。表哥把高层领导人，包括王丽送回了家后，自己也回了家。进了门看见表姑和许红梅正在吃饭，因为年龄大身体不好，再加上天冷，表姑喜欢在热乎乎的炕上放上炕桌吃饭。孩子躺在表姑身边，嘴里含着胖胖的小手指头，“咿呀”地乐着，许红梅坐在炕边，不时地替表姑夹菜，添汤。

一见表哥回来，许红梅和表姑都露出了意外的神情：“白经理看错点了吧？今天怎么回来这么早呢？”许红梅站起来说。“是啊，丫丫你说你爸今天太阳从哪边出来的？”表姑也笑着说。看着灯光下慈眉善目的母亲，沉静如水的媳妇，不谙世事的可爱的孩子，表哥麻木了很长时间的心，突然被这浓浓的亲情融化了。

“没吃饭吧？外面天冷，我给妈炖的大萝卜，你先喝点汤，热乎热乎吧！”许红梅麻利地给表哥拿来碗筷，麻利地盛上汤，双手递给了他。

好长时间没好好地看许红梅了，坐在媳妇对面，表哥发现许红梅白净的脸消瘦了很多，身材也显得不那么臃肿了。“这么看我，不认识了吧？”发现了表哥凝视的眼神了，许红梅淡淡地说。“有点儿，孩子妈漂亮了，孩子奶奶年轻了！”表哥由衷地说。

“你没什么事吧？”被夸得红了脸的许红梅有点不踏实地问。因为从认识到现在，表哥第一次说她好看，而且还是当着婆婆的面。“有事求我们俩吧？”表姑也疑惑地问。

“妈你们俩真是，我说的是真话！忙了这么多天，我都没好好地看你们一眼，对不起你们，有点忽视你们了！特别是红梅在家这么辛苦，伺候老伺候小的，我这无论做儿子、做丈夫、做父亲都有点不合格。”表哥说着脱了鞋上炕抱起孩子。

“你没犯法吧？”表姑心惊地说。“还是得什么病了？”许红梅也放下了碗筷。“都不是，我是有点良心发现！和你们唠唠家常。”表哥有点急眼地说：“也不是要进去，也不是得绝症了，是自己感觉有点对不起你们！钱也没拿回多少 ，官也没当多大，家也没照顾好，作为一个男人，我有愧！”表哥说得自己都要掉泪了，自己都这样了，家人还这样尊重他，宽容他。

“干什么都有不顺心的时候,你在外面闯事业也不容易,妈和我都理解你！”许红梅感动地说。“是，你媳妇我们俩都支持你！”表姑也配合着媳妇的话说。

“别安慰我了，以后我抽时间好好陪你们，现在看啊，还是家人好啊，不算计你,不排挤你,只有回到家心才踏实啊！”表哥亲着孩子胖嘟嘟粉嫩的小脸，发自内心地说。

娘俩在外屋收拾碗的时候，表哥听见许红梅小声地问表姑：“妈你说，白涛今天咋了？”“自己说的，找着良心了！丢在外面的魂回来了。”表姑也小声地说。

那天晚上,许红梅感觉表哥的心和魂不但回来了,久违的夫妻激情也回来了。

用汪经理的话说，自从公司增添了新鲜血液以后，真的出现新的局面了，确切地说是新的格局了。

王丽来了以后，先和常会计一个办公室，但是后来汪经理总来和王丽谈找她叔叔借贷还款的事，这多少也属于点商业机密，常会计自觉地选择消失了。谈的次数频繁，常会计消失的次数也就增多，无法正常地整理自己的账目，后来她索性把自己的东西搬到了表哥的办公室。表哥的办公室就他自己，再加上有时候出车或出去办业务，他的办公室几乎就空着，也没什么重要的东西，门就从来都不锁，常会计是趁表哥不在的时候搬进来的。在搬之前，她主动请示了汪经理，说为了方便和白经理对账，她先去白经理办公室办公。“这点小事不用请示我，公司你说了算，你要去我办公室办公，我也欢迎！”汪经理嘻嘻哈哈地逗常会计。

“您那儿我可不敢去，我还是有自知之明的！”常会计也笑着回敬说。“老常，我们是老战友了，说话办事要顾全大局，你是个大气的人，希望你一如既往地支持我的工作！”汪经理语重心长地拍了拍常会计的肩膀说。最近空闲了，常会计新烫了头发，又买了两套很漂亮的毛衣和风衣，打扮得很年轻。“汪经理，你也知道我的脾气，我干什么都会尽职尽责的，我得对得起工资！”扭着水蛇腰，常会计迈着丁字步离开了汪经理的办公室。

经过朝鲁的再三申请，三产上层领导终于研究决定，让朝鲁先跟表哥学开车。

如愿以偿的朝鲁高兴坏了，没事儿就拿着一块抹布，一小桶水去擦车。表哥见徒弟这么殷勤，也不能再耍态度了，没事儿就让他在驾驶室里熟悉各种仪表。

这天下午，表哥看天气不错，自己又没什么事，就拉着朝鲁到郊区一个开阔地教他练车。说自己从小就有开车天赋的朝鲁，一坐到驾驶座上，就紧张得不知所措了。黄眼睛瞪得溜圆像猫眼儿，上身僵直地坐着，两只手死死地抓着方向盘。“你这样紧张干什么？”“这样听不懂话的大家伙儿，能不紧张吗？”“没事，你没开钥匙门，没踩油门呢，没事！”表哥耐心地帮他启动了车，让他松开脚下的离合器，然后踩油门。“老白，车要毛了咋办？”朝鲁踩着刹车问。“毛不了，有刹车呢！我看着手刹，万一有事我刹车。”车终于扭着秧歌开走了，听着表哥的口令，朝鲁小心翼翼地踩着油门。“你加大点油门行不行？”看车老拖档，表哥着急地说。“不行，毛了可是要命的事！”朝鲁目不斜视地说。“没事，你一个老爷们怎么这么胆小呢？方向盘把稳了，大点踩油门儿，直走！我是师傅听我的！”表哥生气地说。

看见表哥真生气了，朝鲁一闭眼一使劲，车“噌”地窜出去老远，表哥没有准备，头差点撞到前边的挡风玻璃上。“你缓慢地加油不行吗，真和你的名字一样，鲁了吧唧的！”“你不是让大踩油门吗？踩了还说我？我的名字是石头和坚强的意思，不是你说的意思懂吗？”朝鲁停下车，一字一句地教育表哥。“再说名字和开车有什么关系？”“有关系，你得坚强！”面对这个倔强的蒙族小伙子，表哥感觉要想长期和他沟通和相处，还真得采取点策略，首先得顺着毛摩挲。练了差不多两个多小时，朝鲁终于能走直线了。“兄弟你进步挺快，不愧有赶车的基础，也快到下班时间了，咱们回单位吧！一会儿汪经理要用车！”表哥故作亲切地拍了拍朝鲁的肩膀说。

“老白，我想去你们家一趟！”走到半路，半天没说话的朝鲁突然说。“去我们家干啥？”表哥不解地问。“我和嫂子要说话！”朝鲁一本正经地看着前面说。“说什么话？”表哥纳闷地问。“我和她的话，开车这么危险，挺长时间要说的话，我现在说！”表哥哭笑不得地停下车说：“我说石头兄弟，开车不是上战场，不至于这么紧张吧？”朝鲁梗着脖子不看表哥，也不说话了。

“好好，去我们家吧，去说话吧！”表哥无奈地发动了车。

“还得去单位宿舍拿点东西！”进街的时候，朝鲁说。“去我们家不用拿东西！”表哥知道蒙族人讲究礼节，拜访别人家的时候不空手。“不是给你的，是很重要的东西！”朝鲁执着地说。既然是很重要的东西，就得去拿了。

回到单位，朝鲁去宿舍拿东西的时候，表哥回自己办公室想喝点水。推开门，办公室里面的变化，让他以为走错屋了。窗台上摆着一大盆开着花的君子兰，地上还有一盆散发着香味的米兰，办公桌中间还有两小盆郁郁葱葱的造型很好看的文竹，自己办公桌对面坐着笑吟吟的常会计。

“老白，我决定来你办公室办公了，你欢迎吗？不欢迎我就搬回去！”放下了高级领导层的架子，常会计表情像亲戚一样亲热地说。

最初表哥对常会计的印象不错，认为她业务过硬，工作能吃苦，有点女强人的做派，后来在一起时间长了，虚伪面纱一掀开，才发现常会计喜欢搞小动作，溜须领导，爱显示自己排挤别人，好弄小帮派。王丽一来，她明显地受到了冷落，也许她还是感觉表哥比较可靠，还能忍辱负重，作为能争取的目标，她就投奔表哥来了。对当前的公司局面了如指掌的表哥，非常明白常会计的意图，对她的主动靠拢虽然有点意外，但感觉也不是什么坏事，还有利用的价值。在愣了一会儿之后，表哥也露出了非常欢迎的笑容，并开玩笑说：“常会计能屈尊我这儿，有点公主下嫁的意思呢！我还有点亦真亦幻的感觉！特别这环境立刻有生机和生气了，人都说男女搭配干活不累，以后这工作积极性不一定多高呢！”“该死的老白你可别忽悠我了。”常会计的小长脸乐得像花儿一样，站起来轻轻地拍了表哥一下，“不过老战友说话就是受听！”“我有事还得出去一趟，先不和你叙旧了！”不是因为朝鲁在外面等着，表哥此刻还真不愿意走，屋里弥漫着很浓的香水味，表哥感觉很好闻。“叙什么旧，我们天天都见面，

你快忙去吧，一会儿我锁门！”常会计被汪经理冷落的心被表哥忽悠得有点温暖起来，看着表哥的背影，很欢快地说。

表哥带着朝鲁回家的时候，许红梅没在家，看孩子的表姑说，许红梅买菜去了。一见朝鲁来了，表姑热情地说：“朝鲁来了，真是稀客，你嫂子去买菜了，一会儿让她给你做点好吃的！”“谢谢大娘！”朝鲁有礼貌地一只手捂在胸前弯了一下腰，然后从挎包里掏出一块奶豆腐双手递给表姑，“妈妈做的！”“这孩子这么客气，谢谢你！谢谢你妈妈！快坐吧孩子，大娘给你倒水去。”

表哥跟着表姑也来到了外屋，小声地说了朝鲁的来意，表姑乐了：“这孩子直率、憨厚，那几天帮公司上自行车，他就老帮我们忙这忙那的围着我们转，挺好个孩子！”

正说着，许红梅拎着菜和肉回来了。许红梅把头发盘在脑后，穿了一件自己用墨绿色棒线编织的长毛外套，很显瘦很洋气。一进屋，在门口等候半天的表哥就小声地说：“你看谁来了？”“谁啊？”许红梅也小声地疑惑地问。“崇拜你的人！”表哥有点酸溜溜地说。“还有崇拜我的人？”“自己进去看吧？”许红梅以为表哥在开玩笑，放下菜进里屋一看，朝鲁抱着孩子正和表姑唠嗑儿呢！

“朝鲁兄弟来了！”许红梅说着话，心里好笑表哥吃醋的神情。“嫂子你好，我来看看你！”朝鲁抱着孩子站起来说。“谢谢兄弟，等着嫂子给你做饭去！”“好，我等着！”朝鲁一点也没推辞，抱着孩子坐下了。表哥跟在许红梅身后小声地说：“见过实在的，没见过这么实在的！”“朝鲁人不错，没有坏心眼儿，做人实在点多好！”许红梅换了衣服，系上围裙开始做菜，不一会儿，四个菜就香喷喷地炒好了。

来了客人，他们就在地上的圆桌吃饭了。启开一瓶酒，表哥和表姑陪着朝鲁先上了桌。孩子半天没吃奶有点饿了，许红梅就抱回自己屋，给孩子喂奶。表哥给朝鲁倒上酒，说他们俩先喝一个。朝鲁不喝也不吃菜，说非得等嫂子上桌再动筷，气得表哥放下筷子，在两个屋之间来回徘徊，和许红梅小声地磨叽：“吃什么药吃多了，一根筋非搭在你身上了！”“筋搭我身上就吃多药了，人家那是能分出好赖人。”许红梅不乐意地说。

“这可真是认准你了，你不上桌愣不动筷！”表哥有点气急败坏地说。“真挺讲究的一个人！”许红梅故意气表哥说。“还讲究？我看有点缺心眼，还敢打我媳妇的主意！”表哥举了举不太强壮的胳膊说。一见表哥还真挺重视自己，许红梅满意地笑了。“朝鲁孩子气，有点恋母情结，你挺大个人别想歪了！”

放下睡了的孩子，许红梅来到桌上，“兄弟，咋不吃呢？看菜都凉了！快吃吧！”见许红梅上桌了，朝鲁才开始吃菜。因为孩子吃奶，许红梅不喝酒，她就倒了一杯水，以水代酒。头一杯酒是表姑提议的，说朝鲁以后要把这儿当成自己的家，常来常往。朝鲁高兴地答应了，并爽快地喝了杯中的酒。接下来表哥提议，他说希望朝鲁兄弟早日找到如意伴侣，早日成家。朝鲁说：“如意伴侣就是嫂子这样的人，就按这个标准找了！”说完和许红梅碰了两下杯，自己把酒喝了。

接下来许红梅提议说：“感谢朝鲁兄弟一直把自己当成娘家人，是娘家人就得相互尊重、相互照应，以后有需要嫂子帮忙的事，嫂子一定帮忙！”朝鲁说：“就是相信嫂子，就嫂子帮忙！”喝完酒放下酒杯，朝鲁从包里拿出一个手帕包，打开，里面是一枚镶着红珊瑚的银戒指，“嫂子，这是妈妈给我的戒指，说是给媳妇的，可我想给你，你像姐姐一样好！”许红梅做梦也没想到，当着婆婆和丈夫的面，朝鲁大大方方地送给自己戒指。

“兄弟，你把我当自己的姐姐，我挺高兴的，可这戒指姐不能收。你好好留着，将来给你自己的媳妇，姐帮你好好找一个！”许红梅替朝鲁把戒指重新包好，想替他放回包里。“就给姐吧！姐这么好的人没戒指呢！”朝鲁固执地不让放包里。“以后姐夫给她买，你的就自己留着吧！”表哥实在忍无可忍地说。“你买是你的，我的是兄弟的。以后我要天天开车了，要有事了，戒指就和兄弟一样！”“孩子你别瞎说，开车又不是开炮，没那么危险，以后你自己熟练了别开快车，没事的！”表姑嗔怒地说。

“你可真气人，还没学会开车呢，就说不吉利的话，姐有点生气了！”许红梅着急地说。“你不收我也生气了！”朝鲁涨红了脸站了起来。“可我真不能收啊！”许红梅求助的眼光看着表哥说。表哥可真生气了，把头还扭向了别处。“这样吧，红梅，你先替朝鲁保管起来，等孩子有媳妇了，再还给他！”表姑及时地替许红梅解围了。“那好吧！”许红梅只好接了过来。“姐，你真好！大娘你也真好！丫丫也好，老白就你不好！我事说完了，也吃饱了，走人了！”朝鲁高兴地、直率地说完，站起来像完成了一项重要任务似地抬腿就走了。

“孩子，你还没吃饭呢！”表姑站起来喊。“不吃了，明天来吃！”朝鲁头也没回地说，等许红梅追出去的时候，人早没影儿了。

这天晚上，背对背躺在床上的许红梅和表哥，都不同程度地、不同心情地失眠了。许红梅心里有一种报复表哥的快意，还有一种被异性重视的幸福感，这是她认识表哥以来，他从来没给予过她的。从朝鲁走以后，表哥一直沉着脸不说话，但呼吸声很不均匀，许红梅明白表哥的心思，他不是吃醋，是那枚珊瑚戒指像一发重磅炸弹，击中了表哥的自尊心，让他受到了严重的打击和伤害。

终于表哥忍不住了，“呼”地坐起来说：“许红梅你坦白地说，平时是不是和朝鲁眉来眼去了，让他误会了？”一听这话，许红梅也呼地坐起来气愤地说：“白涛，你别血口喷人，老许家姑娘长得不好是真的，但就是人品好，不像某些人在外面拈花惹草！”

“你说这话什么意思？”表哥恼怒地直视着许红梅问。“你这样聪明的人不知道吗？你真以为我什么都不知道吗？”一向性情宽厚的许红梅涨红了脸对接着表哥的眼神说。“你知道什么？”“我知道张晶莹还不够吗？”隐藏在心里很久的那个让许红梅受伤的名字，终于被她有勇气拽了出来。“谁和你说的？”表哥的脸变了色，变调的声音有点提高，他首先想到那个给许红梅提供情报的奸细肯定是我。

孩子被惊醒了，“哇哇”地哭了。一直站在外屋听动静的表姑终于沉不住气了，一边敲门一边说：“红梅你给妈开门，我看白涛这个犊子想干啥？”许红梅抱起孩子没动弹，“妈没事您回去睡觉吧！”婆婆偷听说话的行为有点不磊落，但婆婆的立场坚决地站在自己一边，许红梅心里很有安慰。“妈，我们自己的事，您别掺和了！”感觉有点孤立的表哥不耐烦地说。“我必须得掺和，要不你就误会红梅了，自己的媳妇什么人心里没数吗？说话办事要摸着良心！”

表姑紧贴在门口声音不大却很有力度地说。

“还有，张晶莹的事是你爸和我说的，他和我说你没挣到钱的原因了，我和红梅说的。人家孩子大度没计较你，你还倒打一耙了？”表姑坦荡地说。

后来听到这件事，我真感觉表姑是个伟大、正直的老人，不但为我澄清了叛徒的嫌疑，还为儿媳妇助长了志气。

被灭了威风的表哥，没想到自己的亲妈和父亲都被许红梅俘虏了、赤化了，自己不仅在单位，在家里也是孤家寡人了。他带着哭腔说：“妈，我的亲妈，您也大义灭亲了！”“儿子，妈也想替你说话，可向人向不了理。你好好想想红梅来咱们家以后，就像套上枷板的小毛驴，替老白家把磨就拉上了，人家孩子抱怨过吗？你还埋汰人家，是人不是人？”表姑气愤地说，“再说朝鲁那孩子就是憨厚直率，对谁好就是对谁好，不耍心眼，这你还怀疑，还是个男人不？”

从小到大，表姑从来没有这样生气地骂过表哥，表哥被骂得有点发蒙，为了许红梅母亲动这样大的肝火痛斥自己，他心里非常的委屈，但他不敢反驳，也无法反驳，因为母亲说的都是实话。

表姑的话就像雷鸣电闪，击穿了许红梅心中厚重的乌云，并催落了那积满心池的濛濛细雨。婆婆的善解人意和对自己的厚爱，让她感觉自己的付出还是有了回报。眼泪无声地滴落在了吃奶的孩子身上，她没有擦，任它淋漓地挥洒着，此时她的心里有了决堤后的敞亮和痛快，一切委屈和郁闷，似乎都被这泪水冲走了。

表哥光着脚跳下地，赶紧开门去看表姑，他怕表姑生气犯病。“妈，您骂得对，批评得正确，是儿子不好，混蛋了，一定虚心接受您的教诲，求您老人家千万别生气！”见一向把自尊心看得比命重要的儿子，这么快就转换了态度，表姑的气消了一大半。“儿子，只要你好好对你媳妇，妈就是死了也闭上眼了！”“妈你放心，儿子一定让您老人家闭上眼睛。您想您那个时候要把眼瞪得溜圆，那不得吓死儿口子，儿子可负不了那责任！”关键时候表哥就开始油嘴滑舌了。

“臭小子少贫嘴，快睡觉去吧，明天还上班呢！”表姑终于被逗乐了。又给母亲吃点治心脏的药，在床头倒好水，服侍母亲躺下，并替她关了灯，表哥才轻手轻脚地回到自己屋，许红梅搂着孩子侧着身子也躺下了。表哥凑跟前一看，闭着眼睛的许红梅脸上还挂着泪珠，他小声地说：“别哭了，你们都是我妈，我服了！我以后夹着尾巴做人还不行吗？谁让我最近群众基础这样差了？”说这话的时候，表哥故意带着哭腔。“谁让你服了？”许红梅就是善良，以为表哥真哭了，赶紧坐起来，一看表哥一脸坏笑地看着自己，气得她轻轻地拍了他一下，“真是大坏蛋！”“嘘，”表哥用手指点门口。“以后说话千万要小声说，那老太太好偷听！”“你才知道啊，我早就知道妈有这本事了！”许红梅贴着表哥的耳朵说。“啊？这爱好不好吧？这爱好应该属于丫她姥姥才对啊！”表哥冲着门口小声地说。“你别污蔑我妈，别以为就农村老太太爱听声，不过丫她奶奶有这爱好是担心你欺负我。”许红梅故意得意地说。“那也不能这样担心啊！完了，我心里又有障碍了，有时间我得找老太太谈谈！”表哥严肃地冲着门口说，由于激动他忘了放低了声调。

“不用谈了，妈说话算数，只要你不欺负红梅，再也不听你们说话了！”门口传来表姑有点不好意思的声音，表哥和许红梅都愣了，这老太太没睡觉，还偷听呢！

经过一段时间的刻苦训练，朝鲁终于能够独立地在大街上开车了，于是开车接送领导的任务就暂时地落实给他了。

不是跑长途表哥就不用跟车了，大多数时间就呆在办公室了。快到腊月了，汪经理看能想到的生意都被别人提前想到了，就让表哥找刘金帮着上巴林石矿买了1百多万的巴林石，等有合适的买主在出手。

因为暂时没有别的业务，汪经理办公室就成了麻将室。以前汪经理玩麻将的时候，常会计能凑手，现在她连替补队员都不是了。王丽是全面手，麻将打得比汪经理还厉害，她自然成了主力。表哥是从来不上桌的，他嘴上没说，心里最讨厌把时间浪费在麻将上的人。

汪经理总能把自己的任何行为堂皇地称之为：联络有用之士，联系有业务之人。玩完了，表哥就得去安排饭菜，常会计就得去签字或者去结账，自然是签字的时候多，现金常会计也不掌握。

没事的时候，表哥和常会计就喝着茶，吃点常会计带的零食，两个人就开始面对面地座谈。说座谈吧，还有点不恰当，因为说话的时候两个人必须压低声，毕竟他的办公室和汪经理的办公室就隔着一个门儿，所以说话的时候，俩人不自觉地就看着对方，勾着头，压低嗓音，一副有点密谋的样子。这个样子让进屋从不敲门的朝鲁碰见过，他很明显地表示反感："话不能那么近了说吧？"常会计逗他说："有些话就得近了说，远了听不见。""男女那么近了说，没什么好话！"朝鲁有点生气地看着表哥说。表哥知道朝鲁的意思，他认为表哥老和常会计这样掺和在一起，对不起他姐许红梅。

表哥和常会计说的话，自然都不是什么太光明正大的话，属于标准的小道消息。常会计说最近单位又吃出去快五十辆自行车的钱了，这样下去真要吃黄了；还说有一天汪经理和王丽都喝酒了，两个人在办公室抱在一起了。表哥不太苟同常会计的妇人之见，但汪经理和王丽抱在一起或者手拉手的事实，他是见过的。不过，在这之前，汪经理的这一系列动作和常会计也演练过，所以表哥认为，常会计的话更多的是添油加醋的成分。

"老常，我们都是老战友，"表哥照例勾着头，脸对脸压低声音说，"老汪喝完酒举止有些随便，那是习惯，我们都应该理解，毕竟是领导，我们不应该给他造成负面的影响！""老白，那不是我们给他造的，是事实！你说小王才多大？他多大了？和小王叔叔一个岁数。不是喝了酒才那样，不喝酒也拉拉扯扯的，分不开了！"因为距离近，常会计嘴里的口香糖味儿，表哥都能闻得到。近距离看常会计，她的皮肤还真不错，脸上的几颗雀斑显得还真很妩媚。

表哥虽然不太苟同常会计的妇人之见，但他也感觉汪经理和王丽有些时候表现得不太正常。

"老白，你看人的时间有点长啊！"见表哥直勾勾看着自己不说话，久经场面的常会计知道他思想溜号了。

"老常，我感觉你有点敏感，估计女人都有点你这功能，把有些问题想严重了！"表哥收回勾着的头，声音也恢复了正常，笑着说。

"不但我敏感，老汪媳妇也发现问题了，路上碰见我探听好几次消息了！"

迈着丁字步，常会计拿起暖壶，给两个人的水杯都蓄满了水说。“这可是涉及安定团结的问题，说话可得注意！”“老白，这么长时间你没发现，我常小英可是有素质的人，从来没传过话，有些话我和你说是认为你比较正直、嘴严。特别是男女问题，别说没有事实，就是有了事实，都不能从咱们这儿说出去。”说这话的时候常会计仗义地忘了压低声音。“我就佩服你有觉悟，说话办事和一般妇女就是不一样！”表哥喝着常会计从家里拿来的铁观音，小声地说。“路遥知马力，老汪不重视我，那是他的损失。你看他要听小王的，将来不吃亏才怪呢！”看着表哥白净、棱角分明的脸，常会计小声地说。

“对了，老白年底要结账了，你找找你还有没报的条子没？到时候我给你处理一下！说句良心话，在公司里你做的贡献最大，看看你干着一把的活，拿着三把的钱。”常会计这些话，说出了表哥的心声，自己目前在公司就是这种多干活、少拿钱的角色。“常会计，你真是明察秋毫的人，是个正直的老大姐。”表哥感动地握住了常会计拿着油笔的右手。”见表哥对自己挺认可的，常会计掏心窝子地说：“这不光我知道，有眼睛的都知道。来，拿条子来，这不是我以权谋私，是正常报销，要不早晚都得让他们吃了。”

“常会计你真哥们，真挺长时间没给我报条子了，好几个月都没拿回工资了，都自己垫着呢！”表哥的表情由感动变成感激说。“核对完钱数，我开个支票把钱先给你，等汪经理查账的时候，我再找他补上签字！”常会计小声地说。“好！好！”正为钱发愁的表哥高兴地连连点头。

“笃笃笃”，有人轻轻地敲门，表哥赶紧站起来打开虚掩着的门，一看是穿着大衣戴着口罩的汪夫人。“是嫂子啊！稀客稀客！”表哥热情地说。“嫂子有空来了，快坐下喝点水暖和暖和！”常会计语言和动作都有些夸张地站起来让座。“你们俩在啊，我不坐了，我找老汪有点事！”这个时侯，刚在锅炉房加水的老秦，发现汪夫人进办公室了，水也顾不上加了，直奔经理室，用明显报告的声音洪亮地说：“汪经理，你们家夫人来了！”

“老秦你这样通报什么意思啊？我来还得提前预约啊？”没等汪经理出来，汪夫人用和平时不一样的敏捷动作，推门走了进去。

汪夫人一进去，门就自动地敞开了，里面的情况表哥和常会计都看到了，新购置的麻将桌旁，坐着表情很难看的汪经理，王丽坐在汪经理旁边，另外两个都是税务局的副局长。有两个抽烟的，屋里的空气很不新鲜。

“老汪，打麻将也不告诉我一声，我也凑把手。这阵子可把我闲坏了！”汪夫人用发嗲的声音说着，扶着汪经理的肩头，就轻轻地坐下了。“我们也是刚临时组合，要不媳妇你先玩？”老汪也换上一副恩爱的笑脸说。“老公你现在手气什么样啊？要是赢了你就下去，要是输了就捞一会儿！”汪夫人声音特别甜蜜地说。“我赢了我下去，嫂子你来吧！”王丽忍不住站起来说。“这位妹妹，还真不认识，那怎么好意思啊？”汪夫人看着王丽说：“新分来的王丽，王行长的侄女！”汪经理介绍说。“早就听说妹妹的大名了，在工作上没少帮助和支持我们老汪，妹妹，嫂子谢谢你！”汪夫人笑吟吟地轻声细气地说。“不用客气！嫂子你玩吧！”王丽表情有点不自然地说。“那好啊，我就不客气了！”汪夫人一点也没推辞，脱了大衣，就坐在王丽的位置上了。

表哥和常会计赶紧缩回探出门外的头，“这女人很不寻常，比阿庆嫂厉害！”常会计压着嗓子说。“看开头那架势，我以为会吵起来呢！这女人挺会玩艺术！”表哥由衷地说。

“咔咔咔”，王丽的小皮靴发出很大的响声，在门前走过去了。“有人透露信息吧？要不她怎么突然来了呢？”表哥坐回桌前，习惯性地勾着头看着常会计小声地说。“你可看着我了吧？我可没动地方！”常会计没配合表哥的勾头，大声地表白说。

“也没说你啊！”表哥对着她使劲眨了眨眼睛，示意她小点声。“怕什么，也没什么事！”常会计这次配合表哥的勾头了。两个人没注意，朝鲁推门进来了，两个人迅速地把头挪开，可朝鲁还是发现了。“有点欺负人吧？我姐看不见你们，你们就这样近乎啊？老白我有点瞧不起你了。”朝鲁生气地摘掉白线手套，一屁股坐在旁边的椅子上，小舅子一样生气地说。

“朝鲁，不是姐说你，以后进屋敲一下门行不？”常会计表现出良好的耐心，给朝鲁倒了一杯茶说。

“不行！”朝鲁执拗地拧着脖子，没接常会计的茶杯，坚决地说。“为什么不行啊？这是礼貌。”表哥也苦口婆心地说。“到别处都礼貌，你们这就不礼貌，就想看你们俩老这样干什么？”他把两个拳头对在一起比喻说。“我们能干什么啊？”常会计哭笑不得地说。“你说呢？一男一女头还这样。”朝鲁又把拳头对在一起。“你这人有必要开发一下了，走，我们出去说！”表哥气得拉着朝鲁就走。“老白穿上外套，别感冒了！有话好好说！”常会计丝毫没避讳朝鲁气愤的原因，家属一样替表哥拿上外套。

“看看，一家人一样了呢！明天告诉姐！”朝鲁的黄眼睛瞪了常会计一眼，认真地说。表哥知道他的脾气，他说告诉姐就会告诉姐的，所以他认为找个地方和他谈谈不是很有必要，是非常必要的。

开车来到城郊，表哥停下车，“朝鲁你是个好兄弟，为人正直仗义，大哥挺欣赏你的。”开场白表哥使用了常人都愿意接受的吹捧战术。“不用你欣赏，姐欣赏就行！”朝鲁不吃这套，很耿直地说。“你姐自然也欣赏你，不过有的时候，根据咱们单位目前的情况看，说话和办事就得谨慎，对不对？”吹捧战术失败，表哥又用了启发战术。“我的办公室离汪经理的办公室很近，房间又不隔音，是不是说话就得小点儿声？”面对着副驾驶座位上的朝鲁，表哥脾气很好地笑着说。“为什么要小声？又不是坏话！”朝鲁避开表哥的笑脸，一副不愿意搭理的模样。看着朝鲁表哥这次无语了，是啊，平时和常会计说的也不都是坏话，为什么两个人总是习惯成自然地小声说话呢？“天天和搞阴谋一样，真没意思！”朝鲁推开车门，跳下车拿着一块抹布，边擦车边说。“你和常会计小声说话，汪经理和王丽小声说话，都特务一样！”朝鲁是个勤快的小伙子，虽然肤色重，但穿的牛仔套装总是很干净，车也收拾得特别清爽。

“你也看了吧？不光我们说话小声，别人也是，有些话就得小声，不影响团结。比如你有时候说话没注意大声了，让别人听见了，就以为说他呢，就产生误会了，一误会就产生矛盾了，一有矛盾问题就来了，这也是一种谨慎的工作方法。”表哥也下车跟在朝鲁身后诲人不倦地说。

“别看我和常会计说话头挨得近，但心灵的距离是很远的。”见朝鲁这次没顶撞自己，表哥继续发挥着口才优势说："在我眼里她是老大姐系列的，和你红梅姐是没办法比的，兄弟你放心，"表哥用拳头捶捶自己的右胸，"老白绝对不会做对不起你姐的事情！"

"以后看吧！"朝鲁半信半疑地说，"还这样，就告诉姐！姐不饶你，我也不饶你！"朝鲁挥了挥挺大的拳头说。

"我们行动都受限制了，老汪媳妇盯着王丽他们俩，朝鲁盯上我们俩了。"回到办公室，表哥没敢勾头，只压低了声音对常会计说。"这小子，真向着你媳妇，替她看着我们呢！"常会计表情有点暧昧地说。"说实话，你媳妇人挺好，长得挺安全的。"

"现在也不安全了，朝鲁惦记上了呢！"对常会计这句有着褒贬含义的评价，表哥有点不完全认同，自己媳妇长得是高大点，但女性特征还是蛮明显的，吸引异性那是绰绰有余。"也是，一个人一个眼光，喜欢的款式也不一样！"双手托着腮，眼睛看着窗台上开了花的君子兰，常会计情绪有点低落地说，那是上品款式被忽视的低落。

"呵呵，不过常姐可是经典美女，属于危险系列的！"表哥殷勤地给常会计倒上水说。"老白该死的，你可别恭维我，我现在啊人老珠黄不值钱了！"常会计嗔怒地瞪了表哥一眼说。"常姐不是说你，你也不要有什么情绪，像你说的，每个人喜欢的款式不一样，每个人的人格魅力也不一样，你看我就很欣赏你的小女人大气派的气质。"常会计的小鹅蛋脸红了，细长眼睛也焕发光彩了，她激动地站起来，迈着标准的丁字步，在有限的空间转了一圈，"老白，说实话还是老战友中交。""对了……"她又重新坐下，刚想勾头压低声音说话，一想不妥，顺手拿出一页白纸，"唰唰唰"在上面写了几个字，然后推到表哥面前，表哥一看上面写着：把上次汪经理没给你报销的条子拿来，我处理到差旅费里面。要说表哥天生就是干间谍的材料，马上就适应了这种纸条游戏，他也在纸条空白处"唰唰"写了几个字，然后推回到常会计面前，常会计一看上面写着：这样合适吗？别给姐姐你惹麻烦！常会计头也没抬，拿笔的手特别洒脱地写了几个眉飞色舞的大字：没事，看完销毁！

从这以后，表哥和常会计的说话方式有了新的变更，稍微机密的事，就由勾头变成了写纸条。抽查了几次的朝鲁很满意，在自己的监督下，两个人终于没有不正经的举动了。

与此同时，汪经理和王丽的活动也受到了不同程度的限制，汪夫人最近成了公司里的常客。要是有麻将局，汪夫人就扭着细细的腰肢，不客气地款款的坐在汪经理身边，手无寸金地上阵就玩，赢了钱归自己，输了，汪经理付。如此几次，汪经理无论在面子上，还是钱财上都坚持不住了，王丽的表情也像越来越冷的天气一样，对任何人都是霜头冰面的，估计她把大家都当成了出卖她的奸细。

年关快到了，路星星给表哥打电话，说要买几方巴林石血章，他父亲要用。许红梅知道后，让表哥在自己家店里拿，但表哥为了在单位增加个人威信和业绩，非得从单位拿。因为路星星说不要毛石，表哥和汪主任就挑了几块有血线的石头，晚上让刘金领着到福州来的切割师傅家，把石头切开。结果他们的运气非常好，出了好几对让人意外的好血章。

第二天表哥开车，车上坐着汪主任、王丽、朝鲁，一起来市里送血章。

第一次开车到市里，面对比家里多了几倍的人流和车流，还有市中心的红绿灯，朝鲁说啥也不敢开车了，坐在副驾驶座位上，紧张的眼睛看着悬在空中的红绿灯，非常不满地说：“为什么要听这个灯的话？你说还那么高，就一双眼睛，到底看哪？要是看灯了，车前面有人碰了算谁的？真是不合理！”

“看灯行驶才碰不到人呢！行人也看灯的！”坐在后排的汪经理好脾气地说。因为王丽坐在后面，汪经理也陪着坐在后面了，表哥和朝鲁一直都刻意地目视前方，不敢轻易回头，怕是回了头看到不该看的情景。

表哥和汪经理他们俩去送石头，走之前表哥让我陪着王丽去买衣服。逛了一下午商店，我对王丽有了点了解。这个比我大两岁爱捂着嘴笑的小女人，说话很自信，花钱很大方，选择衣服的品味也属于靓丽时尚型的。大约看我花钱很谨慎，穿得也很随意，她还慷慨地给我买了一件白色的小棉袄。那件棉袄的领口和袖口都带着花边，款式很淑女。我的目光在上面多停留了一会儿，她很敏锐地捕捉到了，也许是为了鼓励一下我这个很负责任的双手都被手拎袋拉直了的跟班，没等我表态就按照我的身材买下了。我自然没有白接受人家东西的道理，回敬给她一套美白化妆品。

也和她简单地聊了聊家常，她口风很紧，只简单地说结婚三年了，没有孩子，丈夫在外地工作，目前属于两地分居状态。不过她倒是对我的情况很关注，问我 28 岁了，为什么还没有结婚？苦衷和隐私自然也不能向她倾诉，我只淡淡地说：结婚的条件还没成熟。

买完衣服已经是中午吃饭时间了，回到我的化妆品店的时候，表哥和汪经理已经在店里了，看到他们喜笑颜开的样子，我知道他们买卖很顺利。但我没敢问，毕竟买卖巴林石不属于他们单位业务范畴之内的，甚至有点违规。表哥悄悄地给我这样说过。但三产自负盈亏，商业局除了提供一部分贷款性质的启动资金、办公场地和交通工具以外，其余不给拨款。现在买卖不好做，他们只能暗地里做点违反政策的买卖，挣点钱给职工年末发点奖金。

中午，喜形于色的汪经理在饭店请大家吃饭。像孔雀开屏一样，王丽快乐地逐件穿上新买的衣服给大家展示。我偷着瞄了几次汪经理镜片后面的眼神：含笑的目光里面，既有爱人的爱慕，又有兄长的包容。那个时候，我还没看过汪经理的夫人，但凭着我对汪经理的了解，我感觉有着诗情画意的男人，肯定喜欢很浪漫和时尚的女人，王丽应该属于这系列的。

最让我生气的是表哥对王丽的献媚态度，我认为表现得很没气节。他一会儿给汪经理倒水的时候顺便给她倒水，一会儿给汪经理倒酒的时候顺便给她倒酒。王丽享受的完全是领导家属的待遇。

别看我陪王丽逛街，但在内心我很看不起她，我感觉用自己的青春取悦比她大那么多的领导，有点不光彩。表哥和我的表面态度在一定的程度上助长了这种不正之风。人家朝鲁态度表现得就很正直，不计后果地坐在汪经理和王丽中间，任凭大家使用各种信号，就是稳稳地坐在那儿，不挪地方。

不过朝鲁对我还是蛮客气的，当着王丽的面说我是个好人。我看他总是隔着王丽和我说话，实在有点别扭，就拉着他换了位置。他还真给我面子，坐在

我旁边，服务还挺到位，不像不开窍的人啊。

王丽和汪经理终于坐到一起了，两个人开始窃窃私语。表哥忙乎着招呼服务员要餐巾纸和茶水。“最看不起老白这个样子，除了对姐不好，其余的世界上是个女人就好，就溜须人家！”朝鲁不太流利地说着，还大力度地撇了撇嘴，这个有点女人的做派让我很好笑。

王丽很能喝，喝酒的时候表现得很豪爽。倒是汪经理有点不胜酒力，脸泛着红光，镜片后面的眼睛不知道是醉了还是困了，眯缝着呈色迷状。

表哥也发现汪经理的表情了，但他知道这表情的内容不是色迷是在酝酿感情，于是表哥不失时机地提议让汪经理赋诗一首。“好啊好啊！”王丽首先不加掩饰自己的崇拜之情，站起来对着汪经理热烈地鼓掌。“真不含蓄！”朝鲁声音正常地对着王丽的后背说。“这么美好的时刻怎么会含蓄呢？”王丽回过身来对着朝鲁微笑着大度地说。

“今天我们很有收获，一呢单位又有所收入，二呢又有才女四毛和美女王丽作陪，所以我的心情很澎湃，于是有了一首拙作奉献给大家，以助酒兴。”汪经理声音儒雅地说着，用食指推了推眼镜，然后站起来用异常洪亮的声音，抑扬顿挫地朗诵道：

杯盏未沾心已醉，
知己馥香沁心扉。
人生极乐亦如此，
神仙见我也惭愧。

“好！”没等大家做出反应，汪经理自己拍手叫了一声好。“好！绝句！真是绝句！”表哥夸张地举起酒杯说。“好一个神仙见我也惭愧，汪经理，你太有才了！”崇拜至极地看着汪经理的脸，王丽的眼泪激动得都要下来了。“确实才华横溢，高人啊！”出于礼貌我也端起酒杯不得不附和着说。“意思不懂，听着倒是不错，我也喝一杯！”朝鲁也端起一大杯酒先喝了。

共同喝了几杯酒，汪经理便提议让王丽唱歌。饭店的高间里面有卡拉 OK，让服务员调好音响，面如桃花的王丽站起来前后拽了一下衣服，走到卡拉OK 前，对着中间汪经理坐着的方向，行了一个屈膝礼，然后很投入地唱了首《潇洒走一回》。也许是喝酒的缘故，她很放得开，还随着音乐奔放地扭动着身体，说实话因为不专业，她扭动的不是腰而是肚子，有点不好看。但汪经理表现得很欣赏，亲自倒了一杯酒，还把饭店的一大盆假的牡丹花费力地端起来，弯腰送到王丽面前，这个时候王丽正唱到“何不潇洒走一回”的“走”字这儿，因为“走”字音很高，王丽本来因为喝酒气有点短，再加上汪经理献花献酒分了神，“走一回”就说啥也“走”不上去了。正是精彩部分，轻易不出场的表哥二话没说，接过话筒“何不潇洒走一回？”表情轻松地走完了这一回。

有点喜剧效果，大家不约而同地举起酒杯，都笑着干了杯中的酒。听了表哥从来没在众人面前展示过的歌喉，王丽提议非要表哥再唱一首。表哥想推辞，一看汪经理也让他唱，他不能再拒绝了，清了清嗓子谦虚地说，自己还是抛砖引玉，让王丽休息一下，调整一下美妙的歌喉，等自己献完丑王丽再接着为大家奉献拿手歌曲。表哥的歌喉我是清楚的，基本够得上专业，但这个时候这么过分地贬低自己，我认为他在气节上确实有问题，所以我没给他鼓掌。朝鲁看我没鼓掌他也没拍手。

表哥唱了一首当时很流行的《外婆的澎湖湾》。富有磁性的男中音浑厚、绵润，让人听了真是大饱耳福。汪经理和王丽都被表哥的歌声震得目瞪口呆，特别是汪经理，在一起工作 3 年多了，从没听过表哥歌会唱得这么好这么专业。王丽兴奋得像小女孩一样，把汪经理献给她的花转送给了表哥不说，还选了一首《东方之珠》和表哥合唱。

表哥这个时候有点忘乎所以了，也许是压抑得很久了，想发泄一下，很投入地就和王丽唱上了，完全不顾汪经理有点醋味的表情。俩人合作得还真默契，不时地四目相对，还有点要拉手的冲动。

为了分散汪经理有点过于集中专注在他们俩身上的精力，我拉着朝鲁给汪经理敬酒，并发挥了我轻易不外露的忽悠人功夫，特崇拜地说汪经理如果能坚

持自己的爱好，必将成为中国未来诗坛上一颗璀璨的巨星。我还说我早就准备好了一件雪白的衬衣，已备他成名的时候签字用。汪经理用食指推了推眼镜，脸上带着必将成功的踌躇表情，连喝了四杯酒之后，和我握了一下手，慢声慢语地说："四毛你是个有内秀的女孩子，而你表哥是个深藏不露的人，两者有很大的区别，我感觉你日后有点出息。"弱智都能听出来，汪经理还是对表哥有意见了。

再看台上的两个人，又没心没肺地唱《敖包相会》了。我说："朝鲁你是蒙族人，这首歌你应该唱得好，你去替白涛唱吧。"朝鲁还真听我的话，不由分说走到表哥跟前抢过话筒就唱。

如果说表哥歌唱得好对大家是个意外，那么朝鲁的歌声对大家来说就是个震撼了，无论是韵律还是声色都表现得特别到位，尤其是尾音拉得让人回味无穷。"你在乌兰牧骑学过吧？"给朝鲁敬酒的时候，我小声地问他。"你怎么知道？我学了半年呢！"他把酒喝完了抹了一把嘴唇说。"有功底的人，看出来了，为什么没接着学呢？"我又递给他一杯酒，他又喝了，又抹了一把嘴唇说："想家想妈，想得厉害就回家了。我再给你唱首歌，唱一首《雕花的马鞍》。"

"在我很小很小的时候，有一个神奇的摇篮，神奇的摇篮，那是一副雕花的马鞍……"朝鲁唱得浑厚、悠扬，听着这首喜欢而熟悉的歌曲，我的眼泪不自觉地流了下来。我的眼前出现了二哥带我去草原玩耍的情景，想到哥哥就想起了老妈，估计老妈最近的白发又白了很多。哥哥来信说，老妈嘴上没念叨我，但每到晚上做晚饭的时候，总是站在门口向远处张望。"你怎么哭了？"唱完歌的朝鲁回到座位上问我。"想家想妈了！"我学着他的口音说。"那就回家呀！""对！回家，明天跟你们车一起就回家！"我抹了一把眼泪说。

回家的决心下了，店里的事还没安排呢，我就要提前退场。汪经理打了个哈欠说："都一起撤吧，中午找个宾馆住下。白涛，下午让你们家老爷子给咱们进点毛毯，快过年了，这个有卖点。"

夜间11点，我换上睡衣刚上床，就听有人急促地敲门，"四毛，我是表哥，快开门！快开门！出事了！"

我光着脚穿着睡衣打开门，表哥一头闯了进来：“四毛，你认识派出所的人吗？”“不认识，怎么了？”“还有谁认识？严旭应该认识吧？”表哥头发蓬乱，眼睛发红，困兽一样来回徘徊着。“他下乡了，那个地方手机没信号，联系不上，到底发生什么事了啊？”我拉住他着急地问。“汪经理和王丽在一个房间住，正赶上派出所来宾馆检查，他们俩被弄到派出所去了。”表哥气急败坏地说。“啊？住一起了？还被查到了？怎么会这样呢？”我看着像找不到厕所一样来回转圈的表哥说。“就是呢？赶快想办法弄出来吧！消息传到家里就不好办了！”表哥跺着脚说。“看你那个着急样，好像你们家亲戚进去了一样。不过他们在里面多呆一会儿也对，受点法制教育。”此时我不得不承认我的态度有点幸灾乐祸。

“四毛你怎么这样说呢？他毕竟是我的领导，要是他完了，我们的企业也垮了。再说我们在一起出了这样的事，汪经理会不会以为是我举报的啊？”表哥失态得唾沫星子都喷出来了。“他自己不检点怪谁啊？谁那么无聊会举报他啊？还企业领导呢，一点也不自重。”我嘴里嘟囔着迅速地换上了衣服。“这事只能找表姑父，他和派出所的人熟悉，上次我的临时户口就是表姑父帮着办的。”“让老爷子知道这事不好吧？”表哥有点犹豫地说。“老爷子是过来人，理解这事。”“那就快走吧！朝鲁开车在外面等着呢。”表哥急切地说。锁上门，我们开车去找表姑父。

所长和表姑父是好朋友，在所长室表姑父和所长单独地谈了半天话后，汪经理和王丽被放出来了，这时候已经是凌晨三点多了。短暂的几个小时，汪经理的风度全没了，头发也不团结了，各自为政地支愣着；头无力地耷拉着，没表情的脸苍白得没有一丝血色。王丽更是哭得一塌糊涂，无助地抱着双肩，像受害者一样可怜。脸上的浓妆被泪水冲得白一块、黄一块、红一块的，颜色很是分明，再加上长头发凌乱地披散着，像小鬼儿一样滑稽。

不是笑的时候，也没有恰当的语言安慰，大家都默默地走出了派出所。汪经理上了副驾驶座，我和王丽坐到了后面。表哥和表姑父在后面说了一会儿话后，表哥阴沉着脸也坐到了后面。

“我们去哪？”开车的朝鲁问。“直接回板街！”汪经理用手掐着太阳穴说。“宾馆还有东西呢！”王丽在后面尖声地说。“我还是先回宾馆吧，一会儿你们在车上等着，我和四毛下去收拾东西！”表哥小声地说。汪经理没再吭声，估计是默认了表哥的提议。“我自己收拾我自己的东西吧！”王丽态度坚决地说。“你别露面了吧？”汪经理闭着眼睛头也没回地说。“老汪你别一副丢人的样子好不好？怕什么？我们是在追求自己的爱情，这下透明了更好，我回去就办离婚手续，看你吧！”王丽挺直身子一副豁出去的样子说。

“你？”汪经理猛地转过身子，表情意外地看着王丽，显然没想到王丽说话会这样坦白。“不是吗？我们是在正当地追求自己的权利呢！”王丽没有躲避汪经理冒火一样的眼光。

“你？别添乱了行不行？”倒是汪经理先退却了，避开王丽逼人的眼神，转回身，低沉着声音说：“我们需要时间，需要处理很多事情。”“我不需要，我就需要你的态度。”王丽没有一丝妥协地说。

车内的空气有点凝固了，王丽的举动把大家都震撼了。第三者竟然可以这样猖狂？我心里说。

到了宾馆，王丽下了车，挺直身子，甩了一下头发，迈着仪仗队的步伐，无视宾馆工作人员的窃窃私语，走进自己的房间。倒是身后的我，好像昨天被捉拿归案似地低着头跟在她身后。

收拾东西的时候，王丽突然哭了。“四毛你是不是很看不起我？觉得我特没有自尊？”“你让我说实话吗？”看着她本真的面孔，我有点同情她了。“说实话吧。”她没有擦脸上的泪水，任它恣意地流淌着。“我认为你还年轻，不能拿青春赌明天。”我斟酌地用了一句当时很时尚的歌词。“我没有赌，我是用真情换此生呢！”她还真有才，稍微转换了一下歌词。“你认为值吗？他大你那么多？”“值！我很崇拜他！”“崇拜不是爱！他爱你吗？”“爱，他说我是他生命的动力和创作的源泉！”男人糊弄小女孩的话，她也信。“浪漫的爱情也要面对现实，他有妻子有孩子，你也有丈夫，那等于破坏了两个家庭，组成了一个家庭，这个家庭是不是幸福还是个未知数！”我真诚地帮她分析说。“可我们俩现在各自的家庭都不幸福，只有我们俩在一起，才感觉快乐！这是我从来没有过的幸福感觉，为了这种感觉，我用以后的岁月拼了！”说到拼字，她挂着泪水的脸，变得很扭曲，我看了感觉有一种不计后果的恐怖。都到拼的份儿上了，我不能再说什么了。

表哥结完账，帮我们把东西拎出来，放到车厢上的货物中间，和朝鲁一起盖上苫布用绳子捆好。在大家忙乎着这些的时候，王丽和汪经理一直在车上，关上车门表情激动地说着什么。

“回去以后，我们都把这件事忘了吧，就当什么也没发生，谁也不要走露半点风声！”站在车厢后面，表哥神情严肃地给我和朝鲁开会说。“这么不好的事，有什么可说的！这么不好的领导，有什么可学习的！我回去以后就找叔叔去。”朝鲁用手套拍着衣服上的土生气地说。“哎呀，朝鲁兄弟你可是个讲究人，千万不能把这件事汇报给叔叔，要是叔叔知道了，汪经理就完了，我们企业也完了。”表哥急得唾沫星子横飞，弯着腰像要给朝鲁跪下似的。“无聊，老白你想得真无聊，我和叔叔说把我调走，这个不正经的单位，我不呆了。”朝鲁说完就上车了。

“四毛你过来。”我也刚要上车，表哥把我叫住了。“刚才老爷子说，派出所的刘所长说有人往派出所打了举报电话，派出所才去查的，举报的人是个女的。”没等表哥说完，我气得跨近他一步说：“你意思是说我举报他们的？这样对我有什么好处呢？表哥你这样想，无聊不无聊？”我转身要走，决定不坐他们车回家了。“四毛你别生气，我知道你不是这样的人。可别的女的也不了解准确情况啊？是谁呢？”“或许是服务员呢！看王丽趾高气扬的样子，一来气报的警呢！我没时间掺和你们的破事，今天不回家了，明天坐班车回去。”

看我真生气了，表哥一把手把我拽住，“我错了，对不起！四毛是我无聊，你快上车吧，我保证不提这个事了。”

车开了，大家都没有说话，气氛很是沉闷。我和开车的朝鲁说还得去我的商店一趟拿我回家的东西。正是上班的时间，行人和车辆很多，朝鲁有点紧张，想停车换表哥开车，可这是闹市区，不让随便停车，急得头上直冒汗。“没事你别害怕，我给你看着红绿灯。”表哥身子靠近朝鲁，头伸向前方说。

“哪来的这么多人和车，路挤得和罐头一样。”朝鲁小心地开着车，表情很激动地说。“还是我们草原好，马尥蹶子走都没人管。”“都和草原一样，社会就别进步了！”王丽绷着脸说。“也是呢！进步的标志呢就是人可以放开，路不能放开！”朝鲁说这话的时候，表情不激动了。

汪经理眯着眼睛，一句话也不说，头随意地靠在座背上，一副麻木的样子。昨天上午风流倜傥的才子形象，好像都被警察拘留在派出所了。

表哥帮我进商店拿的东西。临走的时候，我给许红梅和张文静分别拿了一套化妆品，表哥支吾着问：“这种化妆品有什么效果？”我说：“是美白的。”他说：“那我也批发一套，送给同事。”我盯着他问：“是不是和你对桌的女朋友？”他赶紧说：“是对桌，但不是女朋友。”我慢条斯理地说：“白涛同志就是个适合任何土壤和环境的情种，无论何时何地都有开花结果的可能。”表哥特别无辜地瞪了我一眼说：“不要歪曲我的人格，我做人是有原则的。再说有女人喜欢我，不是我的错，是我有人格魅力。”我不管不顾地说：“这么多年，你的人格魅力就体现在女人身上了，在工作成绩上怎么显现不出来呢？”话说完了，我也后悔了，感觉出言重了。再一看表哥的表情，像被浓烟呛了似的成了烟火色，嘴张了半天，没说出话来。

没等上车呢，朝鲁就问我从哪条路走警察少、红灯少。看朝鲁一副如临大敌紧张的神情，再一看表哥霜打了的样子，我赶紧表现说：“我开车吧！我熟悉路！”“你，行吗？这可不是开玩笑的事！”汪经理吃惊地睁大眼睛问。

“没事，她的技术比我好多了！”看过我开车的朝鲁解脱似地把方向盘交给了我。“哇，四毛，你居然会开车？真了不起！老白，你回去也教我开车吧！”王丽的情绪又高涨了，并及时地提出了自己的想法。

没等表哥表态呢，汪经理闭了半天的眼睛又睁开了，口气很冷、节奏很慢地说：“不要人云亦云，看着什么新鲜事就要体验和尝试，再说你用单位车练习影响也不好！”“你不是说年轻人就应该干点刺激和新奇的事吗？你还说如果你现在三十岁，你都想去登珠穆朗玛峰呢，你比年轻人还想体验和尝试呢。再说，你怎么知道我会用单位的车练习呢？我去找我叔叔，他那儿旧车多了！”

“小王，我没想到你会这样……”汪经理的语调更冷了，像被冷水浸泡一样，有点哆嗦了。“我什么样了？你把话说完！”王丽的头伸到汪经理身后，有点咄咄逼人。“你——太泼辣了！”伤了元气一样，汪经理咯血似地说完这句话，闭上眼睛，头定格一样贴在靠背上，不再对接王丽的任何话题和带着泪水的挑衅。

“你是想说我是泼妇吧？干嘛拐一个弯说。我也是本分人家出身，到今天人不人鬼不鬼的样子，是我一个人的责任吗？”我尽力集中精力开车，不想注意王丽的哭诉，但事与愿违，不由自主地我就老想看倒车镜，不是去看车厢里面的货丢没丢，就想看看王丽哭诉时候的表情是真是假。

“可别哭了，像看旧社会的电影一样！心挺难受的。再说哭这么半天肯定累了，商量商量，你歇一会儿吧！我这有块奶豆腐，你吃吧！”朝鲁终于忍不住了，从口袋里掏出一块用手纸包着的奶豆腐递给王丽。

王丽哭得可能没趣了，也可能累了，听话地收住了哭声，接过有点脏的奶豆腐，哽咽着吃了。“别噎着，喝点水！”汪经理毕竟是性情中人，看王丽这样伤心还是心疼的，回头递给王丽一瓶水。

“不用你管，噎死才好呢！”王丽接过水有点赌气地说。“求你可别闹了！”毕竟也是普通男人，汪经理带着明显妥协地态度说。

走到半路停下车，朝鲁和我调换位置，他继续开车。我到后面挨着王丽坐下。“四毛，我越来越感觉你挺有才的！”小脸哭得有点乱的王丽真诚地看着我说。“四毛不光有才啊，还是个非常有修养的女孩子！”汪经理总结似地缓慢地说。“那你意思是我没有修养呗？”“不只是没修养，才也不多！”开车的朝鲁把战火闷声闷气地引到了自己身上。“朝鲁你多什么嘴？有你什么事？”王丽的脸果然转向了朝鲁，尖着嗓子说。

“有工作的女人在这么多人面前还这么闹，多不好意思！我们家乡放羊的妇女都不会这样大声吆喝羊的，怕吓掉羔子！”朝鲁认真地说。“哈哈哈，”大家都被朝鲁的比喻逗乐了，就连死的心都有的汪经理也情不自禁地乐了。

“朝鲁你说得对，今天我确实有点失态，有点对不起大家，尤其是汪经理，主要是受点刺激，心情不好，没能控制好自己的情绪！你们都原谅我吧！”王丽还真有演技，这么一会儿态度就来了个三百六十度大转弯，声音还很沉痛，表情还很可怜，像犯了错误的孩子。

“王丽，大家都理解你！都是凡人，都有失控的时候，你也别太自责了。”表哥掏出一沓餐巾纸递给王丽。“老白，你就喜欢当好人，小王刚有点认识态度，你就溜须没了，惯孩子一样。”朝鲁非常不乐意地说。

“算了，都别说了，这事就过去吧！就当没发生吧！”当事人汪经理一句话把昨天的历史抹没了。我和表哥交换了一个心照不宣的眼神：只要汪经理能过去，我们还有啥过不去的事情啊！

这次回到家里，心情有点不好，父母的头上增添了很多的白发，脸上平添了很多的皱纹。哥哥姐姐都成家了，只有我还没有着落，看见我他们就像看见一个难事儿一样，不约而同地叹息，这让我很有压力。严旭在外面学习是一个理由，更主要一个问题是：他的父母看不上我这个从旗县来的个体户。这道无形的屏障，不知道我和严旭是否能够闯过去。说实话，我心里的底气也逐渐在减弱。

家里的气氛不适合我，去许红梅家吧，我还感觉不自然。我有自知之明地认为，我一直对不起许红梅，始终是表哥背叛许红梅的帮手。想提醒许红梅吧，还没有一定的证据证明表哥全面背叛，但他思想和灵魂经常溜号的事，碍于面子也不好汇报，毕竟我和表哥近一层。

带着矛盾的心情，吃完晚饭我先去了张文静家。张文静家住上楼房了，用表哥的话说属于先富起来的那部分人。他们家住的楼层也好，三楼。开门的是穿着很讲究的睡衣的刘金。张文静也穿着肥大的家居服，端着一个小碗，满地追着一个小胖小子喂饭。

粉色的窗帘，暖洋洋的灯光，餐桌上散发着香气的饭菜，让人感觉整个屋里萦绕着特别温馨的味道。

刘金有点发福，形象显得高大了许多，看见是我，热情地伸出一只手，喷着一股酒气高兴地略显意外地说：“老妹子回来了，快进屋快进屋！正好我们刚吃饭，你也吃点吧！”“真是四毛回来了。”张文静肥大的红睡衣像一面大旗，抱着孩子呼啦啦地走过来，也热情地招呼我。“宝宝，叫小姨！”孩子真可爱，也不认生，张开胖乎乎的小手要我抱我。

我把手里的化妆品包递给张文静，然后说我吃过饭了，让他们继续吃吧，我可以帮他们看孩子。“刘金你看，我四毛妹子就知道她姐姐需要化妆品，该好好保养了，这钱记着，等妹子结婚的时候，加倍给。”“行，媳妇你说给多少就给多少。让四毛看孩子，咱们接着把饭吃完。媳妇，你等等，我把汤再给你热热。”刘金利落地去厨房忙乎了。

张文静白胖的脸似乎又胖了一圈，看着她满不在乎地大口吃饭、大口喝汤，我有点替她担心了，胖得快成相扑了，咋还这样畅快地没节制地吃呢？“四毛，你看我又胖了吧？”她一抬头看见我正打量她，抹了抹嘴笑了，随后不好意思地指了指肚子说：“我吃两个人的饭呢，又有了！”“难怪你这样高大、丰满！”“我们张文静就是一块丰收田，又聚财又旺家！”刘金给张文静一边盛汤一边说。

“我们的目标就是要两个孩子，性别不限，如果再来个姑娘，那就是老天太厚爱我了！”刘金看着张文静，一副非常知足的样子。

都是一样的胖瘦组合，表哥在许红梅面前咋就没有过满足感呢？看着恩爱的刘金和张文静，我思想开了一会儿小差。

“许红梅还好吧？”我问张文静。“怎么说呢？白涛对她还是不冷不热的老样子，听人家说，他和他们单位的对桌关系不一般呢！”张文静的嘴也大，一碗饭没用几口，吃完了。“瞎传呗，老白到哪都招人，有女人缘！”刘金自觉地系上一个小花围裙，开始收拾碗筷。

“红梅也没办法，男人在外面创业总不能天天跟着吧，可你说天天在外面忙，也没拿回几个钱。你看许红梅和我们一起捣鼓石头，钱和货都算上，有几十万了。”张文静边给我倒水边说，“挣这么多了？”我睁大眼睛吃惊的问。“是啊，你说白涛还看不上人家，从来不去店里，从来不问许红梅挣多少钱了，还一口一个石头贩子，自己有什么本事啊？”张文静拉着我走进客厅坐到咖啡色皮沙发上愤愤不平地说：“这些年要不是红梅伺候你表姑，你表姑早没了！白明还不学好，天天在外面和一群二流子混在一起，打打闹闹的，派出所都挂号了，你说许红梅多不省心呢。”因为胖，说话再有点急促，许红梅微微有点上喘。

“白明这孩子本质挺好的，就是满脑子江湖义气，这孩子要生在古代准是个大侠。”刘金端着一盘洗好的水果进来说。

“可拉倒吧，再这样下去。离监狱不远了。”

“不说他们了，还是刘金大哥好，有没有钱感情都一样。”看着他们悬殊的体格我真诚地说。“有时候也挺尴尬的，我们俩下去收羊绒，都让我看货，他要看，有的就说：你半大小子会看啥，等你妈来吧！”“我说那是你妈，她是我老婆！”刘金走过来接过孩子说。“有的还不信，把我拽到一边说：你把谁家的老娘们拐来了？”“哈哈哈”我们三个全都乐了，小胖小子不知道乐什么，也跟着嘎嘎地乐了。

“人家男的就不显老，你说这女的一到三十多，再胖点就像老大妈！”张文静拢了拢头发，露出光洁的前额有点无奈地说。“我们文静可不显老，一条皱纹都没有，就是富态点，我就喜欢你这样，有安全感！”刘金的大金鱼眼毫不掩饰对媳妇的恩爱，冒火一样看着张文静。“老夫老妻了，也不怕让人家四毛笑话。”张文静大大的脸露出了小女人一样的羞涩。

“怕什么？说的都是实话！四毛真不怕你笑话，去年夏天，我们下乡去收绒，回来的路上车坏了，坏的地方还前不着村后不着店。路过两个骑摩托车的，看我一个人修车，动歪心思想抢羊绒。听见我岔声地骂他们，在车里休息的文静拿着摇把子就下来了，摇把子一举横在两个人面前问：看谁动一下车上的东西？两个人一看晃晃悠悠下来个大个子，慌忙骑车跑了！”刘金摸着张文静肉乎乎的肩膀说。“都说是英雄救美人，你们是美人救英雄啊！”我乐着说。“啥美人啊？收完羊绒回来，我脸上身上都是土，和小鬼一样，再在车里出点汗，准和黑煞神一样，那模样不吓跑人才怪呢！”张文静爽朗地大笑起来。“当时我是吓得腿肚子转筋了，那两个人走了我才从文静身后出来，那个时候我就感觉我这媳妇，不光是我的财神，还是保护神呢！”刘金特别知足地说。“你们现在还收羊绒吗？”乐够了，我也摸着张文静肉乎乎的后背说。“不收了，羊绒行不好了，这边的人老掺假，收羊绒的老客都不来了。羊绒贩子们自己搬石头，把自己的路堵上了。”刘金很痛心地说。

“现在巴林石市场好吗？”

“巴林石，现在巴林鸡血石走上国际市场了！只要看准货，一准挣钱。”刘金胜利者一样挥舞着不太健壮的胳膊说。

“你们能看好吗？”我有点担心地问。“要说我媳妇那叫天性，火眼金睛一样，捣鼓好几年了，还真没咋看走眼。”刘金喜滋滋地说。“四毛，卖化妆品能挣多少钱？不如你在市里也卖巴林石吧？我给你把质量关，还可以帮你提供货源！”善解人意的张文静说出了我不好意思说的心声。“那当然太好了！但是我的资金有限！”我实事求是地说。“根据你的资金情况，钱少的石头你可以购进，钱多的石头你先帮我代卖，卖完了给你提成。”这么好的条件，有点像天上掉馅饼，我抱住张文静的粗腰，不知道说什么好了。“四毛，你刘哥我们俩差不多看着你长大的，和你合作是因为你聪明、诚信、人品好。”没等张文静说完，刘金抢过话说：“在钱面前，你不差事！”他们两口子能给我这么高的评价，我感动地哭了，“文静姐、刘哥，我不多说了，你们看我行动吧！”我用右拳头捶了捶左胸说。

从刘金家出来，我感觉有一道亮光从我眼前划过，我知道吸引我的那道光，是我迫切想要进军的巴林石市场。

带上给表姑和许红梅买的东西我又来到了表姑家。也许是从楼房走进平房的缘故，看见从表姑屋里面透出的暗黄的灯光，我的心无端地有些低落。推开虚掩的外屋门，一股浓烈的中药味迎面扑来，地上放着一个插电的陶瓷的药锅，里面的药“噗噗”地吐着热气。听见开门声，许红梅拉开厨房灯从表姑房间走了出来。看见是我，她很自然地乐了，声音轻柔地说：“知道你回来了，你表姑就等着你来呢！”和张文静比，许红梅大平面的脸有些干涩灰暗，像缺少滋养一样没有光泽。她的体形瘦了一轮，穿着一套旧了的运动服，头发也少了很多，胡乱地盘在脑后，看着没有了沉重感。

表姑躺在炕头，看见我虚弱地抬起了身子，有点浮肿的青黄的脸困难地笑了笑：“丫头，我还以为看不到你了呢！”我急忙上前扶住表姑躺下，眼窝一热眼里盈满了泪水，这个情同我母亲甚至超过母亲对我关爱的表姑，看上去竟有了风烛残年的感觉。

“没什么大事，这几天感冒了。”许红梅端着一碗汤药放在表姑头上的一个方凳上说。“去医院看了吧？”我拿出在赤峰买的水果罐头和表姑爱吃的杂拌点心说。“看了，就是花钱呗！我啊也不快死，成你红梅姐的累赘了！”表姑吃了一块我给她的杂拌说。

“妈,你说什么呢？天天吃五谷杂粮谁不长病啊？咱们好好吃药就好了！”许红梅说话永远那么温柔好听，哄小孩一样把表姑扶起来，乐呵呵地说。

“表哥和丫丫呢？”我感觉这屋里有点冷清。“你表哥天天有应酬，丫丫让她姥姥接去了。”表姑长长地喘了口气说。“白明呢？”“这孩子天天不在家，说是和别人合伙做买卖呢，光出钱不见钱，也不知道在外面干什么呢。”回来听家里人说，白明组织了一个什么要账公司，打打闹闹的有点江湖做派。

“白明有对象了，那个姑娘可时髦了。”许红梅吹着药碗说。“那个丫头可疯了，咱们家养活不了，一张嘴管谁都叫宝贝儿，让人受不了！”表姑慢声慢语地说。“那多温柔啊，又瘦又会打扮，你大儿子就喜欢那样的！”许红梅轻声细气地发泄着心中的委屈说。“中看不中用，还是我大丫头实惠，中看中用！”表姑用颤抖的手端过药碗说。

“你们娘俩说相声一样，挺有意思的！”我装作听不懂的样子说。伺候表姑吃完药扶她躺下，许红梅和我递了一个眼色，我们俩来到她和表哥的房间。我把给她买的化妆品包打开，告诉她使用的程序是：先用水后用乳液，最后用粉底。她说了声谢谢，然后用有点粗糙的手，摸了摸缺少水分的脸，声音有点幽幽地说：“我这脸还有呵护的必要吗？”“为什么没有？”我把她拉到穿衣镜前，压低声音说：“女人不但要善待自己还要看好自己，你以前的自信哪去了？你看人家张文静活得多精彩。”“我和人家没有可比性，人家有爱她的丈夫，有自己的生活舞台。我呢？”“你也有啊，只不过生活舞台比她大了点，复杂了点，丈夫呢……”我干咽了一下唾沫，措了一下词说：“也是事业中人，对你关心少了点，你这宽阔的心胸依旧包容吧！但自己一定不能放弃自己，首先要在面貌上树立自信！”由于怕表姑听见，我压低的声音自我感觉有点压抑。“嗯，你现在树立的形象真不错！说得也有道理。四毛你在外面锻炼得真成熟了许多！”许红梅真诚地带着羡慕的口气说。

“红梅姐，你也不错啊！听文静姐说，你的巴林石生意做得不错，挣了不少钱呢！你干啥都那么好。”我由衷地说。“这个还真不错，四毛你那么聪明，也应该卖巴林石，可挣钱了！”许红梅小声地对我说。“你和文静姐他们两口子说的一样，他们让我和他们合伙弄呢！”我把张文静和刘金的话和许红梅说了以后，她高兴地说：“这就选对路了，他们俩口子为人特别仗义，我也是他们扶持起来的，以后我也可以帮你带货，你就好好干吧！”“谢谢你红梅姐！等我挣钱了，好好报答你们。”我又一次用右拳头捶了捶左胸口。

“你和严旭怎么样了？”许红梅我们俩坐在沙发上问。“他妈妈依然不同意我是个个体户，严旭是非我不娶，但我想因为我，他和他妈妈一直僵持着也不好！”最近一说我和严旭的事，我就闹心。

“她妈真是有眼不识金镶玉，这么好的四毛她还嫌弃。你好好卖巴林石，自己挣钱买房子买车，争口气给她看看。”许红梅挥舞着小簸箕一样的大巴掌，不愠不火地说。

“你们俩鬼鬼祟祟地说什么呢？”表哥一掀门帘走了进来，我和许红梅一愣，没听见他的脚步声呢。“我们俩光明正大地说话呢！”我挺硬气地说。“就是呢！感觉你的行为有点丫丫奶奶的遗传。”许红梅特温柔地说。我真佩服许红梅说话的温柔功夫，无论多难听的话经过她的大嘴一流通特别有女人的撒娇味儿，语气让对方很受用，所含分量还没有消减。好话好说，孬话也好说，我感觉这是一项女人应该具有的法宝。我曾经刻意把它当作一项技能来学，结果肚子里的怒火烧到嗓子眼非但没转化小，到嘴了还成了战火，吐出来的都是重磅炮弹。我感觉这是一项能主控内涵的真本事，一般人是学不来的。

“表哥，我要告诉你一件好消息！”“什么好消息？”表哥坐在沙发上，很领导地接过许红梅递过来的茶杯说。“我要和文静姐他们合伙卖石头了！”我有点抑制不住心里的喜悦说。“就你那点本钱？当个小贩子行。不过你用心学学也好，你看许红梅许总从来没有接触过石头的人，现在都成专家老总了，在巴林石市场，还小有名气呢。”表哥带着不知道是褒还是贬的笑容说。

“表哥你还在那么看不到前程的单位浪费青春干嘛？不如也卖巴林石呢！”我鼓动表哥说。“我的前程你们看不到，挣钱不是我人生的主要目标，我还有我更长更远更想做的事情。”表哥一副高深莫测的样子，让我和许红梅更猜不到他要做的事情，有多长有多远了，也不想猜，我选择了讪讪地告辞。

我要回赤峰的头一天，让人意外的是接到王丽的电话，说晚上请我吃饭，务必光临。我说回家的这两天天天有人请，都在外面吃了，明天早晨要回赤峰，晚上想在家和父母吃顿饭。王丽不同意，执意要我出去，我问都有谁？她说小范围，就我们两个人，还说有事要和我交流。我想了想既然就我们两个，肯定不会出现斗酒、拼歌、赋诗等意想不到的局面，所以就答应了。

去之前我感觉有必要向表哥汇报一下这件事，问问表哥和王丽吃饭究竟合不合适。“合适，去合适，不去才不合适呢！”表哥好像请他一样在电话里急急地说。“四毛，去的时候说话一定要讲策略。她不喜欢忽悠，也不喜欢直白！”表哥语重心长地嘱咐我。“我就是简单去吃饭，也不是有目的地去谈判，不需要注意谈话方式吧？”我很气恼表哥的多事。“或许就是有目的地吃饭呢，因为王丽有半个经理的化身，她很拿身份的，来三产从来没请过客！”表哥还认为我很荣幸呢。“请我也没什么好处，无论是你们单位还是个人我什么忙也帮不上的，我既没钱又没势。”我真实地说。“也不一定，在赤峰买衣服就帮上了，还有派出所的事也是经过你的提醒……对了，”表哥口气明显有点紧张，“是不是找你调查谁给派出所报告的事啊？”我坦然地说：“假如那样，我就告诉她我没那个兴趣和爱好，然后我会转身离开，结束无聊的饭局！”说完我自我想象了一下，我离开时是否摔一下筷子，还是打一个碗，以表示大义凛然，最后从赔偿角度看，还是摔一下筷子比较经济实惠。

“那你也别离开，顶多用沉默表示抗议，因为这里面也许有汪经理的意图。”“吃顿饭还有这么多内容，真麻烦，要不我不去了。”我好笑表哥对吃饭这么小事的复杂化。“去，一定得去！四毛你是有一定应变能力的，哥相信你的修养，去吧，去吧！”表哥真怕我不去，赶紧鼓励我。“她又不是汪经理媳妇，用朝鲁的话说，你须溜她干嘛啊？”表哥长叹一声说：“是他媳妇该好了，还没那么多事呢！小三才是事儿妈呢！”

吃饭的地方离我们家不远，很僻静很干净的一个地方，饭店名字有点奇怪，叫作“老地方”。

“你也喜欢这个店的名字吧？”站在门口等我的王丽身着红风衣、咖啡色高筒小皮靴，长头发高高地束在脑后，两个耳朵戴着两个晃晃悠悠的大圈耳环，和饭店红底烫金的招牌一样醒目、扎眼。见我看着招牌沉思，她笑着对我说：“我发现摆弄文字的人都喜欢这个名字，我不喜欢。”“汪经理也一定喜欢吧？”我跟在她身后走进饭店说。“他是个舞文弄墨的有浪漫情怀的人，自然喜欢，是他建议我来这的。”她坦率地说。

饭店的吧台不大，装饰得很特别，不规整的橱柜上面放着很旧的照相机、风干了的花朵、褪了色的草帽、系着缎带的日记本、放着亮光的竹笛……这些散发着怀旧气息的物件好像在无声地讲述着让人浮想的昨天的故事。

“这儿的创意真好！谁开的？”我惊讶在这样的小地方竟然有这样另类的人和另类的场所。“一个外地回来的男士，受过刺激。”王丽回过头小声地对我说。“受的刺激也是有品位的高级刺激。”我也小声地说。

包间的名字也很有诗意，一号房是“勿忘我”；二号房是“寻梦园”；三号房是“来生缘”；四号房是“我等你”。

“你喜欢哪个名字的房间？我定的是勿忘我！我不相信有来生！”率先走进一号房的王丽快言快语地说。我还没等说，你很现实呢，就被屋里的装饰吸引住了。带着蓝色勿忘我图案的纱帘梦幻般地悬挂在窗前，墙壁是白色的，上面点缀着蓝色的小朵的勿忘我，用手摸了摸，是纱做的仿真花。屋顶也是白色的，上面零星地散落着蓝色的小星星，最奇特的是中间悬挂的吊灯，一个半月形的灯架上面插满了大把的蓝色的勿忘我。

“真美！亦真亦幻童话世界一样。”轻轻地拍着双手赞叹着，我有点陶醉。“文人怎么都这样，不就几把花吗？至于和刘姥姥进大观园一样吗？”丝毫没

被环境影响，王丽坐在白色的椅子上翘起二郎腿开始点菜，并且撅起可爱的龅牙自信地说：“菜就我做主点了，知道你喜欢吃什么！”看样子她是常客，用涂着红指甲的可爱小手，在菜单上一点，对服务员说：“这个，这个，还有这个！对了，再来一瓶低度的套马杆白酒。”我说两个女的别喝了，她说：“不喝透了怎么沟通呢，只有酒后才吐真言呢！我对汪经理都是这个策略。”她还没喝酒呢，透明程度就挺让人吃惊了。

“你不喜欢为什么来这儿啊？”我感觉她的态度有点对不起这环境。“我直觉认为你应该喜欢，所以来了！”她倒是不隐瞒自己的观点。“说实话我不喜欢蓝色，它太沉重，我喜欢红色、粉色、黄色和绿色。汪经理说和我的性格一样张扬、青春！”她脱掉火红色的风衣，抻了抻里面火红色的长毛衫说。“你真挺青春的，有活力！”我看着她被红色衬托得很有神采的脸由衷地说。

“对了，四毛，趁着清醒我得咨询你个事，我想把我的牙弄整齐了，你给我问问市医院能做吗？”“我感觉你的牙长得挺调皮挺可爱的，没必要做吧？再说也不影响整体美！”“你别安慰我了，汪经理媳妇说，我的牙好像老刷不干净似的长得挺窝囊的。”“那汪经理怎么看？”“他说蛮可爱的，和你看法一样！”“领导看好就行了，在乎领导媳妇的意见干嘛？”又不是讨她喜欢，这句话我咽回去了没敢说。“可她媳妇牙很整齐很白，看着是挺干净的！”“呵呵，领导的审美观点倾向你就可以了。 王丽我也清醒时候问你一句，你真很喜欢汪经理吗？”我也敞明了自己的观点。“不光喜欢，还很爱！”王丽抿起龅牙，好看的大眼睛看着我表情郑重地说。

四个菜上来了，王丽点菜真是高手，色香味俱全。一盘是金黄的拔丝奶豆腐，一盘是翠绿的竹笋丝；一盘是肉色透明的锅包肉；一盘是由紫色葡萄、黄色桔子、绿色苹果、白色香瓜、红色西瓜拌成的水果羹，上面用牙签插着各色小旗子。“怎么样？”见我看着菜控制不住地咽唾沫，王丽给我倒满酒得意地问。“真不错，内行！”我吃了一块又香又醇的奶豆腐说。“姐虽然文化不高，但品位还是不低的，当然距离四毛小姐还差一步之遥，我准备骑着马追你！”王丽很用力地说完“追”字，翘着兰花指举起酒杯和我碰了一下，一口干了。“我啊还是学你吧，综合知识挺丰富的，适合在社会生存！”我一使劲喝了半杯。“四毛你有点不实在。”王丽歪着头拿着空酒杯对我亮着杯底说。

“都什么年代了，还用喝酒衡量人？”我无效地抗议着，困难地把剩下的酒喝了下去。“民族地区就得保持民族特色，发扬酒文化。”“这也是汪经理说的吧？”看她又给我倒满酒，我有点打怵。“对，他还说了，草原上的百灵鸟双双飞，一个翅膀喝两杯。来，再来一杯。”她轻松地又把第二杯喝了。回乡随俗吧，我也豁出去了，喝吧！

几杯酒下去，像白骨精挨了金箍棒一样，两个人的原形就都露出来了。“四毛，知道我为什么要请你吗？”王丽红红的脸凑近我，呲着调皮的龅牙问。“是不是让我别乱说你和汪经理的事啊？”我也眼睛发直地问。“错！”她一摇头大耳环晃得我直忽悠，又一摆小手说：“那个无所谓！再猜。”我们俩又碰干了一杯酒。“那是想让我帮你找在赤峰给派出所打电话的人？”我舌头有点打卷地问。“也不是，那根本不用问。”她斜着大眼睛酒窝深深地坏笑着说。“你知道是谁了啊？”我张大嘴问。“你吃惊也不用把嘴张那么大啊，也不是给你治牙。我自然知道，因为是我打的。”这么震撼和让人吃惊的事，她居然轻描淡写地说出来了。我现在的表情不是像治牙了，像没打麻药就拔牙了，张大嘴直着眼睛就定格了。“美女，表情不至于那么夸张吧？”她居然没事人一样，吃了一口菜。“这么意外的事，你也做得出来啊？”像刚上来麻药劲一样，我的表情好不容易恢复了原位。

“意外吗？事都做了，说了不算意外，是意料之中。”她甜甜地笑着又冲我端起了酒杯。“我和汪经理最初有个约定，我们是因为一见钟情走到一起的，不是找刺激和交易，我们最终目的是要生活在一起。不瞒你说我都悄悄地离婚了，其实我前夫特别爱我，可我总感觉，我们精神和思想不在一个层面上。”像说别人的故事，王丽平静地从龅牙里面溜达出来的事都让我心惊肉跳。“但现在，汪经理没有什么行动。我知道他的情况比我复杂，有两个孩子，可要不是因为他我也会有自己的孩子了，要奋斗要争取自己迟来的爱情就得有牺牲，要是为了没事找乐，我是不会奉陪的。你说是不是？”她水汪汪的大眼睛看着我，期待着我的答案。端着她请的酒，看着她请的菜肴，是？还是不是？我感觉这个问题充满了矛盾。

“你离婚了他为什么不离婚？”酒菜没让我失去理性，平时的做人准则让我不想昧着良心说话。“他说需要时间。”她转开看我的目光。“期限是多久？”我没顾她的感受口气有点逼人。“不知道！”她无力地放下了酒杯。“如果遥遥无期呢？你会等到地老天荒吗？” 我继续追问她。“不会的，所以我才采取了你所说的意外手段，曝光一下！”她又倒了一杯酒。“有效果吗？”“适得其反，我把自己形象还毁了！”她说完又喝了一杯酒，趴在桌上突然哭上了。

我没想到外表灿烂的王丽会有这样脆弱的举动，赶紧走到她跟前递给她一沓餐巾纸。“姐，这可不是你的性格，有话我们好好说好不好？你是不是喝多了啊？”“没有，我没喝多！”她猛地抬起头，用力擦了一把眼泪，脸上的粉底和睫毛膏又都乱套了，精心化过妆的小脸变成了鬼模鬼样。“你先别哭，我还得给你个建议，拜托你以后买睫毛膏，买防水的行不？”“什么牌子的防水啊？”她瞪着一双有点乌青的眼睛问。“我们店就有，有时间我给你吧。你可别哭了，朝鲁形容得没错，你一哭和看旧社会电影一样。”“扑哧”，王丽乐了。“我就是有点难受，四毛你是有文化的人，你说我该怎么办？”她仰着小鬼脸流着眼泪可怜兮兮地问我！“姐，我没有你这样的经历，就算有过，我也是受害的一方，和你的角度不一样。不过我想，如果汪经理真的很为难，说明你们的感情还是有点不成熟，你再考虑一下吧！”我像娘家人一样特诚恳、特实在地说。“再说你们俩年龄相差也很大，将来会幸福吗？”

“我已经没退路了，可他说没有我的日子一切都形同虚设！”“这是男人忽悠女人的共同用语！”我重新坐下来说。“汪经理也忽悠过你吧？”她突然站起来问我。“忽悠我？他凭什么忽悠我啊？”我也急眼地站起来。“他最近很崇拜你的，总说你有女人味儿，有修养，四毛你不会对他也有好感吧？”“你真有病！”我真想给那张小鬼脸一个大嘴巴，“你以为别人都和你一样的档次和标准啊！现在你们就这样不信任，将来怎么办啊？”到现在我终于明白点王丽请我的目的了。“四毛，你别笑我不自信，也别生气我怀疑你，我真感觉你比我优秀，汪经理会移情你那面的！”“真是可笑！”我把无耻两个字使劲地咽了回去。不是因为表哥和他们一个单位，我真想用最原始的语言骂王丽几句。

“我请你就是想坦诚地求证一下这件事，你没想法这我就放心了，四毛对不起，原谅我的猜测和无理，只要没有你的因素，汪经理一定会属于我！谢谢你老妹！”她说完还深深地给我鞠了一躬。“你出来忘吃药了吧？”我真有点哭笑不得，这事怎么能掺乎上我呢？“吃了，吃了药还这样呢！”王丽掏出小镜子用餐巾纸倒了点茶水，使劲擦了擦脸，龅牙一呲，又没心地美上了。“请客的理由竟然是这个，我真想抽你两下。”此刻我不知道自己该有什么举动？是该摔双筷子？还是摔个碗？我心里正权衡利弊的时候，王丽嬉皮笑脸地凑近我说：“如果你真生气了，就打我两下吧？”“算了，你真赖皮！荒唐！”我推开王丽说。“不行，这形象太对不起观众了，四毛我先去卫生间补个妆，你先候着！”没等我有什么反应，她拎着小包出去了。

大约过去半个小时了，王丽还没有回来，正在自我纠结走还是不走的时候，门又开了。

王丽摇晃着身子摆着手，脸色桃红地眯着醉眼，不是被搀扶准确地说是被汪经理搂抱着闯进来的。汪经理喝得也是满面春风一脸笑意，精致的眼镜都掉到鼻子梁上了，也没顾上用食指推一下。在汪经理身后跟着脸色有点发黄的表哥，看样子也喝了不少。

“怎么样，四毛，意外吧？我在隔壁遇见他们了！”王丽一下子坐到椅子上。“口渴了，老汪给妹子倒点水！”“我来，我来！”表哥一个箭步上前要倒水。“还是我来我来，很愿意为妹子效劳！来，给四毛妹子也倒点！”汪经理乐呵地好脾气地说。有点看不惯这样的场面，我站起来说：“我也出去一下，你们先坐！”

没等使眼色，表哥跟了出来。“你们怎么也在这里吃啊？”走进一个空餐室，我问表哥。“来客人了，我们经常在这，这是汪经理一个同学开的。”

从厕所出来，就听见走廊有吵闹声，一看勿忘我的门口聚集着几个人，难道“一个尿”的工夫又有意外了？我赶紧往回走。还没走到门口，就见王丽被人从屋里推了出来，她鞋跟高、喝的又高，踉跄两步就坐在地上了。“谁呀，干吗这样推人啊？”我挺仗义地冲上前冲屋里喊。虽然我对王丽的生活作风有看法，但吃了人家的饭菜，眼见着东道主被人欺负，我认为有责任、有义务为她抱打不平。说良心话，当时我就认为她和汪经理又起内讧了。

“是我推的，你想知道为什么推她吗？”一个长得白白净净、身材消瘦、牙齿洁白整齐的女人，声音不高，抱着双臂出现在我面前。她穿着一套合体的腰身卡得很紧的银灰色套装，像个女干部。“我，我不想知道了。”我的底气像碰见出气针一样“噗噗”地消失了。我知道自己遇见高人了，这个事不是我能够摆平的。

“汪家大姐，你现在说这个还有意思吗？”坐在地上的王丽眯着好看的醉眼说话了。最让人接受不了和不理解的是，她好像不是被推倒的，是自己要找个舒服的姿势坐下。一只鞋掉了，她索性脱掉了另一只，身子向后退了退，头和后背都倚在了墙上，两只脚摞在一起随着身体气人地摇摆着，“你最好弄清楚目前的现状！问问老汪，责任在哪一方？”一个插足人家的小三口气居然可以这样气势地和原配说话，我气愤得都吃惊了。

“不管责任在哪一方，你现在不要脸的样子就非常不值钱！头几天你告诉我说你们在赤峰同居被派出所抓到了，我还以为是笑话，现在我还真信了。我本来以为以老汪的水准会找一个有素质、有修养的女子，没想到是这样一个女无赖！真可笑！你还自己打电话让我来看你们亲热的程度，告诉你，看你现在的样子，老汪得到的最好的惩罚就是把你娶到手，姑奶奶我承让了！还有脸说，这是你们幽会的老地方，这地方真不错，灯红酒绿的。适合你们耍流氓！你们尽情地耍呢！姑奶奶我没时间奉陪你们。”一个意外，王丽把赤峰的事告诉了汪家大姐，又一个意外，王丽打电话把汪家大姐叫来的。而汪家大姐承让的态度这样爽快！这么有骨气，我都想为她拍手叫好了，但考虑到，我是小三这方面的客人，只好把喝彩声咽了回去。没等大家接受这样意外的态度呢，汪家大姐扭着细细的水蛇腰，不紧不慢地迈着外八字步头也不回地走了。

从来没看过一个男人像抽去筋骨那样沮丧，那样颓废。刚才还春风得意的汪经理，头随意地耷拉在椅背上，腿无力地耷拉在地上，两只细长的胳膊耷拉在半空中，像一只被放了血的公鸡。眼镜早就脱离岗位了，滑落在鼻子尖上。而他的眼睛始终紧紧地闭着，外面那么吵闹他都没有睁开，也没有转换一下不舒服的姿势，给人的感觉似乎是在做一个不想醒来的梦。不过，他就是在梦中也没梦到的场景是：赤峰住宿被派出所抓、现在被自己老婆抓都是王丽设的局。

看着最难受的就是表哥，像一个便秘的大肠干燥者，矛盾的表情痛苦地纠结在脸上。我知道他为面临的选择难受，不知道是拉王丽还是劝汪家大姐，两个人都是不好惹的主儿不说，最主要的是确定不了日后谁能成为真正的汪夫人，所以谁也不敢得罪，谁也不敢劝不敢拉，表明立场的事不能干。

看汪家大姐走了，围观的几个人也散了，王丽坐了半天见实在没人拉她一把了，自己眯着眼穿上鞋扶着墙站了起来，刚走了一步感觉不对，两只脚严重不平衡，低下头一看一个鞋跟不见了。她立刻睁大眼四处找，我脚没动眼睛却帮着她仔细看了看，笔直的走廊一个死角也没有，视线也良好，就是没有鞋跟，这么快就不翼而飞了？

“老汪！老白你们都被掐死了？怎么一个都不出来啊？”王丽重新坐到地上把那只掉了鞋跟的鞋往门上一撇，炸雷似地喊道。

汪经理被这刺耳的声音刺激得一个“激灵”站了起来，食指大幅度地推了推眼镜，整整领带和西服，又捋了捋头发，带着奔赴战场的凛然态度，昂首阔步地走了出来。我以为他是听见王丽的呼喊出来的，没想到在路过王丽的时候，他像躲避垃圾一样，头都没低一下，眼睛都没瞟一下，人和事好像与自己无关一样径直走了。

跟在汪经理身后的表哥先前的脚步还呈探索状呢，后来一看经理的脚步这样毅然、决然，他就找到方向和精神了，随后也大踏步地走了。一见“掐死”的两个人“复活”后的无情表现，王丽张开大嘴“哇”地哭开了，光着脚站起来就要去追汪经理，我上前一把拽住了她：“如果你认为你还是个要自尊的女人，如果你不想成为明天的新闻人物，我希望你能正常地离开这个地方！”我小声地，却很严厉地和她耳语说，因为看热闹的人已经又要包围过来了。

她还真听话，哭声戛然而止，估计头脑也清醒了，帮她找到鞋后我把另一只鞋的鞋跟顺手也帮她掰了下来。她听话地穿上，拿好挎包。我们俩挽着手没事人一样，离开了饭店。

刚出门口，有人在我们身后扔了一个东西，我转回身捡起来一看，是王丽的另一只鞋跟，刚才没找到，原来是被人故意拿走了。

走出饭店很远，我们俩逃离了战场一样放慢了脚步。“四毛谢谢你，患难见真情，今天我才发现你这姐们真够意思，老白真是个白眼狼！”王丽紧紧挽着我的胳膊带着哭腔说。

“不是我够意思，也不是我同情你，我只是站在女人的角度上，不想让你成为大家的笑料。”我使劲甩开她的手，面对那张眼影、腮红模糊得像小鬼一样的脸，气愤地说。“其实我已经成笑料了。”王丽咬着嘴唇说。“你为什么要这样老是用意外的超乎常理的手段呢？你不知道这会让人憎恶吗？不要怪老汪、老白了，他们跟你丢不起人。爱一个人要考虑他的位置和感受，而不是走极端，像你这样的女人真可怕！”也许是夜深人静的原因，自我感觉不太高的声音像出枪膛的子弹，“嗖嗖”地带着哨音和重量。“我以为用非正常的手段，就会得到他，谁知道把事情给搞砸了。”她蹲在地上说。

我没再搭理她，转身往家走，这丫头的思维肯定有问题。像看了一场闹剧，我自言自语地说。

第二天一大早，一夜心情忐忑不安的表哥老早起来找到我。他不知道头天晚上自己的中立态度是否得罪了谁，所以首先找我求证一下王丽对他有没有意见？看着他发青的眼眶和似笑非笑的表情，我挺可怜他目前的处境。

“工作上的困难我都能克服，但是关于领导的家庭问题，特别是未来的主妇权问题，我真的没办法帮着选择！”表哥有点消瘦的脸上露出了深刻的痛苦状。“法官都费劲解决的事，估计你更无能为力，你的选择只有一个：撤退，不要蹚人家的浑水。”说这话的时候我对着镜子正在进行脸上化妆的最后一道程序——擦粉。除了眼睛是黑的，其余都是惨白的，有点瘆人。

“对呀，我干嘛老跟在人家身后掺和，自己找不自在啊！我可以躲闪啊！”像一语惊醒梦中人，表哥的脸开晴了，有了找到方向的欣慰。“四毛就是聪明，经过你的点拨我知道我该怎么做了。走，哥请你去吃蒙餐！”表哥慷慨地从裤兜里掏出一把没超过五元的零钱，“一壶奶茶，半斤蒙古果子，四张馅饼，钱够了！”

走到门口，表哥回头对送我们的父母和二哥说：“大舅和大舅母还有二哥你们都回吧，知道你们都忙，就不麻烦你们陪四毛了，一会儿吃完饭我送她去车站就行了！”帮我拎提包的二哥主动地不自觉地申请说：“我不怕麻烦，我有时间陪着你们吃蒙餐！”“呵呵！”表哥干笑了两声，“不用这么多人吧，要不二哥你送？”“我送吧，我请你们俩，看把你吓的，白涛哪样都好，就是关键时候不仗义！”二哥直率地说。“二哥，我认为这和仗义靠不上谱。我主要是想和四毛单独谈谈！”“就你那点破事可不用谈了，以后少给领导溜须多顾点家，就什么烦恼都没了！”二哥特别不客气地说。“和你个体户没办法沟通，你们俩去吃吧，我上班了！”表哥恼怒地开车走了。“哥骑摩托车送你。”二哥挺解气地笑着说。

快到单位门口的时候，表哥老远就看见常会计站着丁字步，伸着长脖子企鹅似地向路口张望呢。“没带钥匙吗？”把车停在常会计身边，表哥下来问。“带了，我等你呢！”常会计很小的声音带着迫不及待的兴奋。

“一夜不见就这样不加掩饰地想念啊？”进了办公室，表哥看着常会计擦得很白的瓜子脸，用很暧昧的口气说。“讨厌，死老白！”常会计小女孩一样扭了扭身子，然后用拳头轻轻地捶了表哥后腰一下说。“你不知道啊，昨天汪经理和王丽在一起亲热，被他老婆堵在老地方了！”为了说话的安全性，两个人的头凑在一起用最近的距离小声地交流。“你听谁说的啊？”表哥装作不知道的样子问，他想听听昨天的事，一夜之间被演绎成什么样的版本了。“我们同学说的，她也在那儿吃饭了，可丢大人了，也不知道谁告诉的老汪媳妇：老汪和王丽在老地方饭店呢，老汪媳妇就去了，一看两个人抱着一起亲热呢！”说到亲热的时候，常会计还不好意思地和表哥拉开了一段距离。“后来呢？”表哥往前凑了一步又拉近了那段距离。“死鬼，你还挺爱打听这事的，”常会计轻轻地拍了表哥脸颊一下，“后来，老汪媳妇就把王丽给打了，都打得趴到地下了。围着看的人里三层外三层的，谁也没拉，老汪吓得根本没敢出面！”常会计一会儿挤眉弄眼，一会儿撇嘴鼓鼻子的，丰富的表情配合着叙述。

“能瞎编的人可真多。”表哥心里说。“老汪媳妇那个黄脸婆多厉害啊，回家也饶不了老汪，这下有好戏看了！”幸灾乐祸的窃喜，明显地体现在常会计的瓜子脸上。“老常我们都是老战友了，老汪对我们又不薄，我们可不能站在一边看老汪的笑话！”表哥挺正直地说。

“老汪对我们不薄？亏你敢说，对你不薄还是对我不薄？”为了控制声音，常会计的鼻子要顶到表哥的鼻子上了，嘴也噘到了最大限度。“你早晨吃韭菜花了？”表哥从对面的嘴里闻到了一种异样的味道，他后退了一步说。“吃了，我还给你拿了一罐头瓶呢！”“谢了，不过老常用事实说话吧，老汪开始对你是不薄！”“老白你真烦人，我不和你说了！”常会计一扭身坐回了原位。

“老常你最近挺爱生气的，这可不是你的性格。来，喝点水，现在我们俩必须立场一致，对公司未来的形势有所预测和准备啊！万一事情闹大了，把公司闹黄了，我们可都成了受害者。你比我智商高，有些事我听你的。”表哥温柔地给常会计倒了一杯水，顺便在她耳朵边轻声地说。

这几句耳语挺奏效，常会计的脸又笑成一朵花了，“死鬼，你就会忽悠人！过来，我把公司的实底给你交代一下！”表哥要的就是这个效果，他转身关严办公室的门，拿出纸和笔，准备记录公司的来往账目。

门突然开了，好几天没见的朝鲁穿戴挺干净地进来了。“关上门离得这么近，又搞阴谋诡计呢？”“兄弟，你又来的及时了，单位高层领导都不在，我和常会计要开个小型的会议，商讨一下公司下一步的业务！”表哥拿着笔和本认真地说。“别蒙人了，我又不是小人儿。再说这样的业务不该你们研究，你们做不了主呢！”朝鲁梗着脖子直言不讳地说。“你这个小人儿还真较劲，要不你也列席我们的会议？”常会计逗他说。“你可别说话了，那么老的人，还脸擦得那么白，挺吓人的。实话说吧，谁的会议我也不参加了，叔叔把我调走了，我来告诉你们一声。”“走了，调哪去了？”常会计像终于甩掉特务盯梢似的，欣喜地站起来声音挺高地问。“不用那么大声，去文体局了，我会经常回来看你们俩开会的！”朝鲁始终不妥协地板着脸说。“老白，姐在家吗？我去告诉姐一声我工作的事，一会儿还回来！”“你姐在家呢，去吧！兄弟，哥最近可坚决听你话呢，在你姐那儿可不能乱说！”表哥讨好地给朝鲁打开门，又送到门口说。“人家朝鲁可不是乱说话的人，人家多仗义啊！晚上我们得组织人给你开个欢送会，买点纪念品。说实话，姐还真有点舍不得你走！”常会计迈着丁字步紧跟在他们俩身后，喋喋不休地说。“这话我不信，我走了就没人看你们俩了！”朝鲁实在地说。

送走朝鲁，两个人坐下来刚要开展工作，更夫老秦搓着手上的煤渣子进来了，“今天不是礼拜日吧，除了你们俩，怎么都没来上班呢？”不知道老秦有几套黄军装，没见他穿过别的颜色的衣服。“你不用来我们这儿探听，我们也不知道具体情况，你要是有事就给汪经理他们家打个电话，反正你们是亲戚，问问今天还来不来？”和老秦说话，常会计的口气和态度就上升到了高层领导的高度。

“也是，还是人家常会计聪明，我去打个电话！”老秦没在乎常会计的态度，随手还正规地敬了个礼，呲着牙笑嘻嘻地出去了。“老家伙，别看乐呵呵的，也是个奸细！走，老白去我们家，那儿肃静！”常会计果断地把账本塞进自己的大挎包里，穿上外套就要走。“去你们家？肃静是肃静可不合适吧？”表哥有点犹豫。“没什么不合适的，我老公出门了，孩子在姥姥家。走吧，这太干扰！我先走，你后来！”像地下党一样，秘密地商量完接头地点，常会计哼着小调在老秦探寻的目光注视下，双手揣在大衣口袋里，摇摆着身子走了。

怀着复杂的心情，表哥在屋里徘徊了半天，心里斗争了半天，反复考虑孤男寡女在女同事家是否合适？会不会出现什么意外？尽管平时表哥和常会计很拉近乎，但那里面利用的成分要多一些。至于在男女界限上有所突破，这个问题还没到表哥考虑的阶段。

也许自己太多虑了，在徘徊了第二十圈之后，表哥又推翻了一切假设，最后为了弄清单位的实际情况，表哥决定去常会计家。走的时候，看着老秦侦察兵一样的眼光，他心虚地骑上好久没用的摩托车，走在路上他暗暗告诫自己：这是第一次也是最后一次独自去常会计家。

做贼就是心虚 ，左右张望着是否有熟人，表哥用摩托车的前轱辘，撞开常会计家虚掩着的黑色铁大门，没注意脚下挡门的石头，一不小心人和车都摔倒了。摩托车的一个转向灯，“啪”地被摔出了老远。刚把摩托车扶起来，一个不大的小黑狗“汪汪”地狂吠着向表哥冲了过来。“黑丫别咬，回来！”听见狗叫，常会计穿着一套浅粉色的家居服，迈着丁字步，嘴里温柔地呵斥着小狗，快步走了过来。一见主人的态度不是特别严厉，小黑狗越发地表现起来，越咬越厉害地靠近表哥。本来摔了一跤的表哥，表情就够尴尬的了，一见这么小的狗也来凑热闹，一生气抬起左腿欲作踢打状，没想到小狗有主人撑腰也来了英雄虎胆，一口咬住了表哥的一只裤脚，向后一拽，“刺啦”一声，表哥的半条黑色裤腿就被撕掉了，露出了里面的绿色毛裤。

小狗嘴里叼着半截裤腿，得意地跑向常会计，摇头晃脑地向主人请功。没教训着狗，倒让小狗撕去了半条裤腿，有功夫不能施展的表哥气得一拳打在砖垒的花墙上，哪知花墙是真正的花架子，“轰”的一声倒了半面子。本来就蹲在地上乐的常会计，一看表哥气急败坏的样子，乐得更起劲了，眼泪都流了出来。

“别乐了，让人听见。我真不该来，别扭透了！”表哥转身关上大门，懊恼地说。“老白你真有意思，狗惹你你拿墙出什么气啊，这下你给垒墙吧！”常会计把狗抱起来，好不容易止住笑说。

“找工具来垒吧！”表哥无奈地说。“算了，快上屋吧，逗你呢，明天找人来垒吧！”常会计擦着笑出来的眼泪说。

宽阔的三间大平房，里面布置得很雅致，窗明几净的，收拾得也很干净。以前表哥经常来接送常会计，但从来没有进过里屋，这次他才发现，常会计很会收拾家，是个有品位的女人。

坐在紫色的皮革沙发上，表哥没话找话地问：“你们家宋哥呢？”常会计的老公表哥也认识，黑黑胖胖的总在外面包工程。“昨天才走，有个工程忙着要收尾。”常会计笑吟吟地递给表哥一杯热茶说。“他在也没关系，我们有公事啊！”常会计轻柔地说着，挨着表哥坐了下来，估计她身上洒了香水，刺激得表哥鼻子有点痒痒。

“就是，就是！”表哥动了动身子说，但没有拉开距离。“其实咱们的账目很清楚，如果偿还了全部外债，有近七十万的余额！”“这么简单、清楚的数字，在单位直接说了多好啊！”表哥看着半截裤腿有点哭笑不得地说。“问题是昨天汪经理让我提出来二十万，没说干什么用。我有点感觉，他是不是有什么打算？”常会计立睖起细长的眼睛，很有内容地看着表哥说。“转移资金？想撤退？”表哥的眼睛也警惕起来。

“我们俩也不能坐以待毙，傻傻等着最后光溜走人！”常会计挤眉弄眼地说。“那你说怎么办？”表哥的表情也不坦荡地问。由于两个人平时说话习惯了近距离和低声音，不觉不知地两个人又把头凑在了一起，没想到小狗黑丫不愿意了，汪汪地冲表哥又叫了起来 。两个人赶紧把头分开，一看对面的大镜子，都不由得笑了，两个人真是习惯成自然了，挨得还真挺近，谨慎得还以为是在办公室呢！

“你明天让你们家我叔来个电话，就说二毛有一批不错的毛线低价要处理，得先打一部分预付款，这样拖着货也不发，钱也不退看看结果！”常会计自信地挥舞了一下细长的手说。“这样行，老常你真没白唱了阿庆嫂的《智斗》，关键时候还真有计谋真聪明！”关键时候表哥又运用了吹捧战术。“这也是形势所迫，不是万不得已我们也不会这样做，是吧？老战友。”常会计细长的丹凤眼冲老战友不明不白地闪了两下飞眼，扇得表哥心里像被小刷子刷了几下似的痒痒的。“老战友，可别对我用这眼神，我这有点儿要变节呢！”表哥故作幽默地说。“我看你不像变节，像战场上的英雄一样惨呢！”常会计看着表哥的半截裤腿吃吃地笑着说。

“是呢，我也有点儿像经历战火洗礼的感觉呢！等一会儿我可真得撤了！你说这狗还真护主，是不是老宋特殊训练专门看着你的间谍犬啊？”一看狗的眼神非常不友善地看着自己，表哥故意看着别处语气十分和蔼地说。“他哪有那本事啊，是这小狗通人气，怕有人欺负我。就是老宋回来，还得溜须给它肉吃，它才让他上我床呢！”常会计摇晃着头得意地说。“呵呵，要和你亲近还得先和狗套近乎。你说和你在一起障碍还真多，单位是朝鲁，家里是黑丫，老常你属于双保险级人物。”表哥故意沮丧地皱着眉说。“不对，是三保险，你自己

还有一个保险！”表哥眼里带着明显不健康的神色说。“我自己有什么保险啊？”起初常会计不理解地问，一见表哥表情坏坏地瞄了一下她的下半身，她明白了，“你个死老白还真看不出来，平时装斯文，背地还真流氓！”常会计嗔怒地扬起粉拳捶打了表哥几下。一见主人进攻了，小狗汪汪地叫着兴奋地围着表哥选择下口的机会。“黑丫，老实呆着！”看表哥气得要动手报仇了，常会计赶紧把它呵斥住。

“惹不起你们娘俩了，我走了！”表哥站起来要走。“你这模样出去挺时髦的，闹不好你这款式的裤子明天就该流行了！”常会计站着标准的丁字步说。“也是，这样子还没办法见人！要不老常你出去帮我买条裤子？”表哥用央求的口气说。“行，一会儿去，咱们先吃点饭吧！”常会计说完就去了后屋，像变魔术一样从后屋端出来四个菜。“不到中午呢，是不是吃饭有点早啊？我还不饿呢。”表哥看了看墙上的石英钟说。

“都快十一点了，我们边吃边唠嗑儿。”

四个菜是一盘鱼罐头，一盘肉罐头，一盘火腿肠，还有一盘拌黄瓜。随后常会计又拿上来一瓶板街白酒笑吟吟地说：“老白，在一起工作这么长时间了，咱们姐俩也没单独地好好说说话，今天姐请你简单地吃点喝点！”“这不好意思吧？”表哥“贴贴自喜”的表情真的露出了难得的不好意思的扭捏。

“可别装了老白，赶紧地坐到茶几这儿来吧，不用我拽你吧？”常会计说着又拿来两个小塑料凳和两个高脚杯说。“那倒不用。”表哥站起来，看着自己半截裤腿很显眼地晃悠着，有点尴尬地说：“今天我的样子实在是狼狈！”“看你挺不得劲的样子，干脆你把裤子脱了吧，反正你里面不能直接是裤头吧？”“我穿毛裤呢！脱了也不好吧？”表哥当时表现得确实有点左右为难。“老白你可不是封建的人，就是你只穿着裤头，姐姐我也只当看你是在练健美。”人家女方把话都说到这个份儿上了，表哥也不好再封建了，况且他还不是封建的人，迅速地把闹心的裤子脱了，露出绿色的毛裤。毛裤很合体，衬出了表哥修长的体型，表哥又自信地和常会计对坐在茶几旁。

“老白你别说别看你老婆长得挺粗糙的，干活还真挺细致。”隔着茶几，常会计用手在表哥的毛裤上摸了一把说。“是呢，人不可貌相呢，她在外表上没你讲究，但在活计上很细致的。”说良心话，表哥在外面不管和哪个女的走得多近，从来不说媳妇的坏话。他自己曾真诚地反思说：灵魂已经对不起媳妇了，再用唾沫去淹媳妇那可真不是男人了。“那样安全的体格还挺招人，把朝鲁迷得够呛。”“什么样的女人也有招引异性的诱因，我媳妇就适合喜欢丰满的人的口味。不像你这样讲究的人，适合高层口味！”“我也是瞎讲究！”常会计把高脚杯斟满酒，翘着兰花指递给表哥一杯，自己端起一杯，“来，咱们两个老战友为了友谊碰一杯！”说是为了友谊，但表哥感觉常会计那双细长眼睛里反映出来的内容，和高脚杯里的酒一样，有点火辣辣的。

“第二杯酒为了友谊长存，苟富贵勿相忘。喝一口。”没等吃口菜，常会计咬文嚼字地又提议上了。闹得和拜把子一样呢，表哥心里笑着，跟着喝了一小口。

两杯酒提议完，常会计的酒杯很见效益，一下子就落到了杯口的黄边以下，平时黄白色的鹅蛋脸也泛起了桃花。“老白你吃菜，客气可不是你的风格。”她说着用自己的筷子给表哥不停地夹菜。“角色反了，老战友我应该为你服务才对！”表哥说着迅速地和常会计对换了一下接碟，然后又给常会计倒满了水。“老白其实我原来挺讨厌你的，感觉你为人挺奸的。时间长了才发现，你有时候挺有风度的，特别是对待广大妇女，挺能忍耐也挺能吃苦的，做事圆滑点为人还算不错！和你在一起比和汪经理在一起安全。”做年终总结一样，常会计优雅地端着高脚杯，端详着呈聆听状的表哥说。“还是老战友懂我，我也感觉和你心有灵犀。你也是个多面体的女人，有小资的一面精致，也有大侠一样的豪爽，是女人中的精品啊！和你在一起就像这杯中酒一样，需要用心去品，只有品透了才发现你很耐人寻味！”表哥说这话的时候没有对接常会计的眼神，手里把玩着酒杯，一副在品的样子，其实他是怕自己的眼神里暴露出来的内容，和自己用语言所表达出来的内容不一致。因为他根本没想到自己会把常会计说得这样好，平时也没准备，这些溢美之词好像跳墙溜出来的。

为了表示这些话真正地发自内心，表哥突破性地把杯中酒干了。常会计被表哥的赞美感动了，准确地说震撼了，“老白，你说的是我吗？在你心里我真的是这样吗？”看着表哥确认地点了一下头，常会计激动了，一口也喝完了杯里的二两多白酒，一行热泪就被催落了，真情也如火山般地爆发了。“老白此生有你这样懂我，我死而无憾了！到现在我才知道女人有人懂真好，真幸福！”说完她热切地抓住表哥的手，紧紧地贴在了自己柔软的胸口上。

小狗黑丫先还狗视眈眈地看着表哥，不时地提醒似地叫两声，表哥就讨好地给它肉吃后来表哥悄悄地在肉上给它倒了点白酒。酒肉一下肚，黑丫态度也缓和了，也有点玩忽职守了，睁一眼闭一只眼的，不那么立睖表哥了。不立睖归不立睖，黑丫一看两个人握住手了，原则性又上来了，汪汪地又要咬表哥。表哥不情愿地把手从让人来电的部位抽出来，一本正经地坐好，刚涌上来的诗情画意，又被狗咬没了。

“ 黑丫你今天太多管闲事了，我生气了啊，我们也没干什么啊？你咬什么咬？和你那个死爹一样六亲不认呢！”见黑丫老破坏自己的好事，激情澎湃的常会计也有点不乐意了，“过去是狗拿耗子多管闲事，我看现在是狗咬老白多管闲事！”她态度愤愤地明显地认人不认狗地说。

表哥大口地吃了菜说：“这么溜须都不给面子，耿直得和朝鲁一样呢！”

“就是呢，我必须对它采取点行动了！”常会计说完，温柔地把小狗抱起来，走到外屋后迅速地把它放到地下 ，没等小狗反应过来呢，常会计已经把它关到了门外。

“早就该这样，老在一双狗眼的监视下喝酒说话，心里真是不踏实！”松了一口气的表哥解恨地说。“没想到黑丫这样不喜欢你！”“是呢，好像我是抢了它媳妇的情敌似的！”没有了狗的监视，表哥的举止和言辞终于敢放肆了，沿着刚才的剧情发展，他借着碰酒的机会和常会计又挤坐在了一起。也许是喝了不是一点的酒，也许是最近心情太压抑了，表哥想顺水推舟地放纵一次，在常会计身上找点刺激。

“死老白，你和狗争什么啊？”常会计没客气地顺便倚着表哥用手拍了拍表哥的脸，嗲声嗲气地说。“我能不争吗？你说这么好的氛围，这么漂亮的美人和美酒，不玩点浪漫也太浪费人力和物力资源了，这狗偏偏不解人意，这下好了！”说完“好了”，表哥就把此刻柔若无骨的常会计抱在了怀里。

“老白，你的怀里真温暖！和梦一样，我好像期待了很久很久，你就是我理想中的白马王子啊。”常会计搂住表哥的脖子闭着眼睛动情地说。“我也是，你身上的味道真好！真是个让人陶醉的小女人。”表哥也进入了角色，脸贴着常会计的脸柔柔地说。

“汪汪,”小狗终于发现自己被隔离了,爪子拼命地挠着门,声音高亢地叫着。表哥最怕狗挠门发出的“喀嚓”“喀嚓”的声音，他一听这样的动静，就感觉有人要挠他的心一样难受。“真让人受不了，你没事养这样一条讨厌的狗干嘛啊？”高潮的剧情不得不中断，他松开常会计，语气烦躁地说。“它平时也不这样啊！”从温柔乡里不愿意醒来的常会计妩媚地看着表哥说。“你快开门放它进来吧，这动静太让人闹心了！”表哥退回原位说。

门开了，狗进来了，舌头舔着常会计的脚，嘴里呜咽着一副受了委屈的样子。常会计真生气了，一脚把狗踢出了老远，然后站着丁字步两手叉着小细腰余气未消地对着小狗说：“真讨厌你，明天必须把你送人！”狗嗷嗷叫着，用陌生委屈的眼光看着女主人，夹着尾巴退到了沙发底下。

“算了，我们也吃饭吧！真没劲了，和当兵的一样，光演习了，没实战！”表哥脸上带着情致受挫的沮丧说。

“好了，老白别生气，我们说一会儿话吧，给我讲讲你过去的故事好吗？”常会计又给表哥倒满酒，摇晃着表哥的胳膊说。“我没什么故事，要说起来呢都是事故！”表哥自己喝了一口酒挺真诚地说。“老白我就喜欢你的幽默感，那把你的事故也和我说说呗。”常会计用撒娇的口气说。

“都是挺失败的事故，说了挺扫兴的，影响气氛，还是说说你在演艺界时候的事吧！”表哥把话题抛给了常会计。“我那个时候吧，虽算不上辉煌吧，但也挺风光的！人年轻又漂亮，特别地受人青睐！只要我一上场，那观众的情绪就上来了，掌声、喝彩声就会持续很长时间，时常会耽误下一个节目！” 常会计眯着眼睛自我陶醉着，好像回到了那个风光的时代。

黄白净子椭圆脸，细长的眼睛闪着鬼魅，也许因为唱戏的缘故，常会计的嘴很大显得很性感。表哥歪着头用手支着下颚，尽力让自己用情人的眼光，仔细地端详常会计，想从面前这张脸上看到她自叙的漂亮和风光，结果除了感觉有一部分姿色以外，其余真的不算太出众。“讨厌老白，干嘛这样盯着看人家啊？”见表哥不说话，眼神直直地看着自己，常会计以为表哥被自己迷住了，站起来就搂住了表哥的脖子。表哥没提防也没准备，一下子就从小方凳上坐到了地下。“冲动的女人真是魔鬼！”表哥索性就地坐着，背靠着沙发把常会计面对面地抱在怀里。“老白我发现我爱上你了。”常会计翘起红润的大嘴，胳膊环着表哥的脖子，脸贴着表哥的脸吐着带酒味的热气说。“这种感觉有点突然，说实话我还真的停留在喜欢阶段呢！”表哥用手摸着常会计很骨感的后背说。“喜欢离爱就不远了。”常会计千娇百媚地说。

表哥又试探性地把手伸到了常会计的前胸，感觉有点意外，乳房饱满倒是挺饱满，但是小得可怜，特别是有了许红梅的超乳做比较，表哥感觉常会计的乳房就是一个未成年。未成年的身体却有成年人的风情，常会计浑身颤抖着轻轻咬住表哥的嘴唇，嘴里激动地呻吟着。倒是表哥很冷静，这种冷静来自常会计的身体。她太瘦了，瘦瘦的身体硌得表哥很不舒服。虽然表哥不喜欢许红梅海绵一样的身体，但他不觉不知地已经适应和习惯了她整体的柔软。没准备、没冲动地摸着常会计特别骨感的身体，他不由得为常会计的老公老宋愤愤不平：和这种女人睡觉感官上真得克服弹性上的困难，要不和搂着排骨睡觉有啥区别啊？表哥心里说。

“滴滴滴”，表哥的 BB 机响了。上面显示：速回电话，许。“快，借你家电话用用。”电话一接通，就传来许红梅焦急的声音，“白涛你快来医院吧，丫丫奶奶犯病了，在旗医院急诊室呢。”说完许红梅把电话就挂断了。

“我妈犯病住院了，我得赶紧去！”表哥匆忙站起来，拿起摩托车钥匙就要走。“你还没穿裤子呢！”常会计拉住他说。“不说我还真忘了，赶紧给我找一条你们家老宋的裤子。”“他裤子你穿太肥吧？”“先将就一下吧，快点！”等常会计拿来老宋的裤子，表哥一穿就像套了条麻袋一样宽绰，常会计忍不住笑了。“别笑了，找一条你的来。”“我的你也不能穿，太瘦啊。”常会计打开衣柜门，用手扒拉着里面的衣服说。这时候表哥的 BB 机又响了：你母亲需要输血。速来！朝鲁。

“这可怎么办，我妈需要输血，要不你出去给我买一条？”表哥困兽一样在屋里穿着毛裤很线条、很性感地来回徘徊着。由于刚才的缠绵，男性特征明显地崛起着。“有了，我怀孕时候穿的裤子你穿正好！”常会计从衣柜底层拽出一条灰料裤。“早不说，快点拿来！”往腿上一套，表哥感觉腰有点不对劲，低头一看拉链在旁边。“女式的啊？”他拽着裤腰为难地问。“那没别的了，你克服困难将就着穿吧！救人要紧啊！”常会计体贴地说。“只好这样了，把裤腰带递给我。”很别扭地穿上偏开口裤子，表哥明显地感觉敏感部位有些压抑。“别说还挺合适，哪天给你改改就留在这儿备用。”常会计出来送表哥的时候温柔地说。我有病啊还来！表哥没回头在嘴里嘟囔完这句话，发动着摩托车就奔医院。

急救室的门口围着很多人，有我的父母，还有我的二哥，还有朝鲁。表姑脸色土黄紧闭着双眼，戴着氧气罩已经处于昏迷状态。表哥一看，老妈这下可是没救了，他快步走进屋，腿一软立刻呈跪拜状跪到了表姑的病床前，“妈，儿子来迟了！”随着喊声表哥的一行热泪就流了下来。他的良心这时候还有所发现了：母亲都这样了，自己还在外面和女人调情，是不是老天对自己的惩罚啊？

“你先别忙着哭，干娘还有救呢，你还有机会孝顺呢。我们刚才都验过血了，可惜都没有对上。姐还在那儿对呢，你也快去吧！”朝鲁不由分说把表哥拽起来就往化验室走。“白明呢？白明哪去了？给爸打电话了吗？”表哥带着哭腔说。“姐早都打了，白叔坐上回来的车了。白明外面帮别人要账去了，说明天到家。你先去吧！”朝鲁拽着表哥胳膊说。

用手捂着胳膊上的酒精棉，许红梅匆匆地从化验室出来，一看见表哥她的眼圈都红了，“白涛你可回来了，你不知道妈吐了那么多血，吓死我了，幸亏朝鲁去了，把妈及时地送到了医院。我刚抽完血，一会儿出结果。我先回急救室，一会儿你帮我把化验单拿回来。”许红梅没注意表哥复杂的表情，边说边抹着眼泪走了。表哥的良心再次受到了谴责，自己的媳妇这么孝顺懂事，可就是因为胖点、个儿大点、乳房大点，自己为什么就看着不顺眼呢？

正是中午，化验室长长的走廊里空荡荡的，抽完血表哥和朝鲁无语地坐在走廊的长条凳上等待化验结果，突然坐在表哥对面的朝鲁狠狠地打了表哥一拳。表哥正弯着腰双手抱着头反省呢，突然挨了一老拳，他猛地坐起来不解地问："朝鲁你打我干嘛？""我打你干啥？你自己应该知道，我这是替姐打你呢！你说一上午你干啥去了？"朝鲁涨红着脸问。"我什么也没干啊！"表哥心虚地说。"还什么也没干？女人裤子你都穿了，丢死人了，真替你脸红！"朝鲁气呼呼地指着表哥由于坐着而裂开的偏开口说。"女人裤子是穿了，但确实什么事没干，朝鲁你得相信我，我向全家的老少发誓，向你们民族的成吉思汗发誓：我真的没做对不起你姐的事。至于穿女人裤子这真是个意外。"为防止在这个非常时期裤子事件进一步扩大，表哥抱着坦白从宽的态度，如实地向朝鲁汇报了整个事情发生的大概过程，当然有点缺德的是，他把主要责任推给了常会计。

一见表哥向全家老少和成吉思汗都起誓了，实在的朝鲁要燃烧的情绪稍微降了降温度。"看在干娘有病的份儿上，我先替你掩护一次，还有下次我用杀羊刀子捅了你。姐多善良，就是没遇到好人。"朝鲁愤愤地说着，走了出去。不一会儿，他从车上拿回一条蓝色工作服扔给表哥，"快换上吧，一会儿让人看见，人就丢大了。"表哥感激地接过裤子，声音有点哽塞地说："朝鲁兄弟，哥欠你一个人情。""可别说话了，你欠姐多少情了？自己还不知道害臊呢！"朝鲁不客气地说完，又坐回原来的位置，脸扭向了别处，一副非常看不起表哥的样子。"哥知道错了兄弟，你别再批评哥了，哥一定虚心接受你的意见，行不行？"表哥低三下四地说。

血型化验结果出来了，表哥和许红梅都是0型，和表姑的血型一样。"抽你的吧，你是老爷们，姐还得伺候孩子和干娘呢！"拿着化验单朝鲁就把主做了。"好，就抽我的吧，我该抽该抽。"像找到赎罪机会似的表哥坐到抽血的窗口前，挽好袖子把手伸给了抽血的大夫。"我对上了吗？"许红梅走过来问。"姐你没对上他对上了，就抽他的吧。他是亲儿子，抽他的血好。"朝鲁抢先对许红梅说。

没想到抽了不到 300CC 的血，表哥看着血浆袋里汩汩流淌的殷红的血，突然脸变黄了，随即头一歪还晕过去了。“白涛你醒醒，你怎么了？”许红梅失声地喊着把表哥抱在怀里。“没事，是晕血引起的暂时昏厥，把他扶到里面的床上躺一会儿就好了。”抽血大夫赶紧从表哥的胳膊上拔下针头，吩咐朝鲁和许红梅说。

“老爷们还这么熊种，真没见过，这要去前线打仗，保证见血就得投降。”把表哥背到里面的床上，朝鲁毫不同情地说。“朝鲁，你姐夫看见你干妈那样他着急了，要不他不会这样的。”许红梅掐着表哥的人中说。“你就傻吧！他呀一肚子花花肠子，你又不是好猎手斗不过他。”“兄弟他都这样了，你就别说了。”许红梅带着哭腔对朝鲁说。

“没有别人就抽你的吧！”抽血大夫对许红梅说。“我不是没对上吗？”许红梅纳闷地问。“谁说没对上？你对上了，我刚才都告诉这个小伙子了，你身体这么好抽 400CC 没什么事儿。”抽血大夫是个戴着宽边眼镜，长得白白胖胖的年轻少妇，她用白胖的小手轻轻地拍了拍许红梅高耸的胸部，然后又轻声地问：“做过丰胸手术吧？”“没有，先天的。”近几年类似这样的问题听多了，许红梅也不在乎了，她费力地挽起衣袖对女大夫说：“用多少就抽多少，我没事！”“你不是自来水，抽了还有！”朝鲁说着用手拍了拍表哥的脸，“醒醒吧，别害怕，不用你的血了。”表哥还真醒了，他眯着眼睛坐了起来，声音有点虚弱地说：“大夫还是抽我的吧，我没事！朝鲁，我再次向成吉思汗起誓：我不是装的。”“你不是装的你是吓的，还是抽这位女同志的吧，我看她的储血量很大，我看你挺脆弱的。”女大夫慢声慢语地说。“就是脆弱，和处女一样脆弱。”朝鲁接过话茬说。“对，就抽我的吧！”许红梅把胳膊伸给了大夫。“朝鲁，你今天怎么了？和你姐夫生气了吗？说话老抬杠？”许红梅终于忍不住了，好脾气地问朝鲁。“没有啊。”朝鲁顺手把表哥换下来的女人裤子放到了自己的身后说。“那你怎么老说你姐夫呢？”许红梅带着明显的袒护说。“和我闹着玩呢，没事。”表哥很没精神地说。

许红梅给表姑输了500CC的血，再加上医院抢救及时，表姑的病情得到了控制。下午五点多钟，表姑父也到家了，在病房看了一会儿各项指标都趋于平稳的表姑之后，他带着表哥来到主治医生办公室，和医生探讨能不能把表姑转到市医院去。但表姑的主治大夫劝他打消这个念头，因为在大夫看来，一个肝癌晚期的患者能活到现在已经是个奇迹了。这时候再去市医院，徒劳无益不说，如果病人旅途一颠簸，或许会有生命危险，因为她腹腔内所有的脏器都布满了癌细胞。“保守治疗、延缓生命、减轻病人痛苦是当前没办法的最好办法。还有一句话我要说，别怪我无情，你们给她准备后事吧！她是个有早晨没晚上的人了。”主治大夫是个身材消瘦，头发秃了一半，说话只动半面嘴的中年男子，表情起伏不大的瘦长脸上戴着一副宽边眼睛。“看我妈输完血以后情况挺好的，大夫大哥你说话是不是残酷了点？”表哥的语气带着明显的不满。他认为大夫的判断有点言过其实，特别是镜片后面那双冷漠的眼睛有点像麻木的刽子手。“那是生命回光返照的一个假象，我是大夫不是导演，我尽我的职责告诉你们病人的真相，而不是为了安慰你们非得导演出一个不可能出现的结局。”大夫冷酷而实际的话，让表姑父和表哥带着沉重的心情走出了病房，尽管他们对表姑的病早就有心理准备，但让他们马上就接受这个事实，他们还真有点不能接受。

“适当的时候问问你妈还有什么要求？还有什么话要嘱咐！”在冷风中站立了半天，表姑父对身后的表哥说。“也只有这样了，没人的时候我问吧。”表哥感觉浑身有点发冷，说话的时候上下牙巴骨有点打架。冷静了一下情绪，恢复了一下表情，表姑父和表哥相继走进了病房。这一夜，表姑父、表哥、许红梅都没有回家，在医院轮流看了一宿表姑。

早上7点多钟，好像睡了长长的一觉，表姑醒了。看见表姑父走进来，她蜡黄的脸上有了幸福的笑容，“老白，你这么忙也回来了？”“回来了，玉萍你感觉怎么样？”表姑父紧紧握住表姑的手，眼圈红了。“我就是这个样子，没事就吓唬人，让人有点讨厌吧？”表姑的脸上露出了小女人一样羞涩的表情。面对表姑被病痛折磨的没有血色的脸，表姑父的眼泪下来了，“你一点也不讨厌，我和孩子们都习惯了你不定期的吓唬人。”流着眼泪的表姑父深深地看着表姑说。

“红梅，妈的命活在你手里了。”知道是许红梅给自己输的血，表姑拉着儿媳妇的手眼泪汪汪地说。“妈，看您说的，没那么严重！您老本来就没大事。”许红梅含着眼泪笑着，用湿毛巾开始给表姑擦手擦脸。“白涛你媳妇输了这么多血，得回家休息，你也跟着回去，给她沏点白糖水，荷包两个鸡蛋，好好地补养补养，一会白明也回来了。”表姑有气无力地说。“妈，我可没那么娇气，我这人高马大的体格，大夫都说我储血量大，再输点也晕不过去。”许红梅带点影射地说。“红梅，你就听妈的先回去，一会儿白明来我再回去。”表哥也劝许红梅回去。“那我先回去了，昨天走的匆忙，家里都没顾上收拾！顺便回去给妈拿几件换洗的衣服。”

许红梅推着车子往外走，在医院门口，看见朝鲁拎着一个帆布包站在那儿。“朝鲁，你在这干啥呢？”“等姐呢，我昨天晚上开车回家了，这是给你的。”朝鲁黄色的眼睛里布满了血丝，满头的卷发没精神地贴在头皮上。

他的家离镇里来回要一百多公里，看他没休息好的样子是赶夜路了。“这是什么啊？”许红梅接过来问。“嚼口、黄油、奶豆腐和新鲜羊肉，你没了那么多的血，吃这个补补吧！”朝鲁看着许红梅有点憔悴的脸语调低沉地说 。“兄弟谢谢你！”许红梅蓄藏了很久的眼泪终于流下来了。眼前这个纯朴、善良的小伙子，虽然民族不同却有着一颗比亲兄弟还亲的良心。一直以来她明白朝鲁眼里和行动上流露出的内容，也明白这个敢爱、敢恨的兄弟，愤恨白涛对自己的不公平，但他对自己始终没有任何过激或者过分的行为，用自己率真的方式表达着心中的感情。

“姐，你别哭了，你还没吃饭吧？我们去对面的饭店吃点吧？饭菜我都要好了！”没等许红梅说话，朝鲁转身径直走进医院对面叫康乐的饭店。“朝鲁你等我半天了吧？”看着朝鲁有些疲惫的身躯，许红梅跟在后面问。“也没半天，知道你要回去，就在这看你了。”

在一个雅间坐下，朝鲁给许红梅倒了杯热水，然后喊服务员上菜。“姐，我给你要了排骨和带鱼。姐输血了就不喝酒了。”朝鲁用开水细心地给许红梅涮了接碟和筷子，然后放在她面前。许红梅的眼泪又扑簌簌地掉了下来。自从

和白涛结婚以后，他从来没像朝鲁这样细致地照顾和关心过自己，也从来没有问过自己喜欢什么、爱吃什么、需要什么，倒是自己细致地照顾他了。

她是个正常的女人，她需要丈夫的爱和呵护，但在白涛面前，她就是个能干的不计报酬的家庭主妇，而不是爱人。只有在朝鲁面前，她才感觉到了被呵护的幸福，感觉到自己是个有人关心的女人。但这种感觉和幸福，她只能在没人的时候独自品味。白涛不能也不敢接受朝鲁对自己的这份不切实的感情。

“姐，你别哭了，吃点菜吧，一会儿都凉了！”朝鲁给许红梅夹了块排骨说。饭菜是她含着眼泪吃下的。朝鲁偶尔也动动筷子自己吃点菜，更多的时候是沉默地看着许红梅吃。许红梅穿着一件黑色的半大风衣，里面是一件蓝色的V领毛衣。她瘦了，原来苹果一样有着光泽的脸，像缺水一样很灰暗，大而清澈的眼睛显得很疲惫，原来油黑浓密的头发少了很多，胡乱地在后面用一个簪子盘着，耳边垂下来一绺长发。朝鲁很想伸手替她归拢到耳朵后面，手刚伸出去，他感觉不妥，又收了回来。

许红梅真的饿了，又有自己喜欢吃的菜，她吃了很多菜和两碗米饭。吃完饭，朝鲁给许红梅倒上水，又递给她一沓餐巾纸。“姐，和你说个事儿，白涛对你这样，你想过离婚吗？”朝鲁的表情很凝重，有点谈判的味道。“想过！”许红梅用餐巾纸擦了擦眼睛，坦然地对着朝鲁的眼神，从那浅黄色的眼睛里流露出的是深深的忧郁。“但我不能离，孩子太小，老人太老。”“可老白对你不好！”“我知道，可人的感情说不明白，也许岁数大点儿就好了吧？”许红梅很没底气地说。“你这是牺牲自己知道吗？姐你说吧，如果你愿意离婚，你、丫丫和干娘我都要，姐这样好的人，我不愿意看着你吃苦。”朝鲁一字一句地说出了珍藏在心中很久的话，“我会好好照顾你们，我是男子汉说话算数。”朝鲁的语气始终是一个调子，但他脸上的表情有点激动。

“我不愿意，这对你不公平。你是一个条件很好的人，应该找个各方面都合适的姑娘。”许红梅抑制住自己的感情，用平静的语调说。“姐，我不管姑娘还是媳妇，只要人好我喜欢，别的没条件。”朝鲁的态度很执拗。“朝鲁，姐感谢你的感情，但我们之间除了姐弟关系，不可能成为别的。在我心中你就是我最亲最好的弟弟，能有你这样的弟弟，姐真的很满足没白活。你找个好姑娘结婚吧，别让你妈再为你操心了。再说姐配不上你的感情，你不能让姐带着不自信和内疚的心情生活吧？”许红梅大大的泪眼里，溢满了痛苦和祈求。

“姐，我们不说这个了！”朝鲁眼睛里也有了泪水，他站起来隔着圆桌，用餐巾纸给许红梅轻轻地擦了擦眼泪说：“姐，你以后自己好好地照顾自己吧！你是女人，不是黄牛，就是黄牛还得好好喂料才能干活呢！你自己疼自己点吧！”一股始终渴望的异性温暖，电击一样袭遍了许红梅的周身，她绵厚的大手，紧紧地握住朝鲁有点凉意的双手，眼泪一滴一滴地落在了上面，“姐听你的话，你也听姐的话好吗？”

“好！”朝鲁的眼泪和着许红梅的眼泪，一起落到了肤色鲜明的紧握在一起的两双手上。

“姐，你不跟我走的话，我以后就不能照顾你和丫丫了。我要求调回我们苏木了，明天就走，有车去送我。”“你以前说不是要去文体局吗？”许红梅睁大眼睛惊讶地问。“不去那了，我感觉基层适合我。以后老白对你还不好，你就去找我吧，我等着你和丫丫。有些话我不想说了，姐留点心眼吧！也许不该我说，老白那小子不太把握。”朝鲁用忧伤甚至可怜的眼神看着许红梅说。

许红梅知道朝鲁要说什么，但她不想追问，她想在朝鲁面前留点尊严。作为妻子她早已察觉到不太把握的丈夫最近的“异样”，这种不正常的“异样”在结婚这几年不定期地重复了几次，那是一种让自己的心灵受到严重伤害的“异样”。她用失去自我的最大忍耐，一次又一次地舔舐着自己疼得滴血的伤口，一次又一次承受和接受了丈夫的“异样”。因为她还爱着这个让同伴和同学，都羡慕的很有才气的、外表很出众的男人。她期盼着用自己的宽容，用自己的善良，用自己的付出能换回丈夫的心，能博得丈夫的爱。这个传统的女人从结婚的那天起就把丈夫当成了家里的天，现在有了孩子，丈夫就是孩子和自己的天。她要用最大的努力，不让天塌下来，因为无辜的孩子需要一个有温暖阳光的天。

站起来走到门口的时候，朝鲁伸出双手说：“姐，不知道什么时候再看见你了，我有一个愿……愿望……”朝鲁涨红了脸说话有点结巴。“什么愿望说吧，姐答应你。”许红梅的眼睛又湿润了。“我想抱抱你。”朝鲁低着头终于说出了这句话。“兄弟，姐抱抱你吧！”许红梅在女人中算高个儿，但在魁梧、高大的朝鲁面前显得有些弱小。当两个人拥抱在一起的时候，朝鲁宽阔的胸怀，浓烈的男子汉气息，让许红梅产生了一种幸福的眩晕，那是在丈夫平板的胸脯上体会不到的。而从许红梅身上散发出的特殊的成熟味道，则让朝鲁感受到了那种让他特别熟悉、特别倾心、特别眷恋的女人味儿，这个味道他太喜欢了。

尽管依依不舍，两个人还是理智地分开了。“姐，谢谢！”朝鲁低头给许红梅行了个礼，“姐让我圆了一个做了很久的梦。”“兄弟，姐也谢谢你，自从认识了你，姐就感觉身后立着一座山，有了依靠和支撑。”许红梅真诚地说。“姐，我先走了！”没让许红梅再看见眼里流出的泪水，朝鲁开门走了，他那挺拔、宽阔的后背微微有些颤抖。门自动地关上了，许红梅无力地坐到椅子上，她突然感觉心里也像关上了一扇门那样黑暗、压抑还微微有些疼。这个时候她才发现，其实朝鲁在自己的心里一直是带着希望的一缕阳光，而今天这缕阳光也将远去了。饭店的窗户正对着一条繁华的大道，朝鲁高大的身影渐渐地被卷入来往的人流中。注视着朝鲁消失的背影，许红梅自己轻声地说：“兄弟，无论如何姐永远祝福你！”

表姑刚输上液体，白明和他的女朋友在两个小朋友的簇拥下，很有场面地来了。英俊彪悍的白明穿着黑风衣，围着一条耀眼的白围巾，油汪汪的板寸粗硬地挺立着，标准的《上海滩》强哥的扮相。他的女朋友长发飘飘，头上系着一个浅粉色的蝴蝶结，一袭白色的毛长裙，披着一条白色的毛披肩，据说她是琼瑶的粉丝，典型的我见犹怜型。后面的两个小朋友神情严肃，一袭黑衣，身材都很粗壮，头型一水的板寸，都戴着宽大的墨镜，具有很强的帮派特色。

好像受过训练，推开病房的门，小兄弟冲表姑和表哥点点头，就静静地立在门口左右。“这是演的什么戏，劫持人质还是私设公堂啊？白明你看你一副黑社会老大的样子，这是医院，不是火拼的场所，你闹这么夸张的阵势干嘛啊？你把病人吓坏了呢？”打水回来的表哥看见不少人围在门口，气急败坏地对白明说。“我们又没有干什么，怎么会吓坏人呢？大哥，不是兄弟说你，最近你说话有点夸张。”白明好脾气地对表哥说。“邱秋，过来见过大哥。”“大哥，你好！”邱秋有礼貌地冲表哥点了点了头。一见打扮怪异，穿着奇装异服的邱秋，表哥露出蔑视的神情，在他看来，和白明在一起混的女人，一定不是良家女子。表哥的表情和心思自然被聪明过人的邱秋看穿了，见表哥一副带搭不理的样子，她时趣地退到一边。

白明自然也看到了表哥的反映，他想发作，但一看病床上的表姑，他用力握了握邱秋的手，忍了。

“老妈，你咋又病了呢，老儿子走的时候，你还挺好的嘛！”表姑是癌症的事，一直只有表姑父和表哥知道。不明真相的白明认为表姑是老病发作，和每次一样，住几天院就好了。所以他大大咧咧地说：“老妈，你今天气色不错，看老儿子给您买了您最爱吃的大蛋糕。宝贝儿，拿给老妈吃。”“好的，亲爱的。”邱秋应声从包里拿出一袋金黄的松软的蛋糕。“阿姨，您好，您吃蛋糕吧！”

邱秋长得不错，苗条的身材，五官也精致，就是不按套路穿衣服和化妆，把一个本来清纯的面孔弄得很冤屈；蓝色的长睫毛，涂着蓝色的眼影；比正常人大的丰满的嘴唇，涂的是土色的口红。整体有点非人类，表哥心里总是这样形容邱秋的打扮。但有一点邱秋说话特动听，温柔细气，就是口音有点让人费解，本来是本地人，但她说话完全抛弃了生硬的母语，不知道从哪学的或者练的：声音软软的带点卷舌音，沈阳味里带点北京味，北京味里还带点港澳味。别人这样说话也许有点不伦不类，可她长得很洋气很外地，再加上打扮的很琼瑶很脱俗，不认识的人感觉她说话就该是这个样子。

白明和他女朋友搞对象的事在我们街里弄得很张扬，两个人穿着奇装异服，行动很前卫，不论什么场合，手都要牵在一起，适当地还搂抱一下，这在当时我们这还很封闭的小镇里面显得很另类。据说邱秋的家庭也属于传统文化型的，父母都是有文化的上班族。就因为对子女管教过分严厉，邱秋就特别逆反，先是从服饰上逆反，后是从行动上逆反。就在逆反得还不彻底的时候，一个偶然的机会，白明出现了。这个一向喜欢浪迹江湖的人，胳膊上有烟头烫的图案，一个耳朵上带着明晃晃的耳环，健壮体魄上流露出的野性，让这个叛逆的姑娘无比地痴迷，好像找到了梦中的英雄。姑娘将书包一扔，彻底地完成了青春叛逆。许文强派和琼瑶派一见如故，抛弃了世俗的陈规，两个人首先以不辞而别的方式去了趟上海。完成了私奔和私定终身以后，一个现实的问题出现在两个超现实人的面前：口袋里的钱要没了。带着不成功就回家的失败心理，两个人灰头土脸的，统一以丐帮的形象，出现在为寻找他们急得要寻死觅活的两家人面前。

女方的父母坚决不同意，誓死不同意。用他们的道德水准和职业眼光看：外形放荡不羁的白明不算流氓行列的，也算痞子队伍的，根本不属于正经人堆里的。特别是邱秋的母亲，兢兢业业 20 多年的人民教师，对邱秋打骂、恳求、哭诉、自杀等各种手段都用过了，邱秋就是视白明如归宿，死也不妥协，最后女方的母亲妥协了，因为女儿用了先斩后奏的策略——怀孕了。

表姑他们一家人开始也是不同意的，因为两个人除了玩和浪漫，不喜欢挣钱，还到处赊账，什么饭店、服装店、亲戚和朋友，两个人都能借到和赊到钱。最可气的是：没和别人商量，把孩子还流产了，理由是先奔事业后要儿女。“要是先奔事业，你还私奔什么？”气得表姑第一次追着白明，用笤帚把打了他一顿。

两个人还有一个共性：嘴上能把死人说活了的功夫，都称得上大师级的。两个人还能揽事，什么厂价毛料了，什么厂价电视、冰箱了……反正当时什么商品紧俏他们就能买到什么。两个人还会演戏，一唱一和地配合得天衣无缝，再加上都知道表姑夫在赤峰当采购员，很多人就托他们买东西，有的人的东西他们给买了，但有时候囊中羞涩的时候，有的人的钱就被他们挪用了。等有人感觉似乎上当了的时候，他们俩用各种理由解释没及时供货的原因，态度诚恳而有耐心，理由充分让人同情，弄得有些好面子的人根本不好意思去要钱和要债，因为两个打扮另类的人对人家的抱歉方式和道歉程度，让人也无法接受。女的用“琼瑶式”的抱歉方式，哭得“情深深雨蒙蒙”；男的用“上海滩”的自责方式，要当面给你断指，这样的阵势你没有一定的心理素质还敢要吗？

有的人实在太着急了，也转变了思维，不找当事人了，去找表姑和表哥。隔三差五为他们还债的表姑一家人，正打算对这两个活宝采取必要的革命行动和专政措施的时候，更让人哭笑不得的事情发生了。有一家钢材公司的老总，曾经被他们俩忽悠过的上当者，还相中了他们俩这一特殊的才华了，特聘他们俩为公司清欠别人欠他们的老账和呆账，工资就是欠款中百分之十的提成。两个人当即欢天喜地地接受了这个好人干不了，赖人不愿干的难活。结果首战告捷（天知道用了什么办法），第一次就为公司要回了视为一笔死帐的 20 多万元。老总也高兴了，像发了意外之才似的，没按合约办事，而是当即甩给他们五万。随即又拿出了几张合计五十万的欠条，放在了看着一摞钱眼睛发直，做梦一样不相信这钱已经属于自己的，确实发了财的两个要账鬼面前。

没被有钱的喜悦冲昏头脑，两个人冷静地对手中的钱做了大体上的分配：首先他们还清了忽悠别人的欠款，然后给自己买了一处平房做了爱巢，然后成立了一个要账公司，美其名曰：平账事务所。

平账事务所承揽清欠，涉及民间所有官不管的借贷陈账。这个公司办得太符合民意了，民间五花八门的欠账就是不给的老赖们太多了。在社会闯荡多年的白明，深谙民间借贷之间的复杂关系，自己也曾混迹其中，有过借贷纠纷，所以他自信拥有一套，能对付各种疑难老赖们的套路。首先平账事务所招收的职员与众不同，文化：初中；男职员：身材必须挺拔、魁梧、威猛，五官端正、神情凛然，身高严格控制在一米八零以上；女职员：年龄 35 岁到 40 岁之间，要求身材高大彪悍、相貌尽量不尽人意、性格既擅长温柔又泼辣有加、没理也能占七分、语言功夫炉火纯青；还有一条补充条款：无论男女如有特殊功能，比如口齿伶俐、智商超群、身手不凡的也可优先录取。

公司统一着装，白衬衣、黑西服，外加黑风衣、黑大衣；统一头型：板寸。有业务，少则 5 人，多则 10 人出动。这样不是黑社会胜过黑社会的要账阵容，一出现在实际情况明了的老赖面前，没见过大世面的老赖们，一般都选择了配合。自然有不识时务的二般老赖们不买账，抱着死猪不怕开水烫的态度百般对付。平账公司们的高级职员们不急不恼，首先施行贴身术。所谓的贴身书，就是至少五个人寸步不离的与老赖同吃同住同出行。板街的人都知道，只要谁的身后出现几个穿黑衣服、带黑墨镜的人，那么这个人准是个欠账不还的人。这样有轰动的广告效应，让二般的老赖们，没几天也选择了妥协。自然还有三般誓死不配合的，训练有素的悍妇们就会头不梳脸不洗地素颜登场，不分场合、不分地点地跟着三般老赖，面对面滔滔不绝地、荤素搭配地轮番上阵，一个比一个丑不忍睹、一个比一个泼辣地给你讲人生哲理，欠账不还的因果轮回。比下地狱还痛苦的车轮战术，往往会导致许多老赖们产生生不如死的感觉，本以为自己很赖，但在平账公司女职员面前，那真是小巫见大巫。除了极少数有特殊情况的赖账没有平以外，其余的基本清欠成功。和债主之间的分成自然不薄，除去公司租赁费用、职员培训费用、服装道具费用，老板和职员的收入都很满意。

有了丰厚的收入，白明的形象和素质在高薪聘请的顾问老师指导、包装下，华美转身，由一个社会小混混摇身一变，变成了身价万元的成功人士，比表哥提前一步走进了先富起来的那部分人群里。最有改变的是白明说话不带脏字了，身上的痞子气消失了，表面上举止言谈变得正经了。

尽管对他们的举止和过去的做派有些看法，但后来的将功补过改变了人们的有色眼光，至于是上海滩派还是琼瑶派那是个人爱好，毕竟没有给国家造成危害，给社会带来威胁，善良的人们也就原谅他们了。

邱秋的家人和表姑一家，表面上不再反对两个孩子的交往了，但他们心照不宣地没有来往，因为两个孩子的思维和做派，都不按正常套路来。现在虽说金盆洗手，不干坑蒙拐骗的事了，但说不好哪天哪个孩子会惹事，所以他们都没允许各自的孩子带对象回家。

现在表姑又住院了，白明决定带邱秋来见表姑。在路上他和邱秋约定好了，这些天，他们俩什么活也不接了，专职伺候表姑。

接过邱秋递过来的蛋糕，表姑冲着邱秋不好意思的笑了，为了不让她进自己家门的事。她说："丫头，谢谢你平时照顾白明，谢谢你买的蛋糕。"邱秋撕开包装袋，拿出一块蛋糕送到表姑嘴边说："都是自家人，您谢什么呀？来，您老先尝一口蛋糕，你老儿子亲自给您选的，看好不？"表姑咬了一块蛋糕说："老儿子、老丫头买的蛋糕真挺好吃，白涛你也吃一块吧！"表姑平时就喜欢吃松软的蛋糕。"我不吃，您吃吧！你老儿子买的什么东西都好！"表哥总认为母亲偏心放纵弟弟。“老妈有那种感觉就对了，因为那里面有我孝顺的味道啊。”白明平时也不看书，但不知道他的那些新鲜词是哪来的，对此学历较高的表哥也很纳闷。“还有老妈啊，你住院的前期费用，我嫂子硬给结了，以后所有的费用都是老儿子出。”背着手挺着胸，白明一副大老板的阔绰样子。“妈自己有钱，你和你爸、你嫂子平时给我的钱我都存着呢，等我好了我都还给你们，再说你爸也拿回钱来了。”“妈，我给您的钱您怎么不花呢？”白明的堂音特别好，适合说相声。“平时净你嫂子花钱了，用不着我的。”表姑自豪地说。

一提到钱，表哥气短了，他转身躲进了卫生间。从单位出来这几年，他真的没往家里拿多少钱，许红梅也没要过钱。家人们都认为，公司处于创业和发展阶段，需要钱的地方多，等资金运转正常了，钱自然也就拿回来了。家人们的宽容，让表哥感到内疚了，目前公司状况又这样，能不能分到钱他自己心里也没底。现在老妈有病住院了，这是个理由，他想一会儿一定得去找一下汪经理，无论如何得弄点儿钱回来。

“妈妈，您是不是躺累了，我给您按按摩吧！”邱秋用让表姑心跳加速的卷舌音说。“不用了，一会儿你嫂子来让她给我洗吧！”表姑看看邱秋那长长的指甲说。“都是一样的媳妇，伺候您还得分先后，走后门啊？”白明坐在表姑跟前说。“儿子，你们都有孝心妈知道，可小秋的指甲长得不得劲儿。”表姑只得把担心说了出来。“宝贝儿剪，为了老妈马上剪。”白明一招手，一个小兄弟马上递过来指甲刀。“白明可算了，小秋好不容易养长的，一会儿我给妈按摩。”表哥从卫生间出来说。“亲爱的让我剪我就剪了，这算什么啊。亲爱的要让我剪个光头，我也愿意。”邱秋用唱歌一样的声音说着，几个长长的指甲扭曲着就掉到了地下。“妈妈，您老别不好意思，小辈孝敬您是应该的。我啊先给您按手，一会儿再按脚。”邱秋说完把披肩拿下来，头发利落的挽在脑后，又用枕头给表姑垫了一个舒服的姿势，然后吩咐白明：“亲爱的你给妈对好水。”“得令，宝贝儿。”白明刚拿起脸盆，两个小兄弟就抢着说：“老大我来我来。”“你们俩都别抢，伺候老妈那是天经地义的事，谁也不能替，实在想干，你们俩马上回去给你们的妈妈洗头洗脚去吧！一定要兑现，明天我要调查的。”白明用命令的口气对两个小兄弟说。“谢老大，一定兑现。”两个小伙子有模有样地一低头：“大娘您好好养病，我们走了。”

“白明，你这小——队伍还挺有组织纪律的。”表哥挺好笑地说。“哥，你是想说小混混吧，那自然，做人没有规矩还行，小鸡尿尿那得各有一道，是吧宝贝儿？”兑完水用手试试水温，白明搬个凳子放在表姑头上，然后把水盆放上。“妈，邱秋给按摩，我给您洗手剪指甲。您老儿子过去竟让您操心，让您生气了。现在儿子长大了，不说有点能力了吧，也是蛤蟆打苍蝇能供上自己的嘴了。您的儿媳妇别看说话学点外地口音，那是个人爱好，不影响市容不影响我们的感情，不影响伺候您，既中看又中用，这您就不用有看法了！”像做催眠一样，白明和风细雨地给表姑洗手，邱秋轻轻地给表姑按摩。老太太带着满足的微笑，还幸福地睡着了。

“亲爱的，妈妈睡着了！”邱秋小声地对白明说。“宝贝儿，你看哥这疗效！”白明小心翼翼地给表姑剪着指甲说。“妈，不是装睡吧？”表哥不相信老太太心这样大，有人给按摩、剪指甲她就睡了，还以为老太太又看到了老少不宜的镜头装睡呢，走到床前一看，老太太真轻微地打起了鼾。“老大，你知道妈为什么睡得这样安稳不？”白明轻轻地问表哥。“为什么？”“因为老儿子有今天，她心里踏实。”说到踏实，白明闭着眼睛用拳头还捶了捶右胸肌。“兄弟，你最好让妈踏实下去。”“老大，最后谁让妈踏不踏实还不知道呢！”白明慢悠悠地给老太太剪着另一只手的指甲说。

去药房拿药的表姑父进来了，白明说：“亲爱的，这是咱爸，爸这是我女朋友邱秋。”“哇，叔叔你太帅了、太年轻了，像白明的哥哥一样。”邱秋轻声细语地说。白明和他女朋友的“传奇”故事，表姑父早就知道了。现在表姑父用阅人无数的眼光，快速地扫描了一下邱秋，第一印象：女方长相有点不太尽人意，嘴偏大，但眼神干净，举止落落大方，不像传说中的那么万恶，至少相貌不像。带着和善的笑意，表姑父搬过来一个塑料小凳子说：“医院条件简陋，凑合着坐吧。”“叔叔您坐吧，我坐阿姨床上。”

看见表姑又被他们说话声吵醒了，邱秋从皮包里掏出 2 万块钱说：“阿姨，白明我们俩先给您 2 万块钱治病，如果不够，我们再拿。”看见崭新的 2 万块钱轻松地放在表姑面前，站在表姑床尾的表哥好像被人扇了一记耳光，脸呼呼地往外冒火。表姑住院当天花了 4 千多，自己只拿出不到 1 千块钱，其余都是许红梅掏的钱。现在看白明和邱秋轻而易举地拿出 2 万块钱孝敬老妈，他作为老大实在是汗颜。

“用不了这么多，我带回钱来了。”表姑父赶紧说。“妈这也有钱，”表姑也推辞。“爸妈你们二老放心，这钱不脏，都是正大光明挣来的。”白明以为父母怀疑他的钱来路不明。

“爸知道你的钱干净，我老儿子不会干违法的事。不过儿子，我觉得你的公司还是早点转型的好，毕竟你们的有些手段不合理合法。”“爸，您说得对。我和嫂子、邱秋商量过了，要账公司过些天就解散，准备进军巴林石。”“这是正道，爸支持你！”表姑父疼爱地拍了拍白明的肩膀。“和你嫂子商量过了？和你哪个嫂子商量的？”表哥不解地问白明。“就是你媳妇许红梅啊，上次有个人带嫂子三十多万的货，快半年了，既不给钱又不给货，嫂子找我了，我们公司一出面，只两个回合，钱拿回来了。”白明得意地说。“还有这事？你嫂子还有 30 多万的大货呢？我咋不知道？”表哥实事求是地说。“天天自傲清高，你也顾不上我嫂子的人和事啊，你不知道的事多了。”白明一针见血地说。“白明你别刚回归正道，就说我，我忙的是你们不懂的大事！”表哥强词夺理地说。“算了，你们都有理。你妈需要休息，你们都回去忙吧，我留医院就行。”表姑父息事宁人地说。

“好吧，宝贝儿，我们走吧！爸妈，我晚上来陪床。”白明搂着邱秋边往外走边说。“我也走了，去单位看看。”跟在白明身后，看着两个人旁若无人地勾肩搭背，引得路人注目观望，表哥把白明叫住说：“邱秋你先走，我和白明说几句话。”

“你们能不能在众人面前矜持一点，收敛一点，天天勾肩搭背的影响有点不好吧？”表哥小声地说白明。“我们那是恋爱男女的正常表现，是真情流露，我们影响谁了吗？妨碍谁了吗？我们不是第三者插足，不是夺人所爱，干嘛不能大大方方地手拉手？那些心理不健康的假装正经的人才看不惯我们呢！他阴暗的心里还不知道怎么想的呢。你说是吧大哥？大哥不会是属于其中的一种人吧？”白明不顾表哥已经变得难看的脸色，继续演讲一般地说：“再说了我想问一句，你老说别人，哥你自己怎么做的？你究竟喜欢什么样的女人啊？嫂子那么好，你为什么不喜欢她啊？”“我们俩的感情和你说不清楚，反正你好自为之吧！”理论不过白明，表哥有点气急败坏地走了。

第三天早晨，照顾表姑吃完饭，表哥刚要去单位，常会计挎着小包，穿着高跟鞋迈着标准的丁字步，“咔”“咔”地来了。“老白，哎呀叔叔也回来了，我代表单位来看看阿姨。”因为这几天表姑时好时坏，表哥没去单位，常会计打过几次传呼，表哥找公用电话简单地回复几句就挂掉了，没想到今天她竟然代表单位一个人来了。“你——你怎么来了？”面对意外的情况，表哥失去了平时的伶牙俐齿，表情很不自然地问。“看你说的，一个单位这么多年，阿姨住院了你还瞒着，真不够意思。要不是看到朝鲁，我还真不知道呢！阿姨您好点没？”不愧在演艺界辉煌过，常会计瞪眼说瞎话的功夫很是到位。“我好多了，常会计这么忙还来看我，谢谢孩子。”表姑欠起身子说。“阿姨不用客气，都是自己人。”常会计自然地说完，掏出二百块钱塞给了表姑，“阿姨，这是晚辈的一点意思，也不知道您爱吃什么，等您好了，自己买吧。”“你这孩子真客气。”表姑说完又躺了回去。“常会计，请坐，最近事多不？”表姑父擦干净一个塑料方凳递给站着丁字步的常会计。“不多，基本没什么业务！”常会计不客气地坐到了方凳上。

“常会计，这几天汪经理上班了吗？”表哥站在常会计对面问。“偶尔去，阴沉着脸也不说话，像斗败的公鸡。王丽天天去，但也不说话。”因为两个人的对接视线良好，又背对着表姑和表姑父，常会计不时地用像小火炭一样灼热的细长眼睛燃烧表哥两下。“一个单位的，为什么不说话啊？多别扭啊。”表姑不明真相地说。“他们有点隔阂，妈您不知道，这是单位的秘密。常会计，你现在可是单位的顶梁柱，你应该回去坚守阵地。”表哥有点露骨地暗示常会计走。“就那么个破阵地有老秦守着足够了，公章我带着就行了。”常会计拍了拍手里的小皮包，根本没理会表哥的暗示。

“阿姨，有什么事我替您做点吧！”常会计自己人一样左右环顾着找活。“对了阿姨，我给您洗头吧！”“不用了，我妈昨天洗过了，我看你还是回单位吧，万一汪经理找你呢？”表哥逐客的表情有点呈急赤白脸状。他能不着急吗？在家搞卫生的许红梅马上就要来了，一看常会计不把自己当外人的样子，傻子都能看出点儿事来。“有事汪经理就打电话了，我拿着手机呢。”好像故意要看表哥的猴急状态，常会计就是不走。

“常会计，昨天是红梅给我洗的头，你单位要有事，就回去吧！”表姑还真认为单位有事。“阿姨我不忙，我和叔叔说点事吧！我有事正要找叔叔呢。”常会计说着侧过身子避开表哥挤眉努嘴的表情，滔滔不绝地把公司的情况向表姑父做了大致的介绍。本来，表哥是不想让家人知道公司内幕的，怕他们为自己担心。果然，表姑听完以后，首先长叹一声：“儿子，你天天这么忙，就把公司忙成这个样子啊？”“阿姨，也不是他一个人忙的，也不是您想象的这样，就看以后我们的运作了。”常会计说完，就提出了要把二十万转移到表姑父账户上的意图。表姑父沉吟了半天说：“这件事不符合财会制度不说，有一定的欺诈行为，弄不好也犯罪的。”

“如果不想办法转移点资金，都让汪经理和王丽弄走了，那我们岂不是都白忙活了好几年啊？”常会计激动地站起来，重新站好丁字步说。“我了解汪经理，他做事有底线，不是那么见钱眼开的人，不会因为一个女人的事断送自己的前程。或许，他提钱有别的用途，毕竟他对公司的钱有支配权。”表姑父冷静地分析说，“再说家有家规，国有国法，他还不敢公开地和王丽平分公家的钱吧？”“可他有迹象表明要私吞这些钱。”表哥不服气地说。“迹象不代表事实，除非他不想在这个地方呆了，不想当经理了。”表姑父用过来人的经验说。“发生这样有轰动效应的事儿了，他还咋干啊？”表哥有点恼怒父亲的谨慎。

“别着急，看看事态的发展再说。如果真的那样，你们就先进一批二十万元的货，过后我负责给你们原数退货、退款。”思忖了半天，毕竟涉及自己儿子的切身利益，表姑父想了一个两全其美的办法。

“姜还是老的辣，不对！不对！看我这嘴说错了，叔叔还是你有智慧！晚辈服了。”常会计夸张地笑着，还竖起来了大拇指。

“常会计，常姐你真该回单位了，我不在你也不在，有些消息我们就不掌握了！”表哥的忍耐终于到极点了，他看常会计仍然没有起身的意思，不由分说拽起常会计，推着双肩，就向外面走。“哎呀，老白我还有话和阿姨说呢。”常会计身不由己地向外走着说。

“以后有机会再说。”表哥乐呵地在后面推着她说。“阿姨再见，叔叔再见！”喊这话的时候，表哥推着常会计已经到了走廊。从走廊拐角迎面走过来许红梅，许红梅还真切地看到了表哥搭在常会计双肩的双手了。许红梅没说话，站在那静静地看着他们俩。

“媳妇，你看我和常会计爱闹着玩，老大姐不是吗？就随便点。”表哥也真切地看见许红梅了，在愣了几秒钟之后，他干咽了两次唾沫，然后故作无所谓地说。“可不是咋的，老白就是好招猫逗狗的，没个正形。”常会计拽了拽衣服也亲切地笑着说。“在这招猫逗狗好像不太合适吧？还挺有闲心的。”许红梅忍住心里的怒火，表面特平静地说完，绕过他们俩，走进了病房。

“我说早让你走，你就不走，看碰见了吧？”表哥轻声地责备常会计。“碰见怕什么？光天化日的我们又没干什么。”常会计不以为然地说完，抡起小包迈着“咔”“咔”的丁字步，扭着细细的水蛇腰走了。

来到病房，许红梅面无表情地径直坐在常会计刚坐过的凳子上，眼前又出现了丈夫把着常会计双肩的场面。婆婆都这样了，两个人还在走廊嬉闹，许红梅感觉他们的行为很不正常。联想起朝鲁嘱咐自己的话，这时候她有点怀疑表哥和常会计的关系了。看见许红梅神情反常地走进病房，表姑和表姑父互相看了一眼，因为他们刚才就发现表哥和常会计挤眉弄眼的样子不太正常。现在一看许红梅直愣的表情，他们认为，在走廊里许红梅一定是看见了不该看见的场面了。

“红梅，你怎么了？”表姑独自坐起来问。“妈，我没什么！”说没什么，许红梅的大眼睛里蓄满了委屈的泪水，她强忍着没有流下来。她是个懂事的女人，不想让病重的婆婆为自己担忧。

“你们说常会计真能磨叽，不推她走，还真不走呢！”表哥进来气呼呼地说，他这气是真的。许红梅没有理他，表姑和表姑父也没搭腔，表哥很尴尬，讪讪地说了一句：“我找大夫再开点药去！” 借由子离开了病房。

“红梅啊，丫丫在她姥姥家乖不？想奶奶了吗？”表姑打破了半天的沉默问。“挺乖的，就是老要找您。今天我告诉她爷爷也回来了，她就吵着要来呢！”许红梅的娘家也搬到了镇里，照顾丫丫很方便。“这几天得流感的人多，先别让孩子来医院，容易传染。”表姑父嘱咐许红梅。“我妈也这样说，等天好我给您领来。”许红梅说着站到表姑床前，给表姑开始按摩双腿。

门又轻轻地开了，多日不见的张文静走了进来，后面跟着拎着大包、小包的刘金。“大娘，我们来看您老人家了，来得有点晚，大娘您别生气啊。”进了屋，刘金急忙从张文静的身后闪出来抢先说。“不晚不晚，只要你和文静来了大娘就高兴。”表姑乐呵地让许红梅扶起来说。

“不是不想早来，我们一家子去南方了，卖点巴林石。大娘这是我在南方给您带回来的蜂胶，老年人吃了增强抵抗力，您先吃吃看，要是效果好，我再让南方的朋友给您寄。还有这是我给叔叔带的茶叶，您会品茶，喝喝看，朋友说这是新茶叶。”没等张文静说话，刘金嘴里不停地说着，手也不停地从包里往外掏东西。“刘金和文静这俩孩子就是仁义，去哪都想着我们。”表姑拿着蜂胶说着，表情有点动容，“你说你给大娘花钱买这么贵的东西，有点浪费了。”“看您老人家说的，您过去也没少照顾我们，给您花钱最应该了。”张文静好不容易等刘金住了嘴，自己有了说话的机会。“就是就是。”刘金说着把表姑父递过来的凳子放到张文静的身后，“媳妇你坐着和大娘近距离地面对面地说话吧。”

“我站着说吧，这小凳子太柔弱，我怕它抗议。”张文静幽默地说。“这还有一把体格好的，媳妇你坐这个。”刘金从角落里又搬出一把椅子。“呵呵，我又不是客人，你忙乎我干啥啊？”张文静说着坐到了椅子上。

三十多岁的刘金天天笑嘻嘻的，让人感觉没有愁事。最近有点发福，以前脸上提前显现的皱纹，现在因为胖都被撑开了，只是头发有点配合岁月的流逝，很无情地退休了不少，这和他不显老的娃娃脸有点冲突。和他比起来，一直运动减肥的张文静依然很高大很丰满。张文静的脸一直用高档的化妆品，所以很白净、很细腻，也很有光泽。她的穿戴也很讲究，都是刘金在大城市亲自替她挑选的，适合她这类特殊体型的时尚衣服。

许红梅比张文静小几岁，以前她比张文静年轻有朝气，但现在两个体态雷同的人，在相貌和衣着上有了很大的距离。首先是服饰拉开了档次，其次是脸上表现出的内容也迥然。

因为家庭富足和睦，夫妻恩爱，张文静水润的脸，始终带着满足和沉稳的笑意。与之相比，许红梅有些粗糙，灰暗的脸写满了失落和惆怅；普通的衣服尽管很合体，却明显地落伍了。

“店里谁看呢？”许红梅把小凳子递给刘金，自己倚在张文静身边问。“放心吧，我爸妈在呢。”张文静握着许红梅的手说。

“孩子谁看呢？”表姑问刘金。“老大去幼儿园了，老二保姆和我妈带着。”刘金美滋滋地说。“巴林石生意怎么样？”表姑父问。“没听许红梅说吗？只要进好货、进准货，就挣钱。”刘金依旧美滋滋地说。

“刘金，说心里话大娘就喜欢你这个样子，天天乐呵呵的，知道疼媳妇。”“大娘您算说对了，这个世界我除了疼爹妈就疼媳妇。不怕你们笑话，从娶了文静那天起，我黑天睡觉都乐。您说就我这不够尺寸的残次品，居然找了一个各方面都超标还很漂亮的大胖媳妇，那简直就是天上掉了一个大钱包，一下子就幸运地落到我的手上了。这媳妇贤惠还能干，还给我生了一对儿女，大娘您说这日子不和天天拣钱包一样啊？”刘金说着眼睛甜腻腻地看着张文静，比看钱包还知足。

“刘金怪不得你心态这样好，你把媳妇当成宝了。白涛和你想的就不一样，他天天那副怀才不遇的样子啊，就和天天丢钱包一样。”许红梅抚摸着张文静宽厚的后背说。“那小子越来越不知道自己有多沉了，”表姑父很无奈地笑着说，“刘金你们是多年的朋友，以后还得用你的心态影响影响他。”“白叔，白涛是个有理想和抱负的人，刘金这个俗人的观念他是不认同的，我们这样孩子老婆热炕头的日子也不是他想要的。”张文静慢声慢语地笑着说。“人这一辈子，要是不知足啊，那就是天天丢钱包一样，心里老是亏得慌。”表姑大概感觉有点累，说这话的时候语气很无力。

“大娘、白叔二老不用替白涛担心。他是个高级知识分子又有高智商，属于大器晚成那伙的，别看他现在不如意，等有一天啊就会一鸣惊人的。”刘金眨巴着大眼睛，安慰着表姑说。

“红梅，白涛去哪了？”张文静为了转移话题，环顾了一下四周，问许红梅。

“说去找医生开药了，估计快回来了。”

其实表哥早从主治大夫那回来了，看见刘金和张文静在，他在门口听了一会儿谈话内容，就没有进去。他最近最不愿意看见的就是这两口子，总感觉他们身上有一种淘到了一桶重金的洋洋得意感。最让表哥不舒服和不平衡的是：两个傻乎乎的人居然进入了先富起来的队伍里面，甚至算得上是排头兵，整天暴发户一样开着一辆旗政府都没有的越野车。凭什么呢？文凭没有，智商平平，可就是运气好。还真应了那句话：他才不如我，我命不如他。命运凭什么厚爱他们呢？

他们议论他的话表哥也听到了，真是知子莫过母，母亲对他的评价还真对。他是学财经的，自己总认为，在事业的经营中，在感情的经营中，自己一直都是亏损的。他倒没有细致地进行过成本核算，但盘点目前的内心积累库存，收支严重失调。特别醒目的是，在仓库的盈利货架上，几乎没有利润可言。表哥从来没有怀疑过自己的才华，但奋斗到了今天，距离预定的成功目标却越来越远，远得接近了失败。特别是一向以自己为骄傲的父母，也对他有了失望的看法，这让他的心更像丢了巨款一样很难受。

他不想再听到也怕再听到有关他的话题了，转身走出病房。站在病房大楼的外面，他看看医院空地中间那个只剩下几棵小草摇曳的大花坛，再抬头看看灰蒙蒙的不知道是要下雨还是要下雪的天空。他忽然感觉这个世界竟然有些陌生，陌生得有点让他找不到人生的出口，以前那种如鱼得水的自信，不知道什么时候悄悄地溜走了。

看见表姑有点累了，张文静给咧着嘴笑的刘金递了个走的眼色，刘金的反应就是快，马上就站起来："大娘，您老休息吧，我和文静还要去办点事，有空再过来看您，您好好养着。""去吧，孩子，你们事多，忙去吧。"表姑说着伸出那只没有输液的手。

表姑肿胀的手布满了密集的输液针眼。抚摸着这双和母亲一样，不知道捡起多少艰辛，经受多少劳累的大手，刘金的眼睛有些湿润了。他从口袋里掏出两千块钱放到表姑的手心里，"大娘这是我和文静的一点心意，希望您老人家养好身体，我们会经常来看您的。"没等表姑拒绝，刘金转身拉着张文静走出了病房，他快步走着没敢回头，因为他感觉表姑深深看着他的慈爱的眼神和伸过来的手，都像是在和他诀别。

就在这一瞬间，刘金产生了一个想法，他要领着张文静的父母和他的父母去旅游。趁着他们身体还健康还能走得动，他要让没去过北京，没坐过火车，没近距离看过飞机的四个老人，去看看和体验一下小镇以外的精彩世界。不能让他们像表姑一样，最远的地方就是去过赤峰，他不能对父母留下子欲孝而亲不待的遗憾。

老远看着刘金抬着小短腿吃力地爬上深绿色的三菱越野车，本来情绪就迷茫的表哥又受到了很大的刺激，他实在不相信自己能力不如刘金，实在不相信自己会超越不了刘金。迈着相当尿急的步子在原地徘徊了几圈之后，他突然想到了一个让自己尽快成功的捷径，那就是他要争取当三产公司的经理，只要当上了公司的一把手，自己就能大显身手干一番大的事业了。因为在三产近 4 年的发展过程中，其实最功不可没的，各方面起主导作用的是自己。找商机，找销售渠道，可以说除了没有亲自协调周转资金，表哥都亲力亲为了。而汪主任在众人面前,总是表白是自己的能量发挥,让三产有了今日的成就。什么成就啊?每天除了打麻将、上饭店,就是写诗、唱歌。不是表哥率领着朝鲁和鲁达他们几个,天天在市场猎犬一样寻找商机，三产早垮了。

现在趁汪经理面临的局面很尴尬，正是让他退位，表哥自己争取三产经理的好机会。至于怎么才能争取这个位子，他又想到常会计了，这个时候最能帮他出谋划策，和他站在一个战壕的还得是她。因为这个天天唱《智斗》的和阿庆嫂有一拼的女人，还是有一定的活动能量和一定计谋的。想到这儿，他拔腿就往单位走，一边走心里一边默念：老常你一定要在单位！一定要在单位！我当一把手的计划是否能成功，还真得有你帮衬不可。

也许是表哥默念得虔诚，常会计还真在办公室，一个人还用扑克在办公桌上算卦呢。看见表哥进来，常会计抬了一下眼皮没吭声，刚才被表哥推出病房，她感觉严重地伤了自尊心。“常，算卦呢，今天运气咋样？”表哥凑上来呲着牙很温柔地问。“不咋样，有小人，有个很缺德的没良心的小人。这不，拆了两遍了还别扭着呢！”常会计立愣着眼神说。“你干脆直接骂我得了，我知道你不愿意离开我，可时间地点都不对啊，我们得往长远打算，为了将来一定要理智。”表哥轻轻地关上门，紧贴在常会计的后背上说。“你别二分钱买个茶壶就嘴好了，看刚才那个样子，好像我给你丢多大人似的，我们能有将来吗？”最后又没拆开牌，常会计赌气地噘着大嘴开始往一起敛牌。“有！一定有！我也找高人算过卦了，你可是我命中的贵人。”表哥说着，给常会计倒了一杯水。

“说吧，你又有什么事求我吧？”常会计敏锐的小眼睛，一下子就捕捉到了表哥讨好的表情里面有内容。“常，你真是个精明的女人，我最喜欢你这一点。”表哥开开门伸出脑袋向走廊里面做观察状。“别看，都十二点多了，人早走了，连老秦都出去找地方吃饭了。我是在等你，看你来不来给我道歉。你还真来了，要不我们就没有什么将来了。对了，这两天单位又调来两个年轻人，都是男的，估计又是两个投错胎的傻小子，就这单位还敢来呢！”“就这单位咋了？马上要有新局面了。”表哥见环境对自己这么有利，干脆拖过椅子坐在常会计跟前了。“还有什么新局面啊？都这样了，一个个和冤种似的，领导不像领导，职工不像职工，要不是有你，我都想走了。”尽管挨得很近，因为没有别人，常会计用很娇嫩的尖细声音说。“你不能走，千万不能走，你是单位的栋梁。我也不能走，咱们俩联手可以改变环境啊。”表哥握住常会计骨感的手，急急地说。“怎么改变啊？我们是栋梁又不是主梁。”“我们可以变成主梁的，你想想一个单位的领导有桃色事件了，还能继续担任领导职务吗？”表哥没直说自己的观点而是使用了诱导战术。“对啊，我们为什么还要服从这样作风不正的领导啊？我们又不是小绵羊，我们得和不正之风作斗争啊。”常会计果然被启发了，豁然开窍了，她激动地站起来，迈着丁字步背着手开始徘徊。

“那你说把他拿下去，这主梁归谁啊？”在徘徊了几圈之后，常会计突然停住脚步问暗自得意的表哥。“这，这还用说吗？”表哥没想到常会计会提这样尖锐的问题，“自然是由男人来承担啊！”干咽了一口唾沫，表哥鼓起勇气拍着干瘦的胸脯说。“女人承担也不过分，”常会计很不谦虚地说，“说实话，在这个公司我的能力和水平，不在你们这些男人之下。”常会计说着还冲自己竖了一下大拇指。“可如果干起事业来，男人还是比女人方便一点，特别是某些场合。”表哥强忍着内心的不满，苦口婆心地试图说服常会计，“再说我和你谁当不都一样吗？”他表情暧昧地看着常会计说。“不一样！绝对不一样！等你当上一把手啊，也和汪经理一样卸磨杀驴的主儿。”常会计毫不留情地说。“这么说我有点伤心，你不会不知道我是个重情义的人吧？在你感情最危急的时候，我是为难之时显身手，无私地把肩膀给你伸了过去，让你安全地依靠到现在。”表哥关键时刻，说话就来了艺术灵感，“常，你记住就这不太壮实的肩膀现在属于你，将来仍然属于你。”宣誓一样，表哥站起来对着常会计慷慨激昂地说。

常会计又被表哥第二次诱导成功了，演员的技巧又适时地发挥了作用，一转眼脸上竞争的表情就换成了有点吓人的妩媚，“呵呵，看你个傻样还真急了。其实吧，我才不稀罕当什么经理呢，我又不缺钱，受那个累干嘛？我啊就是想让你知道，如果有一天你真的取代汪经理了，别忘了这个位置是我让给你的，你啊欠我一辈子人情，知道不冤家？”常会计说着，用手指头点了一下表哥急得汗涔涔的脑门。

推翻汪经理的共识达成了，接替汪经理的人选也选好了，表哥和常会计坐下来，开始预谋最关键的问题，那就是如何让汪经理离开公司，直白地说就是如何让他让位。“他如果有自知之明呢，最好就自动辞职。如果没有呢，那就得采取非正常的手段了。”常会计眯着细长的眼睛一副老谋深算的样子说。“什么是非正常的手段呢？”表哥假装用特别崇拜的态度，再次诱导常会计。“你咋这么木讷呢？还是高级知识分子呢，什么计谋都没有啊？”常会计有点鄙视表哥了。“常，你看我吧理论还行，但没有实践，什么事都是纸上谈兵，还真有点草包。不像你，理论和实践都能结合在一起。”为了达到取代汪经理的目的，表哥不在乎贬低自己了。“老白，认识你这么多年，你终于放下臭架子，对自己有了一个正确的评价。你啊能有这样批评与自我批评的态度，你还真能进步。”常会计用领导者的口气对表哥说。表哥看着常会计自负的样子心里直骂娘：真把自己当回事了，还教训上我了。如果不是利用你冲锋陷阵，我死都不会和你上一条船。在心里骂了两句脏话，表面表哥用暧昧的口气问：“常，我们具体该怎么行动？”

“想给别人整点事不外乎几个步骤：造谣、诽谤、无中生有、捏造事实，向有关部门检举、揭发包括写匿名信和散发小字报。”如数家珍一样，常会计一口气地说完了这些损招。“你什么出身啊？怎么这么精通这些缺德事啊？”表哥震惊地问常会计。“这些套路古往今来的戏里面都有，你没看过古装戏啊，那些忠良都是被奸臣用这些招数陷害的，我唱戏的时候就有这些曲目。”“你不是当红歌星吗？怎么还唱戏呢？”表哥察觉到了常会计在演艺界时候的漏洞。“有时候客串。这些都不重要，重要的是你说咱们用什么招？造谣、诽谤？这些步骤都可以省略不用了，因为有作风问题和经济问题这两个事实，那就直接进入检举、揭发这个程序，小字报也可以同步进行。就他私自率领咱们倒卖巴林石这一条，咱们要捅出去，就够他翻船的。政府有明文规定：领导干部不能买卖巴林石。”像一名经验丰富、胸有成竹的指挥官，常会计拿着一支笔，在一张大白纸上，画作战地图一样，用箭头勾勒行动步骤。在一旁的表哥有点傻了，他是个有贼心没贼胆的人，一看常会计真要用这么周密的卑鄙的计划置汪经理于死地，他的良心提醒他不能真这么干。再说平时汪经理除了作风有问题，别的地方基本是没有问题的。对本职工作敬业，对手下职工不薄，卖石头的钱也给职工发奖金了。也不是贪官污吏罪大恶极，在背后给人家下死手，那可不是一般的缺德。表哥摸着良心想。

“发什么愣啊？你说咱们用哪个办法？”常会计还挺发扬民主，主动征求表哥的意见。“这几个办法都不是办法，有点损人不利己不说，也不是咱们这些善良之辈能干的。再说，看你这阵势好像和人家有杀父之仇似的。”表哥明显地表现出了悬崖勒马的态度。“你这人真矛盾，我有夺妻之恨吗？这不是帮你吗？你这人啊用一句不好听的话说：想当婊子还想立牌坊。”常会计真生气了，把笔一摔说：“我这不是撑的吗？还真主动献计献策为你扫平障碍呢，你倒装起好人来了，我天生就是坏人啊？现在我郑重宣布，这行动我退出了。”常会计说完穿上大衣就要走。“常姐，常姨，宝贝，心肝，你别生气好不好？”一看常会计真要走，表哥着急了，赶紧上前一步把常会计抱在怀里。“都听你的还不行吗？”

“我也不想这样做，毕竟都是老战友。可你想想还有什么更好的策略吗？毛主席说过要斗争就会有牺牲。”赖在表哥怀里，常会计摸着表哥有点发黄的脸说。“对了，还得团结一切能团结的力量，让他有势单力薄的孤立感。”“常，你真是个军事家和阴谋家，没生在战争年代你真屈才了。”表哥自愧不如地说。“我也这样想呢，要是八年抗战的时候有我啊，最起码能提前三年解放。”常会计大言不惭地踮起脚，扳着表哥的脖子，使劲亲了表哥的脸一下说。表哥顿时感觉身上起了一层鸡皮疙瘩，非常不舒服。怀里的女人就像一个长满刺的刺猬一样，让他抱不能抱，想丢丢不掉。

“我们首先要争取王丽，现在她是最仇恨汪经理的人，利用他们之间的矛盾打击汪经理最有力度。其次是老秦，估计他也知道点汪经理的秘密。”“这个办法切实可行。”表哥由衷地同意说。“你说我们几个谁出面检举汪经理啊？”表哥又提出了疑难问题。“你弟弟手下不是有一帮二流子吗？让他们帮忙写几封检举信，到时候有关部门来调查，我们一配合不就水落石出了？”常会计轻松地给表哥抛了一个又让他起了一身鸡皮疙瘩的媚眼说。

“这，恐怕白明不干吧？”表哥真有顾虑地说。“这和要账的性质差不哪去，都是用非正常手段，大不了多付给他们点钱。你自己的弟弟你不会都摆不平吧？”看着表哥犹豫的表情，常会计睁大眼睛问。“还真有难度，白明是个软硬不吃的人，也不是个见钱就眼开的人，有时候他还真不买我的账。”表哥苦笑着说出了实情。

“老白，在关键时刻我发现你真不顶事，一会儿我去找白明谈。现在我肚子饿得和你肚皮都贴上了，慰劳慰劳你有才的宝贝吧？”

像热恋中的小女孩，常会计双手吊在表哥的脖子上，眼睛含情脉脉地看着表哥撒着娇说。说实话表哥真接受不了常会计撒娇这一出戏，总觉得她演得有点过，过得让他有点反感了。有了点肌肤之亲，就弄得和媳妇一样随便呢？这女人和王丽也差不哪去，是个难缠的主儿。表哥有点清楚常会计也绝非善良之辈了。但现在是非常时期，正是用人之时，为了利益，他只得硬着头皮配合常会计骚扰般的亲昵了。

“走吧，我们去饭店，”表哥殷勤地帮常会计拎上包说，“想吃什么？”“吃饺子吧！”常会计刚要挎表哥的胳膊，一看老秦两眼炯炯有神地站在门口看着他们俩呢！演员的特长马上发挥了作用，她的手动作轻盈地划了条弧线，从表哥眼前一过，就到了老秦的胳膊上：“老秦，你看为了帮你看门，我们还没吃饭呢！”作为要争取的对象，常会计口气特亲切地摇着老秦的胳膊。这样非正常的摇臂，让这个没有任何思想准备的老复员兵有点接受不了，让他不明白和不习惯的是：平时给她送水她都不说谢谢的女人，今天抽的什么风？还这么亲近地和自己拉扯上了，眼神还肉麻地看着自己，“那啥，那你们快去吃饭吧！”像扒拉黄蜂一样扒拉掉常会计的手，老秦慌忙进了值班室。

“我说话的效果能这样吓人吗？”常会计歪着头问表哥。“不是吓人是迷人，没有一定定力的人还真接受不了。”表哥实事求是地说。

要说常会计就是个很有个性的女人，做什么事都有一种执着的精神。第二天早晨单位的人还没到，她就拿着一饭盒饺子还有一瓶“套马杆”，径直进了值班室。老秦刚收拾完锅炉，赤裸着上身在洗头。“老秦，洗头呢！”常会计进屋亲昵地说着，用手拍了拍老秦的光膀子。“常会计你这是干啥？不带这样闹着玩的啊！”老秦避开常会计的手，耿直地说。“呵呵，倒是当兵的出身，作风还挺严谨。”常会计一点也没生气，把饺子和酒放到办公桌上，自己轻轻地坐到床上笑眯眯地说：“老秦，过去吧因为单位事多，忽略了和你的沟通。现在通过很多事证明啊，关键时候你才是单位忠诚的守门员。人正经，嘴严实，手勤快，是一个不可多得的好人哪。”　什么人也喜欢听表扬，老秦也不例外。见常会计对自己评价这样高，他为刚才自己的粗鲁有点不好意思了。“其实咱当过兵的人，干一行就得爱一行，干啥就得像啥。”老秦不愧为老兵，转眼衣服就穿戴整齐了，就连风纪扣都系好了。

“老秦啊作为单位主要人员，你对单位目前的状况有什么看法啊？”见老秦有点买自己的账了，常会计笑吟吟地看着表情有点局促的老秦问。“这，这看法倒没有，就是感觉最近单位不论是人气还是业务都有点萧条。”避开常会计的笑脸，老秦做了个标准的向后转。“看看，当过兵的人眼神就是敏锐，一眼就能看出问题。那你说萧条的原因是什么呢？”好像要故意看老秦的窘态，常会计站起来转到老秦的面前问。“这原因也不是咱一个看门的该说的，你们内部自己找呗。”老秦又做了个标准的向后转，随后把帽子也戴好了。“你看你老躲我干嘛啊？我又不吃你，这么大岁数了还怕看啊？”常会计非正常地笑着说。“哎呀妈呀，”老秦赶紧一眯眼说，“常会计你这一笑咱可真不敢恭维，咱得忙着给锅炉添煤去了。”老秦说完慌忙撤退了。“哈哈真有意思，咱也不是炸弹，你跑什么啊？”常会计忍不住自己“哈哈”乐开了。

表哥到单位的时候，常会计迫不及待地把“策反”老秦的结果告诉了表哥。阴沉着脸的表哥说：“好像咱们的策略不太适合别人，现在的人不像我们想象的那样简单，见套就钻，见利益就上的。昨天晚上我找白明把我们的意图和他说了……”“白明怎么说？他同意帮忙吗？”常会计迫切地问。“他非但不同意还骂我们俩了，说我们俩是卑鄙小人，趁人之危，落井下石。常，你说我们俩有这么坏吗？”表哥很有负担地说。“什么叫坏啊？这叫计谋。他装什么好人啊？一个臭要账鬼和地痞流氓有什么区别啊？我们这点雕虫小技离他那黑道远着呢。”常会计叉着腰气愤地说。“你说不让他白干给他钱的事了吗？”常会计用领导者的口气问。“提了，他说君子爱钱取之有道，绝不花昧心钱做昧心事。”表哥好像没了头脑似地机械地汇报。“他是什么人啊？有资格骂我们？你没骂他啊？你平时的精神哪去了？”常会计用指关节敲敲表哥的头说。“我感觉我们要做的事和白明做的事还是有本质区别的，人家是行侠仗义，我们是暗器伤人，有点不磊落。”表哥耷拉着头说。

“我们还没做什么呢，你心理负担就这么重，计划就此终止，你甘心吗？”常会计一副箭在弦上不得不发的样子问。“倒是不甘心。”表哥实在地说。“那就接着整，不能指望别人了，还是自己的筢子上柴禾，有些事咱们得自己亲自上阵。一会儿我去拉拢王丽，我看她刚来了。你呢，去局里到有关领导那探探口风。”果断利落地布置完任务，常会计没忘给表哥抛个吓人的媚眼，然后扭着水蛇腰，迈着丁字步就出去了。

去局里探探口风，这个任务没什么缺德性，表哥决定马上去执行。摩托车刚推出大门口，老秦不知道从哪钻出来的，把表哥拦住了。“老白有件事我得给你说说。”像有敌情似的老秦一本正经地对表哥说。“什么事啊？你说老秦。”在一起呆几年了，表哥很了解老秦，对他印象也不错。“你说最近一两天，常会计就和换了一个人一样，平时都不正眼看咱们一眼，现在呢老单独来看咱们，还说些莫名其妙的话。”“这是好事啊，说明她良心发现平易近人了啊。”表哥忍住笑说。“老白，咱可都是正经人，就她那眼神、那动作可不是平易近人，说不好听的话那是纯粹的勾引。”分析敌情一样，老秦表情特别严肃地说。“呵呵，老秦你言重了，就你这条件不符合她勾引的标准吧？”表哥好笑老秦的分析。“咱也这样想的，可咱也是过来人，那看眼神也是很准的。再说了别看咱媳妇是乡下人，那长相比常会计好多了，咱不符合她的标准，她还不符合咱的条件呢，瘦得当当的，一点摸头都没有。那要和咱媳妇比，咱媳妇和你媳妇一样就是暄面馒头，这女人就是个没有嚼头的，挂着醭面还掉渣的荞面单饼。”

没注意表哥很难看的表情，老秦自顾自地说。“咱所以和你说是因为咱都是共产党员，不能晚节不保。咱倒是不知道她为什么要这样对咱，可不论什么原因，咱对她这一套都不感兴趣。老白，我看你们平时关系不错，咱们哥俩关系也不错，咱求你转告女方一声，可别再乱闹了，咱和她不合适。”像要遭到严重伤害似的，老秦表情很不老兵地有点脆弱地说。

“什么？他以为我是女流氓要强奸他啊？天啊，我太没档次了吧？这个臭老兵蛋子。”像受到天大的侮辱，听到表哥的转告，常会计双手拍打着膝盖呼天哈地地直喊冤枉。看着她脖子上鼓起的青筋和脸上敷着的一层白粉，站在一旁的表哥苦笑着没有说话，心里想：老秦形容得还真对，这女人就是个没有嚼头的挂着醭面还掉渣的荞面单饼。

“他还说什么了？”常会计接着问。“就是恳求你别在他身上浪费精力了，不是我说你，你的行为确实让人容易误解。你送吃的喝的都行，干嘛送媚眼呀？看把个老头吓的，以为你惦记着他那两个钱呢，赶紧找我说情让你停止一切“拿劲”的行为，说拿也是白拿。”表哥没敢说把她比喻成荞面单饼的事。“呵呵，真荒唐，要不是为了你，我会逗巴他？做梦吧！不过他现在也不重要了，重量级的人物王丽上午被我摆平了，决定和我们联手合作了。还有啊，她和汪经理分手的过程我也掌握了。汪经理要补偿给王丽三万块钱，王丽没要，拿起钱砸汪经理脸上了。”常会计压低声音眉飞色舞地说着，还做了个胜利的手势。“真的？还有这事？老常你真是不简单。用的什么战术啊？”表哥爱打听事的毛病又上来了。“女人和女人容易交流的话题，这个你不用知道过程，知道结果就行了。不过她有个条件不许提她和汪经理的事。”“作风问题是我们的杀手锏，不提这个提什么啊？”“提经济问题，那二十万王丽也不知道什么用途，她还能提供点汪经理给有关领导行贿的事。再说了有些事当面不提，不代表背后不提。”看着常会计眉飞色舞的脸，表哥感到后背有点发凉：都说歹毒不过妇人心，这句话还真适合常会计。以后自己做事还真得提防着这女人，汪经理就是前车之鉴呢。“今天晚上，我就着手办检举信和小字报的事，你回去把草稿先给我打好了，明天早晨给我带来。”临下班的时候，常会计又给表哥布置了缺德性很强的任务。

晚上表哥没去医院，一个人在家冥思苦想地打草稿。本来写文章是表哥的强项，但写检举信和小字报，特别是给没有任何仇恨的汪经理写，他还真感觉要犯罪似地下不去笔。看来做坏事也是需要一定的勇气和决心的。本质不坏的表哥想了半天还是扔下了手中的笔。

就在表哥在家里独自做思想斗争的时候，表姑父和白明一同回到家里。一看表姑父脸上带着从来没有过的凝重表情，表哥就知道白明把自己出卖了。

“儿子，做人做事要讲究良心呢！”没做任何铺垫，表姑父一坐下就开门见山地和表哥谈上了。“爸，我和白明是探讨过某些手段，但没有付诸行动。”心虚的表哥没有看表姑父的眼神低着头为自己辩解说。“如果我要同意帮你，估计你就行动了。”白明给父亲倒上水说。“你给我闭嘴吧，我还没那么糊涂。”表哥的态度有点气急败坏。“我看你最近的想法都有糊涂的意思，是不是受了别人的影响我不知道，但我感觉我的儿子不应该有这样不磊落的想法。凡事应该用真本事去争取，不择手段弄来的官不管多大，你会心安吗？孩子你们都还年轻，未来的路还很长，不能年纪轻轻的就背着良心债生活吧？再说，汪经理生活不检点那是他个人的事，没影响单位的经济效益，如果是真哥们，你可以当面提醒他，何必背后踢人家一脚呢？”一向和蔼可亲的表姑父用从来没有过的严肃口气说。“哥，你没发现你最近变了吗？以前我总以你为榜样，可现在我感觉你不务实了，很多想法不切实际不说，还特别自负。”以前被批斗和被挽救的对象做了换位，白明开始教育表哥。

表哥没有再为自己辩解，他现在也意识到自己做官心切，差点犯了一个不可饶恕的错误。见表哥低着头，脸上有了愧疚之意，表姑父把想说的很多话生生地咽了回去。

翻来覆去的思想斗争，让表哥一夜几乎没有合眼，直到天快亮了，他才迷糊地睡了一觉。等他起来的时候快八点了，外屋的餐桌上放着表姑父做的早饭，他人没在屋，估计是去了医院。匆匆地吃完饭，表哥骑上摩托车决定先到医院看表姑一眼再去上班。

病房里，许红梅正在给表姑梳头，看见表哥进来她跟没看见一样没有说话。“妈吃饭了吗？我爸没来吗？”和往常一样没理会许红梅的态度，表哥问母亲。“我刚吃完饭，你爸去开药了。”表姑看起来很虚弱，说话有气无力的。“今天不输液吗？”“输，大夫说给调点药，一会儿输。”“妈，你感觉哪儿不舒服啊？”表哥坐到母亲跟前心疼地问。“没有不舒服，就是浑身没劲儿。”表姑深陷下去的眼睛显得有些浑浊。“那你想吃点啥啊？儿子去给你买。”“什么都不想吃，想吃的东西红梅和邱秋都给我买了。红梅扶我躺下，你就先回家吃饭吧，一宿你也没睡好。”“妈那我先回去了。”知道表姑有话要和表哥说，许红梅就回家了。

“儿子，妈是有早晨没晚上的人了，有些话妈在心里憋了很长时间了，就是没机会和你说，现在妈得和你说了。”表姑侧过身子面对着表哥，拉住他的手说。“妈，你说吧，儿子听着。”表哥的眼睛湿润了，但他的脸上还是露出了艰难的笑容。“我最不放心的就是你和红梅。儿子，红梅是你明媒正娶的女人，不是人家自己硬挤进来的。她是给你生儿育女，伺候一家老小的媳妇，是你应该尊重疼爱的人。可你是怎样对待人家的？抽风似地时好时坏地对待人家，为什么啊？”表姑说到这儿情绪有些激动，声音突然提高了很多，“就因为她的体格粗了点、壮了点吗？你认识人家的时候就这样啊，孩子，不管什么体型的人，心都是正常的，都是肉长的，承受力都是有限的。”好像说自己的心里话一样，表姑越说越气愤最后自己竟然坐了起来，从小到大表姑对表哥说话从来都是和风细雨的，今天这样近似吵架一样地声讨表哥还真是第一次。

“妈，您别激动，喝点水慢慢说，儿子好好洗耳恭听您的教诲。”表哥帮母亲喝口水然后又扶她躺下。“人家的孩子也是父母手心的宝，来到咱们家任劳任怨敬老敬少，你就不感动吗？她就是雇来的保姆，你还得尊重人家给人家工资呢？你给了她什么？你在外面的事情，红梅都有察觉，有时候她晚上偷偷地哭，白天怕我着急还装作没事的样子。有时候我埋怨你两句，她还替你遮掩，就这样的女人你还不珍惜啊？外面的女人真的比她好吗？”母亲一针见血地责骂，让一向自信的表哥低下了高傲的头。的确在他眼里，许红梅就是一个性格粗犷、大大咧咧、凡事不太计较的傻大个儿。“红梅比一般女人都优秀，不是妈袒护她，人家孩子是真好。你看人家不声不响地把石头生意做得那么好，这才几年，人家存了那么多好石头。有几次你和人家闹得挺凶，红梅要和你离婚。是我劝住了她，我总认为我的儿子总不能永远地无情无义，总不能把心老放在外面的女人身上。你和你爸的情况不一样，你爸是没办法的情况下和我结婚的，我们是没感情，但你爸尊重我，对这个家负责任。这些年为了你和白明，我们没有离婚，但我知道你爸心里很苦。可妈很知足，因为他给了我两个好儿子。

白涛，做人不能太自私，得照顾和考虑一下对方的情绪和感受啊。妈的时间不多了，妈得告诉你：这个世界上能包容和真心疼你的那个人就是你媳妇。”

闭着眼睛休息了一会儿，表姑又接着说：“不要以为你的媳妇没人看好，人家朝鲁就认为你媳妇是天下最好的女人。人家跟我说了，如果你再对红梅不好，他就把她和丫丫接走。你再做对不起红梅的事，估计红梅也要和你离婚了。”“就她那样，还要和我离婚？”表哥认为这是不可能的事。“人家啥样啊？每年挣的钱比你多，人品比你好，儿子你有什么可王牌的？是官大还是钱厚啊？人家凭什么要忍受你的冷漠啊？儿子你是个聪明人，没事的时候自己好好反省反省吧。”看见表姑父领着大夫进来了，表姑说完这些就再也没有和表哥说话。

“你去上班吧，我在这儿就行了。”表姑父说这话的时候没有看表哥，态度也很中立。表哥默默地走出病房，心里特别难受，他没想到：自己往日在大家眼里一向正面的榜样形象，今天竟变成了有点龌龊的阴暗小人，成了大家需要挽救的对象。他自己都不知道，自己从什么时候偏离了阳光大道，从什么时候失去了那个正直、向上的自我？

内心纠结着、矛盾着，表哥缓慢地骑着摩托车来到单位。常会计被粉涂得很白的脸上，带着阴谋得逞的笑容正急切地等着表哥呢。带着青眼圈，精神萎靡不振的表哥一进办公室，她就凑上来神神道道地说：“分发和制作小字报的人员我都搞定了，就等你拿草稿了，你看我效率怎么样？”“挺高！不过这件事我们再慎重点先放放吧。”表哥没精打采地说。“看，又打退堂鼓了，我看要不这个位置我争取吧？你是稀泥糊不上墙，狗肉上不了抬杆秤。”像念台词一样，常会计失望地坐到了椅子上。表哥说：“你当就你当吧，我放弃了。”实在受不了良心的折磨和家人的谴责了，表哥趴在桌子上做出了投降状。

“没出息的样子，一点男子汉的斗志都没有，白扶持你了。”常会计气得在表哥对面摔了半天账本，见表哥聋了似地没反应，自己气鼓鼓地从抽屉里掏出一个本子，开始在上面写着什么。

快到九点的时候，好几天没见面的汪经理，披着长呢大衣，清秀的面孔带着平静的表情，迈着沉稳的步子走进了单位。不一会儿，老秦就通知大家去汪经理办公室开会。

各自带着揣测的心情，除了一个请假的，表哥、常会计、面无表情的王丽、走路带着风的鲁达，还有被邀请列席参加的老秦，都神态各异地来到汪经理办公室。坐在办公桌前的汪经理，穿着一件黑色的高领羊毛衫，这让他缩小了足足有一圈的脸，显得有些苍白。在他的面前放着一沓票据，在大家陆续进来的时候，他始终没有抬头，在一个小本上面记录着什么东西。

当他抬起头来的时候，见人都到齐了，端起老秦给他沏好的茶浅浅地喝了一口，然后轻轻地咳嗽了一声说："今天是我以经理的身份，最后一次给大家开会了，我写了辞职报告，局里也批准了。"听到汪经理平静地说完这些话，表哥包括所有在场的人，都被这突然的消息震惊得张大了嘴。

"说实话，我很留恋大家，留恋这个我们一起奋斗和经营过的根据地。但是由于我的过错，给单位和单位的人带来了一定的伤害，我决定用辞职谢罪。"说完汪经理站起来给大家鞠了一躬。没等大家有所反应，老秦迅速地站起来回了一个标准的军礼。"谢谢你！老秦。"汪经理的语气有了波动。

"头几天，我在单位提了二十万，还有用盈利的钱，给大家补交齐了养老保险，还有住房公积金，我想大家跟着我干了一回，将来能有个保障。我也希望接替我职务的人，能继续为大家上这个保障。单位所有的来往账目，都有据可查，明天局里会派人来审计的。我再次感谢大家过去 5 年来，对我工作的支持和帮助，谢谢大家。"汪经理说完站起来又给大家鞠了一躬。

"汪经理，你留下吧，我们还愿意跟您干！"表哥站起来给汪经理鞠了一躬，真心诚意地挽留说。此刻汪经理的表现让他的良心再次受到了谴责，过去自己真是用小人之心度君子之腹啊，表哥在心里骂自己。

"这个机会可能留给你了白涛，我感觉你有能力接替我的职务，我向局里推荐了你，如果没有意外，明天就会正式宣布的。现在散会。"汪经理说完，开始拉抽屉、开橱门，收拾自己的东西。

迈着机械的步子，表哥回到自己的办公室。他被突然出现的状况弄懵了，他没想到自己处心积虑要争取的位置，就这样要轻易地落到了自己的头上。情节有点戏剧性，表哥感觉有点像做梦一样不真实。

“老白，要高升了有点傻了吧？”常会计在表哥眼前晃晃她那鸡爪一样的手说：“咋和范进中举一样的症状呢。”跟着常会计进来的老秦凑过来说：“要真那样，还得扇几巴掌呢。”

表哥这时候“激灵”一下回过神来了，他三步并作两步赶紧又回到汪主任办公室，“汪经理，哥，中午给你开个欢送会吧？”表哥慌乱而又真诚地说。“谢谢兄弟，不用了，以后有的是机会聚。你把常会计叫来，有一件事，我要和你们俩交代一下。”

“汪主任，你说辞职不干也太突然了，让没有准备的心里和猫挠了一样难受，想起我们在一起为企业奋斗的日日夜夜，真是难舍难分。”不愧为演员，表哥刚把主任室的门关上，常会计坐在汪主任对面的沙发上，嘴一咧，眼睛一闭，眼泪“刷刷”下来了。

“常会计，老战友，感谢你和白涛对我工作的支持和帮助，以后希望你们俩继续携手，打造三产美好的未来。”说这些话的时候，汪经理的表情很平静，所以表哥无法猜测他的内心世界是否真诚？“谢谢汪经理，我和常会计一定会的。”表哥声音有点哽塞，他此刻的心情是真诚的。“汪主任，在这辞职后，你去哪里高就了？”常会计带着眼泪问。“我哪里都不高就了，我也准备自己开个小店。我要和你们俩商量点事，因为除了王丽就咱们三个知道，现在我也没办法和她沟通。咱们不是还有点巴林石吗？除去卖的几方，咱们还有48万的成本，这样我给100万，我就把石头拿走开店用了，你们俩看行吗？”常会计看都没看表哥一眼，爽快地说：“行行，我和白涛都同意，你拿去吧！”“是不是钱给的多了点？”表哥看着常会计的脸说。“就这样吧！下午我把钱送来。晚上都下班以后，你们俩帮我拿出来，白涛帮我送回去！”

“这么短时间能弄出这么多钱，这家伙准是贪污咱们的。”走出办公室的时候，常会计撇着嘴小声和表哥说。

晚上表哥开着单位的车，按着汪经理的指引，把三个半纤维袋子的石头送到汪经理的父母家，表哥没有问他和媳妇现在怎么样了。汪经理不想说的事他也不想问。

就在他调转车头要走的时候，汪经理把住车门递给表哥一块拳头大的石头："弟兄一场，留个念想吧！知道你不太喜欢这个，也许以后有一天你会喜欢的。还有，哥提醒你几句：酒让人乱性，权让人膨胀，钱让人迷失自我。哥就是前车之鉴，兄弟好好把握自己吧。"

那块石头，后来被表哥打磨出来了，干净、剔透的荔枝冻底，上面有一颗黑色的水草。表哥在上面刻了两个字：清白。

第七章

表哥如愿以偿地接替了汪经理的职务，坐在汪经理坐过的办公室里，开始他的心情有些忐忑不安，总觉得汪经理的辞职和自己有关系。但随着时间的流逝，人们对他的恭敬态度远远地超过了他对汪经理的负疚感，他也就变得心安理得了。通过表姑父，他认识了几个靠谱的有实力的大老板。他们有的经营钢材，有的经营木材，有的经营摩托车，有的经营手机。表哥和他们联手做了多次的买卖，三产的账面盈利数字天天在增加。

人们对表哥刮目相看了。表哥"贴贴自喜"之后，也很自豪，感觉自己的才智得到了发挥和证明，英雄终于有了用武之地。

得意之余，有两个摆不平的人让他很是烦恼，一个是家里的许红梅，一个是单位的常会计。

就在表哥考虑如何摆平这两个人的时候，饱受病痛折磨的表姑去世了。

知道表姑病重，我回到板街，一直陪着表姑，直到她去世

亲朋好友帮着表哥一家人，在殡仪馆料理表姑的后事。

常会计又代表单位，表现突出地出现在殡仪馆。其实不光是突出的自我表现，还有突出的表现范围，超越了悲痛中的儿媳妇许红梅和邱秋这个准儿媳妇。给表姑穿衣服有她，为逝者送汤米（民间亲人为死者送黄泉路上的口粮的习俗）

时有她，她哭得也相当突出，哭声还抑扬顿挫，缓慢有序，带着极强的专业色彩。到现在表哥更加确信，她以前就是地方戏班子出身的。

忙乎这么多，还不忘记照顾表哥，一会儿让他喝口水，一会儿让他穿上大衣，尽管表哥很不配合她的关心，并且多次请她回单位，她根本不服从。看着许红梅发青的脸，还有亲朋好友别样的眼光，没辙了的表哥只好求白明、邱秋和我，让我们仨合计一下，看看有什么能让出面了。

白头花儿、白鞋、白帽、白衣服的邱秋和许红梅跪在表姑的灵前烧着纸守着灵，看见常会计忙乎得超出了身份范围，邱秋早就替许红梅抱打不平了，早就气得要采取非正常手段了，只因为白明没给她行动暗号，她只好一边哭一边监视常会计的一举一动。

“许姐姐（邱秋叫许红梅姐姐），那个瘦女人又给我哥送水了，我哥没喝，弄得她很没面子，好没趣啊！”她的卷舌音因为悲痛有点哽塞，有点沙哑。许红梅听了很不舒服，听了她汇报的情况她更是不舒服。她没有抬头看那个瘦女人做什么，这个时候她没有兴趣。婆婆的去世，让她感觉立在她背后的一座大山轰然倒塌了，那个视她为亲女儿的母亲不能再为她撑腰了，再也不能和她相依为命了。家中最让她放不下和留恋的人，永远地走了。她不知道以后她是不是还留在这个家里，还有没有和白涛过下去的必要。因为丈夫，特别是当了经理的丈夫，更让她感觉生疏了，陌生了，对她说话的态度有了当领导的高傲和专横。对于常会计现在的表现，有些神经麻木的她没有惊讶，因为从婆婆生前的话语中，她听出在丈夫当经理这件事上，她有过贡献。对于她表现出来的极度热心，许红梅感觉是针对自己的，很有挑衅性，她不想接招也不想捅破，再说如果她真的和她在众人面前撕破脸，对自己没任何好处不说，还会成为大家的笑话，就权当她热心肠吧，许红梅自己糊弄自己说。

邱秋终于接到了白明的电话：“宝贝儿，你赶快想招，把那个女人弄走，别让她在这儿和猴子一样窜来窜去的。”“好的亲爱的，我早就要发作了耶，你就看美眉的吧！”邱秋说完，又给婆婆往瓦盆里烧了几张纸，然后说：“妈妈，我知道你也不喜欢那个瘦女人，我把她弄走好不好？让您在那边好开心奥。”“邱秋你不要乱来。”许红梅不知道她要采取什么行动，赶紧阻止她。“姐姐，怎么会乱来呢，你放心我会办好的。”迈着“我见犹怜”的脚步，穿着隆重大孝的邱秋梨花带雨地出现在常会计面前，她正忙乎着接待来宾呢。只见邱秋亲昵地挽着常会计的胳膊，伏在她的耳边轻声说了几句什么，常会计的脸色顿时变了，不一会儿就垂头丧气地走了。

过后，我和许红梅问邱秋用了什么招儿，几句话就轻松的把常会计打发走了？邱秋很轻松地说：“小意思了，毛毛雨了，这样厚脸皮的人见得多了。四毛姐姐、许姐姐，妹妹要没有点雕虫小技怎么能在江湖上混呢？”邱秋带着特别清纯的笑容说：“我说我们家找人算了，老人家的丧事上忌讳属相，然后问她属什么的，她说属羊，我说不好意思就忌讳羊，就这么简单奥。”

“还有啊姐姐们，能不能听美眉几句良言：女人要有技巧耶，会干还得会说，你想想小三为什么受宠啊？为什么吃好的，玩好的，花好的，就因为嘴好啊，姐姐你要知道耶，哄死人不偿命的。”最后这句话邱秋是用正宗的本地话说的。“你会伸直舌头说话啊？”许红梅被逗笑了。“呵呵自然会了，可我不愿意说，说出来太土了耶。”邱秋又卷起了舌头。“有道理！听君一席话，胜读十年书，秋妹妹你太有才了！”我由衷地对邱秋说。“这才哪拿到哪啊？以后你再看妹妹的表现！你们以后遇到什么不好玩的事，找妹妹，免费摆平！”

许红梅现在就遇到了不好玩的事，但她不能找白明和邱秋摆平。她现在知道表哥开始讨厌常会计了，但还感觉到他们俩之间，依然存在着藕断丝连的关系，再加上表哥对自己没有任何的解释，所以许红梅和表哥由原来的冷战发展到了分居。表姑烧完头七，表姑父就回了赤峰，许红梅就把自己的行李搬到了表姑的房间里。

没有特别的事，两个人一般不说话。不过有变化的是，表哥竟然比以前顾家了，主动让司机买煤，灌煤气，钱也不定期地放在餐桌上，这多少让许红梅的心里感到了点温暖，像生活在一个屋檐下的室友，两个人倒也相安无事。

然而常会计就不那么容易摆平了，特别是知道了表姑丧事那天就忌讳她一个属羊的，过后就到表哥的办公室哭诉了一场，表哥低头哈腰地安慰了半天，她激动的情绪才算平息。最让表哥难堪的是，她做事故意张扬，为了显示自己和经理的关系特殊，老是以汇报账目为名，大摇大摆地出入表哥办公室，还时常以功臣自居，旁敲侧击地敲打表哥不要过河拆桥。毕竟一起搞过阴谋诡计、毕竟摸过人家的小乳房，有两点不光彩的把柄攥在人家手里，表哥起初采取了姑息忍让的态度，但是后来常会计越来越猖狂的表现，让表哥的忍耐超过了极限。

只要经理办公室就表哥一个人，她就会溜进去纠缠，表哥一天不去单位，她就疯了似地寻找。还有只要有女的找表哥办事，她就像打翻了的醋坛子，非得弄清楚来人的目的。这样造成的不良影响，让表哥苦不堪言。正当他焦头烂额苦于没有良策的时候，有一天白明自己开着车来表哥单位了。一见高大、剽悍，穿着黑皮大衣像侠客一样出现在自己面前的自家兄弟，表哥感觉自己有救了，因为实践证明，对付各种疑难杂事，白明两口子是自有妙招。

救星一样，把白明迎进屋，表哥随手插上门，把常会计伸出来窥测的鬼头鬼脑也关在了外面。“哥，你这是干啥？大白天插门干嘛啊？”白明好笑哥哥的行为。“白明你是不知道啊？哥最近烦恼透了。”放下做哥哥的身架，带着热锅蚂蚁一样的表情，表哥把自己的难言之隐压低声音倾诉给了白明。“呵呵，知道请神容易送神难的滋味了吧？”白明笑着调侃表哥。“兄弟那哪是神啊？简直就是个难缠的小鬼。”表哥把面部表情夸张到了极限。“现在看着像小鬼了，用人家的时候看着比天仙还美呢。”白明不客气地发着鼻音说。“兄弟，哥早知道错了，现在是追悔莫及，看在一奶同胞的份上，你救哥一次吧！”从没看见一向自负的哥哥这样低三下四过，白明忍住笑说：“哥你也太没经过事了，不就一个女人嘛，多大个事啊！来坐下，你听没文化的兄弟给你支两招。”

白明来过的第三天，表哥决定对单位的人员分工重新调整。在调整工作前，表哥分别找他们谈了话，首先谈话的是王丽。

和汪经理那段历史的结束，就像一场狂风暴雨，一夜之间就席卷走了王丽脸上曾经焕发的青春和靓丽，那种从眼睛里表现出来的拒人于千里之外的冷漠，让表哥感觉到了一种陌生的凉意。表哥的内心也很自责，毕竟她和汪经理的有些事情和有些特殊的场合他都经历参与过。现在表哥尽量用以前商量的、带点请示的口吻问王丽对自己的工作满意不？沉默了半天，王丽才面无表情地说："不满意，不想去银行被人当猴看。"这个和同龄人比，脚步提前勇敢地跨越出两步还不止的小女人，终于遭到了现实的重创，并且深深地体味到了做小镇"名人"的滋味。

"王丽，过去的一切就像这篇日历，把它撕下来随手扔了吧！"表哥示范着从面前的台历上撕下当天的一页，然后揉成一团，随手把它扔进了脚下的纸篓里，后来想了想上面还有记录的东西，又猫腰捡了起来。

"你还年轻，还有无数个美好的未来等着你，好好调整自己的心态向前看吧！你自己说咱们公司哪个岗位适合你？"还是沉默了半天，把空洞的眼神从对面的墙上收回来后王丽才说："让我当保管吧！"两间仓库堆放着公司从开业到现在的部分积压商品，以前是由表哥负责的。"那也行，那你明天就准备做交接吧。"表哥爽快地答应了王丽的要求。

接下来谈话的是常会计，和常会计谈话的时候，表哥首先给常会计倒了一杯热水，又特意从老板椅上走下来和常会计坐到一个沙发上，以示亲切没有距离。

"常，刚看见你从银行骑摩托车回来冻得那样，我还真挺感动的。"表哥斟酌着措词，把带有感情色彩的心疼变成亲切的感动。"你看现在社会治安也不好，头几天有好几个在银行取钱的女士，被人盯梢半路抢走了钱。一听到这样的消息，我就替你担心。"仿佛友情和感情都不由自主地融合在一起了，表哥表情真挚地看着常会计说："都是老战友了，我可是设身处地地为你想啊，为了身体，为了安全，你就别干会计了，当副经理给我把把关吧。"看着常会计一副观察表哥葫芦里到底卖什么药的神情，表哥言辞诚恳、发自肺腑地接着说："常啊，你是我命中的贵人、功臣，兄弟今天能坐到经理的位置上，老战友功不可没啊。所以我想，你别再当会计了，让鲁达干吧，小伙子机灵、科班出身，年轻身体好，遇到突发事件有应对能力。我不在单位的时候，你就主持一下工作吧。"说到这儿，表哥自然地拿起常会计冰凉的手轻轻地拍了两下，然后动情地说："我最佩服的是，老战友是个通情达理自尊自爱的人，说话办事有分寸，有原则，能给年轻人带个好头，起个榜样作用，你是我最得力的左膀右臂啊。"

说到右臂，表哥又自然地拍了拍常会计的右臂。常会计警惕的神经和表情，经过表哥情真意切的表白和抚摸，终于松弛下来，脸上又露出了让表哥克服困难才能接受的妩媚微笑：“小坏蛋，就听你的吧！”

爽快地交了财会大权，搬到为她新布置的副经理室，常会计变成了常副经理。一周以后，常副经理才发现自己其实就是个虚设，根本没有一点实权，常会计这才醒悟：自己还是上当了，又落入了表哥调虎离山的圈套了。但木已成舟，没有反悔的余地，常会计只好打掉牙往肚子里咽。

表哥对自己的工作环境和工作需求也做了调整，首先为了联系业务方便，彰显企业实力，买了一台长城皮卡车，并相应地配备了专职司机，原来的那台130双排座车成为专用货车。表哥的司机是从白明公司选来的，名字叫马成。小伙子干净利落、机灵，因为在特殊行业干过，特别会看脸色行事，名义上是司机，说白了是保镖。为了避免各种骚扰，表哥安排司机和自己在一个办公室办公，两个人除了上厕所和回家，其余在单位的行动基本都是一致的。

表哥的这种自我保护的举措，常小英明显地感觉到是针对自己制定的，是有意地隔离和疏远自己，换句话说是在卸磨杀驴。有两次她赌气去了经理办公室，想用泼妇的原生态对表哥发泄一番，可面对表哥那张和风细雨的脸，马成身上若有若无体现出来的凶气，她又没有了发作的勇气和理由。

现在的常会计打扮得既年轻又时尚，穿着一套当时最流行的浅藕色连衣套裙；头发烫着大卷，高高地系在脑后，配合着她的丁字步，一甩一甩的，很有朝气。只是可能因为休息不好，思考事情太多，眼睛周围被细密的皱纹包围了。

表哥也发现常会计的变化和脸上隐藏的愤怒了，那是像猫看见小鱼就在眼前，就是吃不到嘴一样的愤怒。面对这张复杂的擦得和荞面单饼一样的脸，没有人的时候，表哥还是采取了自己人的体贴战术。偶尔在走廊碰见的时候，表哥会体贴地说：“老战友你有点瘦了，可别故意减肥啊，你的身材可是够魔鬼的了，万一有一天你被星探发现了，把你挖去当形象大使，那可是我们公司的损失啊。别多想事，好好回去休息。等忙过了这阵儿，兄弟好好请你吃顿饭，好好陪你聊聊。”说完还会亲切地拍着她的肩膀。

有一次，又被表哥客气地请出了办公室，就像饿着肚子满怀希望地投奔一家亲戚，走了几十里路，结果到了亲戚家，受到了热情的迎接，可就是没给一点吃喝；带着特别失望的心情往回走的时候，亲戚还恋恋不舍地送出了二里地。带着这种画饼充饥的感觉和欲哭无泪的心情，常会计来到了王丽的办公室。现在王丽紧闭的心灵大门，就对常会计敞开了一条缝，因为她感觉常会计和自己一样，同是天涯沦落人。

“妹子，你说老白是不是有意地疏远我？”因为有过几次坦白的沟通，两个人的对话就很直接。“姐姐不管是有意还是无意，你认为还有意义吗？”从仓库里找出了一堆纠缠在一起的纯毛线，王丽就豁出工夫来往外拽线头。“你还想得到什么吗？要什么结果吗？”毛线上面有灰尘，王丽挺较真地使劲抖落，弄得毛尘飞扬。常会计感到很呛鼻子，她退后一步倚在门口说：“你闹心不闹心？没头没绪的，乱麻一样，能理出头来吗？”常会计心情烦躁地说。“比这乱的日子我都理出头来了，别说这细细的毛线了，我就是想锻炼一下自己的耐力。”王丽顶着满头星星点点的灰尘说。“真是有病，这还能锻炼人？你说我吧，倒也不是想要什么结果，可我心里就是难受，总有一种当完抹布就被扔了的感觉。”“姐姐，想开了吧！你还没和人家发生实质性的关系吧？更没资格要求人家把你当成宝贝儿。再说白经理现在对你也不薄，别不知足地折磨自己了。好好看看，抹布在这呢！”终于拽出了一个线头，王丽把它缠在椅子背上，开始重新打成桄。

“你这抹布还值3万块钱呢！”常会计牙疼似地说。“3万块钱，买了个教训！女人呢一定要自重自爱，不要成为臭男人眼里的抹布。姐姐，这是我调走前给你的忠告。”王丽一生气，龅牙显得很突出。“妹，你真要调走了？”常会计惊讶地问。“我还有待在这里的必要吗？姐你别闹了，有家有孩子的，丈夫也能挣钱，别指望谁能和你结婚！说实话，白经理还不如汪经理厚道呢！醒醒吧姐姐！就我这样的还这个下场呢，你就更别说你了……”王丽带着恶劣的表情不拐一点弯儿地说。“我这样的咋了，王丽你这话我不爱听，有点伤人，不和你说了，我走了。”“姐姐，看在咱们俩有点同病相怜的份儿上，我实心实意

地劝劝你，别傻了，回头吧！为那些没良心的臭男人付出真情不值得。”王丽的口气带着曾经沧海的辛酸，像劝一个要跳悬崖的人。

细心的人都发现，表哥的外形也有了不经意的改观，原来任其自然的发型现在统一向后转，呈很标准的背式；许红梅用心编织的毛衣早就退役了，穿的都是赤峰买的精品羊毛衫；品牌西装，黑色和灰色的各买两套，长短毛呢大衣各买一件。他的身材本来就很标准，这样一包装，更显得年轻干练了许多；每天都很领导地腋下夹着包，无论多么冷的天，大衣始终都披着，这点似乎受了汪经理的影响；走路的时候尽量不走尿急的碎步了，一步一个脚印，显得很稳健。

表哥的外交天性也得到了淋漓尽致地发挥，每天穿梭在各大酒店，有目的地联络有用之士。上到政府官员，下到个体商户，都成了表哥的酒肉朋友和哥们。那段时间应该是表哥人生最风光、最辉煌、最得意的阶段了，每天都有人请他，没人请他的时候他请别人，所以赶酒场还成了负担，有时候一天要喝四场酒。饱受酒精之苦的胃时常用疼痛提出抗议，表哥就到医院开点药顶着，吃上以后继续赶赴酒场。虽然豁出了胃，但也真喝出了成效。

自从表哥接手三产后，不到5年，因为在经营方式和进货渠道上有所改变，企业经济效益增长幅度很大，在还清了所有赊欠的外债后，三产还积累了一部分资金。有了这部分资金垫底，表哥决定要搞一个经济实体。

就在表哥四处考察市场的时候，商业局的刘局长说，河北昌华绒毛制品有限公司，正在板街寻找合作单位。刘局长说这是个实力雄厚的私营企业，下设羊毛衫厂、梳绒厂、毛条场。合作的先提条件是：合作方提供厂房和工作人员，厂家提供设备和技术，并按合同回收产品。

这个消息对于表哥来说无疑是雪中送炭。通过几年的经营实践证明：企业想发展壮大，长久立足社会，光靠游击买卖是行不通的，必须有一个利润稳定的经济实体。表哥认为在羊绒羊毛产地开办第一家羊绒羊毛深加工企业，一定是个具有广阔发展前景，能带动板街市场经济，利润不可限量的好项目。经过这一段时间对市场的考察，也印证了羊绒羊毛制品有一定的消费群体。于是他爽快地答应了合作。

虽然在选厂址的时候，遇到了一系列的麻烦，关键时候路星星的父亲——市发改委的路主任，还有商业局的刘局长，都亲自出面疏通了很多的关系，短缺的资金、建厂房的征地手续都很快地落实了。

有了这些合作的基础，河北昌华羊绒羊毛制品公司的张宝仪女老总，委派她的副总苏丽娜带着一个技术人员，在7月15日来实地考察。

7月1日号的下午四点多，表哥和司机马成开车在进板街的必经之路南桥，接到了带车过来的苏丽娜副总一行。说一行其实是三个人，两个大人还有一个10岁左右的男孩子。苏丽娜介绍说："开车的是李技术员，小帅哥叫张木轩，是我的干儿子。"

年龄大约三十多岁的苏丽娜长得太漂亮了，漂亮得像电影里面的女特务。这是表哥后来和我说的。他还说丽娜说着一口正宗的东北话，声音悦耳动听。她似乎有点俄罗斯血统，高挑的个子，雪白的皮肤，高高的鼻梁，大大的眼睛，蓬松的头发微微发黄还有点反翘。表哥说她穿着一套很时尚的带着毛领的黑皮装，脚上是一双黑皮靴，非常具有电影明星的气质。表哥还说：尽管苏丽娜漂亮的让人心动，但他尽力约束着自己的情感，没敢动一点心思，毕竟是两家要谈合作，稍不谨慎，怕会落入对方设置的漂亮陷阱。我笑着调侃他说："面对美色，表哥能做到波澜不惊，政治觉悟真真地提高了。""虽然波澜不惊，但做不到心静如水。"表哥很情种地说。

随同来的男技术员和苏丽娜年纪相仿，带着一副黑边眼镜，沉默寡言。另一个让表哥心动的是那个叫张木轩的小男孩。这个10岁左右的小男孩太可爱了，眉目清秀，说话、举止非常有教养，穿戴干净不俗。在张木轩的脸上，有一双好看的、睫毛长长的桃花眼。借着上厕所的机会，表哥在男厕所的镜子里看了看自己的眼睛，怎么看怎么觉得：这孩子的眼睛怎么和自己的眼睛有点像呢?

来到饭店，常小英、王丽、鲁达已经点好菜等候半天了。

苏丽娜一进饭店，立刻就像一道耀眼的光芒把平时很自恋的王丽和常会计给照耀下去了。面对苏经理美丽、动人的笑容，常小英和王丽自惭形秽，手足无措。

特别是一般人都看不上眼的常小英口服心服地想：这女人太漂亮了，身材和气质也超众，和人家比自己连小巫都算不上啊。

酒菜上齐以后，见多识广的苏经理更表现出了企业家的大气，她自我介绍说：自己虽然在河北工作，但老家在东北，自己是正宗的东北（银）人。东北（银）人和内蒙人（银）一样豪爽好客，实实在在地喝酒，实实在在地吃肉。她嘴上这样说，行动也是这样配合的，就像她是东道主一样，不一会儿，就让大家没了陌生感和距离感。女经理还爱说不荤不素的笑话逗得大家笑声不断，有时候表哥也妙语连珠地掺乎一段，两个人一捧一哏地把酒桌上的气氛弄得像东北大炕那样火热。最后苏丽娜主动提议给大家唱一段家乡的东北二人转，但是不知道白经理能不能与她合唱，表哥爽快地说：可以呀，我非常喜欢东北二人转。

穿着合体的纯黑色高领毛衣，面如桃花的苏丽娜随手拿起放在一旁的餐巾布，食指稔熟地一顶，黄色的餐巾布莲花一样在头顶上旋转起来。“正月里来是新年啊，”苏丽娜一亮嗓，又把大家震撼了，声音高亢、清澈、嘹亮、字正腔圆，非常正宗和专业，让人听着像喝了一口山泉水一样清爽、舒服。“大年初一头一天……”拿着两把筷子当扇子的表哥接下来的这句也不含糊，声音敞亮，韵味十足。唱功都不含糊，两个人的动作配合得也很默契，还和约好了似地都穿着黑毛衣。”“初次合作就配合得如此默契，从这点看，咱们两家的合作一定是珠联璧合。”鲁达给表哥和苏丽娜敬酒的时候，很文学地说。

不光是珠联璧合，说郎才女貌也不为过，敏感的常小英早发现这个情况了，她不平衡的心里又多了一种危机感：又遇到强大的对手了。这个东北女人的魅力实力太雄厚了，就那魅力和姿色，根本无需征服，任何男人都会败在她的石榴裙下的。想到这儿常小英大脑开始跑马了，她感觉自己必须想点措施让她走，这个女人要是长期在这儿合作，必定独揽天下，独揽风光，那不光是自己，很多人都会暗无天日了，因为光是嫉妒也得把人嫉妒死啊。

一向自信的王丽也感觉到压力了，别看自己比苏丽娜年轻，在人家面前那就是一个井里的小蛤蟆，根本没有任何优势可言。人家那才是无论长相还是才艺都属极品的女人呢，要是汪经理在也会神魂颠倒的。就连鲁达和马成的眼球，也被苏丽娜牢牢地吸引住了。

他们表演完以后，苏丽娜说："木轩小朋友唱歌好听，欢迎他给大家唱一个好不好？"让表哥又非常惊奇的是：张木轩大口吃手把肉、大口喝奶茶的举动，特别像正宗的内蒙人。听见苏丽娜提议让他唱歌，他大大方方地站起来，用特别专业，特别好听的童音，熟练地唱了一首：雕花的马鞍。表哥的心第三次动了一下：这孩子唱歌太有感觉了，这么有难度的歌，他竟唱得这么轻松这么到位。

大家纷纷称赞张木轩唱得专业、有水平，张木轩特别有范儿的小大人一样，礼貌地给大家鞠了一躬说："谢谢大家的鼓励和夸奖。"

"你干儿子太有出息了！他今年几岁了？"表哥给苏丽娜敬酒的时候说。"是啊，这孩子非常有才气！琴棋书画样样都精通点。他今年 11 岁了。"苏丽娜用自豪的口吻说。

表哥又提议李男技术员唱首歌，因喝酒脸红得像关公一样的男技术员，拨浪鼓一样摇着头说："自己唱歌吓银（人）。"

"下面，让我们过去的当红歌星常副经理给大家唱首歌吧！"为了再活跃一下气氛，也为了适时地调动一下常小英的情绪，表哥大声地替她报了一幕。因为表哥发现，在他和苏丽娜说话的时候，常小英的目光总是像间谍一样，在表哥和苏丽娜两个人身上来回巡视。"好啊好啊！"苏丽娜带头鼓掌说。

常小英的思想小差正好开在要用什么计谋对付苏丽娜的路段上，一听表哥点她唱歌了，再一看苏丽娜热情洋溢地给她鼓掌，她感觉今天必须得拿出点真功夫来了，不能让苏丽娜看笑话，更不能让她感觉草原的女人人熊货囊似的。

定了定神，常小英迈着丁字步走到服务员跟前，低声交代了几句什么，然后双手扣在胸前，挺胸、抬头、丁字步站在一个空地上面对餐桌，演员一样很正式地微微一点头，很有表情地说："刚才苏经理让我们领略了东北二人转的风采，现在我给客人们来一段我们草原的筷子舞，展示一下蒙古族舞蹈特有的风情。"

"什么，你会跳筷子舞？"最吃惊的是表哥，眼睛睁得有点突破极限，他以为常小英要耍酒疯。

服务员拿来一把新筷子，常小英接过来，分成两把拿着，又拿过两方餐巾布，绸带一样绑在两把筷子上面，又从自己包里拿出一盒磁带，然后对同样带着怀疑表情的王丽说："妹子，你给姐把磁带换上。"王丽也没见常小英亮过这门技术，不知道这个鬼魔眼道的瘦女人要唱哪出戏。不过人家毕竟是有备而来的，王丽也不能再说什么了，到音箱那儿把磁带换上，随着一首欢快的蒙族舞曲，让人们开眼的事情又发生了：下身喜欢穿黑灯笼裤，上身喜欢穿艳色毛衣的常小英，瘦长的身躯如同蛇舞一样柔软、优美，两只瘦长的胳膊挥舞着手中的筷子，随着歌声上下左右娴熟地翻飞着，有节奏地落到肩上和大腿上，跳得太完美、太精彩了。

她刚跳完，早就准备好一杯酒的苏丽娜，走到有点气喘的常小英面前，崇拜至极地一鞠躬说："常副经理，你太棒了！你就是我最崇拜的银（人）。刚才白经理说错了，你不是当红歌星，是当红舞星啊，有机会教教我可以吗？""这个，不算合作项目里的条件吧？"常小英很牛气地擦着汗说。"当然不算啊，这是个人要求。"苏丽娜端着酒说。"那就看你的合作表现了！"常小英一口喝掉苏丽娜献的酒，很大腕地说。

"常，你真了不起，有功底。"表哥也伸着大拇指敬佩地和常小英碰了一杯酒说。"呵呵小菜一碟，比这厉害的还有呢！"带着扳平一局的自豪表情，常小英在众目睽睽之下，给表哥抛了个让人心惊肉跳的媚眼。

事后，王丽问常小英的筷子舞是什么时候学会的，常小英说："早就会。"王丽不解地说："你以前也爱表现，怎么没展示呢？""不到万不得已，不能把看家本事都抖搂出来，得藏点干货，关键时候一露，让人对你刮目相看。不能和你一样，没几天就把自己的老底都亮了，一点城府都没有。"常小英用前辈的口气教育王丽。"你真的挺有头脑的。"王丽佩服地说。"不服不行吧？我是老姜啊。"常小英咧着大嘴得意地笑了。"当年我们文工团的团长都服姐。""你准也把他拿下了吧？"看着常小英不置可否，王丽总结说："老常我看你不像老姜，像只老狐狸。"

第二天上午，表哥和三产的班子成员，向苏丽娜和李技术员汇报了他们前期所做的基础工作情况。苏丽娜和李技术员对表哥他们选定的厂址，和按着他们的要求设计出来的厂房建设方案，还有资金拟定运转的情况表示满意，并通过电话回张宝仪老总做了汇报。

从昨天一见面，张木轩就喜欢粘着表哥，小尾巴一样跟在表哥身后，即便开会的时候，他也安静的坐在表哥身边。常小英曾惊讶地在众人面前说："哎呀妈呀，这孩子长得太像白经理，尤其是眼睛。"经过她这大惊小怪地提醒，大家纷纷说：像，真像白总的亲儿子。

听见大家说自己像白总的儿子，张木轩高兴地说："白叔叔我可不可以叫你一声爸爸？"不知道为什么，看着孩子可爱的有点熟悉的脸庞，表哥心里突然涌起一股无名的情愫，他一把搂过张木轩柔声地说："孩子，你太可爱了！我得拥有那么大的福分能成为你爸爸呀！""木轩，你别闹，这孩子爸爸常年在国外，他有点缺少父爱。"苏丽娜把孩子拉到自己怀里说。

中午吃完饭，表哥在自己的办公室的沙发上，盖着毛巾被躺了一会儿。他的心里老萦绕着张木轩在自己怀里的感觉，那么亲、那么亲，比抱着自己女儿丫丫还亲的感觉。他用毛巾被蒙住头，在黑暗中把记忆赤裸裸翻出来，除了许红梅，和自己发生关系的有三个女人，第一是韩红，第二是白冉冉，第三是张晶莹。他随后又用排除法，排除掉白冉冉，因为她和许红梅结婚的时候，她来参加的时候没有任何怀孕的迹象。如果是韩红的孩子，年龄有点小不说，据可靠消息透漏，她一直在南方和转业的二号首长开电力公司。如果是晶莹的孩子，年龄有点大，如果是的话，怎么能出现在河北呢！一定是巧合，中国这么大，长相近似的人太多了。几个回合的翻来覆去，表哥最后推翻了自己无聊的想法。

下午基本没什么事了，苏丽娜决定返回河北，理由是：张宝仪老总让她马上回去，处理一个属于她管理范畴内的业务。然后几天后，她会和李技术员再回来，正式开展业务。

表哥没理由挽留，就让鲁达迅速地去许红梅石头店，拿了一方带血的印章，拜托苏丽娜交给张宝仪老总，以表示合作的诚意。表哥无意中听苏丽娜说过，张宝仪非常喜欢巴林石，几年前她曾经和朋友们来过板街，买回了几方鸡血石印章。

临上车的时候，张木轩突然抱住表哥的大腿，仰着可爱的小脸说："白叔叔，不知道为什么，我很喜欢您，我会记住您的。希望有一天您去河北看我。"表哥抱起张木轩，脸挨着张木轩的脸说："小子，叔叔也喜欢你！叔叔答应你，一定去看你。"

在场的人发现，表哥后几句的声音突然有点哽塞。

4天以后，苏丽娜带着李技术员又回到板街。

这次苏丽娜和李技术员没有带车，是做长途班车来的。

一会去厂房实地画图纸，一会儿在办公室规划机器摆放位置，表哥和苏丽娜、李技术员，坐着皮卡车忙得不可开交。

这几年，表哥对常小英的态度虽然不温不火，但有些事情还能让给她个面子，让她参与，还能说得过去。现在可倒好，这么重要的合作项目别说参与了，连边儿都没让沾，这让一点儿都摸不到头绪的常小英很着急。她一着急就上火，一上火嘴角就起泡，看着表哥和苏丽娜两个人经常说说笑笑，成双入对地出入公司，碰见她有时候头都不点一下的样子，感觉被轻视的常小英，心中的怒火又燃烧起来了。怒火一燃烧，她就开始使用计谋了。

这次她用的是挑拨离间计，在知道表哥和苏丽娜宴请税务局领导的一个晚上，常小英捏着鼻子用公用电话给表哥家里打了个电话，电话是许红梅接的。常小英用怪异的声音说：白经理现在被河北的女副总勾搭上了，两个人分不开了。有可靠消息说，那个女副总用姿色骗过很多人了。她是知情者，出于好心才提醒家属的。接听完这瘆人的电话，许红梅半信半疑地就去找白明了。白明听完电话内容，笑着给嫂子打保票，说大哥现在处于马成全天候的保护和监视之下，不会有任何出轨行为和上当受骗这一说的。看着小叔子打保票了，许红梅悬着的心也就放下了。这个善良的女人想：不管丈夫对自己什么样，可真要上当受骗，她还是不能做到无动于衷的。

这个匿名的电话，在一个夜深人静的时候也打给了我，怪异的声音说的还是这些内容。仔细听个别字眼，我感觉有点熟悉。我回复她说：代表家人感谢她的好意，其实这样善意的提示，无需用这样匿名的方式，完全可以开诚布公地提醒，因为只有热切关注白涛的人，才会有这样费心的举动。打电话的人显然听出了我话里的意思，沉默半天就挂了电话。

接到匿名电话的第二天晚上，我和很久没见面的表哥通了电话，首先我拜托表哥为我的父母选择一处合适的楼房，其次我委婉地把匿名电话的信息传递给了表哥。听完我后面的话题，表哥笑了，虽然我看不见他，但我能想象出他的笑容很牵强很无奈。“四毛，许红梅也接到这样的电话了，我知道是谁打的。公司和河北的一家公司有个合作项目，有人整事想破坏合作。”“是不是你又欠风流债了？”根据我对表哥的了解，我一针见血地说。“债倒是没欠，就是欠点儿情。”表哥很不坦荡地说。“不会是利用人了吧？”我继续按照他过去的路线走。“呵呵，什么事都瞒不过你，还真是！不过能摆平。”“不会是你们单位的常会计吧？”我继续揭发说。“嗯，还真是她。”表哥有点口吃了。“呵呵，请神容易送神难了吧？”我挺损地说：“没事，你表哥谁啊？能送了。”表哥心虚地但嘴却很硬地说。

“还有，是不是合作的那个女副总很漂亮啊？”我故意提示。“是，漂亮得惊人。”“对人家动心了吧？”我继续挖掘。“面对那样的尤物不动心，那就不是男人了。但是四毛，你哥不是毛头小伙子了，有一定的定力抵挡美色了。再说凡是来投资的人，都有投机的倾向，我警惕着呢！”表哥特别理智地说。“当了领导就是不一样，成熟了。”我真诚地恭维表哥。

我接着又问他和许红梅的关系怎么样？他说白明也问过他这样的话题，其实他心里早就感觉，在这个世界上最亏欠的人就是许红梅。现在两个人都还矜持着，特别是许红梅还在自己的门口贴上：女方重地，外人不得入内，一副决裂到底的样子。我笑了：“这超丰满的人要真生气了，表现的形式也很个性呢。”“你表姑临死之前也和我谈过了，你们也都和当年挽救白明一样挽救我们的婚姻，这让我很伤自尊。你说就我这样从小就根红苗正，按照栋梁苗子培养的人，竟然需要大家的挽救了。”我提醒他说：“因为你在半道慌不择路，误入歧途了。”“我早知道我错了，不过我想现在主动闯入女方重地还不是时候，我一定等事业有所成功，用成绩来感化女方。”表哥信誓旦旦地对我表示。我说：“终于知道迷途知返、回头是岸了。”

最后表哥又换了一种口气说：“别光顾说我，你这个大剩女让我们大家都操心的终身大事，什么时候解决？”我说：“这可真快了，通过一段时间的冷处理，我和严旭发现彼此还是最适合的人，都决定死心塌地地我非他不嫁、他非我不娶了。”我认真地说。“终于有接收单位了，这我们就不用担心你剩在厂家了。”表哥坏笑着说。一听他这样讥笑我，我气得要挂电话。表哥又一本正经地说：“还有个重要的问题，你得去医院咨询一个事儿……”“什么事儿？”我认真地问。“一个很严肃的问题，关于遗传方面的，你问严旭的斜视会不会遗传啊？”没等我说话，表哥“哈哈”笑着挂了电话，气得我险些连夜回去找他。

新年过后，天气渐暖，表哥与一家建筑公司签订了建房合同，按着合约，施工队夜以继日的开始施工。

在这之前，表哥应苏丽娜邀请去了一趟河北，对昌华羊毛羊绒制品有限公司进行了实地考察。虽然是私营企业，但企业规模和现代化设施，以及正规的现代化管理体系，都让表哥大开眼界和赞叹不已。

遗憾的是，毛条厂的女老总没有亲自接待自己，他十分想见的张子轩也没有见到，据说都在外地。心中的缺憾，都被苏丽娜的热情弥补了。通过这次考察，表哥对自己的选择踌躇满志，对要建成的企业的未来充满了信心。

施工队进展很快，厂房就要封顶了。按照当地的建筑习俗，盖房封顶上主梁的时候，要放鞭炮，还要买酒肉招待干活的建筑师傅们。

早晨刚上班，心情特别好的表哥，就安排常小英和王丽去市场，给施工队买鸡、鸭、鱼、肉，中午的时候好举行一个上梁仪式。

要去菜市场的时候，常小英看见公司的皮卡车停在公司门口，就和王丽商量：“作为公司的元老，咱们俩还没有坐过用咱们的辛苦钱买的皮卡车，这还成了苏美女的专座了。今天借着买东西的由子，我们也过把瘾吧！”“又不是什么好车，过那瘾干嘛啊？天挺好的不如骑着摩托兜兜风呢！”王丽调走的事情有眉目了，她最近的心情和表情都和渐暖的天气一样，好了很多。

“那么多的东西怎么拿啊？我去问问。”常小英就径直进了办公室。常小英最近感觉表哥对她的态度更加冷漠，特别是从河北回来，和苏丽娜走得更近了，见着自己连应付都不应付了，态度还没有对老秦热情呢。

进了办公室，表哥、苏丽娜、王技术员、鲁达、马成都在，似乎在商量什么，一见她进来大家看着她都不说话了。“白经理，我和王丽去采购东西，想用一下皮卡车。”常小英沉着脸用公事公办的态度说。“苏经理，一会儿你还用车吗？”表哥没有直接回答，而是把目光投向在一张纸上写写算算的苏丽娜。没等苏丽娜回答，积蓄在常小英心中一冬天的怒火终于喷发了。她脚站丁字步，一只手呈兰花状，微微颤抖着指向表哥：“白涛，你和她只是合作关系，公司没被她垄断和买断，将来的企业她可以说了算，公司为什么也要她说了算，作为公司的一名高层管理人员，我用一下车都需要她一个外人批准吗？白涛你不觉得你表现得太奴性了吗？”

面对这样一阵突发的没有任何征兆的炮轰似的指责，表哥被轰蒙了，他随口问苏丽娜一句，那是表示一下礼貌，没想这一问把自己置身于奴性线上了。“常姐，你误会了吧？”苏丽娜赶紧站起来解释。从第一次见面，聪明的苏经理就从常小英的眼神里看出了她对自己的敌意。在以后的时间里更验证了这一点。同时她也看出了表哥对常小英始终带着躲闪和逃避的态度，以她丰富的人生经验分析，这里面一定有故事。但她感觉这个故事也不会太传奇，没有多少可读性。因为无论从哪个方面看，两个人都像是水和油的关系，根本没有可融点。再说通过这段时间的接触，她感觉表哥还算是个很正直、很优秀的男人，尽管有时候看自己的目光很异样，但是关键时刻能够控制和把握自己。估计是这个女人在一厢情愿，这也正常，因为一个优秀的男人总会受到女人的爱慕，同样出众的女人也总会受到男人的垂青，饱受男人骚扰的苏经理认为这是个见惯不怪的社会共性。

一看苏经理替表哥说话了，常小英的战火又烧到她身上了：“不要以为自己漂亮就忘乎所以，认为自己可以为所欲为，这公司还有人呢，轮不到你做主！”“常姐对别人有意见，可以坐下来提，不要说不尊重别人的话，如果我要用自己的相貌做资本，还用到你们内蒙来吗？”尽管白皙的脸气得通红，苏丽娜还是抑制着自己的激动，极力用平静的口气说：“除了合作项目，我参与过你们公司的事吗？”

没等苏丽娜说完，表哥的忍耐也终于到了极点：“常副经理，你不觉得你做事说话太过分了吗？你天天按照自己的想法去想别人，你不觉得没意思吗？人家苏总大老远来，是咱们政府出面招商引资来的，不是冲着我白某来的，我还没那么大能量和面子。公司要发展要壮大，你不愿意吗？我看你是不是有病了，有没有必要去医院看看啊？”表哥气得脸色煞黄地说。

“常姐，我们走吧，没必要和他们理论。”王丽带着同伙的口气，闯进来和马成一起，把一时找不到反击词语的常小英架出了办公室。“帮忙把她送回家吧！我看她需要冷静冷静。”一般不说话的司机马成，敞开车门，把常小英推上车，转身对王丽说。“不行，我还没说完呢！”常小英极力挣扎着说。“你还真想说吗？”王丽扶着车门说。说什么啊说？搜肠刮肚感觉自己说什么都没力度，常小英这时候才发现：自己像魔鬼一样，冲动得有点早了。

“苏总你别笑，也别生气啊，老职工、老大姐对我们的合作项目有点误解。”一向潇洒自如的表哥，带着秀才遇到兵的尴尬表情自我圆场说。“很正常，我也很理解！这说明老职工对你和公司有责银（任）心，怕上当受骗。”苏丽娜坦然地笑着说。

看着人家的素质和修养，表哥真恨不得找个地缝钻进去，自己脑袋真是进水了，当初为什么要和泼妇一样的常小英“合作”呢？现在反省自己过去的审美观点，真还不如看大门的老秦呢。

思索了一会儿，为了显示自己的权利和尊严，表哥站在办公室门口，大声地给马成打了个电话，让他转告常小英，马上找单位调出，如果王丽愿意也允许。

“没那个必要吧？白经理，都是误会和冲动惹的祸，多年的老职工了，偶尔的失态也该允许吧？”苏丽娜心平气和地说，她的大度更让表哥有点无地自容。

发泄完了满腹的心火，回到家里的常小英，感觉像伤了元气一样要虚脱。“常姐，你先躺一会儿，我给你倒点水吧。”留下来的王丽给常小英倒了一杯水。

躺在床上，常小英直愣愣地看着屋顶发呆，“这次白涛真的生气了，真的让自己找单位了，这可怎么办呢？”这个足智多谋的女人，两条细细的眉毛纠结在一起，有点犯愁了。“常姐，没事，白经理挺好说话的，你明天找他赔个礼道个歉就好了。”王丽怕常小英想不开，安慰她说。“道歉，那可不是我的性格，让我调走就走，我才不求他呢！可在走之前，我一定要把那个女人挤兑走。”常小英扭曲着面孔说。“人家和你没怨没仇的，一直在做对企业有好处的事，你干嘛要这样啊？”王丽也不同情她了。“没有她，白涛不会对我这样无情的。”常小英挥舞着干瘦的小拳头，偏执地说。“没她结果也是这样，常姐你为什么要这样钻牛角尖呢？我认为没必要。”王丽见说服不了她，气得告辞了。

眼看着厂房建得有眉目了，苏丽娜和李技术员决定在这边租车回河北拉设备。拉设备的五辆加长车是表哥在这边租的，为了来回不走空车，表哥提前收购了很多牛皮和羊皮，拉到河北去卖，河北收购皮张的价格比板街高。卖了这些皮张，保守地估计，来回租车的运费差不够了。“你这银（人）还真有经济头脑，来去都不空车，一举两得啊。”临上车的时候苏经理佩服地对表哥说。“我这是搂草逮兔子，顺便的事儿。”表哥故作谦虚地挠挠头说。

下午三点，把苏丽娜他们打发走，为了补办一份征地手续，表哥自己开着皮卡车去了城建局。因为平时和城建局的有关领导关系都不错，手续办得很顺利。办完手续的时候，表哥一看快到下午下班时间了，就请办事的几个主要负责人去吃饭。到了饭店，表哥感觉人少点，打电话又请了几个平时不错的哥们，都是有关部门主要的负责人。玩了一会儿扑克，等客人到齐了，就开始上菜喝酒。知道表哥要办企业，大家分别举杯祝贺，气氛很热烈，大家喝得也尽兴。特别是表哥因为是东道主，自然比别人喝得多点。嚷嚷吵吵吃完饭快晚上十点了，没听别人劝阻，表哥自己开车回到了家。

女方“重地”——许红梅的卧室，没有了灯光，表哥也没敢打扰，看见自己床头放着开水和水果，他很感动地对着“女方重地”的方向，很大声地说了句：谢谢。

半夜熟睡中的表哥，突然被家里急促的电话铃声吵醒，他摇了摇头静了静神，确认不是梦境，此时表哥的心里突然涌起一种不祥的预兆，他迅速地跳下地拿起电话，里面传来老秦带着哭腔的声音："白经理，新建厂房的门卫室着火了。"新建厂房着火了？听到这个消息，表哥有点懵了，他没再听老秦说什么，扔掉电话，胡乱地穿上衣服，就往外跑。打着车一加油门，车一下子就窜出了很远。"别着急慢点开车。"后面传来许红梅大声地嘱咐。

新厂房在表哥家的西面，表哥老远就看见西南角升腾着一股火焰，遇见这么大的火，表哥一着急，使劲一踩油门，只觉得车头碰到了一个很硬的东西，随着一声沉闷的碰撞声，他眼前一黑，就什么也不知道了。

等表哥醒来的时候，发现眼前晃动着几个熟悉的脸庞，许红梅、白明、邱秋，还有刘金、老秦围成一个半圈，像对着遗体告别一样低头站在他面前。

"厂房什么样儿了？"像电影里面的英雄人物，表哥一睁开眼睛就问集体的财产，那副真实的着急样绝对不是作秀。"没事，火，及时地被消防队扑灭了。"许红梅握着他的手也像电影里面的情节，眼泪汪汪地回答。"烧的什么样啊？"表哥想要坐起来，但头疼、身体疼，没有成功。"两间门卫室的顶烧没了，其余的没事。"白明把他按躺下说。"就门卫室着火了？"门卫室独立建在大门口，都烧了也没什么事，表哥有点放心了。"怎么着的火啊？"表哥闭着眼睛问。"你问老秦吧，他一直等你汇报呢，谁问也不说。"刘金把站在他身后的老秦推到表哥面前说。

"老秦你快说，什么原因起的火？"表哥第三次终于坐起来了，他感觉自己的头有点晕，用手一摸，头上缠着厚厚的绷带。他又感觉一条腿不得劲，掀开盖在身上的被子，发现左腿膝盖以下，打着厚厚的石膏。"我什么情况啊？"他用探寻的口气问。"你头破了缝了几针，小腿骨折了，现在也接好了，没事了。"白明见大家都不说话，只好自己汇报说。"皮卡车呢？"坐着不行，表哥还是躺下说。"你撞在一个停在路边的三马子上了，三马子没大事，你车前脸瘪了，送修理厂了，应该也没大事。"白明继续用鼻音回答。

"真是祸不单行啊！"表哥无力地躺到枕头上。"白涛，你别着急，那些问题都不大，万幸的是你没大事就好。"刘金紧紧地握着表哥的手说。"还不如我有事呢！”表哥说着闭上了眼睛，一对泪珠从眼角挤了出来。“老秦，什么原因起的火？”“这啥吧，那啥……”老秦显得有点为难，反复地搓着手说“那啥”。“什么这啥那啥的？你快说啊！”表哥着急地睁开眼，憋在眼眶里面的眼泪，赶紧趁机都跑了出来。“那啥吧……”老秦使劲地吧嗒了几次嘴又咽了口唾沫，一副欲言又止的样子。“你就说让我们回避不就完了。”聪明的白明替他说了他要说的话，并率先走了出去。“二当家的，还是你聪明。”老秦感激地说。

“白经理，消防队的人和公安局的人都问情况了，工人们因为喝点酒都睡得很死，没有什么嫌疑。说可能是有外人进来故意点着了堆在门卫室里的板条，那板条烟头点不着，必须有人故意点。咱看现场起火的原因和公安局排查的结果一致。”老秦标准的立正姿势，向表哥非常严肃地汇报说。

“那谁故意点的呢？”表哥疑惑地问。“消防队和公安局的也这样问了，工人们说不知道，那估计就是不知道。”老秦躲闪着表哥的目光说。“老秦，我们都是共产党员，你得和组织说实话，你是不是有点线索？”表哥虎着脸问。“经理，咱是有点线索，可咱没说，一来吧损失不是太大，二来因为这个有人被抓起来，代价也有点偏大，咱就等着你醒过来，拿主意呢！你看这是我在离门卫室不远处捡到的。”老秦从贴身口袋里，拿出一只黑色的尼龙手套。表哥接过来，有一股熟悉的淡淡的香水味，不用仔细分辨就知道是常小英的。

“你是说她放的火？老秦这可是要负法律责任的！”表哥睁大了眼睛问。“咱以党性担保真的是她。每天晚上我都要去厂房那看看，昨天晚上我去的时候是11点40，就看见房子里面起火苗了。咱和你说经理，咱还真看着一个骑摩托车的人，话说回来好赖就是两间空房子，没出什么大事，万幸啊。”老秦早晨可能吃蒜了，又是近距离地和表哥说话，嘴里的大蒜味把本来就头晕的表哥熏得更加脑胀，再听到纵火嫌疑人可能是常小英，震惊之余，他有点要昏厥了。

“不愧是老党员，老秦你做得对，你先上一边呆一会儿，我冷静冷静。”表哥冲老秦摆摆手说。没想到这个老娘们报复心这么强，还敢放火，真是疯了。表哥心里说。“这女人胆儿真肥啊，上前线是把好手。”老秦自言自语地说。

“经理我就不明白了，她为什么要这样啊？有什么深仇大恨啊？报复谁呢？”老秦歪着头琢磨。“报复我呗。”表哥在嗓子眼里说。“报复谁？”老秦没听明白，又要往前凑合。“行了老秦，你回单位吧，你还得做好安全工作。这个事就你我知道吧，我也尊重你这个老大哥的意见，本着对职工负责任的态度，就当什么都没看见吧。”表哥无力地说。“咱知道这个道理，人都有犯迷糊的时候，给次机会吧！还有，经理我也得求您一件事儿。”老秦还是凑了过来。“什么事？你说吧。”表哥屏住呼吸说。“咱发现常会计是个记仇的人，就我和您说的荞面饼的事，您可别给咱露了，咱这次也将功补过了。”“你还有交换条件呢，还真有你的。”表哥有点哭笑不得。“也不是，毕竟是女人，要真进去了以后咋见人？”老秦憨厚地说。

事情发展到了现在这个地步，表哥无语了，仔细想想前因后果，自己才是始作俑者啊。

接下来的几天，表哥表现得很吓人，眼睛直直地看着屋顶，来人去客，他都熟视无睹，一句话也不说。让吃饭就机械地吃几口，让喝水就机械地喝几口，上厕所就做手势。脑子也没坏啊，这是什么症状呢？

“姐，你说，大夫检查好几遍了都没事，你说这是啥后遗症？”张文静和刘金又来医院了，许红梅小声地问张文静。张文静背着手，胸脯颤悠悠地走到表哥面前，低下头看了一会儿表哥面无表情的脸和干裂的嘴唇，然后直起身子专家一样诊断说：“这是心病后遗症，自我调整吧！”说完她转身要走。“你怎么看出来的？”好几天没开口的表哥在她后面幽幽地开口了。“我会看面相，看你眼里有泪水，额头有纠结，就知道你心里在斗争。”张文静大仙一样神道地说。“我怎么没看出来？我看看！”许红梅走过来俯在表哥头上看。“红梅！”表哥突然把头埋在许红梅的怀里，像迷途的孩子找到家人一样无声地哭了。

表哥出院以后，又在家养了半个月。这半个月是许红梅最快乐、最踏实的半个月，是和表哥结婚9年多以来，他们朝夕相处时间最长的半个月。

不管表哥紧皱着眉头看书，还是不耐烦地抽烟，还是长时间的不说话，许红梅都心满意足的，默默地给他熬好骨头汤，给他做最喜欢吃的饭菜，在他旁边放上洗好的水果。有时候石头店有人看货，她就急匆匆地去，急匆匆地回。

虽然表哥多次说，不让她在家里陪着，可她还是执意在家伺候了他半个月。

表哥出院以后的第一件事儿，就是找常小英郑重地谈了一次话，只是谈话的方式和内容，没有按着表哥的既定意图开始和结束。在这之前，白明和邱秋要上“手段”参与教训一下常小英，都被表哥坚决制止了。他说这件事对自己是一个痛彻心扉的教训，是一次需要自己买单的深刻反省。既然没有造成太大的损失，就内部消化和处理吧。

一进经理办公室，常小英就坐在表哥对面哭了，表哥看出来了，这眼泪绝对不是虚伪地、刻意地装出来的，是发自内心的，带着悔恨的。“老白，我没脸求你原谅了，我只能对我所做的一切感到后悔。我不配做老战友，也不配做老大姐，你骂我吧！我真的是一时糊涂。”常小英的两只手抱着头，消瘦的双肩不断地抽搐着。本来表哥准备了一些义正辞严的严正声明，一看常小英进来就主动承认错误，而且承认错误的态度还非常诚恳，毕竟有过一段暧昧的往事，表哥的心有点软了，义正辞严的措词也溜达着解散了。

他松弛了一下紧绷的面部神经，调整了一下口气，然后又给常小英倒了一杯水说：“老大姐，老战友，人都有一时犯糊涂的时候，关键是要改正，不能老犯。你犯糊涂了，同事可以原谅你，兄弟可以原谅你，但党纪国法不能原谅你吧？做什么事要有度，要适可而止。过去我也有犯糊涂的时候，老大姐也是一直在提醒我，我现在做什么事就慎重了。老大姐对我的帮助，老弟时刻铭记在心呢。但是做人嘛还是要有原则的，凡事要顾全大局，不能做违法乱纪的事。”表哥严谨地措着词，尽量用和蔼的口气说。“这次我真知道错了，我真的感觉对不起你，对不起大家。你说我都这么大岁数了，还争什么风，吃什么醋呢？再说企业发达了，我也受益啊！你说我那些天怎么就像鬼迷心窍一样想不明白呢？”好像从醉酒中醒来，常小英仰着流满泪水的脸，真诚地看着表哥说。

表哥没有对接常小英的泪眼，他感觉心里突然涌起一股叫作内疚的东西。“常姐，这也不能完全怨你，兄弟也有错。好在我们都在错误的路上没走多远，还能亡羊补牢。我们今天坐在一起，就是把那些曾经伤害家人的、伤害企业的、打叉的那一页都翻过去，一切都既往不咎了。大姐你看怎么样？”一听表哥说伤害企业的事也不追究了，常小英忐忑的心才有点放下，其实从点完干草垛，她就害怕加后悔了。她事前也知道这把火烧不多大，就是想吓唬一下表哥，自己能出口怨气，没想到因为这件事，表哥出了车祸，差点出了人命，这让她的良心非常受谴责，毕竟她不是个穷凶极恶的人。

表哥住院这些天，她没敢去医院，她的心情一直处在矛盾之中，从门卫老秦时刻警惕和敌视她的目光中，她知道放火的事一定是被人发现了。她真担心表哥会把她交给法院处理，要是真进了法院，自己可真没脸见人了。现在听表哥话里话外的暗示，这件事就算过去了，常小英真的很感激，她站起来连声说："谢谢领导兄弟的大度，以后我要再做对不起人的事儿，我就……"没等常小英找到合适的词儿发誓，表哥笑着制止了她，瘸着一条腿为她拉开办公室的门。"大姐，别说狠话了，我们以后凡事凭良心吧。""对，对！就凭良心做事。"常小英说着抹了抹眼泪向外走，走到门口她又返回来说："老白，这是一万块钱，包陪你的住院费和企业损失。"门关上以后，表哥长长舒了一口气，他自言自主地说：放过别人就等于放过自己啊！

经过近半年的忙碌，天佑羊毛羊绒制品有限责任公司终于正式运营了。经常熬夜的表哥消瘦了一圈，"贴贴自喜"的脸显得有些发黄。有天早晨，表哥站在厂子的最高点——锅炉房上，环顾着四栋车间，一栋办公室，一栋职工宿舍，心潮还真是澎湃。他后来把这份澎湃的心情分享给了远在几百里以外的我。

他说没有想到他会把几个人的三产，扩大成近百人的毛条厂。他说他安置了70多名下岗职工，安置了10多名残疾人，他说："没想到你哥我由一个小司机、小经理，摇身一变成了大厂长，这个乌鸦变天鹅的故事的确发生了，此刻作为有点传奇的人物，怎么能不心潮起伏、恍然如梦呢？"我说："你此刻一定要淡定，无论是起伏还是澎湃都要控制在一定范围内，因为你所处的环境有点危险性。他说："我还不至于手舞足蹈，因为我在大家的众目睽睽之下。我所以和你说我此刻的感想，第一是因为你嘴比较严实，没有传播出去的可能；第二，有头脑，能审时度势，说话坦率，能给头脑发热者冷水一击。"我乐着说："你就直说我忠言有点逆耳得了。"表哥电话那边也乐了，他说："尝到了被人忽悠的苦头了，现在知道该听什么了。”

随后他又说：“在厂子开业的时候，去找了赋闲在家的汪经理，希望他能出山。”我着急地问：“他出山吗？”其实我一直关注那个风流才子的命运的。“不出，他说找到了适合自己的事业，开了个巴林石店，玩玩石头，赏赏字画，日子过得很悠哉。”我问：“他还写诗吗？”“好像不写了吧？没人再听过和读过他的诗。”表哥回答说。“汪经理不写诗了，实在是中国诗坛上的一个损失。”我由衷惋惜地说。“对他来说也许是好事呢，至少不那么浪漫和超脱了，能够回归自然了。”表哥挺正直地说。“谁没有过浪漫的情怀呢，是吧表哥？”我忍住笑说。“是啊！毕竟都年轻过，现在都老了也成熟了，该不会犯这样低级的错误了吧？”表哥郑重地说。

“对了，出院以后，我还和合作单位讲了一个条件，为了家庭和社会的和谐安宁，我建议厂家把苏丽娜换了回去。”“一个深得民心的决定，能够提前消除不利因素，防患于未然，表哥你还能进步。”我由衷地说。“我这是用血的代价换来的觉醒，这觉醒应该不算迟到！其实苏丽娜继续来也没什么事，那个和他一起来的王技术员是他老公。”表哥说这几句话的时候，是笑着说的。“哈哈，你如果退回几年，又会当着人家老公面，使劲表现了吧？”我揭老底说，“说不好！”我们俩同时在电话里笑了。

“对了，王丽和你的老常战友干嘛呢？”问完我也感觉我这个人说话不只逆耳还挺讨厌的。“王丽调到外地去了，老常病休了！现在鲁达是我的副总，马成还是我的司机兼保安队长。未来的作家你还有什么要问的吗”表哥一本正经地汇报完问。“暂时没了。”“随时接受你的审查啊，我现在不能和你说话了，锅炉房下面都站了很多人了，都围观我呢，好像我要做傻事一样。”表哥匆忙地说完，就挂掉了电话。想到表哥又成了锅炉房上的一景，我忍不住又笑了。

凭心而论，表哥确实有经营企业的能力和潜质，短暂的几年，天佑羊毛羊绒制品有限公司的生意风生水起。无论是梳绒车间、毛条车间，还是羊毛衫编织车间的利润、效益年年增长。企业不但成为板街的亮点工程，还是拉动当地经济建设的支柱产业。

表哥头上又被戴上了很多的光环和桂冠，什么“优秀企业家”“杰出青年”了，什么“劳动模范”“先进企业”了，总之奖状和奖杯弄得会议室都快摆不开了。表哥变得更加忙碌了，今天镇里开会，明天市里领奖，后天迎接参观单位，一般人想见他一面，必须提前预约。

电视有影，报纸有名，广播有声，表哥被旗政府誉为草原上冉冉升起的一颗明星。

在他的办公室地中间，摆放着一块一米高的巴林石自然型，石头整体是半透不透的山黄色，在石头顶端有一片朱砂红，朱砂红的形状像一只展翅高飞的雄鹰。

我、严旭、张文静、刘金、许红梅、路星星、白明分摊了这块当时价值十万元的石头款，当做贺礼，在公司开业的时候，我们雇了 8 个人，上面蒙上红绸子，把它隆重抬放到表哥的办公室。

这块巴林石自然型，是许红梅在巴林石矿山买来的，我和刘金、张文静经过仔细相石，认为这块石头有两个意境：一个是大鹏展翅，一个是鸿运当头。

第八章

听从了表姑的临终遗言，白明和邱秋解散了平账事务所，也开了一家石头店。现在我和严旭成为一个组合，张文静、刘金成为一个组合，许红梅自己是一个组合。我们经常把资金融合在一起，买卖巴林石。白明和邱秋胆大，经常接手大买卖，张文静、刘金、许红梅比较稳重，总是压着阵脚把握着资金尺度，留有余地的做稳健生意。

有一次，白明找到刘金，说有个外地老板要一块鸡血毛石，价格圈定在2500万左右。刘金说："花这么多钱买石头，又不是行内熟悉的人，要慎重。"白明无所谓地说："他掏钱，咱们提供石头，应该没什么复杂的。""我看这事也要慎重，毕竟咱们不摸客户的底儿。"许红梅也附和着刘金说。"人家来买东西，一手给钱一手交货就完事了，问人家底儿干嘛？"邱秋用无法界定哪地方的口音说。"这么大数目的交易，不托底儿的怕出差错。"张文静也提醒说。"没事，这是我一个哥们介绍的，绝对把握。你们愿意入股就入，不入就不勉强。"白明带着初生牛犊不怕虎的豪气说。也难怪白明豪气，一入巴林行没多久，就成交了几笔大买卖，据说纯挣了几百万。和他比，我挺自卑，比人家早入行好几年，挣得都是蝇头小利。

白明和邱秋正式和外地客商谈生意的时候，刘金、张文静、许红梅都没在家，他们三个去了福州送货，送货的时间是早就和南方老板定好的。

也是通过朋友介绍，白明在巴林石矿附近的居民家的地窖里，淘到一块有三十多斤重的鸡血毛石。从去掉一层皮的一角看，整体底子是白玉色的，用强光电筒反复打光，里面透出的血色非常足。如果按当时巴林石矿拍卖的鸡血石头价格为标准算，这块大毛石应该在3500万左右。卖主说，这块石头是早些年老辈子人存的，本来不到万不得已不出手，现在因为家人开车出了车祸，一死两伤，需要赔偿，到了万不得已的时候了，所以1800万出手。唯一的条件是一次性付清全款。白明带着几个骨灰级的石头店老板，多次秘密相看，都认为1800万太有赚头了。

白明当时手里有现金300万，本着肥水不流外人田的中心思想，他用扶持的口吻问我要不要入一小股。根据邱秋南腔北调暗示的内容计算，入股一百万，几天后我就能得到20万，这样强大的诱惑力，我不该拒绝的。我甚至都想强烈要求再借钱入100万，严旭用冷静的态度制止了我。他慢斯调理地说："天上要掉馅饼的买卖最好别贪，和吃饭一样，不能一口吃个胖子！"这话有道理，我东挪西凑弄了100万，打给了白明。

白明想办法让买主看了实货，买主非常满意，经过一番激烈的讨价还价之后，买主同意2600万成交，当即付了50万的定金，并承诺20天之内带着尾款来提石头。

带着一半货款，白明带着几个过去平账队伍里的精兵强将，用尽各种招数找卖主谈，希望给他分期付款，哪怕在原有价格1800万的基础上，再追加10万。可卖主像吃了秤砣，软硬不吃，反复重复一句话：不一次性付清，这石头就另找买主了。

还有1350万的缺口，白明无计可施了，本想找几个道儿上的哥们帮忙，但他刚一提借钱两个字，人家都客气地拒绝了，都领教过邱秋他们俩要赖的真功夫，平时喝酒吃饭、称兄道弟行，要论借钱赊账，都委婉拒绝了。

两个能人再能也造不出钱来，火烧眉毛了，白明只好找表姑父和表哥了，希望他们入股解围。表姑父和秦院长正在外地考察一个项目，联系不上。表哥自己没有多少钱，不想参与。但架不住白明、邱秋用三寸之舌轮番说服、诱导、哀求，毕竟血浓于水，不能眼睁睁看着白明违约，如果违约，要赔付买主定金的两倍。没办法表哥私下让会计拿着企业的营业执照为抵押，在农行借了600万。剩下的750万，白明一跺脚，借了高利贷。终于凑齐了1800万交给了卖主，白明把大毛石运到自己店里，等待买主。

规定一手交钱一手交货的日子到了，买主没有动静，白明等了一上午，也没有消息，他实在忍不住打了个电话，但人工台传过来的消息，让他的头“轰”地响了一下，“你拨打的号码是空号。”他以为自己拨错号了，让邱秋再打，结果都是空号。

找到引荐这位客户的哥们，那哥们说这客户是在饭店认识的，说只要帮着买到如意的石头，会有好处给他，他还在等好处呢，他和他的联络方式也是同一个号码。到邮局去查手机的主人，身份证是浙江的，找到派出所查身份证上的人，结果发现身份证是假的。

当时我正数着日子等着分钱呢，好不容易等到约定分钱的那天晚上，白明终于给我来电话了，他用特别颓废的声音说：“四毛姐，这次我好像被人设局了？”“白明我不知道你说的什么意思？被人设什么局了？”我的心不由自主地乱跳起来。“买石头的客户人间蒸发了！”白明有气无力地说。“那怕什么？不是给了50万的定金吗？”“和750万的高利贷比，那点钱是毛毛雨。”“兄弟谁和你有这么大的仇？这是要让你倾家荡产的节奏啊？”房间不是太冷，我的身体却有点哆嗦。“我也再想，谁会下死手算计我，毕竟兄弟在江湖多年，结缘结怨得太多了！”白明挺真实地说。这些天一直在规划挣了20万该怎么花呢？现在20万泡汤了不说？本钱中的30万，是严旭背着他父母用他们家房子，抵押借的贷款，这要换不上，后果不堪设想啊。“兄弟，接下来怎么办啊？我钱的来历你可知道啊！”我带着哭腔说。

“四毛姐，你放心我砸锅卖铁也会还你钱，现在我正派我道上的兄弟帮我查仇家呢！还有我也在低价处理我的石头，我哥借的钱必须换上，否则他会因此犯事的。当初真不该鬼迷心窍，利欲熏心。”白明对自己下完结论，挂了电话。

我有点要疯了，严旭的父母刚刚同意我结婚，并拿出30万让我们买婚房，还没等买呢就被我挪用了。这还不说，我和严旭还把他们家的房子抵押了，想着如果挣了钱，就给他们家二老买台车孝敬他们，让他们惊喜一下。

严旭出去应酬回来了，知道了事情的原委，表情虽然很愤怒，但看我哭地痛不欲生的样子，也没忍心责怪我，坐在沙发上闷闷地抽了一根烟，然后长叹一口气说："唉，当做一次教训吧，我就说嘛，天下掉馅饼的好事，一定有陷阱。"

"我知道错了，那怎么办啊？世界上有没有后悔药，我现在都不想活了！"平时在严旭面前的强悍一点都没了，我真不知道该咋办了。

"你平时不是特别有能力吗？现在也不知道该咋办了？先自救吧！今天晚上吃饭的时候，路星星说他们家老爷子要买几方章去上面办事。咱们给路星星比每次多提点成，让他们家老爷子早点给钱，先把我们家的房本拿回来。"像找到一根救命稻草，我使劲抱住严旭的后腰，连声说："都听你的，你说咋办就咋办！"

经过仔细筛选，按着路主任的要求，路星星拿走两对对章，这两对章是我们店的镇店之物。被拿走的时候，像挖走我心头上的两块肉一样心疼。

一对是白玉冻底儿，两方章12面都有一小朵梅花一样的红色鸡血，还有枝茎一样的黑色水草，因为是由红、白、黑三种颜色组成，行内人称：刘关张。这对章是张文静两口子11万帮我收的，中间没挣一分钱。还有一对是牛角冻底，上面有一条侧面完整、似乎在水里游动、活灵活现的红鲤鱼。鱼嘴红红地张着，红眼睛里面有稍黑色的眼珠，红鱼鳞节次鳞比，细密的红须排列有序，红红的鱼尾有神韵地扭动着。当时看到这对章的时候，我被它精美的图案惊呆了，世界上竟有这么美轮美奂，似乎用鬼斧神工雕琢的石头，难怪只要深入接触过巴林石的人，都会由衷地赞叹：巴林石真正是物华天宝。

这对章的卖家，曾经是巴林石的一个工人，石头的来路我们没有追问。他要价20万，我和严旭压价到16万成交。买这对章的时候，许红梅悄悄地借给我10万块钱。这对章，我和严旭曾经相约，一是做我们的爱情信物，二是做我们家的传家宝。不到危难之时，绝不出手。现在算得上危难之时了，看过这对章的路主任点名要这对章。要想度过眼前的困境，我们只得忍痛割爱了。对巴林石研究颇深的路主任，拿着这对章如获至宝，他没有讨价还价，按我们的要求，给了 80 万。那对刘关张的对章给了 30 万。除去分给路星星 10 万元，不到一周时间，我和严旭眼前的危机总算度过了。

但是那对红鲤鱼对章，就像我们丢失的孩子，一直在我们心里、梦里，反复出现。我知道这对珍宝一样对章的失去，是命运对我贪婪的惩罚，内心我一直不能原谅自己。所以当 8 年以后，这对让我们梦牵魂绕的红鲤鱼对章，以 6 百万的价格再一次出现我们面前的时候，严旭和我倾其所有买回了它们。失而复得的庆幸，用语言真的无法形容。虽然付出了一定的金钱代价，但与终生不再抱憾的心情相比，我和严旭都认为：代价值得。

从这件事上，我更体会到了严旭对我的包容和无私地爱。当一百万的货款拿到以后，我没有先买婚房，而是花了 20 万给严旭的父母买了一台，他们渴望已久的越野车。

30 万还清了抵押贷款，还有 50 万，我和严旭商量决定带着全部，自己开车回板街救急。

走之前和许红梅联系过，她说刘金、张文静他们都从福州回来了，表姑父也回来了，我们到了就先去她的石头店，大家都在这呢。

下午五点左右，我们到了许红梅的石头店。表姑父、张文静、刘金、许红梅走在等着我们。我们在许红梅的石头店开了一个短暂的会议，这个会议是由表姑父主持的。表姑父清秀的面孔，看上去有些憔悴。他首先肯定了两个儿子挣钱的动机是好的，但没有捡到漏儿，反被人设局，这没想到的结果是个大教训。这说明了人在江湖飘，没准谁挨刀。以前白明的平账公司，用非正常手段帮人家要钱，肯定得罪了很多人，有的人一定会伺机报复，该来的总会来，所以他代表两个不争气的儿子，恳求在座的亲朋好友，能帮他们一把。表姑父说完给大家深深地鞠了一躬。

开完会，我们一行五人来到表哥和许红梅的新家。新家离巴林石城不远，步梯楼三楼，130 平米的面积。许红梅打开门，只见客厅内乌烟瘴气，表哥皱着眉头，一筹莫展地坐在沙发上一支接着一支抽烟。白明坐在他对面不停地搓着双手，邱秋依着白明站着，不停地用纸巾擦着眼泪。

看见大家进来，他们都站了起来，但没有说话。“这咋都像霜打的茄子一样啊？老儿子你平时替别人要账的那股英雄劲呢？”表姑父笑着坐在沙发上调侃着说。“爸，我知道我错了，我不该不听大家的劝说，更不该把我哥拉进来这条浑水。我现在正在想办法低价卖房子、卖石头，我就是砸锅卖铁，也得先把我哥借的贷款还上。”羞愧和激动让白明的脸涨地通红。“我们也是错误地估计了形势，才上了别人的圈套。对天发誓，我们俩的出发点是好的，我们想挣了钱，给爸买个楼房住。”为了表示自己说话的真实性，邱秋这次说的是正宗的板街话。

“也怪我，隐约感觉这事不太把握，但听说他们要挣钱给爸买楼房，也就没坚决制止，还帮他们借了钱。事已至此，想办法面对吧！”表哥说完，把手里的烟头掐灭在烟灰缸里，然后走了出去。

“大家都坐吧，我去烧水沏茶。”许红梅先打开客厅的窗户，然后张罗着去烧水。

“你们看看我这块石头值多少钱？”表哥从书房拿出一个帆布包，打开帆布，里面是一个毛巾包，打开毛巾包，里面是一层裹着一层的卫生纸。终于打开卫生纸，一块用塑料膜包着的，一块约有 5 公分厚、7 公分左右高、7 公分左右宽的心形鸡血石，红红地出现在大家面前。

“哇，白涛你行啊？还有这么好的鸡血石呢！”刘金惊讶地、小心翼翼地拿起石头凑到灯光下说。“来，让我看看。”张文静从自己皮包里掏出随身携带的强光电筒，举起石头前后一打光，底子通透，血色均匀，除了中间有一道裂痕，其余堪称完美。“算得上大红袍，真的太美了！太美了！”张文静盘摸着石头赞叹不已。“文静，你给估一下价，看值多少钱？”表哥急切地问。“可惜中间有一条纹，避开这条纹，能出两方大红袍章！虽然不是标准章，但也能卖六十万左右吧。可惜是个心形，要不能多出一方章，白涛这章到你手就这样吗？”张文静用专家的口吻问。“能卖这么多？”表哥吃惊地张大嘴，不相信地问。“差不多！”刘金也肯定地说。“儿子，你哪来这么好的石头？”表姑父接过石头仔细地看着说。“是啊，哥你哪弄的石头？”白涛也凑过来问。“都过去好多年了，说了也无妨，这是当年韩红给我的。”“韩红是谁啊？给你这么好的石头，咋这么够意思呢？”严旭羡慕地说。“就是甩了白涛的初恋，一个部队副师长的女儿，长得像天仙一样漂亮，当初刘金还打人家的主意了呢！是吧？四毛，她认识韩红。”张文静呵呵笑着说。“是，特别漂亮，追求她的军、民差不多有一个排。我还一直挺恨她把表哥甩了，没想到人家会留给你这么贵重的东西。”石头终于到了我的手上，我也盘摸着说。

“这章当初基本是方形的，失眠的时候被我用砂纸搓出了心形。”表哥无比懊悔地说。“真有才啊白涛，夜以继日地搓出去了几十万。”刘金咂着嘴可惜地说。

“那个时候，人们对巴林石没什么认知，国内国际市场也不认可，巴林石根本不值钱，一吨才卖几千块钱，哪像现在鸡血石比黄金都贵了。当初我天天开车在矿山拉石头，就因为工资低，白涛母亲常年吃药，家里快要揭不开锅了，我就托人从巴林石矿调走，当了商业局的采购员。当采购员能折腾点活钱。没想到把个美差丢了。呵呵，也别说还弄了几块干净的大毛石。”表姑父摇着头说。“倚门的那块最大，还送给许经理了。”白明苦笑着说。“我大爷今天让他们家我姐来找我，说让你哥去他们家呢！估计要说石头的事。”半天没说话的许红梅给大家倒着水说。“我吃完晚饭去，老爷子这是第二次脑出血了，住院一个多月了，我隔三差五总是去看他，这次不太乐观。”表哥说完又把石头原样包好，“这块石头这么贵，我就不能卖了，也不知道韩2号和韩红现在过得怎们样？我就是卖房子卖车也要把石头给他们还回去。”“儿子，你做得对，爸支持你。”表姑父拍了拍表哥的肩膀说。“大哥我也支持你，也卖房子卖车。大不了重新开始！”白明也表态说。“大哥，你挺伟大的！”邱秋冲表哥竖起大拇指说。“咋地？白明，你还要重新开要账公司啊？”刘金笑着问白明。“我妈临死的时候，我答应过她，就是蹬三马子开出租车，也绝不再干接近流氓地痞的事情。”白明表情严肃地说。“对，我也答应过婆婆，一定说人话、办人事！”

邱秋挽着白明的胳膊说。

“唉，你们都把房子、车卖了，能值多少钱呢？何况马上没有合适的买主。刚才我和白叔我们几个合计了一下，我和文静拿出700万现金，白叔拿出300万，许红梅拿出300万，四毛有50万，暂时把白涛借的贷款、白明借的高利贷还上，”没等刘金说完，白明先是惊愕了一会，随后拉着邱秋一下子跪在众人面前，连连做着揖说：“你们都是我的恩人，我白明对天发誓，就是做牛做马，也要还上你们的钱。”“你们俩这是干什么？快起来。”许红梅和张文静分别把白明和邱秋拉起来。

“你们都是从哪弄的钱？刘金、张文静挣的不止这么多，爸、你和红梅哪来这么多钱？”表哥用不相信地眼光看着表姑父问。“我的钱是你秦姨拿出来的，她说不够的话，就把美容院抵押出去再借钱。红梅的170万是自己挣的，其余的130万是用石头抵押借的钱。”表哥腿一软也跪下了，他低着头说：“对不起，我欠你们的不只是钱，还有恩情。”“白涛你这是说啥呢，这两年生意上，你也没少关照我们，一辈子的哥们，就该有福同享、有难同当！”张文静说完，哥们一样把表哥拽起来。“就是，我媳妇说的对！”刘金喝了口水说：“走，咱们先去吃饭，爸、四毛和严旭都回来了，我做东请大家去吃饭。”表哥对大家说。“表哥，还有一个恩人也回来了。”我对表哥说。“谁啊？”白明和表哥同时问。“秦院长秦姨。”表哥和白明早就知道了秦院长和表姑父的那段历史，现在为了他们俩，秦院长把家底都拿出来了，听我说她也来了，他们俩异口同声地说：“我们一起去接她回家。”“对，我们一起去接秦姨。”许红梅也高兴地说。

敲开宾馆的门，正要独自出去吃饭的秦院长，被站前眼前的这么多人弄懵了。白明上前一步抓住秦院长的手说：“秦姨，感谢你为我爸、为我和我哥默默无闻地奉献了那么多，对不起，我们以前都误解你了。以后我就是您的亲儿子，你跟我们回家吧。”“秦姨，我妈临死前也交代我，说您是个善良的人，让我一定把您接回来好好孝敬您。”表哥也抓住秦姨的一只手说。面对突如其来的幸福，秦姨激动地哭了，连声说：“谢谢你母亲，她才是个善良伟大的好女人，谢谢你们的理解，谢谢孩子！”“我们先去饭店吧，有些事还要一起商量一下。”表姑父眼里也贼着欣喜的泪水说。

表哥借的贷款，白明借的高利贷暂且都还上了。放高利贷的老板姓徐叫徐子峰，靠买卖牲畜发的家。以前因为他曾经拖欠几家农牧民牛、马、羊的收购款，那几家农牧民联手找到白明的平账事务所，经过白明手下的人说服教育、跟踪曝光、同吃同住等“三般”手段，终于给那几家农牧民要回了拖欠几年的欠款。表面上矮胖的徐子枫没有说什么，背地里有几次喝完酒，徐子峰猩红着眼拍着桌子说：“有朝一日，老子非让白明那小子倾家荡产不可！”

这次白明遇到钱荒，几家放高利贷的老板都找理由，无论多高的利息都拒绝放贷给白明。只有徐子峰以8分钱的利息，痛快地借给白明750万。白明以为只需要20天就可以还上，没想到差点无期限。幸好大家在30天之内，帮他还清了高利贷，否则一天6000元的利息，要是长时间还不上，他不止是倾家荡产了。

还完钱以后，刘金让白明把那块大毛石拿到他的店里，让大家参谋一下，怎样出手合适。用清水洗净，再用各种强光手电反复打光，面对这块表面没有纹儿、只有几条黄色绺，血色充足的大毛石，最后大家一致决定，赌一把，切成章卖。

切割毛石就是赌石，是最能锻炼和考验持石人意志的时刻。一锯下去，锯出来的石头沫子如果是红色的说明有血，心会剧烈地、窃喜地跳动。如果是白色的，没有血，心也失望地要吐血。

把石头拉到从浙江来的，被行内人称为“神刀”的，专业切割巴林石的杜师傅家里。屏住呼吸，只听见偶尔很响的吞咽吐沫声，我们围住白净、秀气、头发稀疏，年龄大约在四十岁左右的杜师傅周围，眼球盯在他那双修长、白皙带着石头沫子，拿着铅笔、长条尺，灵巧地、熟练地在石头上不断用尺子写写、画画的手上，好像他的手上有魔法、有生杀大权，我们几个人的命运、石头的命运都掌握在他的手上了。

“这个石头，大约可以出120方正常章。”经过一番仔细地、折磨人的写

算之后，杜师傅极力用普通话宣布了“诊断”结果。他说的标准章的标准是：至少高 12，宽 3 的印章。大家都说，经过神刀杜师傅切割的巴林石，切割后和他切割前预测的数量大致相同。

有条不紊地戴好帽子、口罩、围裙、套袖、手套，让人着急的杜师傅终于开动了切割机。谢天谢地，一锯下去出来的是红红的沫子，接着都是红里掺白的沫子。我抽空观察一下众人的脸，最紧张的是白明，脸一会儿白，一会儿红，一个眼角上面还带着挺大的眵目糊，估计早晨没洗脸。有点可笑的是表哥：嘴角不怕累地、始终“贴贴”仔细地咧着，不知道是紧张还是高兴。终于在众人的表情各异中，石头被切割开长长的一条，用水一冲，裸露的两面都是干净的白玉底子，上面带着浓浓的鸡血。经过早 8 点到下午 3 点，就这样的白玉红血条，不算边角，被英雄般的杜师傅切开整整 64 条，切出“正常”血章正好 122 方，“不正常”的有一洗脸盆。其中有 4 对 6 面都是血，近似于大红袍的血章，保守的估计能卖 800 万。

撇开那一洗脸盆子的边角料，经过杜师傅、刘金、张文静、许红梅四位专家级的人物，按市场价粗略计算，能卖 2600 万左右。

邱秋抱着许红梅哭了，白明抱着像白眉大侠的杜师傅哭了，表哥抱着表姑父哭了。

“你抱着我哭什么呀？又不是我的功劳，我只不过做了点工作而已，是你们的运气好啊！”有点疲劳的杜师傅极力挣脱开白明的熊抱，边脱身上的行当边说。给了杜师傅双倍的加工费，大家带着胜利的喜悦，扬眉吐气地返回白明的石头店。

“各位亲朋好友，大家都辛苦了，幸好老天有眼，这块石头没让咱们失望。晚上我隆重的请各位吃饭，以答谢各位亲人、朋友的救命之恩。”“老兄弟你严重了，严重了。”刘金笑着说。“还救命之恩，兄弟说大了。”严旭拍了拍白明的肩膀说。“说救命之人，也不过也不大，患难见真情，关键时候是你们救了我和我哥，白明心里会铭记一辈子。”说到这，白明这个曾经天不怕、地不怕的小魔头，又给大家跪下了。

“还有，我有个请求，这些章算大家入的股份，卖多少都按股份分，如果低于股份，我用我的钱补上。”作为股份大户，刘金态度坚决地说：“我的不用，你什么时候卖完章什么时候给我钱。”“不行，大家分头拿章去卖，这样回钱也快点。你们如果不同意，我就不起来！”“对，还有我，我也不起来！”轻轻地怕伤膝盖，邱秋也跪到地上。拗不过白明，大家用抽签的形式，分别拿到了和自己钱数大致差不到的印章。因为还了贷款，表哥就没有股份了，白明把大约能卖 20 万左右的那一洗脸盆边角料，作为空股股东，分给了表哥。

这回表情真是贴贴自喜的表哥没有推辞，他端着章说：“作为一脚门里一脚门外，与破产擦肩而过的参与者，应该给予抚慰和奖励。”随后他把那盆章递给许红梅说：“许总，我能在您那入一小股吗？”许红梅沉着脸说：“我那庙小，装不下您这位前途无量的大股东。”一见许红梅没接自己手里的盆，表哥有点尴尬，他知道虽然许红梅尽力帮助了白明和自己，但她心里对自己的怨恨没有释然。

“许总，那您帮我保管一下，总可以吧？”表哥又厚着脸皮说。“那可以！”许红梅终于接过边角料盆，总算给了表哥一个台阶下。

这场本意没有赌博的赌博，对于表哥一家来说，暂时输了买卖，但最后赌赢了人性和亲情。

白明最后有证据查清了是徐子峰给他设的局，徐子峰经过几年对白明的跟踪调查，知道他身家大致多少，于是他在南方和北方花钱买通两个人，买通的北方人替他卖石头（毛石他花 1600 万买的），买通的南方人装作买石头。他料定白明面对这样的利润诱惑会上钩，也料定白明在别处借不到钱，会到他这里来借高利贷。他没有料定的是：会有这么多人帮助白明尽快还清了高利贷，他想白明如果压着毛石半年一载的找不到买主，光利息就把会把他压垮，那样的话毛石还会以更低的价钱回到自己的手上。

知道了徐子峰的目的，白明没有恼怒，他在众人面前给徐子峰鞠了一躬说：“感谢大哥用重金给我上了一堂人生大课，兄弟我从此知道了什么叫君子报仇十年不晚，知道什么叫捉鸡不成蚀把米！”因为 50 万的定金顶去 18 万的利息，白明还剩32万。

在巴林石最疯狂的1990年到2008年之间，一块好的鸡血石，一天之内倒几手，价钱翻几倍，一夜之间暴富不是神话的神话，都发生过。徐子峰的这块毛石他是挣了一百多万，但后来他亲眼看见，被切割出来的那片红彤彤的石头，他差点心疼得晕过去。他明白：在这场酝酿了两年，花费了人力物力自编自导的赌局中，自己赌输了，输的有点惨。因为那块大毛石，他也是借了一部分贷款买的，利息也是几十万。

不到半年，因为石头的品相和血色都实属上乘，除了刘金、张文静留下两对当做藏品以外，我们把卖章的钱加起来，共计是2600 多万。

卖了分给我的四方章，除去50万的本钱，我和严旭还剩50万，当我们俩拿着100万去找路星星和他父亲，希望买回那对红鲤鱼章的时候，路主任满面笑容的打着官腔说："傻孩子，不是钱的事，那对章早到它应该去的地方，完成和发挥它的作用去了。"

那天晚上我又做梦了，梦见我的红鲤鱼章，在我们家的水缸里游动。我把这件事打电话告诉了表哥，表哥在电话那头沉默了半天说："你和严旭在我们一家人的心目当中，都是最好最好的好人，好人梦见有鲤鱼的石头，会石来运转的。我说的石不是时间的时，是石头的石。"

我的红鲤鱼章就换来一句：石来运转。

第九章

我们几家都石来运转了，1995 年我和严旭终于完婚。那一年白明和邱秋有了一个宝贝儿子。我们于次年有了一个宝贝女儿。

表哥的运气似乎不太好。

1997 年的 8 月中旬，巴林石矿拍卖石头。刘金、许红梅、白明、我还有表姑父，我们共凑了 50 万，准备竞拍一批冻石。这是我们集资拍买石头钱数最少的一次。因为近几十年，巴林石厂主要开采销售鸡血石，而鸡血石的矿脉是有限的。现在矿山动用了许多开采方法，比如炸药爆破、比如用挖掘机挖掘，然而大块的、血浓的鸡血石已经寥寥无几，被开采出来的绝大部分都是冻石。因为冻石的价格也很高，具有前瞻性的刘金转着他那双鬼鬼“宗宗”的大眼珠说：“我们少炒点冻石吧，有一天它的价格会跌的。”我和严旭问他这番话的根据是什么？他说：“除了福黄石和粉冻以外，巴林石最有代表性和有收藏价值的是鸡血石。如果冻石接近了鸡血石价格，用不了多久它就会跌价的，因为冻石的矿藏量还非常大，古往今来物以稀为贵。”“刘金说得对，物以稀为贵是一个方面，更重要的是，根据各种信息反馈，全球性的金融危机已经爆发，受重创的不仅仅是房地产行业，一定会波及珠宝行业和生产企业。所以，现在投机一定要谨慎。”老商人、老采购员表姑父对当前市场做了专家性的分析，我们一致表示赞同。

“经济危机会不会影响表哥的企业？”炒了40多万的冻石，从矿山回来的路上，我和表姑父、许红梅坐在刘金的大奔越野车上往回走，我趁机说出了藏在我心里的顾虑。许红梅忧心忡忡地说：“你表哥因为头些年，钱挣得一帆风顺，根本听不进去别人对他的提醒。我爸都和他谈了几次了，他没在意不说，还要继续扩大企业生产规模！”“这小子还是年轻啊，还一腔热血一腔勇呢。红梅、刘金、四毛咱们还得提醒他，这个时候千万不能再投资，不能让他逆历史潮流而动啊。”表姑父语重心长地说。“我也认为他现在应该回笼资金，暂时别再投资，因为现在羊绒市场一直不稳定。”刘金边开车边说。“他呀现在是被大家吹捧得找不到北了，一心想再扩大企业生产规模，我也认为风险很大！”因为表哥曾经多次和我说过要扩大企业生产规模的计划，我确实替他有点担心。“本来，我走之前想召集大家和他谈谈，可他总说有事离不开，不见咱们，估计是躲着咱们呢！”表姑父长叹了口气说。“他那个人太自信了，谁的意见也听不进去！好几天也见不到他人影，见了和我也没话说，这样下去，我们的缘分要尽喽。”似乎下了某种决心，许红梅慢声细语地说出了自己的心里话。

车上的人都没有劝许红梅，表哥对许红梅的家庭冷暴力，大家都有目共睹，都替许红梅愤愤不平。对于大家的指责，表哥总是说知道亏欠许红梅很多，他想用一个意外的方式，来弥补对许红梅的亏欠，这个意外的方式已经不远了。我们这些被表哥称为“燕雀”的人，自然都猜不出他这个“鸿鹄”之人的意外方式是什么？现在听许红梅的一番话，我感觉或许没等表哥的意外方式实现，许红梅就会采取她的意外方式了。

我们三个这番话说了不到半年，到了一九九八年的春天，表哥在银行还有个人手中，以二分钱的利息筹借了8千万贷款，全部收购了羊绒和羊毛。因为在一九九七年，表哥收购羊绒这一块，就纯挣了一千万。所以在新的一年，他决定扩大投资，增加羊绒收购力度。当8千万贷款全部变成仓库里雪白的羊绒的时候，一个足以让表哥跳楼的坏消息，从国际传到国内，再从河北传到表哥这儿，这消息像迅雷一样在表哥头顶炸开：羊绒价格暴跌了。

确认了这个消息以后，表哥疯了一样吃住在办公室里，一刻不停地打电话给国内熟悉的同行，希望用成本价卖出囤积的羊绒或者毛条。但羊绒跌价的风暴无情地席卷了每个生产和加工羊绒的角落，这个时候谁还有胆量收购比市场价高的羊绒呢?

焦头烂额的表哥，只好心存侥幸地把羊绒加工成毛条，希望有一天绒毛的价格能再次涨起来。

表哥期望的奇迹终于没有出现，到了年底，羊绒、羊毛制品价格跌到了谷底。一年的贷款也到期了，银行催贷，个人要账，跟在表哥身后和周围的都是要钱的，表哥成了名副其实的杨白劳。都知道企业收购羊绒赔了，担心企业没有偿还能力了，有的平时求着表哥借钱的，现在因为表哥还不上钱，竟然和表哥当面骂起了祖宗。

马上快过年了，毛条厂和毛衫厂的工人工资也已经拖欠了四个月，听几个车间主任汇报：如果再不发工资，工人们就要集体去政府上访。

表哥赶紧找一直扶持和帮助他的商业局刘局长，求他帮忙出个高招。在局长办公室，一向对国内国际形势有独特见解、分析的刘局长，这次表现出了爱莫能助的样子：“白涛啊，这金融危机让人始料不及啊，我以为它只会涉及房地产，哪想这么快就涉及羊绒、羊毛行业啊？”“刘局长，现在我们厂子的情况是这样的……”表哥实事求是地向刘局长，汇报了当前所面临的困境和处境。刘局长听完汇报后，白胖的四方脸上露出很严肃的表情说：“不是我说你白涛，你的胆子也太大了，都啥时候了，你还要扩大企业生产规模？都啥时候了？你还借钱囤积这么多的羊绒羊毛？”面对头几天还在酒桌上亲切地拍着表哥肩膀，让表哥放心大胆地创造企业辉煌，然后又耳语说要把表哥安排个好职位的刘局长，表哥有点懵了，他用陌生的眼光看着刘局长说：“我的生产计划您都是同意和支持的，有的银行资金也是您帮着协调的啊？”表哥有点急眼了，他不管不顾地说。“不错，你的生产计划我是看过了，你的银行资金我也是帮着协调了，那是我在帮着你的企业正常生产和正常运转，我没让你向个人手里借钱吧？我没让你囤积你们那么多的羊绒吧？”刘局长用粗壮的手指关节敲打着写字台的玻璃说。“如果出现什么问题，你是企业法人，你必须负全部责任。”刘局长公事公办地说。看着刘局长六亲不认的脸，表哥突然笑了。刘局长上上下下看了自己一番说：“你笑什么？”“我笑你，头几天还组织有关部分去我们企业参观我们的先进经验，还说一定为我们的企业发展保驾护航呢？现在您咋都忘了呢？”表哥一字一句气愤地说。“你们厂确实很先进，我们局里也一直在替你们保驾护航了，否则靠你自己，企业不会发展壮大到现在。但你私自向个人吸资，出现了问题，局里概不负责任。”刘局长稍稍提高了声音，义正言辞地说。没等表哥再辩解，刘局长敞开门说：“我还有个重要的会议要开，自己企业的问题自己解决。”

灰头土脸地从局长办公室出来，表哥本想到财会科诉诉苦，没想到平日见到他都点头哈腰、远接奉迎的几个好哥们、好姐们，态度变得都很勉强，不冷不热地和表哥聊了几句之后，都纷纷找理由撤退了。表哥实在不明白人心、人脸咋变得这么快呢，就因为自己资金出了问题，他们咋这么快就忘了表哥赞助他们集体出去旅游、赞助他们年节搞福利，赞助他们高级羊毛衫的事了呢？

抱着一线希望，表哥又找了几个平时特别要好的银行哥们，希望能再融点儿资金，缓和一下眼前的危机，结果大家都统一换了铁面脸谱，不是不接电话，就是委婉地拒绝。表哥终于知道什么叫世态炎凉了。

实在走投无路了，表哥只能打电话求助苏丽娜低价卖毛条了。准备打这个求救电话的时候，为了避开聚集在办公室的众债主们，表哥只好来到男卫生间，反锁上门用手机在里面打。“白厂长，你能不能再挺一挺？你现在卖了毛条，价格亏大了！”河北的苏丽娜耐心地听完了表哥的意思后，真诚地劝表哥。“苏经理，我再挺就出人命了。银行的钱我有厂子顶着，大不了破产以资抵债。但是个人的血本钱如果还不上，就有跳楼的，还有和我玩命的。卖了这些毛条，至少能还上个人的欠账。”表哥用求救的口气在电话里和苏丽娜说。“白厂长，我们也合作好几年了，知道你的为人。不过说实话，我也很为难，因为现在我们厂也是勉强运营，只能维持现状，根本没有周转资金收购货物。这样吧，我把你的情况和我们老总说一下，看能不能帮你？”苏丽娜的口气虽然不乐观，但是没有一点儿推诿的迹象。“苏经理妹子，不到万不得已，我是不会给你找麻烦的，现在不夸张地说，哥哥我到了生死攸关的地步了……”表哥说到这儿的时候，心酸、绝望、委屈的眼泪一下子涌了出来，他赶紧挂断电话，怕哽咽的声音让苏丽娜听到。他这会儿还想着为自己留一点儿尊严和形象呢。

等表哥调整好表情，从厕所出来的时候，厕所外面站了不少表情严肃的人。表哥真是哭笑不得，他知道外面的这些人担心自己在厕所有个三长两短。

表哥这个电话是上午打的，难捱的度过了一个中午，在下午上班不久表哥就接到了苏丽娜的电话，她说：“总经理决定收购你们的毛条，毕竟两家是合作多年的伙伴单位，至于价格，等货到再定。白厂长，你最好跟货车来。”

抱着手机像抱着救命稻草，表哥激动得又是作揖又是鞠躬，就差磕头了，口里连声说：“谢谢苏经理！谢谢总经理！我明天就跟货车去。”电话那边都挂了，他还抱着手机说谢谢呢。

连夜装上全部的毛条，第二天天刚亮，表哥带着两名副厂长和两名业务经理，跟着两辆大货车就向河北进发。

一路很顺利，下午三点不到，表哥一行已经到了河北昌华羊毛羊绒制品公司。苏丽娜率领着几名业务人员，已经等候在大门口。在厂食堂迅速地吃了顿便饭，没有过多的寒暄，大家就开始卸货、验货。

让表哥更加意外的是：全部验完货，昌华羊毛羊绒制品公司，不但马上给他结清了货款，给出的绒毛价格也高出了市场最高价。

“苏经理，此刻说什么我都无法表达我的心情，你们不但挽救了我，也挽救了几十个债主的家庭。我代表全厂的职工，谢谢你们。”“扑通”一声，表哥竟然双膝一软，跪在了苏丽娜面前。看着眼前身材消瘦、眼窝深陷、头发蓬乱、整体呈溃败状的表哥，全无了曾经的风流、倜傥和自傲。心地善良、富有同情心的苏丽娜眼圈也红了，她赶紧拉起表哥，故意逗笑说：“草原男子汉又开始实行这样的大礼了，我有点受宠若惊。其实你真正应该感谢的银（人）是我们的总经理，我们都不理解她为什么要特殊对待你？”“说实话我也很惭愧，白涛何德何能让总经理这样伸出援手救我于水火？不管我们厂将来的命运如何，昌华羊毛羊绒制品公司对我们的大恩大德，我白涛没齿不忘。所以，今天我还有个不自觉的请求，一定要见总经理一面，我要当面感谢她的救命之恩。”“总经理也很忙，你的谢意我就替你转达吧！回去的路还很远，你们家里又有急事，我们就不挽留你们了。”苏丽娜委婉地拒绝了。“扑通”，表哥又无声地跪下了，谁拉也不起来，一副不见总经理就是不回家的决绝样子。

苏丽娜只好掏出电话，到旁边小声地说了些什么，不一会儿她走过来说：“你的行动又感动老总了，总经理让你一个银（人）去她的办公室！”

被苏丽娜引导到办公大楼三楼，表哥自己来到三楼最里面的总经理办公室门前，他抬手刚想敲门，厚重的棕色木门无声地打开了，一个身材挺拔，面容干净清秀，有一双含笑的桃花眼，身着黑色西装的的年轻小伙子走了出来。“你是子轩，张子轩吧？”表哥惊喜地拉住小伙子的手说。尽管过去了快 10 年，张子轩清秀的面孔和和自己一样的桃花型眼睛，一直深深地刻在表哥心里。小伙子干净地笑了，露出了一口洁白的牙齿，他礼貌地说：“我是张子轩，叔叔您是哪位？”“我是板街的你白叔叔，你 10 年前去过的。”表哥急切地说。“对不起，白叔叔，我真忘了。”小伙子不好意思地挠挠头发说。“叔叔您先忙，我去办点事。”小伙子向表哥摆摆手下楼了。

“是白经理吧？请进来！”从总经理室传出来一句轻柔的女声。

顾不上多想，表哥走进总经理办公室。总经理办公室很宽敞，但不奢华，宽大的棕色老板台前，摆着几盆枝叶茂密的灌木植物。透过绿色的枝叶，表哥看见老板台后面坐着一个高盘着发髻的女人，她低着头，目光投在面前的一本蓝皮文件夹上。

“总经理，您好！”表哥激动地走上前，两只手不知所措地揉搓了一会儿，然后虔诚地给总经理鞠了一躬。

“您好，白经理！”随着一声轻柔、悦耳的声音，总经理抬起头站了起来。这声音让表哥感觉有点儿熟悉，他直起身斗胆平视着面前这位传说中身家过亿的女老总。略显丰满的身材，穿着一套黑色华美的衣裙，白皙的椭圆脸上，有一双美丽的大眼睛，只是当年眼睛里蓄满的那汪水不见了。

看着这双温和、平静、自信的眼睛，表哥的表情一下子变得僵硬了。“是你！”他的头有些眩晕，好像挣扎在梦境中一样。“是我，张宝仪。曾用名：张晶莹。白经理，您请坐吧！”张晶莹优雅地走出老板台，伸手冲表哥做了个“请坐”的姿势。

表哥哪里还有心情和脸面落座呢，此刻他就想找个地缝钻进去，让自己尽快地消失。他无论如何也没有想到，这么多年的合作伙伴竟然是和他有渊源的张晶莹，这么多年扶持和支持自己企业的竟然是被他看作女骗子的张晶莹，而现在给自己解燃眉之急的还是张晶莹。

看着张晶莹先坐在了沙发上，表哥也无力地坐在茶几的另一边。在表哥的前半生中，他经历过无数次尴尬和难以化解的事，都泰然地应对过来了，唯有今天相见的局面，让他痛彻地感到：什么叫生不如死，什么叫命运捉弄人，什么叫怕啥来啥。他说他就在那个时候，幡然悟懂了鲁迅小说《一件小事》中的那句话：为什么能从皮袍后面榨出个小来。自己其实才是那个最小，只不过没从皮袍里面出来，是从羊毛堆里面榨出来的。

但表哥就是表哥，在关键的时候他能够论事不论人，能够说到做到。“扑通”一声他又跪在了张晶莹面前。“张总，我代表我们企业一百六十一名职工，感谢您对我们的鼎力相助。”“白经理，在我的记忆中，你就是一个草原硬汉，膝盖应该不会这么轻易地弯曲吧？”张晶莹没有站起来搀扶表哥，表哥只好先保持着跪姿。“张总这次你不但挽救了我，也挽救了几十个债主的生命，我就是给你跪上三天三夜都不为过。”表哥看着地面诚心诚意地说。“白经理你言重了，快起来吧！抛开过去的个人恩怨，既然选择了和你的企业联营，我就会拿出百分百的诚意和努力扶持和支持你。因为我们的合作是双向的，利益共享，风险共担。这些年是你们的基础货源，给我们企业的发展和壮大提供了原料上的保障，你也功不可没。现在你的企业有了困难，我虽然没有能力让它起死回生，但是我愿意尽最大的努力帮你一把。”张晶莹用干净的目光俯视着表哥，轻柔的语气坦诚而质朴。

地板不凉却很硬，表哥克服困难跪了半天，见张晶莹没有搀扶自己起来的意思，他自己也无法主动站起来，只好保持着跪姿，仰视着张晶莹说：“说实话合作这么多年来，我的事业以前之所以做得一帆风顺，原来以为是我的运气和财气好，到现在才发现是有贵人相助。而张总的生意之所以这样发达，是因为你的气度和海量，你的人品决定了你的成就，你的成功是必然，而我到今天也是必然。”表哥像跪在被告席上，面对着张晶莹那张美丽的面孔，不自觉地对自己的灵魂主动做起了剖析和审判。

“白总我感觉你还是坐到沙发上说比较舒服一点。”张晶莹递给表哥一杯水说。表哥这才有台阶起身做到沙发上。

张晶莹姿势优雅地端着自己的茶杯说：“我们都不是圣人，因为年轻，我们都冲动地做了很多不计后果的事情。有机会能够弥补一点过失，那也是对自己的救赎。还记得苏然吗？她是苏丽娜的姐姐，由于她和路老板的引领和扶持，我和我的老公走到了今天。”

“苏丽娜是苏然的妹妹？我说看着有点熟悉呢！张总你是不是有意派美女来考验我？”表哥恍然大悟地说。“不排除这种假设，你如果还像10年以前那样，见着美女就失去原则，我们的合作就没有今天了。”张晶莹有点戏虐地说。“自从你神秘地消失后，我对自己的操行和灵魂都做了深刻的反省和剖析，我知道我严重的伤害了你，你那样对我，是变相地对我的挽救和教育。”表哥有点违心地说。“我去板街看过你，知道你因此丢掉了副经理的职务，我也很后悔。幸好苍天有眼，给了我们合作的机会，好了，现在我们都扯平了。”张晶莹站起来长舒了一口气说。“永远扯不平，我欠你和你们公司太多了。”表哥这次是发自肺腑地说。

“张总，我想问一下，张子轩是您的儿子吗？”表哥紧盯着张晶莹的眼睛问。让他失望的是：张晶莹的表情没有任何变化，平静地说是她儿子。“那他今年多大了？”表哥激动地问。张晶莹没有回答表哥，轻轻地站起来，做了一个送客的姿势，并且客气地抱歉说：“还有一件要紧的事情需要马上处理。等有了空闲，我们再好好叙旧。”表哥再有疑问，也不能阻拦人家办事啊，何况自己公司里面的情况十万火急，需要手里的货款去救急，他不能再在河北耽搁了。

“张晶莹那荣辱不惊的表情绝对是施舍后的优越。”见过张晶莹不久，情绪一直处于挫败阶段的表哥，在我们俩单独吃饭的时候，这样评价自己的恩人和冤家。我说：“人家那是大彻大悟后的淡然，一切都看开了，何须用表情再做无聊的序呢？没有境界的俗人才用表面上的功夫表白呢！”我带着明显偏向女方的态度说。“我承认我的内敛功夫没法和人家相提并论，但我的能力让我的救赎行为只能是表白。不管张晶莹接不接受，我必须真实地表达我当时的感情。”表哥真诚地说。“你最拿手的攻心术在张总面前失败了吧？”我不客气地提醒表哥。“确实没成功，一来我们之间的恩怨用任何语言无法还原和化解，二来表白的对象是个刀枪不入的高人。”表哥很遗憾地抿了抿有点“贴贴自喜”的嘴唇。

“但是我认为她能够完整地听完我的表白，或者说看完了我的表演，我感觉她对我至少还是有点尊重的，也不排除有少许的留恋。”表哥一厢情愿地接着说：“表哥你现在说说，你们俩谁是拿着旧船票的人，谁是旧船？”我想起了表哥说过的话。“不管谁是船票，谁是旧船，我一定会再去河北，我一定要弄清楚张子轩的身世。”表哥态度坚决地说。

回到家不分早晚地处理完燃眉的事情，大年三十就到了。这个年表哥过得最不踏实，最没感觉，外面的鞭炮声丝毫没有触动他烦躁的神经。表姑父在征得表哥和白明同意后，去了秦院长家过年，说过完十五再回来。

从初一到初五，他始终把自己关在书房里，没见任何来家里拜年的人，也没出去给任何人拜年。

我是正月初六从市里回到板街的，很给我面子，表哥晚上在他们家“接见”了我。当时许红梅和孩子都没在家，表哥说她们下午去孩子姥姥家了。在他们家里，我还意外地见到了许发经理家的大傻丫头，穿戴干净利落，舌头不再含在口中，安静地坐在沙发上看电视的红宝。“这是什么情况？”我问表哥。“我们书房说话。”

面对面坐在沙发的茶桌上，表哥边给我沏茶边说：“就在年前，许经理老两口不到两个月都去世了。许经理临去世前，把红宝和许大娘托付给了许红梅我们两个。他们家的两个儿子和一个姑娘，知道许经理因为给自己和红宝治病，把家里钱都花光了，谁也不回来了。”表哥给我倒了一杯水，轻声地说。“怎么会相继去世呢？”我心里真的很难过，眼前又出现了土里土气，老是一本正经念错字的许经理形象。

“许经理是老病，许大娘不分昼夜地伺候了这么多年，心力憔悴突发心梗。”表哥声音低沉地说。“可怜的孩子，30多了吧？不过看红宝现在表面挺正常的了。”我也轻声地说。“30多了，一直在康复中心给她治疗呢，年前才接回来。许红梅天天给她收拾，教她做基本的家务，懂事了挺多。”表哥说完端给红宝一杯水，哄小孩一样说：“红宝，你喝点水，小心端着杯子，别烫着。”“表哥你和红梅姐都那么善良，红宝跟了你们算是找对了人家。”我想起来我小的时候经常住在表哥家，表哥一家人对我比我家人还亲。

“许经理还给了一堆巴林石，呵呵除了有两块带血的，其余都是冻石，还有我妈送他的那块大毛石也拿回来了。经过刘金、张文静、许红梅他们三位专家鉴定，那一堆石头现价值有40多万，我估计这是许经理早就为红宝准备的。我都给红宝留着，以后冻石值钱了，卖了给她存上。”

当时许红梅和孩子没在家，表哥亲自下厨给我弄了四个小菜，还开启了两罐啤酒。神情沮丧的表哥对我说：这些天他的心灵备受煎熬，对企业未来的堪忧，对自己未来的抉择，还有张子轩的身世，让他也焦虑。

“你这次也承认你是事故专家了？你不是认为我说的是无稽之谈吗？”我笑着问他。“四毛，这次你作家的敏感终于敏感对了，时间和实践证明，我真的是个事故专家。”表哥龇着牙咧着嘴，独自喝了一杯啤酒，表情很无奈语气却很自豪地说，“如果子轩真是我的儿子，我认为这次大事故，发生的最值得！不管后果什么样，我都要去认儿子。四毛，你作为那段历史的见证人，你必须陪我去。”“你考虑父子相认的后果了吗？”我很有顾虑地问。“这几天什么后果我都考虑了，但我最后还是决定去认这个孩子，等我认完了，我跪着求许红梅原谅我。我感觉她会原谅我的，因为这是年轻时候犯下的错，不是错，是事故。”表哥很动情地说。“我认为你还是应该先和许红梅沟通一下。”没等我说完，表哥就坚决地打断了我的话说：“根据我和许红梅多年的斗争经验，我还是采取先斩后奏的办法比较行之有效，如果许红梅还爱我，她一定会再原谅我，如果真不能原谅，那就真像她说的我们的缘分尽了。但我还是想把事情弄清楚。”表哥态度坚决地说。

“表哥我记得你曾经说过：要用意外的方式给许红梅精神补偿？能说是什么了吗？”我想起了表哥半年前说过的话。“能说了但基本是泡影了。我本来预计企业到年末还会盈利一千万，那样的话，我就把分成的钱给许红梅买一台宝马，还有刘局长答应会提拔我兼任商业局副局长，我想用这样的两种意外方式求许红梅原谅我。现在看，这种意外不会再出现了。”表哥苦笑着说。

“其实，自从许红梅嫁到你们家，人家为你们家付出的一切，有目共睹。可你对人家呢，总是冷漠加无情，适当的还玩出轨，许红梅现在想和你离婚的心情，我们都理解和支持。”自我感觉很正直地说。“说心里话，我确实对不起红梅，我现在正在努力用行动弥补我对人家造成的伤害，如果她能原谅我，我会用后半生好好补偿她。”表哥真诚地看着我，和我碰了一杯啤酒说。“表哥，我相信你此刻的态度是真诚的，但这话你应该亲自对女方说。”我喝完一大口啤酒说。

“我会说的，但不是现在，我想把我的所有“事故”处理清楚，假如许红梅能和我重归于好，我们重新再来。现在主动权在女方，毕竟人家许总用实际行动体现了自我，我是自愧不如啊！”表哥终于放下了自以为是的身价，对许红梅有了一个公平、公正的评价。“表哥，你终于能正视徐红梅的优点了，你能这样评定自己和许红梅，你还能进步！”真替许红梅高兴，我和表哥连喝了两杯啤酒。

“四毛，这些天我一直在反省自己，为什么同样都是干事业、经商，和刘金他们比，和你比，我总是失败出差错，为什么人家一步一个脚印的走得那么踏实。我把我所做的一切都当成改变命运的砝码了，可能是我的功利心太强了。我以后还是要借鉴和学习你们的成功经验，一切都从头再来。”一听表哥顺带把我也当作学习目标了，我心里太美了：“表哥，以你的智商，只要你插足巴林石，没几年你就会超过我们！”心里一美，我又开始违心地奉承表哥了。

“这个未必，有些事情光有智商是不够地。天时地利人和，缺一不可啊！”表哥很冷静地说完，又深沉地补充了一句：“但我自豪、无悔，为家乡的经济建设做出的一切！”

不是豪言壮语，表哥和刘金他们各自用巴林石、羊绒羊毛，为板街提升知名度，打造和传播地方特色品牌的努力和贡献，熟悉他们的人都认可。

“四毛，在我的人生路上，你总是像亲妹妹一样为我，甚至我们家都奉献了许多，特别是在许红梅和我的关系上，你都起到了良好的协调作用，虽然有时候你比较侧重女方，看在你对我们家功大于过的份上，我原谅你了。”表哥坏笑着和我又碰了一杯酒说。“什么？你原谅我？我还不原谅你那么多的事呢！”我想起了张晶莹、想起了常会计、想起了……

“四毛，开个玩笑，都结婚好几年了，咋还变脸比翻书快呢！”一提我结婚的事，我不再追究表哥的说话内容了，因为我结婚的时候，表哥组织他们家和我们家两家人，给我陪送了成套的家电。表哥和许红梅自然是掏了一大半的钱，这让我在婆家面前很是风光。

“看在表哥平时把你当做亲妹妹的份上，你再帮表哥最后一次行不？张晶莹的儿子那要真是我的儿子，我天天给你、许红梅和张晶莹磕头都行。”说完表哥的眼泪就下来了，接着站起来，双腿弯曲还要给我做跪拜状。我赶紧把他搀住，连声说：“表哥我陪你去就是了，你千万别给我行此大礼，妹妹我可受用不起！”“四毛，我就知道你也属于善良系列的，肯定会陪我去的。”表哥腿一直，又轻松地坐下了。“表哥你很不仗义知道不？你也在利用我的善良是不是？”我用筷子敲了一下表哥的头说。“四毛你说这话有点不对，什么叫利用？这叫上阵亲兄弟，这点你和许红梅是有区别的。”表哥咧着嘴坏笑着说。“我总感觉帮着你欺骗许红梅也很缺德呢！”我心里挺不是滋味地说。“善意的善意的，我用人格担保，这绝对是最后一次。”表哥又鞠躬又作揖地说。

正月十五过后，商业局决定对天佑羊毛羊绒有限公司进行审计。审计完后，旗里决定让商业局暂时接手公司，对天佑羊毛羊绒有限公司进行改制。表哥将所有手续和账目交接清楚后，选择了辞职。

无官一身轻的表哥首先没有考虑自己的再就业问题，而是在辞职后的第一时间，和大家说去河北清欠最后一笔账目，就让我和严旭陪他开车来到了河北。

一路很顺利，上午 10 点我们就到了河北，没有料到的情况出现了。张宝仪张总已低价卖掉了自己的昌华羊毛羊绒制品有限公司，领着儿子出国了，谁都不知道他们去了哪个国家，包括苏丽娜苏经理。

从回到宾馆，表情严重失落的表哥像被抽去了筋骨，无力地倚在我的车门上不肯进房间，情绪失常地说："这是有预谋地躲避啊，这娘们知道我会回来认儿子的。""我认为你此刻的表现有点过于急躁。因为这孩子是不是你的还不一定，毕竟我们没有经过科学检验。"我极力把表哥搀直了，安慰他说。"就那眼睛，就那身材还用做 DNA？那就是我的原版。"表哥失望加激动地说。"说原版有点夸张，说翻版也不太确切，充其量有点神似。"我很违心地看着表哥说。"四毛，你这样说我就不乐意了，就那一样一样的桃花眼，可是你先发现的。"表哥猛地站直身子，瞪大了桃花眼，一副要和我急的样子。"眼睛一样的人很多，你看我和路星星还非亲非故呢，眼睛却像一个模子刻出来的，所以呀哥哥你也别求真，说不定这孩子爹还真和你一样，有一双和你一样的眼睛呢！"关键时刻严旭说话了，他的现身说法让情绪冲动的表哥有点平静下来。"对，肯定有这种可能，不排除张晶莹以你为标准找的。"我也跟帖似地分析说。"也是啊，严旭和路星星还真是神似。"表哥有点想开了似地索性蹲在了地上。

"或许是我自作多情了？"表哥仰起脖子眯着眼睛问我们俩。我们也跟着蹲下，我挺伤他自尊地说："不排除这种可能。""也许就是巧合。"严旭很不委婉地说。"凡事不能强求，是你的就会来找你，不是你的找也找不到，表哥这道理你懂吧？"我特别耐心地和表哥分析说。"这道理我懂，唉，快 20 年了我都没想过有儿子这个事，再说还不确定是不是我的儿子，我何必这样心急呢？任其自然吧！"表哥长叹一声，站起身来大手向前一挥，用让常人听了很不正常的口气大声地说："有缘就能相见，无缘死了也无关，一切任其自然，我们打道回府吧。""你表哥有点神经了，不过还挺听劝的！"严旭跟在我身后，表情有点复杂地小声说。

中午苏丽娜安排的午餐很丰盛，但她借口有重要的事要办，没有陪我们吃午饭。我们都感觉在那张热情的、美丽的面孔背后隐藏着不想让我们知道的内容，无法追问，毕竟人家对我们的热情接待程度，表哥说和以前一样有增无减。

“苏丽娜的人品没什么挑的，但心眼太多了，她和张晶莹绝对是一伙的，有些事她绝对都知道。”饭桌上，表哥小声地和我说。那还用说，我表面没附和表哥，但心里认可了表哥的判断。

吃完饭，我们开车要走的时候，表哥拉着自己的皮箱没有上车，他说：“四毛你们俩回去吧，我打车去机场，我想去看看韩红！把巴林石还给她。”“表哥你还随身带着石头呢？你这是有备而去啊，你确定能找到他们吗？”我知道韩红送他的那块鸡血石，一直是压在表哥心里的一个心病。“部队家属院有留守转业干部，他们有韩二号的联系方式，据说老人家70多了，身体还硬朗。”“那你就去吧！”严旭冲表哥挥了挥拳头。他也知道表哥一旦决定的事情，别人肯定阻拦不了。

本来我和严旭想直接回市里，在路上接到许红梅的电话，她希望我们在板街停留两天，她有话和我们说。我通快地答应了许红梅的要求，在我的心里这个外表憨厚、内心聪慧的女人，和张文静一样，都是扶持我成长的亲姐姐。

晚上六点多，我们直接到了许红梅定好的饭店。刘金、张文静、许红梅、白明、邱秋都已在饭店等候。表哥大概早已用手机和大家通了电话，所以只有我和严旭走进饭店，他们都没有惊讶。

许红梅和张文静因为天天练瑜伽、跳民族舞、走模特步，胸部虽然依旧丰满，但形体都变得婀娜多姿了，举手投足之间特别优雅、富贵。人们都说，天天和巴林石打交道的人，不但能修身养性，运气还会厚重。这一点，在在座的人身上，体现得很明显。

许红梅和张文静同穿了一款质地非常高档，款式非常新颖，价格一看就不菲的绛紫色连衣裙，也许是经常在一起的原因，她们俩的相似度又接近了几分。

“二位姐姐像两个独唱演员。”我笑着对他们俩说。“你看四毛也这样说吧？我刚才也这样说的。”变化最大的是说普通话也特别好听的邱秋，还有西装革履的白明。他们的表情完全没有了玩世不恭，邱秋依旧落落大方地喜欢穿白色的衣裤，白明棱角分明的脸带着稳健、成熟男人的微笑。

只有风度翩翩，被誉为板街成功男人典范的刘金，最近看着气色有点不佳。

桌上只有一瓶长城干红，许红梅说：“听从大家的建议，从过年到现在，几乎顿顿喝酒，今天都不喝酒了，有实在想喝的就喝点红酒吧！”没有实在想喝的，我们就以茶代酒。

或许没有喝酒的缘故，酒桌上的气氛始终不太热烈。大家东一句、西一句的没话找话说，场面有点尴尬。

终于许红梅轻轻地咳嗽了一声说：“今天把大家请来，是想和大家说几句心里话。我和白涛结婚差不多 20 年了，在座的对我胜过亲人，如果我今天说的话影响了大家过年的情绪，我恳请大家原谅。”许红梅说话的语调仍然和平日一样不紧不慢，但在她干净的大眼睛里，却含着泪水。

“现在白涛的难关基本度过了，我们都替他松了口气，这些年他为了企业，没日没夜地辛苦，虽然没有挣多少钱，但他对板街的贡献有目共睹。说实话，白涛除了和我感情不好，其余都挺好的。”“红梅，最佩服你对白涛的评价公平公正！”张文静首先竖起了大拇指。

“嫂子，我知道你的意思，我不想劝你，因为感情的事情外人无法体验。在表面上我们都看到了我哥对你的不在乎和不公平，但我相信我哥不是一个无情无义的人，如果他能够重新追你一次，希望你给他机会。嫂子你如果有自己的想法，我们尊重你的选择。人生不容易，只要你快乐，无论你是不是我嫂子，你都是我和邱秋永远的姐姐。我们永远都感谢你为我们老白家做得一切。”白明说着，眼泪刷刷地往下掉。不亏当过平账事务所的经历，白明一番至情至理的话，让许红梅“呜呜”地用餐巾纸捂着嘴哭了，她呜咽着说：“兄弟谢谢你的理解，你永远都是我的好兄弟！”

“红梅，我们在一起经商很多年了，你的为人我们都知道。感情的事不是缺钱，我们大家都能帮你。我希望你和白涛再好好谈一次，无论你什么决定，无论你们什么结果，我们依然是你们共同的朋友，共同的兄弟姐妹！”刘金不知道为什么，最近总感觉身体没劲后背疼，说话不像原来那么底气足。白明和张文静明天要陪着他去北京，没给他查出什么毛病的旗医院，建议他去北京大医院去做进一步检查。

“刘哥，谢谢你和文静姐，谢谢你们大家，我知道我该怎么做了。”许红梅边擦眼泪边说。

过后我问张文静，那个叫朝鲁的是不是还在等着许红梅。张文静说：“朝鲁现在是一个乡的乡长了，一直帮着许红梅卖石头。他结过婚，但后来因为感情不和离了，就没再结婚，不排除他在等红梅。”没等我问朝鲁离婚原因，张文静说：“虽然许红梅和朝鲁一直没间断来往，但他们俩关系绝对纯洁，这个我敢用人格担保。”

刘金说得对，感情的事不是缺钱，外人爱莫能助。一个是表哥，一个是比亲姐还亲的姐姐，我的能力只能是暗地里，为他们的未来默默祈祷。

在南方呆了一个星期，表哥回来了。表哥不是一个人回来的，随同他回来的有韩二号、韩红，还有韩红的丈夫。

20 年多年前，韩二号从部队专业到地方以后，抓住改革开放的机遇，组织退伍老兵承包了一个电力集团，专门生产电线杆、电缆、电线、电表箱子等电业专用材料。因为有正规过硬的资质，他们和国内外的电力系统都有合作。韩红回到南方以后，重新复习考上了财会学院，后来在他父亲的电力集团担任财会总监，并和一直追求她的、给表哥下过绊子的，英俊的王参谋结了婚。

韩二号的资产无从考证，在偏远山区，由他捐赠建立的学校有 10 所之多。表哥找到他们后，说明了自己的来历，对表哥仍存有好印象的韩二号非常高兴，特别见到表哥送回的石头，知道了石头现有的价钱后，他对表哥的人品更加赞赏。

身材高大、腰板依旧挺拔的韩二号，头发全白了，但精神依然矍铄，那双有神的大眼睛依然透着睿智的光芒

把表哥安排在自己集团下属的大酒店里，韩二号喊来了韩红、王参谋还有集团的几位董事，给表哥接风。有些微胖但风韵犹存的韩红，在父亲的电话里已经知道了表哥的来意。见到西装革履的表哥时，她的脸有些潮红，但态度像

见到久别的老朋友亲切而热情。

席间，韩二号只喝了两小杯酒，他说他的心脏和血压都在和他抗战，他选择投降了。韩二号的口头禅还是“是不是”，他不停地问板街有什么变化，不停地打听他认识的人，当听说许经理老两口都去世了，把收养的弱智孩子托付给了表哥时，韩二号握住表哥的手，眼睛湿润了：“许经理是个正直的好哥们啊？可惜这么早就去世了？可惜呀？是不是？小白呀，你也是个好孩子，你很有担当啊是不是？”随后韩二号又问板街的建设情况，听说因为政府财政资金不足，板街的新区只建设一半便停工的时候，韩二号语调深沉地说：“我一直把板街当做我的第二故乡，我们的部队在那驻守了7年，那里民风淳朴，老百姓忠厚、善良。有一次我们部队一个连野营拉练，在深山遇上大雪，是一个村子的牧民老乡，赶着勒勒车，拉着食物和衣服，解救了战士们！多么好的牧民老乡，是不是？我想那个地方啊！一直想回去看看，是不是？”“那您这次和我回去看看吧！”表哥真诚地邀请说。

“好，你在这让他们带你玩几天，是不是？然后我和你回板街看看！”表哥没想到，韩二号一拍桌子，同意了。

后来韩二号又问起表哥现在的职业，表哥坦言地介绍了自己的现状。韩二号听完后沉吟了一会说：“你小子，有点能力，失败别害怕，那是成功之母是不是？可以从头再来吗？是不是？”

王参谋现在是公司的副总经理，是韩二号培养的集团接班人（表哥过后和我说，如果他当初同意和韩红南下，王参谋的位置就是他的）。王副总派车派人陪同表哥游山玩水一周之后，他们便带车和表哥回到板街。

韩二号没有让表哥通知任何人招待他，他只让表哥陪着，把他驻扎过的地方都走了一遍，并在每个地方都吃了一顿便饭。最后一站是巴林石市场，在巴林石市场转悠了半天，他选了几块石头，说带回去送给老战友。他摸着石头对表哥说：“巴林石是好东西呀，物以稀为贵是不是？将来它会是奇缺的宝贝。”

最后表哥把他们领到了许红梅的石头店，表哥给大家互相做了介绍。当听说许红梅是表哥的夫人时，韩红热情地拉住了许红梅的手。韩二号来回巡视着

店里的石头说：“丫头，你选对了职业，巴林石有一天一定会成为国石国宝啊！是不是啊？小许。”当听表哥介绍说许红梅是许经理的亲侄女时，韩二号亲切地拉着许红梅的手说：“你大爷许经理是个好人哪，是不是？我想他啊！”

韩二号让许红梅打开保险柜，让她拿出收藏级的印章看看。当许红梅拿出一盘泡在茶树油里的6方印章时，表哥呆住了，他没想到许红梅还有这么精品的印章。有瓜瓤冻带鸡血的、有牛角冻带鸡血的，有白玉底子带鸡血的、有玻璃冻带积血的、有三面全是鸡血的、还有一方是晶莹剔透的福黄印章。韩二号每拿起一方，都爱不释手、赞不绝口。最后他问许红梅哪两方可以忍痛割爱。许红梅说自己还没有足够多的资本，可以收藏这么多精品印章，因为银行还有贷款。她拿起三面带血的和那方福黄印章后说：“您如果想要，其他这几方都可以。”

那四方鸡血章，韩二号全要了，四方印章中有两方是许红梅和刘金合伙买的，和在北京的刘金打电话商量后，许红梅共要价470万。韩二号让韩红付了5百万，说其中的三十万是韩红回收表哥红鸡心的钱。

韩二号回到南方的第三天，给表哥打了个电话，他用洪亮的嗓音说：“小白啊，我回来召开了一个董事会，决定去板街投资。板街新区开发了一半，停建了是不是？我们投入资金接着开发。板街的老板姓对我们有恩哪，我们应该回报他们，是不是？你先代表我们集团和政府沟通一下！” 这消息太大了，大的表哥一连气在原地做了三次旱地把葱的动作 ，他实在不知道用什么办法才能表达自己此刻激动的心情。他刚刚知道，有些意外的惊喜，世界上真的没有语言可以形容。

用一块鸡血石竟然换回来一个偌大项目的招商引资，表哥说：“这是我的个人魅力，还是巴林石带来的魅力呢？”

第十章

表哥在许红梅的石头店，租了两节柜台也做起了巴林石生意，因为人际关系宽泛，奠定了顾客基础，他的生意做得比许红梅红火。

由于刘金在北京检查出了心脏病，做完手术就在家里静养。这个时候巴林石城成立了巴林石商会，经过商户推举，作为巴林石界的新秀，板街招商引资的功臣，表哥当之无愧地被推选为会长。

当表哥去看刘金的时候，刘金苦笑着说：“老白你说我好像故意给你让位似的，巴林石商会是我们筹备好长时间才成立的，关键时候我病了，你小子及时补上来了。”“什么叫我补上来了，命运也不能老关照你啊！我这是能力使然。”

表哥的能力真的让人刮目相看，巴林石商会成立以后，他又组织成立了商户监督委员会，专门负责监督商户诚信经商，如果发现有人兜售造假的巴林石，商户监督委员会有权对造假商户予以罚款。

他还自费办了巴林石内刊，免费聘请我当主编；聘请路星星已经退休的父亲，当巴林石义务评论员；聘请小有名气的诗人严旭和汪经理，为巴林石配诗；还毫不避嫌地聘请，在市摄影圈很有名气的白冉冉为巴林石拍照。我们人尽其才地帮着表哥做巴林石期刊，都没要报酬。白会长说：“我们这些人，是巴林石的伯乐，是我们站在文化的视角，让巴林石文化发扬和光大。诸位和我一样，都是宣传和挖掘巴林石文化的功臣！”商会副会长张文静说：“经过白会长的英明总结，捣鼓了这么多年巴林石，才知道我们不觉不知的在做功德无量的巴林石文化呢！”

表哥还不定期地组织商户去孤儿院、特校、敬老院捐款捐物，有新闻媒体要报道他，被他坚决的拒绝了。

他开着给许红梅买的宝马车，低三下四地恳求许红梅在考上驾照前，允许他给她当司机，并对一直视他为室友的许红梅说：“许总，现在所有的名利对我来说都失去了诱惑力。我所做的一切，都是为了救赎我过去给某些人心灵留下的创伤！我用余生等待原谅。”

经过多次协商、洽谈，韩二号终于和旗政府签订了板街新区开发合同。在新区动工奠基仪式上，作为招商引资的功臣，旗政府要求表哥讲几句话。表哥用他经典的稍息姿势，站在话筒前，“贴贴”自喜地环顾了一下不久的将来就会变成生态小区、花园小区的大片土地，声音富有磁性地说：“我就说两句话，感谢巴林石，让我们的板街石来运转；感谢巴林石，让我石来运转！”

后　记

内蒙古赤峰市巴林右旗大板镇是我的故乡，这里地处偏僻，是真正的蒙古高原。

改革开放以前，它贫脊、落后、交通困难，但它有一望无际的大草原，有连绵起伏的沙丘，有清澈见底的湖水，有世界上独一无二的巴林鸡血石，有一批要用知识和力量改变家乡落后面貌、改变自己贫穷命运的有志之士。

书中的表哥白涛、刘金等就是这样一群怀揣梦想的人。他们本着靠山吃山，靠水吃水的原则，把本地的羊绒、羊毛、巴林鸡血石做为致富的敲门砖，在改革开放的大潮中，几起几落，几落几起，成为不屈服于环境的弄潮儿。

他们都是我十分熟悉和一直关注的群体。他们的人品有的像四大国石之一的巴林石一样，经过时代风雨的雕琢、打磨、抛光之后，成为一名成功的鸡血王者；有的则像掺假的羊绒，被行家识破，输的血本无归，最后只得从头再来。

无论是成功还是失败，我对他们都怀揣敬畏，是他们为了让巴林石、羊绒、羊毛成为家乡烫金的名片，冲出赤峰、冲出内蒙、冲出国门，付出了全部的青春和热血；是他们用具有前瞻性、挑战性的思想，发展、激活、引领、带动了家乡的地方建设和经济发展；是他们肩背手拎巴林石，活跃在全国各个古玩市场，终于让巴林鸡血石被世界宝石爱好者认知、瞩目；是他们激发了我把他们写进《石来运转》的热情。

每个人对自己未来的注解、规划不同，他的收获和结局一定不同。

书中的表哥白涛最初的心愿只是为了改变贫穷，走上仕途，找到理想中的爱情，但在老领导许发，曾经的同事刘金、张文静、妻子许红梅等人的身上，他捕捉到了真诚、善良、质朴、无私的大爱等很多的闪光点。这些闪光点激励他终于从小我的圈子中走出来，融入到为社会、为家庭奉献大爱的群体之中。人们都说巴林石是天赐之石，是幸运石，品石、藏石能让人石来运转。我是巴林石人，我赞同这样的说法！但我更信奉做好人就有好风水，有了好风水就会时来运转！

因为笔墨浅显，这本书写完之后，我的心里一直很忐忑，自身的原因对书中的人物挖掘、关照的远远不够，就像一块有特色的巴林鸡血原石，我没把它巧雕、俏雕到位。

但我真诚地说，我写下的每个词语，都带有浓浓的鸡血红色，这些浓浓的鸡血颜色，是我们民族的符号，是草原儿女与生俱来的血性。

张彩凤

2019年11月6日 于赤峰